哈佛百年经典

名著之前言与序言

[英]威廉·卡克斯顿 等◎著
[美]查尔斯·艾略特◎主编
罗涌洁 等◎译

北京理工大学出版社
BEIJING INSTITUTE OF TECHNOLOGY PRESS

图书在版编目（CIP）数据

名著之前言与序言 /（英）卡克斯顿等著；罗涌洁等译. —北京：北京理工大学出版社，2014.6（2019.9重印）
（哈佛百年经典）
ISBN 978-7-5640-9022-7

Ⅰ. ①名… Ⅱ. ①卡… ②罗… Ⅲ. ①序言－汇编－世界 Ⅳ. ①G256.4

中国版本图书馆CIP数据核字（2014）第057857号

出版发行 / 北京理工大学出版社有限责任公司
社　　址 / 北京市海淀区中关村南大街 5 号
邮　　编 / 100081
电　　话 /（010）68914775（总编室）
82562903（教材售后服务热线）
68948351（其他图书服务热线）
网　　址 / http://www.bitpress.com.cn
经　　销 / 全国各地新华书店
印　　刷 / 三河市金元印装有限公司
开　　本 / 700 毫米×1000 毫米　1/16
印　　张 / 24
字　　数 / 344千字
版　　次 / 2014 年 6 月第 1 版　2019 年 9 月第 2 次印刷
定　　价 / 64.00元

责任编辑 / 施胜娟
文案编辑 / 施胜娟
责任校对 / 周瑞红
责任印制 / 边心超

出版前言

人类对知识的追求是永无止境的，从苏格拉底到亚里士多德，从孔子到释迦摩尼，人类先哲的思想闪烁着智慧的光芒。将这些优秀的文明汇编成书奉献给大家，是一件多么功德无量、造福人类的事情！1901年，哈佛大学第二任校长查尔斯·艾略特，联合哈佛大学及美国其他名校一百多位享誉全球的教授，历时四年整理推出了一系列这样的书——《Harvard Classics》。这套丛书一经推出即引起了西方教育界、文化界的广泛关注和热烈赞扬，并因其庞大的规模，被文化界人士称为The Five-foot Shelf of Books——五尺丛书。

关于这套丛书的出版，我们不得不谈一下与哈佛的渊源。当然，《Harvard Classics》与哈佛的渊源并不仅仅限于主编是哈佛大学的校长，《Harvard Classics》其实是哈佛精神传承的载体，是哈佛学子之所以优秀的底层基因。

哈佛，早已成为一个璀璨夺目的文化名词。就像两千多年前的雅典学院，或者山东曲阜的"杏坛"，哈佛大学已经取得了人类文化史上的"经典"地位。哈佛人以"先有哈佛，后有美国"而自豪。在1775—1783年美国独立战争中，几乎所有著名的革命者都是哈佛大学的毕业生。从1636年建校至今，哈佛大学已培养出了7位美国总统、40位诺贝尔奖得主和30位普利策奖获奖者。这是一个高不可攀的记录。它还培养了数不清的社会精英，其中包括政治家、科学家、企业家、作家、学者和卓有成就的新闻记者。哈佛是美国精神的代表，同时也是世界人文的奇迹。

而将哈佛的魅力承载起来的，正是这套《Harvard Classics》。在本丛书里，你会看到精英文化的本质：崇尚真理。正如哈佛大学的校训："与柏拉图为友，与亚里士多德为友，更与真理为友。"这种求真、求实的精神，正代表了现代文明的本质和方向。

哈佛人相信以柏拉图、亚里士多德为代表的希腊人文传统，相信在伟大的传统中有永恒的智慧，所以哈佛人从来不全盘反传统、反历史。哈佛人强调，追求真理是最高的原则，无论是世俗的权贵，还是神圣的权威都不能代替真理，都不能阻碍人对真理的追求。

对于这套承载着哈佛精神的丛书，丛书主编查尔斯·艾略特说："我选编《Harvard Classics》，旨在为认真、执著的读者提供文学养分，他们将可以从中大致了解人类从古代直至19世纪末观察、记录、发明以及想象的进程。"

"在这50卷书、约22000页的篇幅内，我试图为一个20世纪的文化人提供获取古代和现代知识的手段。"

"作为一个20世纪的文化人，他不仅理所当然的要有开明的理念或思维方法，而且还必须拥有一座人类从蛮荒发展到文明的进程中所积累起来的、有文字记载的关于发现、经历以及思索的宝藏。"

可以说，50卷的《Harvard Classics》忠实记录了人类文明的发展历程，传承了人类探索和发现的精神和勇气。而对于这类书籍的阅读，是每一个时代的人都不可错过的。

这套丛书内容极其丰富。从学科领域来看，涵盖了历史、传记、哲学、宗教、游记、自然科学、政府与政治、教育、评论、戏剧、叙事和抒情诗、散文等各大学科领域。从文化的代表性来看，既展现了希腊、罗马、法国、意大利、西班牙、英国、德国、美国等西方国家古代和近代文明的最优秀成果，也撷取了中国、印度、希伯来、阿拉伯、斯堪的纳维亚、爱尔兰文明最有代表性的作品。从年代来看，从最古老的宗教经典和作为西方文明起源的古希腊和罗马文化，到东方、意大利、法国、斯堪的纳维亚、爱尔兰、英国、德国、拉丁美洲的中世纪文化，其中包括意大利、法国、德国、英国、西班牙等国文艺复兴时期的思想，再到意大利、法国三个世纪、德国两个世纪、英格兰三个世纪和美国两个多世纪的现代文明。从特色来看，纳入了17、18、19世纪科学发展的最权威文献，收集了近代以来最有影响的随笔、历史文献、前言、后记，可为读者进入某一学科领域起到引导的作用。

这套丛书自1901年开始推出至今，已经影响西方百余年。然而，遗憾的是中文版本却因为各种各样的原因，始终未能面市。

2006年，万卷出版公司推出了《Harvard Classics》全套英文版本，这套经典著作才得以和国人见面。但是能够阅读英文著作的中国读者毕竟有限，于是2010年，我社开始酝酿推出这套经典著作的中文版本。

在确定这套丛书的中文出版系列名时，我们考虑到这套丛书已经诞生并畅销百余年，故选用了“哈佛百年经典”这个系列名，以向国内读者传达这套丛书的不朽地位。

同时，根据国情以及国人的阅读习惯，本次出版的中文版做了如下变动：

第一，因这套丛书的工程浩大，考虑到翻译、制作、印刷等各种环节的不可掌控因素，中文版的序号没有按照英文原书的序号排列。

第二，这套丛书原有50卷，由于种种原因，以下几卷暂不能出版：

英文原书第4卷：《弥尔顿诗集》

英文原书第6卷：《彭斯诗集》

英文原书第7卷：《圣奥古斯丁忏悔录 效法基督》

英文原书第27卷：《英国名家随笔》

英文原书第40卷：《英文诗集1：从乔叟到格雷》

英文原书第41卷：《英文诗集2：从科林斯到费兹杰拉德》

英文原书第42卷：《英文诗集3：从丁尼生到惠特曼》

英文原书第44卷：《圣书（卷Ⅰ）：孔子；希伯来书；基督圣经（Ⅰ）》

英文原书第45卷：《圣书（卷Ⅱ）：基督圣经（Ⅱ）；佛陀；印度教；穆罕默德》

英文原书第48卷：《帕斯卡尔文集》

这套丛书的出版，耗费了我社众多工作人员的心血。首先，翻译的工作就非常困难。为了保证译文的质量，我们向全国各大院校的数百位教授发出翻译邀请，从中择优选出了最能体现原书风范的译文。之后，我们又对译文进行了大量的勘校，以确保译文的准确和精炼。

由于这套丛书所使用的英语年代相对比较早，丛书中收录的作品很多还是由其他文字翻译成英文的，翻译的难度非常大。所以，我们的译文还可能存在艰涩、不准确等问题。感谢读者的谅解，同时也欢迎各界人士批评和指正。

我们期待这套丛书能为读者提供一个相对完善的中文读本，也期待这套承载着哈佛精神、影响西方百年的经典图书，可以拨动中国读者的心灵，影响人们的情感、性格、精神与灵魂。

主编序言

一本书最让人有亲切感的部分莫过于前言，在这一部分，长期辛苦工作的作者走下讲台，以一个普通人的身份与读者交流，说说他的希望和烦恼，让读者了解他在写书过程中的难处，或是按自己的真性情，针对可能的批评意见为自己辩护或者表达自己的不满。一篇前言往往可以生动地反映出正文中若隐若现的作者的真实个性，将一个活生生的作者展示在读者面前，仅此一个原因我想就可以充分说明本卷的必要性。

但这并不是把这些序言从原作中摘出来呈现给读者朋友的唯一理由，也不是很多序言比原作的正文更有生命力的唯一原因。卡克斯顿翻译的《特洛伊史回顾》虽然早就被别的版本取代，但这位英格兰印刷行业的先驱者在这本书的序跋中坦率热情的评论，不仅反映了其个人品位，而且充分地表现出了15世纪西欧的文学习惯和标准。又如罗利所著《世界史》尽管早就被现代历史研究认定为过时的作品，而这本书的序言却真实反映出伊丽莎白时代的一个智者对美洲殖民者一代，以及过去、现在和未来世界的态度。培根的《伟大的复兴》虽然不再是科学研究方法的指南，但前言中有关这本书的希望和目标的内容仍旧为后人提供了相当的启发。

本书里有哥白尼和加尔文所著部分文献，德莱顿、华兹华斯和雨果的评论文章，曾经引起强烈反响的沃尔特·惠特曼的《草叶集》的前言。每一篇作品都有独立于其原作的价值和意义，每一篇都向我们呈现出作者鲜明的个性。

查尔斯·艾略特

目
Contents
录

《特洛伊史回顾》序言和后记

威廉·卡克斯顿〔英〕

《特洛伊史回顾》介绍及首卷序

本书名为《特洛伊史回顾》，是正直尊贵的神甫拉乌尔弗尔在几本不同的拉丁语史籍的基础上于1464年用法语编著而成，以献给正直高贵、显赫非凡的菲利普王子，即布拉班特勃艮第公爵。伦敦商人威廉·卡克斯顿[①]（也就是本人）应正直高贵、非凡纯洁、高尚可敬的玛格丽特公主，即勃艮第公爵夫人、洛雷克公爵夫人的要求将其翻译成英语。翻译工作始于1468年4月1日，地点为佛兰德斯的布鲁日；并于1471年9月19日在圣城科隆完成。

---

① 威廉·卡克斯顿（1422？—1490年），商人和翻译家，曾在欧洲大陆学习印刷术，具体地点可能是布鲁日或者科隆。他在1469—1471年翻译了《特洛伊史回顾》，因为需求量大，卡克斯顿将这本书印刷出版，成为第一本印刷出版的英语书。出版时间为1474年，地点可能是在布鲁日。1476年他回到英格兰，在威斯敏斯特建立了自己的出版社。1477年，他出版发行了在英格兰本土印刷的第一本书《先哲语录》。以下卡克斯顿亲自为其作品所写的序跋反映了他对自己出版社出版的几部重要的作品的看法。

以下是本书的序言。

我知道每个人都需要智者的约束和建议，来避免懒惰和懈怠这些可能滋生恶习的东西；每个人都应该从事高尚的职业，做些高尚的工作。我在翻译此书之前，手头并没有很重要的工作，于是便听从了别人的建议挑选了一本法语书。我在这本书中读到了很多光怪陆离、让人不可思议的历史故事，从中得到了极大的乐趣。同时，这本书用优美的法语写成，语言简明扼要，因此我想我理解所有的语言和内容。另外，因为这本书刚翻译成法语没多久，还没有英语的版本，把它翻译成英语应该是件很不错的事。这样，英格兰王国和其他地方的人不仅可以阅读，而且还可以用以打发时间，所以我决定开始这项翻译工作。打定主意后，我立刻备好了笔墨，像一个蒙着眼睛无所畏惧的骑士一样冒冒失失地开始了。我翻译的这本书的名字叫《特洛伊史回顾》。可是接下来我才意识到我在这两门语言，即英语和法语上的造诣是如此的浅薄。我从未去过法国，并且虽然在英格兰南部的肯特郡出生，还在那里学会说英语，可是我从来都认为那个地方的英语比英格兰其他地方的都要粗俗。接下来30年中的大部分时间，我都待在布拉班特、佛兰德斯、霍兰德和西兰岛。所以，当翻译到第五页和第六页的时候，由于困难重重，我对这项工作彻底失去了信心，不想再继续下去了，便将翻译好的几个部分束之高阁。在接下来的两年中，我都没有再碰这件事，并且一直对此感到心安理得，直到我幸运地遇到了高贵非凡、品德高尚的公主殿下，即尊敬的玛格丽特夫人。玛格丽特夫人尊贵的英格兰和法兰西国王的妹妹，勃艮第公爵夫人，同时也是洛特克公爵夫人，佛兰德斯、阿图瓦、勃艮第伯爵夫人，艾诺和荷兰等地的领主，神圣帝国的女侯爵，弗里西亚、萨兰和梅希林女勋爵派人找我去谈些事，交谈中她知道了我前面提到的翻译的事，立刻就命令我将翻译好的几章拿给她看。夫人发现了我英语的缺陷，要求我进行改进，并完成剩下的部分。我不能违背她的命令，因为我是她的奴仆，每年都从她那里得到一笔年金，还有其他很多好处（而且有可能会得到更多）。随即，我又继续开始翻译。尽管我依旧浅薄愚昧，但我尽可能地接近原作者想要表达的意思。我恳求慷慨的玛格丽特殿下收下下面这部简单粗糙的作品。只要这书里有一星半点儿能让殿下愉悦的内容，那我的努力就没有白费。同时，因为我的浅薄，难免会有疏漏之处，我希望所有读这本书的人能帮我纠正，原谅我这部翻译作品的粗浅。

自序就到这里吧。

第二卷后记

《特洛伊史回顾》第二卷到这里就结束了。可敬的拉乌尔弗尔神甫将这部拉丁语著作译成了法语，而我（虽然不配做这份工作）应前文中提到的可敬的勃艮第公爵夫人的要求把它翻译成了粗糙的英语。据我所知，英语中还没有这样的作品。这本书的翻译开始于布鲁日，完成于科隆，其间暂停过一段时间，后又在根特继续开始。完成之时，也就是1471年，英格兰和法兰西乃至世界的其他地方都处于动荡不安、分崩离析的状态之中。这本书的第三卷，有关特洛伊最后被毁灭的故事不需要翻译，因为贝里的修道士、尊贵虔诚的约翰丹盖德已经在不久前翻译过这一部分。要做到青出于蓝势必非常困难，但是我需要郑重地考虑尊敬的殿下对我的要求。另外，先前的译本是诗歌的形式，而不是白话文形式，每个人都各有所爱，不能要求谁必须喜欢读有韵律的诗歌，还是钟情于白话文。我在科隆逗留这段时间没有特别重要的事需要处理，趁着这个时机，我认真地考虑了尊敬的夫人对我的要求，并接受了这一艰巨的任务。因为尊敬的恩主夫人的恩泽，我才得以完成这一任务。而我作为她忠实、诚挚和卑微的仆人，能给她带来愉悦，得到她的嘉许便是我的动力。

第三卷后记

第三卷到这里就结束了。我在上帝的指引下，凭借上帝赐予的智慧终于完成了这一卷的翻译，我应该赞美歌颂我的上帝。为了抄录这卷书，我笔秃手拙，眼睛也因为长时间盯着空白的稿纸而看不清东西，甚至我的决心也不像起初那么坚定了，且随着年龄一天天地增加，身体也越来越衰弱。可是我曾经答应过很多先生和朋友们会尽快让他们读到这本书，所以我不惜巨大的代价学会了印刷术并进行了很多的实践，目的就是为了能把这本书印刷出版。印刷这种形式不同于笔墨书写，而且印好之后可以人手一本。就如同你看到的这本《特洛伊史回顾》各卷本的印刷仅仅用了一天时间就完成了。我将此书献给了我尊贵的殿下，她已经接受了它，并赐予了我丰厚的奖赏，为此我恳请万能的上帝保佑她福泽绵绵。同时我也祈祷夫人和其他的读者不要嫌弃这本简单粗糙的作品，即使书里有些地方和其他人翻译得不太一样，也不要横加指责，因为百样人著百种书，不能强求每个人在所有问题上的看法都一致，比如狄克茨、戴尔斯和荷马就是很好的例子。狄克茨和荷马都是希腊人，所以他们的作品都偏向于希腊人，言语中对希腊人的尊重比特洛伊人更多些，而戴尔斯则恰恰相反。另外，在固有名称的翻译上也有不一致的地方，因为地域的差异和时代的变迁，不同国家对同一地点有不同的叫法。但是所有的人都一致认为特洛伊城最后确实是毁灭了，很多贵族和平民丧生于此，其中不乏国王、公爵、伯爵、男爵和骑士，而且因为毁坏太过严重，特洛伊再也没能重建起来。特洛伊的毁灭让人们看到战争是多么的危险可怕，它会带来多少伤害、损失和死亡，所以正如使徒所说：“写书的目的应该是教诲世人。”我恳求上帝为了世人共同的福祉，让人们接受这一教诲，以促进和平、仁慈和博爱；我们的上帝也正是因为这个目的才来到人间，并经历了被钉在十字架上的苦难。让我们一同为仁爱祈祷！

《先哲语录》第一版（1477）后记

威廉·卡克斯顿〔英〕

《先哲语录》一书到这里就结束了，这本书由本人威廉·卡克斯顿，于1477年在威斯敏斯特印刷出版。高贵的安东尼大人，即第二任里弗斯伯爵、斯盖尔斯男爵、怀特岛领主、神圣的教皇大人在英格兰的庇护者、威尔士王子殿下的主管大人，将这本书从法语译成了英语，并在完成之时把部分书稿送来给我阅览。我迫不及待地阅读了送来的书稿，发现了很多出自哲学家们的著名的格言警句。这些格言警句都闪耀着智慧的光芒、卓越不凡。我过去常读的法语书里经常会出现这样的格言，但是从没有人将它们翻译成英语。我随后找到了这位大人，告诉他我拜读了他的高作，以及他把这本书翻译成英语是一件多么了不起的事，人们应该赞美和感谢他为此付出的努力。后来这位大人想要我校阅这部作品，找出并纠正书里的错误，我说自己没有这个能力，因为这部作品翻译得很好，其语言甚是优美。尽管如此，他还是坚持让我来修订。他还给我看了很多他认为应该删掉的部分，比如，亚历山大与大流士还有亚里士多德之间的来往信件。因为这些信件提到很多具体的事情，不太适合作为名言警句。勋爵大人同时还希望我能够把这本书刊印出来。依照大人的命令和要求，我带着敬意校译了这本书，并尽我所能确认了它是否忠实于法语原著。除了勋爵大人省略了苏格拉底对女性的一些评价外，我并没有发现任何不一致的地方。我很惊讶于大人省略对女性评价的行为，然而，到底是什么原因促使他这么做，当时他又有什么特别的原因呢？我想可能有位美丽的女士希望他把这些内容省掉；或者他爱慕某位尊贵的女士，为了这份爱，他不能把这些话写进去；又或者是他觉得苏格拉底有关女性的言论与事实不符，出于对所有女性的回护和善意，将它们省掉了。我想像苏格拉底这样一位高尚真实的人是不会写有违事实的东西，因为如果在讨论女性的时候犯了错，人们就不会相信他说的其他话了。但是我想勋爵大人想必也知道，我们这里的女性身上是不会有那些缺点的。苏格拉底是希腊人，那个国家远在千山万水之外，各方面情况与我们这里的大不相同，那里的人与我们的国人有着根本的区别。不管希腊妇女的情况怎样，我确信我们国家的妇女善良、智慧、和蔼、谦逊、谨慎、庄重、纯洁、忠诚、可靠、坚定、顺从丈夫、勤勤恳恳，从不无所事事，而且谨言慎行、行为正直，至少人们对她们的希望是这样。我想正是基于这些显而易见的原因，我的勋爵大人认为没有必要把苏格拉底有关妇女的言论写进他的书里。但是我受命校译和修订这本书，我不能为了交差将有关希腊女性的名言警句没有被收录这一事搁过不提，因为我不能肯定勋爵大人的原著里是不是收录有这些格言，又或者是因为翻译的时候风把这几页吹了过去所以漏译了。因此，我决定将希腊的苏格拉底所说的有关希腊女性的格言写下来。这些格言说的不是我们国家的妇女，苏格拉底应该不认识她们，如果他认识的话，他应该会特别提到他这些话不适用于她们。我不想冒昧地把这部分内容加到勋爵大人的书里，而只能把它们的内容复述一下放在书的后记中，我谦卑地请求所有读到这部分内容的人们，如果有什么异议的话请原谅我，因为我只是将苏格拉底的话如实复述如下。

苏格拉底说女人靠外表来吸引男性，但是只有卑劣的和不了解自己的男人才会被她们俘获。 对于一个男人来说，无知和女人是两个最大的障碍。当他看到一个妇女烤火取暖，他说她烤得越暖和，就越无情。当他看到一个女人生病了，他说邪恶的东西降临到邪恶的人身上。当他看到一个女人即将被绳之以法，其他妇女跟着她一块儿哭泣的时候，他又说罪恶的人这会儿该难过和愤怒，因为这个将要被绳之以法的人就快完蛋了。当他看到一个年轻的女孩学写字的时候，他说人们造的孽真是越来越多了。他说有三件事可以表明一个男人的愚昧无知：一是缺乏理智；二是不能控制自己的贪欲；三是在女人们一无所知的事情上，任由她们摆布。他问自己的学生："想要我教教你们如何避开所有的邪恶吗？"学生们回答说："想。"他说："时刻谨记无论什么事都不能听女人的。"学生们又问："我们的母亲和姐妹们也不行吗？""你记住我刚才说的话就行了，所有的女人都差不多，一样的恶毒。"苏格拉底说，"一个会学习并掌握知识的人，无论是谁，都不能任由女人摆布。"一次，他对一个打扮得容光焕发、神采奕奕的女子说："女人打扮自己就如同烧火一样，柴火加得越多，火就越大，产生的热量也就越大。"有一次某人问他女人像什么，他回答说："女人就像一种叫埃德弗拉的树，它是最漂亮的树，但是肚子里装的都是毒液。"人们就问他为什么你对女性的看法如此糟糕，毕竟没有女性，这个世上就不可能有苏格拉底或是别的男性，他回答说："女人就像一种名为恰瑟尼的树，它是浑身长满利刺的树，接近这种树的人都会被刺伤，可是这种树结出的果实却甜美可口。"人们又问为什么他总是躲着女人，他答道："因为我总是看到她们躲着好人，还做很多坏事。"一个妇女问他："你会要除了我之外的其他女人吗？"他回答："对一个根本对你不感兴趣的男人问这个问题你不感到羞耻吗？"

以上语录出自哲学家苏格拉底本人的作品，以上的复述如实反映了他的原话。因为出自苏格拉底的格言警句都应该收录，所以我把它放在这本书的末尾。看过法语原本的读者可能会责怪我不够尊重勋爵大人，没有按照大人的意愿来校订他的译本；或许还有一些读者会认为苏格拉底本人对妇女看法的原话肯定比我复述的更恶毒些。为了让大家都满意，我把以上苏格拉底的格言放到这本书的末尾，目的是如果勋爵大人或者别的什么人不喜欢这个安排，完全可以把这一页撕掉。我卑微地请求勋爵大人不要为我的鲁莽而感到不快，宽恕我可能犯下的过失。我怀着赞同和感激的心情刊印了本书，希望我为此做出的努力能够取悦勋爵大人。我非常愉快且勤恳地完成了大人的嘱托，大人赐给了我丰厚的奖赏，因此这是我应该做的。最后，我恳请万能的上帝保佑勋爵大人此生福泽不断，逝后永居天堂，阿门。

《黄金传奇》第一版（1483）序

威廉·卡克斯顿〔英〕

尊敬的圣哲罗姆说过：“如果总是工作忙碌，恶魔就不会有机会乘虚而入。”圣奥古斯丁在其有关修道士劳作的一本书中说，所有身体健康的人都应该劳动。正是因为这一原因，我才应许多贵族绅士们的要求将各种各样的作品和历史记录从法语翻译成了英语，比如《特洛伊史回顾》、《世界镜鉴》、《杰森的历史》、《变形记》十五卷（其中包括《奥维德寓言》和《布伦·戈德弗雷》）等。这些书完成之后，我不知道该继续做什么，又要从哪里开始。但是就连圣伯纳都说，游手好闲是如此可鄙，它会带来谎言，败坏德行，还使人背负罪孽，助长傲慢，把人引向地狱；约翰·卡西奥德说，当他脑子停止思考的时候，他只会想到填饱肚皮的酒肉和粮食；圣伯纳还在一封信里说过，到世界末日那一天，我们需要解释我们的无所事事，到那时我们将如何为我们自己辩解；普罗斯佩尔说过，无论是谁，如果整日游手好闲，那他过的是像愚蠢的畜生一样的日子。我知道权威们是如何鄙视并严厉地谴责那些无所事事、虚度时光的人，我也深知这是上帝深恶痛绝的最严重、最致命的罪孽之一，所以我最终下定决心绝不虚度时光、游手好闲，我会让自己忙碌起来，重新开始以前习惯做的那些工作。因为圣奥古斯丁曾在赞美诗中说过，人们工作不应该是因为对痛苦的恐惧，而应该是出于对正直的热爱，而这是人所享有的至高无上的权利之一。另外一个原因是，在我看来，规劝告诫人们不要游手好闲和虚度时光，让没有受过教育的人了解圣徒的降生、生活、经受的苦难、创造的奇迹和圣徒之死等在过去众所周知的事迹是件利于大众的大功德。所以，我把这本记载圣徒故事的著作，拉丁语名为Legenda Aurea 翻译成了英语，英文名为Golden Legend，也就是《黄金传奇》。为什么是“黄金”？因为黄金是最珍贵的金属，而记载圣徒故事的这本书也被看成是最珍贵的著作。可能会有人说这本著作已经被翻译过。确实如此，我手头上有用三种语言写成的《黄金传奇》，分别是拉丁语、法语和英语。但是这三本书在许多地方内容都不一样，而且许多法语和拉丁语版本中有的历史故事，英语译本里却没有，因此我在这三本书的基础上重新编译了这部著作，它跟先前英语译本在顺序编排上完全不一样。因为成书仓促，加之才疏学浅，虽非有心，但书中难免偏误之处。如有读者发现，还请多多原谅，如能不吝指出并修正这些错误，我定感激不尽，并祈祷万能的上帝赐予奖励，愿你们能在短短此生中远离罪恶、功德圆满，祝愿你们逝后在天堂安享永生和极乐，阿门。

《加图》（1483）序

威廉·卡克斯顿〔英〕

这里是《加图》一书的序言。刚刚离任的柯彻斯特市的执事长、威斯敏斯特的圣史蒂芬教堂教士贝内·伯格先生曾经非常巧妙地运用民谣的形式将此书翻译成英语，并把此书献给了埃塞克斯伯爵大人的嗣子保夏大人。这本我不久前才读到的书原本是用法语写的，里边有很多相当博学的、值得人注意的范例，我把它翻译成了英语，并将此书献给伦敦城。

本人威廉·卡克斯顿，作为伦敦这座闻名于世的、宏伟的英格兰古城的一个公民，同时也作为伦敦纺织行业商会的会员，对这座城市充满了好感。对我来说，她就像生我养我的母亲一样，为她服务是我天生的义务。我应该竭尽全力支持和帮助她，并终身为她的稳定繁荣祈祷。在我看来，对现在的伦敦来说，这显得尤为必要，因为如今的伦敦城远不如我年少时那样富足繁荣。其原因就在于，现在大家都只追求个人的利益，没有人想为公众服务。哦！这让我想起了高尚的罗马人，他们为了罗马的利益毫不吝啬地献出了自己的财产，而且不惜以身犯险甚至牺牲自己的生命。这样的例子有很多，比如大小西庇阿和埃克特琉斯，等等。这本书的作者卡图，也是他们当中的一员，他将此书留给后人的目的是为了让他们从中学会应该怎样成为自己生活的主宰——不光是世俗的生活，还有精神生活。我认为这本书是用来教育孩子们的最好教材，同时对其他各个不同年龄段的人来说，都是一本极其难得的好书，如果你完全读懂，会发现这本书实际上很实用。因为我看到越来越多的孩子在伦敦出生，他们不像父辈那样自力更生，尽管父辈们留给他们大量的财产，但当中的大多数在成年并具有独立的判断能力之后，很少有人能够将家族发扬光大，十个人中大概只有两个能够发展得很好。我经常在别的国家的很多地方看到过一个家族或者姓氏持续繁荣兴旺很多代，传承至五六百乃至上千年。而在著名的伦敦，很多家族甚至传承不到三代，有时两代都很困难。我的主啊，想起这些事就让我觉得惭愧。我不知道为什么会这样，伦敦的孩子们在少年时或许比其他地方的孩子都要聪慧优秀，但是成人以后却缺乏实在的精神内涵，如同绣花枕头。我知道他们中肯定还是有很多高尚智慧的孩子，他们可能会比先辈更加富庶、优秀，他们中的很多人最后会得享尊荣。我翻译《加图》这本书是因为我坚信如果他们愿意读，并读懂了它，就会更好地主宰自己的人生。这本书独一无二，是一本有益身心的佳作。

佛罗伦萨有一位令人尊敬的教士叫珀格斯，他是尤金大主教和尼古拉斯大主教的秘书。他在佛罗伦萨有一座很宏伟、藏书非常丰富的图书馆，所有去佛罗伦萨的人都希望能够进去看看，那里有很多稀有珍贵的书籍。当有人问珀格斯图书馆里的哪本书是最好的，或者他认为哪本最好，他会回答说《加图》是这个图书馆所有藏书当中最好的一本书。既然珀格斯这位高贵可敬的教士都认为这是最好的书，我们可以推断它应该是一本可以帮助人们远避恶习、增长德行的好书。最后，我祈求万能的上帝让所有的读者们能从这本书中获益，同时让愚昧无知的人增长见闻，有所增益。我真心祷告祈求万能的上帝奖赏那些指正书中谬误的读者们。

《伊索寓言》（1483）后记

威廉·卡克斯顿〔英〕

现在我想用下面这个故事来结束这本寓言集，这是一位令人尊敬的神父最近才讲给我听的。故事是这样，在牛津住着两个神父，一个反映机敏、能言善道，另外一个则普普通通、才智平平。所以，那位聪慧机智的神父不久就获得有俸圣职，后来又晋升为主持神父，主管一位王子的小教堂。这个神父料想他的那位不起眼儿的同僚一定永远不能晋升，永远得不到供奉，或者最多做一个教区神父。很久以后的一天，这位尊贵的主持神父驾着一辆由十四或十二匹马拉着的马车来到了一个很大的教区，那个派头就像是主教一样。他来到这个教区的教堂，意外地遇到了曾经的同僚，那位非常普通的神父。这位质朴的神父谦恭地欢迎他的到来，主持神父向他道了一声："早上好，约翰神父。"随后轻轻拉着他的手问他现在在哪里任职。那位平凡的神父说："就在这个教区。""你在这儿是主管神父还是社区神父呢？""不，"他回答，"因为找不到更合适的人，所以他们让我当了这里的教区长，尽管我既不能干也不称职。""你方便告诉我这个职位每年的薪俸是多少吗？""说实话，虽然我干了四五年了但还没算过到底有多少。""所以你还不知道这个职位薪俸是多少。看起来应该很不错。”“确实不知道啊，但是我清楚这个职位对于我个人而言意义非凡。”“为什么，到底有什么意义？”“如果我兢兢业业为教区民众讲学布道，尽职尽责做好我分内的工作，我会因此进天堂；但是如果因为我的过失，他们的灵魂堕落了，不管是谁，我都会因此受到惩罚。所以我深知这份职责对我的意义。”听完这番话，那位富有的主持神父感到无地自容，暗想从今以后应该更好地履行自己神父的职责。那位平凡但诚实正直的神父给了我们一个很好的回答。到此，这本书临近尾声。此书由威廉·卡克斯顿，也就是我本人，于1484年，即理查德三世在位第一年翻译并印刷，地点在威斯敏斯特教堂。

《坎特伯雷故事》第二版（1484）前言

威廉·卡克斯顿〔英〕

人们应该感谢和歌颂那些教士、诗人和史学家们，赋予他们无限的荣光，因为是这些人创作了很多充满智慧的杰作，其中有的作品描绘了圣徒们生活、思想和创造的奇迹，有的作品反映了历史上那些著名的义举，有的则记录了从创世纪之初到现在的时代变迁。正是因为有了他们留下来的这些作品，我们每天都能从中学到各种各样的知识、了解各种情况。他们中有一位尤其值得人们歌颂和赞美，他就是伟大的哲学家杰弗雷·乔叟，他用我们自己的语言——英语，创作了许多华丽作品，完全能配得上"桂冠诗人"的美誉。乔叟之前的英语书籍语言粗俗，而且经常自相矛盾。经过艰苦的努力，他精心地雕琢和完善了英语语言，使它变得美丽。在他之前的英语作品完全不能与他优美绚丽的作品相提并论。他的作品很丰富，既有富有韵律的诗歌，也有散文。无论是哪种，他都能巧妙地运用短小精干、节奏轻快而且寓意深刻的句子来表现主题，努力摒弃繁复，力求精练，使语言甜美，让构思巧妙。承蒙天恩，我决心印刷一些他的作品，其中就有《坎特伯雷故事》。这本书里包括了许多来自不同阶层的人讲的好故事。它首先恰到好处地交代了每个讲故事的人的背景和后面各个不同故事的整体安排，其后的故事寓意高尚，充满智慧，轻柔和缓，充满欢乐。我认真地阅读和比较了这本书的各个版本，发现编者们要么做了很多删减，省略了很多内容，要么就添加了原著中原本没有的东西。其中最突出的是我六年前得到的一个版本，我那时还以为这是最忠实于原著的一本，所以我将这本书印了出来，并卖给了很多绅士贤达。其中一位绅士找到了我，告诉我这本书跟杰弗雷·乔叟的原作在很多地方都不一样。我回答他说，我只是根据我手上这本书印刷的，我本人没有做任何的删减或添加任何额外的内容。这位先生告诉我说，他父亲有一本特别珍爱的书，跟乔叟本人写的《坎特伯雷故事》内容完全一致。他还告诉我如果我要重新印刷这本书，他愿意把这本书交给我作为蓝本，尽管他知道他的父亲可能会不乐意。先前因为我的愚昧无知，我刊印的书在很多地方歪曲了作者的原意，加进了原作者从来没有说过的话，同时又删掉了很多重要的内容，使得原著蒙羞。所以为了弥补我的过失，也为了对得起这本书的原作者，我对这位先生说如果他的书真的忠实于原作，我愿意重新印刷。于是我们达成了一致。后来他从他父亲那里得到这本书并将书交给我，这样我才得以更正我之前的过失，得以将下面这本书刊印出来。这一切都离不开万能上帝的仁慈和恩典。我恳求所有的读者记住这本书的原作者杰弗雷·乔叟的精神，这将成为你们仁慈的善举之一。读过并理解了书里那些道德崇高的好故事的人定会拥有更加健康的灵魂，身后一定会在天堂得到永生，阿门。

马洛礼著《亚瑟王之死》（1485）序

威廉·卡克斯顿〔英〕

在印刷完成几本历史典籍之后，我又考虑再印些有关伟大征服者和领主们丰功伟绩的史籍，以及一些记录行为典范、具有教育意义的作品。很多英格兰的贵族绅士们常来问我，为什么不印刷一部关于“圣杯”的历史著作，也就是有关闻名于世的基督国王亚瑟的故事。亚瑟王是“三大基督徒”中第一位，也是最重要的一位，是英国人最应该了解和铭记的基督国王。全世界的人都知道，历史上有九个最重要，也是最高贵的人。其中三个是异教徒，三个是犹太人，还有三个是基督徒。三个异教徒都生活在基督降世之前，排在第一位的是特洛伊的赫克托，很多民谣和散文记录了他的英雄事迹；第二位是亚历山大大帝；第三位是罗马皇帝盖乌斯·恺撒，他的故事早已广为传诵，已经有过译本。三个犹太人也出现在基督转世之前，第一位是约书亚，他曾带领以色列的孩子们来到迦南；第二位是耶路撒冷之王，大卫；排在第三位的是犹大·马克比；这三个人的事迹在《圣经》中都能读到。基督降生之后出现的“三大基督徒”现在已经获得全世界的承认，被列入了全世界最重要、最高贵的九大人物之中。其中第一位就是高贵的亚瑟，我将在这本书随后的内容中讲述他的光辉事迹；第二位是查理曼，也称查理曼大帝，他的生平在很多英语和法语著作当中都可以看到；第三位是布伦·戈德弗雷，我之前出过一本有关他的书，用以纪念仁慈的国王爱德华四世。这些贵族绅士们迫不及待地要求我刊印记载伟大国王亚瑟王和他的骑士们的历史，其中包括“圣杯”和亚瑟王之死的部分。他们都坚持认为，我该先刊印亚瑟王的丰功伟绩，他比布伦·戈德弗雷或其他八个人中的任何一人都重要，因为他出生在英国，是英国本土的国王，连法语里都有很多记载亚瑟王和他的骑士们的作品。我回答他们说，现在还有很多人认为历史上并没有亚瑟这样一个人，这些人相信所有关于他的故事都是虚构杜撰出来的，因为很多编年史都没有提到他或者他的骑士们。对此，绅士们做出了回应，其中一位特别提到，在他看来亚瑟不存在的这种说法是极其荒谬愚昧的，因为有大量的证据能证明确有其人。一个是亚瑟在格拉斯顿伯的修道院里的陵墓，据《世界编年史》第五卷第六章以及第七卷第二十三章的记载，他确实被埋葬在那里，后来被人发现后，人们在那里修建了一座修道院；薄伽丘所著历史故事《欧洲列王本纪》也提到了他的一些崇高事迹以及他的死亡；加尔弗里德斯在他用凯尔特语写成的著作中也讲述了亚瑟的生平故事；另外在英格兰的很多地方仍然保存着许多亚瑟及骑士们使用过的物品。第一，在威斯敏斯特大教堂为圣·爱德华所设的陵寝里仍保存着亚瑟的印章在红蜡上留有的火漆印，存放在绿玉做的石框里，上面写着“亚瑟王——不列颠、法兰西、日耳曼及达西亚的统治者”。第二，在多佛城堡里，人们仍能看见高文（亚瑟王的骑士之一）的头骨和卡拉多克（亚瑟王的骑士之一）的披风。第三，在温彻斯特有亚瑟及其骑士们使用的圆桌，在其他地方还有兰斯洛特（亚瑟王圆桌骑士中的第一位勇士）的宝剑以及其他物件。如果把这些证据都考虑进去，没有人能够否认这块土地上确实有过一位叫亚瑟的国王。无论是不是在信奉基督教的地方，他都声名赫赫，并被列为世界上九个最重要、最高贵的人物之一，“三大基督徒”之首。他在海外的声名更胜，记载他光辉事迹的荷兰语、意大利语、西班牙语及希腊语还有法语作品不胜枚举，数量超过了英国本土有关他的著作。还有，在威尔士的卡默洛特地下至今仍埋藏着亚瑟王宫残留的巨石和铁器，当代就有人亲眼见过，这些遗迹也见证了亚瑟王的存在。让人奇怪的是，他在自己的国家并不是特别的闻名，这大概正应了上帝说过的一句话：“没有哪个先知在自己祖国是受欢迎的。”基于上述理由，我不能否认历史上确实有一位高贵的、名叫亚瑟的国王，他是最高贵的世界九大人物之一，也是三大基督徒中最早，也是最重要的一位。有关亚瑟和他的高贵骑士们的作品，已经写成了好几部著名的法语著作，我在国外时也读过，可惜在我们祖国语文中却没有，威尔士语和法语的也很多，英语里只有一小部分，数量并不多。所以我凭借着上帝赐给我的小小智慧和社会贤达淑女们对我的肯定和指正，斗胆尝试刊印了这部有关亚瑟王和他的骑士们的光辉事迹的著作，这部英文史籍是托马斯·马洛礼在一些法语著作的基础上编著而成的。我依照这部抄本刊印，目的是希望人们能够了解和学习骑士们的高尚行为和温和善良的行事作风，他们为此得到人们的尊重爱戴；而那些作恶多端的人则受到惩罚，遭人责难和唾弃。这本书记载了令人愉快的、有趣的历史故事，以及那些博爱仁慈和反映骑士精神的故事，我谦卑地恳请所有读到这本书的人，不论是贵族，还是贫民，无论从事何种行业，都能牢记和效仿书里那些善良正直的行为。在这本书里可以读到高贵的骑士精神、谦恭、仁慈、友善、坚韧、爱、友谊、懦弱、谋杀、仇恨、美德和罪恶。行善远恶，你会得到名望和荣耀。读这本书会让你很愉快地度过你的闲暇时光。至于你是否相信书里的内容，那是你的自由。本书是为了教诲世人而写，同时也警示世人不得作孽、远离罪恶，谨守道德标准。如果能够照此行事，在尘世短暂的岁月中，我们将赢得名望和荣誉，身后还能在天堂得到永生，这是三位一体的主对我们的恩赐，阿门。

亚瑟王是一位伟大的征服者，也是一位英明的国王，他曾是这片叫作不列颠的神圣王国的国王。他的故事高尚风趣。本人威廉·卡克斯顿，一介平民，将下面的故事刊印出来，以献给那些渴望读到或听到这些故事的王公贵族和绅士淑女们。这本书里记叙了高尚情操、丰功伟绩，以及勇气、坚韧、仁慈、爱、谦恭和教养及其他精彩的历史和冒险故事。为了方便读者了解大概内容，我将本书分成了21卷，每卷又分为若干章节。承蒙天恩，我将各卷内容介绍如下。

第一卷讲述的是不列颠王尤瑟怎样生出了高贵的征服者亚瑟王，共28章；第二卷讲的是高贵的骑士巴令，共19章；第三卷讲的是亚瑟王如何与格温娜维尔结婚及其他事宜，共15章；第四卷讲的是梅林如何爱上一位湖中仙女并难以自拔，以及日列王对亚瑟王发动的战争，共29章；第五卷讲的是征服卢修斯皇帝，共12章；第六卷讲的是圆桌骑士兰斯洛特和莱昂内尔的非凡的经历，共18章；第七卷讲的是高贵的骑士加雷思的故事，以及他被骑士凯戏称为“伯曼斯”的经过，共36章；第八卷讲的是高贵的骑士特里斯坦出世及早期的经历，共41章；第九卷讲的是一名年轻的骑士的事迹，他被骑士凯戏称为“衣衫褴褛汉”，这卷同时还提到了特里斯坦的部分事迹，共44章；第十卷继续讲述了骑士特里斯坦和他不可思议的冒险经历，共83章；第十一卷讲的是骑士兰斯洛特以和格拉海德出场，共14章；第十二卷讲述了骑士兰斯洛特以及其狂妄的行径，共14章；第十三卷讲的是格拉海德第一次晋见亚瑟王，以及如何开始追寻“圣杯”的下落，共20章；第十四卷讲的是追寻“圣杯”的经过，共10章；第十五卷的主角依旧是骑士兰斯洛特，共6章；第十六卷讲的是骑士鲍里斯和他的兄弟骑士莱昂内尔，共17章；第十七卷讲的是有关圣杯的故事，共23章；第十八和十九卷讲述了骑士兰斯洛特和格温娜维尔王后之间的故事；第二十卷讲的是亚瑟王如何凄惨地死去，共22章；第二十一卷讲的是亚瑟的身后事迹，以及骑士兰斯洛特如何为他复仇，共13章。全书21卷，共计507章，下文将向你呈现亚瑟和他的骑士们的精彩故事。

《埃涅阿斯纪》（1490）序

威廉·卡克斯顿〔英〕

一次，正值完成若干翻译作品，手头也没有其他工作可做之时，我坐在散乱地堆放着很多书籍和手册的书房里，碰巧看到一本由某位高贵的法国教士将拉丁语翻译成法语的小册子，名为《埃涅阿斯纪》。这部作品是伟大诗人和教士维吉尔所著，我认真地拜读了它。它叙述的故事是：特洛伊被毁灭后，埃涅阿斯背着年迈的父亲，怀抱年幼的儿子，带着妻子和其他一行人等登上船只，离开故乡，经历种种磨难，最后终于征服了意大利。读这本书是件非常愉快的事，因为它用词优美、准确，我从前看过的书没有任何一本像它那样如此令人愉快，结构布置如此巧妙。在我看来这是一本受过良好教育的高尚人士都该读一读的书，不仅因为它记录的历史，也为它的语言。这本书连同其他的作品已经历了几百年的历史，在很多地方，尤其是在意大利等地，是学生们必须研读的作品之一。维吉尔用富有韵律的诗歌形式记叙了那段历史。于是我有了翻译这部作品的想法。我经过深思熟虑，最后决定将它翻译成英语。随后我备好笔墨开始翻译，但是刚刚写了一两页就停住了，然后看了又看，改了又改。因为看到那些美好，但生僻的用词，我有些犹豫，怕有些绅士们以后会怪罪我翻译时用词过于追求标新立异，普通人都理解不了，而要求我用些古旧的、普通的英语词汇。

为了满足不同的人的需要，我找了一本过去的英语书读了读，里边的用词粗鲁庸俗，让人很难理解。另外，威斯敏斯特修道院的院长大人前不久才给我看过一些用古英语写的文献，要求我用当代英语重新写一写。可那里边的语言不像英语，倒更像是荷兰语，我看不懂，也没有办法把它转写成当代英语。不要说古英语，就连我刚出生那会儿人们使用的英语和我们现在使用的英语都大不相同。英国人都是在月亮的俯视下出生的，而月亮从来都是随着时间推移，不断进行阴晴圆缺的更迭的。而不同郡县平常使用的英语都有所不同，所以才会出现下面这种情况。在我生活的时代，有几个商人乘船沿着泰晤士河到了出海口，准备到西兰岛去，可是因为没有风，他们的行程被耽搁了下来，不得不在滨海一带逗留。一天，他们上岸去买补给，一个名叫谢菲尔德的绸布商来到一家人门前，说他想要买些肉和鸡蛋（egg），尤其是鸡蛋，可这家的女主人却说她听不懂他说的法语。绸布商很生气，因为他说的根本就不是法语。他说就是要些鸡蛋，但是她就是听不明白他想要买什么。最后还是另外一个商人开口了，说他想要买的是“eyren”（即鸡蛋），这样那位太太才听懂了。

你看，当时“鸡蛋”这个词用英语写出来应该是“egg”还是“eyren”呢？所以因为语言的变迁和多样性，要让每个人都满意很难。但现在但凡在这个国家有点儿声誉的人跟人交流或者发表意见，多数人都听不懂。一些正直、高贵的教士们赞同我的做法，要求我尽可能地使用有新意的词。到底是用常用、粗俗的词汇呢，还是尽量用新鲜、准确的词呢？我感到左右为难。我想，日常使用词汇肯定比古英语词更容易理解一些，再者这本书不是写给粗鲁的高地人看的，而是写给那些相信伟大历史功绩、爱好骑士精神的教士和绅士贤达们看的，所以我采取了折中的办法，既不过于粗俗，也不过于标新立异，而是承蒙上帝的恩惠，用了大家都看得懂的词。如果有人因为词汇的原因看不下去，那建议他去读一读奥维德的作品，通过他的作品来了解维吉尔，如果有人从旁指导，他会轻松理解所有的内容。毕竟这本书不是写给未受过教育的粗人看的，而是写给那些有教养、有知识的教士和绅士们的。在此，我要恳求所有的读者原谅我翻译了这部作品，因为我深知自己才疏学浅，翻译如此伟大的作品实属冒险。不过好在我请到了牛津大学天才的桂冠诗人约翰·斯凯尔顿来校阅这本书，纠正这本书的偏误，并对其进行必要的注释和说明。

他完全能够胜任这一工作，他刚刚翻译了《塔利书信集》和狄奥多罗斯的著作以及其他众多的拉丁语作品。他用的不是古英语，他的语言优雅考究。因为他曾遍读维吉尔、奥维德、塔利和其他伟大诗人及演说家的著作，有的我甚至连名字都没有听说过；他熟悉缪斯女神们掌管的九个领域，我想他一定是喝过赫利孔山上的泉水，要不怎么会如此才华横溢，所以我请求他和其他跟他一样有才华的人来校正他们觉得有问题的地方。翻译时我尽可能地接近这本法语原著，我的用词遣句如果有好的地方，我会很高兴；写得不好的地方，希望他们能帮我更正改进。

我谨将此书献给出身高贵的亚瑟一世，即承蒙天恩的威尔士亲王，至高无上、最令人敬畏的领主，最虔诚的基督教国王亨利七世的长子兼继承人（承蒙天恩，亨利国王也是英格兰和法兰西的国王、爱尔兰的统治者）。我恳求勋爵大人能够收下这本书，我作为他卑微的臣民和仆人将不胜感激。我将向万能的上帝祷告，保佑他更加善良、智慧、仁慈，与他最著名的祖先齐名，身后他和我们都能在天堂得享永生，阿门。

《基督教要义》题献

约翰·加尔文[1]〔法〕

谨献给虔信基督的法国国王弗朗西斯陛下，愿基督赐予陛下平安和救赎陛下，当我开始写这本书的时候，并没有想过要把它献给陛下您，我只是想规定一些基本原则，通过它使对宗教感兴趣的人能在真正的虔诚中受到启发和教育。我知道法国同胞中有很多人如饥似渴地追寻着基督，但是很少有人真正懂得他，所以我为了我的同胞们写了这本书，这是我的主要目的，而这本书的文体和写作手法的简明朴实也说明了这一点。但是我看到您的王国里某些居心叵测的人怒不可遏，容不得纯正的教义在这块土地上有半分栖身之所，如果这本著作既能教诲他们，又能向您展示我信奉的教义，那您就能了解当下在您王国里杀人放火、为害乡里的这帮疯子他们所恨教义的真义，我想这么做是有益的。我不怕承认这本书里总结的教义就是这帮人所反对的目标，这些人叫嚣着信奉这些教义的人应该受到严厉

---

① 约翰·加尔文（John Calvin），1509年出生于法国皮卡地区的努瓦永，1564年在日内瓦逝世。1528年左右，他参加了欧洲的宗教改革，被驱逐出巴黎后到瑞士避难。《基督教要义》一书于1536年在巴塞尔出版，加尔文在此书中全面阐述了加尔文教作为新教的一个重要支派的教理。在此书的"题献"中，加尔文亲自总结了其信仰的要义。

惩罚，应该被监禁、流放、驱逐、烧死，应该从这个世界上被彻底铲除。我十分清楚这些人是如何在您的耳边恶意地诋毁和含沙射影地攻击我们的主张，让您厌恶它；可是宽大仁慈的陛下必然明了，如果指控能算作犯罪的证据，那这个世界上就没有清白可言了。如果有人为了责难我所捍卫的教义指控说，很早以前公众已经一致反对这样的教义，并且被法庭裁定为非法，那么，这话不过等于是在说，很久以前，它曾受到反对势力强烈的排斥，有时也遭到狡猾的阴谋和诽谤的打压。毫无根据地对它加以残忍判决，这是残暴；说它造反和祸患，这分明是诡计。如果有人说前面这些申述毫无依据，那国王陛下您本人可以作证，因为您每日都听到相关的对它的中伤和诽谤；他们说，它唯一的目的就是篡夺王权，推翻所有司法程序，破坏所有的秩序，倾覆所有的政府，扰乱人们宁静的生活，废黜所有国家法律，耗散所有资财；一言以蔽之，就是要使一切陷于混乱。您听到的对它的中伤，只不过是其中很小的一部分。那在人民当中流传的关于它的谣言如果是真的，那全天下人理当宣判这教义及其煽动者被绞死或烧死一千次。这种心怀不轨的指控竟然有人相信，使这教义成为众矢之的。正是有人偏听偏信，才使得他们能够串通起来给我们和我们的教义定罪。法官在法庭上定案，往往带着自己的成见，草草了事，以为只要定那些自己供认，或证据确凿之人的罪，便算尽了责任。如果问，被判的是什么罪？他们说："是因为相信了这教义，而这教义是已经被定了罪的。"但是根据什么样的正义把这教义定了罪呢？其实我们辩护的立场并不是要弃绝教义，乃是要维护它的真理。但关于这一点，一句话都不容许我们说。

在此，我请求国王陛下——这绝对不是一个过分的请求——请密切注意这个问题，之前他们在处理它时并没有依法行事，全凭一时意气，没有任何司法的公正性可言，使得人们对它的认识混乱轻率。请不要以为我只是在为了平安地返回家乡，而为自己辩驳；虽然我和每个人一样都热爱自己的家乡，但是在目前这样的情况下，我并不后悔离开那里。我为所有的信徒辩护，也是为基督辩护。此时在您的王国里，这教义的信徒正以各种方式被人残害践踏，正处于水深火热之中；诚然，这是残暴的伪善者们的手笔，并非得到您的首肯。事情的来龙去脉，我并不想在这里讨论；不过情况的确很悲惨。因为那些对神不敬的人十分猖獗，虽还没有完全消灭基督的真理，却已使他的真理湮没在黑暗中，而可怜的被藐视的教会，或为残酷的屠杀所毁灭，或被放逐，或受威胁摧残，三缄其口。这些恶人的猖狂放肆如今变本加厉，要把倾斜的墙尽力推倒。同时，在这样的狂风暴雨之下，没有人敢出来仗义执言，主持公道。即使有人想表现出对真理的同情，他们也只主张应该饶恕所谓“无知者的错误和狂妄”——这是温和派的说法。其实他们心知肚明，所谓错误和狂妄正是上帝的真理，而他们所谓的“无知者”，就连基督都不会轻视他们的智慧，并且把上天的智慧奥秘赐予他们。由此看来，大家都以福音为耻。但是，作为国王，您不能卫护正道，尤其是维护上帝在世间的荣誉，维护神圣真理的荣耀，保卫基督的国。但，维护它们是您的责任，您不能置若罔闻。这一任务值得您注意，值得您认识，值得您以王位倾力而为，这才是王权的真正意义。您应该承认您对王国的统治，是作为上帝的臣仆在为他效劳。如果上帝的荣耀不是统治存在的目的，那它就不是一个合法的政权，只能称为篡夺。当上帝祝福这个国度永远繁荣，可它却不是以上帝的权能——他的神圣教诲——来治国，这不是欺骗又是什么？因为神谕说“没有默示，民必灭亡[①]”，这一定会应验的。即使您蔑视我们的卑微，也不应该因此放弃这种追求。我们深知自己是如何的卑微可悯，我们是上帝面前可怜的罪人，是人前最可鄙的人，是世间的废物，我们该背负这世上最恶劣的名声，所以在上帝面前无可称耀。我们唯一的荣耀便是他的慈爱，因为我们没有别的功德，是他的慈爱给了我们永远救赎的希望。在人前，我们只有弱点；可是在他们看来，哪怕是稍微承认自身的弱点，也是莫大的耻辱。但是我们的教义必须建立起来，它高于一切荣耀，是世上任何力量都不能征服的。因为它不是我们的，这教义是上帝的，是基督的。基督是上帝所立的王，基督统领整个世界，普天之下，无不在基督的管辖之下。在这世上即使铁一样的力量，金银一般的容华，也

---

① 《箴言》29：18。

会被基督口中的杖击碎。先知所预言的他的王国，就是如此的壮丽。

我们的敌人说，我们打着为上帝的神谕辩护的幌子，其实是在穷凶极恶破坏上帝的道。这心怀叵测的中伤诽谤，简直厚颜无耻得让人咋舌。在读过我们的信条之后，以您的睿智，必能做出自己的判断。但是还有些话必须要补充，为的是引起您的注意，或者至少为您的细读做一个准备。保罗指示我们说，每一个预言都是依据“信心的程度[①]”来进行，这是一个永恒不变的标准，一切圣经的解释，也都该依据这个标准。如果我们的原理都经过信仰的检验，胜利就是我们的。我们承认自己不具任何功德，只有上帝才能为我们遮羞；承认自己一无所有，只有上帝才能让我们充实；承认自己是背负罪孽，只有上帝才能给我们自由；承认自己目不能视，只有上帝才能照亮我们的世界；承认自己跛足残废，只有上帝能给我们指引；承认软弱，只有上帝能够给我们扶持；如果放弃所有荣耀，只归荣耀于上帝，并因他的荣耀而荣耀，还有什么比这一切更符合信仰的标准？当我们表达这样的或者类似的观点时，他们又打断我们，埋怨我们这样做是颠覆了他们的所谓本性的光明、充分的准备、自由的意志、获得救赎的义行等诸多功德，因为他们不能忍受将所有善良、力量、正义、智慧的赞美和荣耀都归之于上帝。但是我们从未见过有谁因为自由地汲取生命的源泉而受到责难。恰恰相反，那是那些“砸破了池子，再也存不了水[②]”的人才应该受到的严厉的指责。承认上帝是我们和蔼的父，基督既是我们的兄弟，又是我们与上帝之间的中保；相信所有的繁荣和幸福都来自基督，而出于对我们的无法言表的爱，“上帝没有吝惜自己的儿子，而将他带给了我们[③]”；基督就是上帝给我们的最宝贵的恩赐，当我们想到上帝的这些恩赐时，就安心地期盼救赎和永生。有什么比这一切更符合信仰的标准呢？这里他们又不同意了，把这种笃定看成傲慢和夸耀。但我们夸耀的不是自己，我们夸耀的是上帝的

① 《罗马书》12：6。

② 《耶利米书》2：13。

③ 《罗马书》8：32。

一切；我们抛弃浮华不为别的，只为能学会以上帝的荣耀为荣。我还能说什么呢？陛下，请回想一下我们的教义的每一个部分，如果您不能清楚地看到我们“忍辱负重，因为我们相信上帝在我们中间①”，我们相信“永生即是要认识真正唯一的上帝，认识他差遣来的基督②”，那就请把我们想成人类中最恶劣的人吧。正是为了这个希望，我们当中的一些人身陷囹圄，或忍受鞭笞，或被当成笑柄，或被流放，或被严刑拷打，或漂泊逃亡。我们在被恶毒地诅咒、残忍地诽谤和侮辱中陷入极端的困惑。现在看看我们的对手（我指的是那些教会的神父们，别人都是遵照他们的意志和指示来反对我们）和我一起来想一想他们遵循的都是什么样的教义。《圣经》教会我们的是宗教的真义，是普天下都应尊奉的真义，但是他们却堂而皇之地允许自己和别人安于无知，不重视它，并且还轻视它。他们认为只要能以所谓“绝对的信心”服从教会的判断就够了，一个人对于上帝和基督信仰与否，无关紧要。只要没人敢反对罗马教皇的地位和所谓圣洁的母会的权威，即使上帝的荣耀遭受公开的亵渎，他们也不以为意，无动于衷。既然如此，为什么他们要为了弥撒、涤罪、朝圣或类似的小节，锱铢必较，以为对这些小节若没有绝对的信心，就不能算为虔敬？其实这些事在《圣经》中都没有根据，为什么他们偏偏要坚持呢？因为口腹就是他们的上帝；厨房就是他们的信仰。没有了这些，他们不再把自己当成基督徒，甚至连人都不是了。因为虽然他们中有些人胡吃海塞，有些人饮食节俭，但是他们同锅而食。这口锅如果没有了柴火，锅不光会冷，还会冻得冷冰冰。他们中最挂念自己口腹的人，便是那在“信仰”上最热心卖力的人。他们一致努力保护他们的王国和他们的饭碗，但没有一个人的热忱是真诚的。

他们对我们信仰的攻击并未就此结束，而是竭力地控诉谩骂，使它成为仇恨和怀疑的众矢之的。他们说它新奇，是最近才出现的；说它可疑并且不可靠，对它百般挑剔；他们质问什么神迹认可了它；他们质问既然它

① 《提摩太前书》4：10。

② 《约翰福音》17：3。

和那么多的圣教父的主张及远古的习俗相悖，我们接受这样的教义是否正确；他们要我们承认它会引起教会的分裂，会煽动人们起来反对教会，要承认我们的主张实际是在说，一千多年来没有我们这样教义的时候，教会就不存在；最后，他们说所有的争辩都没有必要，我们的教义本身的性质决定了它的结果，因为它产生了如此之多的教派，造成了如此之多教派之间的纷争，以及罪恶的横行。在轻信无知的群众面前侮辱诋毁这样一个被遗弃的真理确实是件很容易的事；但是如果我们也同样有言论的自由，他们对我们的狠毒、无顾忌的攻击，必将逐渐敛迹。

首先，他们称它为新奇，这是对上帝的诽谤中伤，因为他的神谕不应该被诬称为新奇。我不怀疑圣谕对他们来说确实是新的东西，哪怕基督耶稣和《圣经》，对他们来说也是同样新奇。但是那些熟悉保罗教诲的人都听过“基督耶稣因我们的罪而死，他的复活是为了给我们释罪[①]”，他们知道我们的教义并非新奇。只是它被隐匿和埋没许久，不为人知，这是人不敬的罪过。现在因为上帝的仁慈我们又重新得到了它，至少应该承认它其实早就存在。

同样的无知导致了对它的怀疑和不确定。这正是主借先知之口所说“牛认识主人；而驴只认识主人的食槽[②]”，主的子民并不认识他，不论他们如何嘲笑说我们的教义不可靠，但到了需要他们以鲜血和生命证明他们自己的教义时，就不难看出他们对其教义的尊重是何等的有限。我们跟他们最大的不同在于我们的信心，因为它既不惧怕死亡的威胁，甚至也不惧怕上帝的裁决。

他们要求我们用圣迹来证明我们的教义，这根本就是不合理的；因为我们并没有伪造新的福音书，我们所坚持的福音书跟原来的一样，其所有的真义早已为基督和其使徒的神迹所证实。但是他们有一点似乎比我们更占优势，他们直到今天还在以神迹证明他们的信仰。但实际是这样：他

---

① 《罗马书》4：25；《哥林多前书》15：3，17。

② 《以赛亚书》1：3。

们的所谓神迹，经不起事实的证明，都是无价值的、可笑的，或者是虚空的和不实在的。即便那些神迹真是超自然的，也不应当拿来作为反对上帝真理的工具；因为不论是通过奇迹还是自然界的普遍规律，上帝的圣名随时随地都应该得到尊崇。如果《圣经》没有告诉我们神迹的真正目的和用途，这个谬误可能会更加难以被发现。因为马可告诉我们，使徒是以神迹证实他们所传的道[1]；路加告诉我们："主借使徒的手，行神迹，以证明他的道[2]"；与此相似，使徒也说，传播福音以"证明救赎"，"上帝通过神迹、奇事和各种异能来彰显其存在[3]"。但我们知道这些事都是福音的保证，我们应当滥用它们来损害福音的信仰吗？那些用来证明真理的事，我们可以拿来证明虚伪吗？所以根据福音传道者所说，首当注意的是教义，所以先要研究及检验教义，然后再从神迹方面寻找证明。但基督赋予了合理的教义一个典型的特点，它应该发扬的是上帝的荣光，而不是人的荣光[4]。基督已经定下了真义的标准，如果神迹的目的不是为了赞颂上帝，那就不是真的神迹了。同时我们需要记住，撒旦也可以行异能，虽然那只是些杂耍的小把戏而非真正的神迹，但很容易蒙蔽无知和没有经验的人。魔术师和巫士们也总是以行异能著称；偶像崇拜也是靠令人惊异的异能支撑；然而我们却不承认这些所谓异能可以为魔术家和崇拜偶像的迷信作见证。从前一般头脑简单的人，为好行神迹的多纳徒斯派所欺骗。现在我们借用奥古斯丁答复多纳徒派的话，来答复我们的敌人：我们的主警告我们，要小心提防那些"神迹贩子"，将来会有假先知冒出来，以各种神迹奇事来蒙蔽上帝的子民[5]。保罗也曾告诉过我们，反基督的王国也会充斥各种力量和伪神迹[6]。但是（他们说）制造这些神迹的不是偶像、魔法师或假先

---

① 《马可福音》16：20。

② 《使徒行传》14：3。

③ 《希伯来书》2：3，4。

④ 《约翰福音》7：18；8：50。

⑤ 《马太福音》24：24。

⑥ 《帖撒罗尼迦后书》2：9。

知，而是圣人；就像我们不知道其实这是撒旦的阴谋，他化成了光明天使的样子[1]。耶利米的埋在埃及，埃及人过去常在他的墓前献祭或通过别的方式纪念他。这难道不是把上帝的圣洁的先知当成偶像崇拜吗？可能他们认为拜这位先知的坟墓，他们就可以医治被毒蛇咬伤的人。我们只能说，给那些并不热爱真理的人幻觉，让他们去相信谎言，在过去和在无限的将来，这都是上帝对恶人最公正的报复[2]。我们并非没有确定的、无可挑剔的神迹，只是那些被人用以作掩护的神迹，都是撒旦的假象，引诱人离弃对上帝真实的敬拜，而陷于虚伪。

那些攻击我们教义的人，他们的另一诽谤是说我们是与教父为敌——我是指较早较纯洁时期的作家们——就像他们的不虔诚都是作家们教唆所致；但是如果让教父们的绝对权威来裁决这一争端，那么胜利者——谦虚地说——十之八九是我们。虽然这些教父们的著作中不乏睿智卓越的见解，但是在某些方面他们无法摆脱人类共有的宿命。那些忠实的后辈们只尊崇他们的错误，而优秀之处却被忽略，被隐藏，或被误解，所以我们可以说，那些后辈们努力从黄金中拾取渣滓。

现在，那些忠实的后辈们毫无道理地叫嚣，说我们鄙视和敌视他们的教父。但是我们并未轻视他们的教父，反之，我可以指出那些教父们的大部分意见是和我们相同的。但是我们在运用这些著作的同时，我们时刻牢记“所有的物都是我们的”，我们只是使用它们，不能让它们驾驭我们，“我们只属于基督[3]”，我们对他当一致服从。凡无视这一区别的人，对宗教必然没有坚定明确的见解，因为有很多事是那些圣洁的教父们不知道的，他们彼此之间也有分歧，有时甚至是自相矛盾的。他们说，所罗门警告世人“不要越过或移动先祖们设立的界碑[4]”，虽然这不是没有道理，但这一规则不适用于划分田地的界线和对信仰的服从；信仰是应该随时“忘

① 《哥林多后书》11：14。

② 《帖撒罗尼迦后书》2：10，11。

③ 《哥林多前书》3：21，23。

④ 《箴言》22：23。

记他自己的民和父家”的[①]。其实他们若喜欢用寓意的解释，为什么以别人而不以使徒们为教父，并以移动他们所指定的地界为非法行为呢？因为这种解释正是圣哲罗姆的，而他的著作已被他们列入真经。他们若要坚持保存教父所定的地界，为何自己又去挪移呢？有两位教父[②]，其中一位说，我们的上帝不需要吃喝，所以也不需要杯碟；另外一位说，圣物不需用黄金，而黄金绝不能增加那非用黄金买来之物的价值。那些偏爱用金银、象牙、大理石、珠宝和丝绸作为圣物的人，已经越过这条界限。他们以为崇敬上帝，必须用熠熠生辉或者奢侈浮华的东西，显然，这不算是合理的敬拜。有一位教父[③]说，基督徒没有斋戒，强行要求别人行斋戒，是对基督教义的曲解，违背了其真义。有两个教父[④]，其中一位说修道士不用自己双手劳作，就等同于欺骗和劫掠；另外一个说修道士不论再怎么一丝不苟地沉思、研究和祈祷，若不自食其力而靠他人养活这也是非法的。他们让一班懒惰的修道士涉足娼寮，专门依赖他人生活，这也越过了界限。还有一位教父[⑤]说，在基督教教堂里看见一张耶稣或圣徒的画像，是可憎的一件事。这不是一个人的私见，因为教会会议所公布的法令说，敬拜的对象不能画在墙上。他们远远没有把自己的言行限制在界限之内，因为每一个角落都是画像。另外一个教父[⑥]建议为死者举行葬礼仪式后，就当让他安息。他们又打破了这一界限，主张继续不断地关怀死者。有一位教父[⑦]断定圣餐的面包和酒，其本质仍留存，正如我主基督归于上帝，其本质并不消失一般。他们跨越了界限，因为他们以为只要背诵了主设立圣餐的话以后，面

① 《诗篇》45：10。基督人在顺服的路上，就像女子出嫁，必须先离开父家，为主的缘故，肯一样一样地丢下，才能得着主的喜悦。——译者注

② 亚该丢和安波罗修。

③ 斯宾利地安。

④ 亚该丢和奥古斯丁。

⑤ 斯宾利地安。

⑥ 安波罗修。

⑦ 格拉修。

包和酒的本质便消失，化为自身血肉。有些教父们[1]对普世教会只宣告一个圣餐，并且不允许所有讨厌和不道德的人接近，同时对在场而不参加的人也加以严厉责备。而他们不但在教堂里，而且在私人的家里，常举行弥撒，只要愿意旁观便可参加，捐钱越多的人越是受欢迎，也不管他们是否有德。这帮人将这些界碑都挪得太远了。他们不劝勉任何人来相信基督，来虔诚地参与圣礼；他们所做一切皆为了牟利，而不是为了上帝的仁慈和功德。有两位教父[2]，他们中的一位主张，基督的圣餐应该禁止只领饼、酒两者之一；另外一位强调，基督徒既然准备为基督流自己的血，就不应该被拒绝领受基督的血。这些界碑也被搬动了，他们制定了严格的法律，把前一位教父要求逐出教会为惩罚的事，和后一位坚决反对的事，作为教规定了下来。有一位教父[3]认定，如果不能从《圣经》中找到清楚明确的依据，而对一个模糊的事物做出决定的行为是鲁莽。他们忘记了这一界限，在没有了上帝的话作为依据的情况下，制定了如此之多的规定、教规和司法决定。有一位教父[4]严厉批评了孟他努，因为是他第一个制定禁食法令。他们远远地超出了界碑所规定的界限，因为他们将斋戒写进了严格的法律。有一个教父[5]主张不应该禁止牧师们结婚，并宣布与妻子同住才能算是真正的贞节；他的主张得到了其他教父的支持。他们又逾越了这个界限，因为他们严令要求教士们必须禁欲。有一位教父认为我们只应关注基督一人，因为上帝吩咐了“你们要听他”，我们不用去管其他前人们说过或做过什么，只需听从基督的命令，因为他高于一切。这一界限非但他们自己不遵守，还不允许别人遵守，因为除了基督，他们还为自己和别人另外找了主人。有一位教父[6]认为教会不应该高于基督，因为基督的判断总是真

① 屈梭多模和加里克斯都 。
② 格拉修和居普良。
③ 奥古斯丁。
④ 亚波罗纽。
⑤ 帕弗奴丢。
⑥ 奥古斯丁。

理，而教会的判断和人的判断一样，通常不免会被误导。而他们又一次地打破了这个界限，毫不犹豫地声称教会决定了《圣经》的权威。所有的教父们一致认为上帝的神谕被诡辩家的阴险和逻辑家的争吵所玷污，是最可鄙可恨的事。他们生活的全部就是把《圣经》简单的真理卷入无止境的争吵或者更糟糕的诡辩之中，他们这也算是在遵守界碑的限制吗？所以如果这些教父们现在复活，听到他们美其名曰讨论神学的争吵，他们肯定不会想到这跟上帝有什么关系。但是如果要列举这些看似忠实的子孙们，如何蛮横地违反其先辈的权威的例子，这真是举不胜举，哪怕是给我几个月或者几年的时间都不够用。即便这样他们还公然指责我们超出了界限，真是厚颜无耻到不可救药。

如果他们要从习俗的角度来攻击我们，也占不到任何便宜；因为如果我们被迫服从习俗，我们倒可以控诉这最没有公道的事。实际上，如果人们的判断是正确的，就应该在善良的人中寻找习俗。但是实际情况却经常不是这样，只要是多数人的做法，就会变成习俗。通常多数人不会对真正的善做出一致的判断，毕竟人类的事物通常会比较复杂。所以多数人的错误演变为公共错误，或者导致大家对错误的普遍认同，这些“好人”已经将这些错误变成了法律接受下来。只要长了眼睛的人都看得到，世界已经被邪恶的海洋所淹没，有害的东西泛滥成灾，所有的事物濒临毁灭；对于人事我们要么彻底绝望，要么就对这些无边的罪恶做有力的，甚至是猛烈的反击。补救的方法不为人所接受，是因为我们已经习惯了邪恶太久。但是人类社会能忍受公共的错误，但在上帝的国度，只有永恒的真理才能到达视听，受到尊重，无论是漫长的时间、习俗或者阴谋都不能约束它。以赛亚曾经这样告诉被上帝选中的灵魂可以得救的人：“这百姓说，同谋背叛，你们不要说，同谋背叛；他们所怕的，你们不要怕，也不要畏惧。但要尊万军之主为圣，以他为你们所当怕的，所当畏惧的。[①]”所以让他们以过去和现在的例子反对我们吧，只

① 《以赛亚书》8：12，13。

要我们“尊上帝为我们的主人”，我们就没什么可害怕的。即使世代以来都有同样的不敬，上帝可以报复到第三代或第四代人身上；即使全世界的人都结成邪恶的联盟，上帝也有惩罚的先例，就是用洪水淹没所有的人，只留下了诺亚和他的一家，上帝的意志可以定整个世界的罪。最后，腐化堕落的风气就像瘟疫一样，不仅是大多数人，对于我们也是同样致命的打击。另外，他们还应该好好想一想居普良说过的一句话：因为无知犯罪的人，虽然不能完全脱罪，但是尚且可原谅；但对那些顽固地拒绝神所赐真理的人，罪无可恕。

我们也因为他们的“两难选择”感到局促不安——承认教会在过去某一时期消灭了，或承认我们现在是反对教会的。基督的教会一直都存在，也将继续存在，只要基督作为父的得力助手掌管教会，教会就会得到他的支持，受到保护，长治久安。因为他会践行他的诺言，和他的子民在一起，“直到世界末日[①]”。我们与教会没有争执，我们都同样敬拜一个上帝和基督，就如同过去世世代代虔诚的信徒们所做的那样。但是我们的对手却只承认肉眼看得见的教会才是真正的教会，并且用一些莫须有的规定限制教会，他们走得离真理太远。我们不同意这两点：第一，他们认为教会的形式是肉眼可见的实体；第二，他们把看得见的教会形式置于罗马教会及其教士的控制之下。我们的观点与此相反，第一，教会不一定是以看得见的形式存在；第二，教会的形式不是外表的浮华，而是在宣扬上帝的道，与执行合法的圣礼。但在他们，教会若不是看得见摸得着的，他们便不会满意。照这个道理，犹太人岂不是都没有教会，因为他们的教会几时是人们能够看得见的？当伊莱亚斯为自己孤身一人而哀痛的时候[②]，我们能看到它的任何壮观的形式吗？基督诞生之后很长一段时间，我们能看到它又有什么外在的形式吗？从那以后，教会不是常常被战争、暴动和异端邪说打压，完全隐匿起来了吗？如果我们的这些对手们生活在那段时间，

① 《马太福音》28：20。

② 参《列王纪上》19：14，18。

还能相信有教会存在吗？伊莱亚斯知道“还剩下七千没有向邪神屈膝的人”，我们也不该怀疑基督升天之后还会一直治理世界。生在那些时期的信徒，假如要寻求有形的教会，难道不会灰心失望吗？实际上早在希勒里的那个年代，一般人醉心于主教的尊严，对主教制度幕后所隐藏的一切不义却全然无知，希勒里将这看成是令人痛惜的错误。他说：“我想给你们一个建议——谨防基督的敌人，因为你们对墙壁关注过多，以为对房屋和建筑物的尊敬便是对上帝教会的尊敬，以为在房屋的庇护下可以得到平安，把对教堂的尊敬错当成对上帝的尊敬，这与真正的基督教义背道而驰，因此可以说是反基督的。我认为山脉、树林、湖泊、监狱和旋涡反倒不那么危险，因为这是先知们隐居或被放逐的地方，他们在这些地方预言。”如今为什么多数人尊敬主教们，难道不都是因为他们以为那些统治各大城市的人都是宗教界纯洁的教士们吗？这样盲目的尊敬，应该废除。既然只有主知道“谁是他的人”，我们应当承认有时候他使教会不能为人所看见。我承认这是上帝在世间一种可怕的审判，但如果这是不敬的人所应得的审判，那么，我们对上帝的这正当的报复，又何必反抗呢？上帝过去就是这样惩罚忘恩负义的人；他们拒绝他赐予的真理，熄灭他赋予的光，结果他使他们被感觉误导，被谬误蒙蔽，陷入无尽黑暗之中，真正的教会因而不复存在，但同时在黑暗和错误之中，他仍旧保存了那些分散和隐藏的人。这没什么稀奇，因为即便是在巴比伦的混乱中，在熔炉的火焰中，他也知道该如何保存他们。以某种浮华去估量教会的形式是非常危险的，但这就是他们现在做的。为了不把这篇文章拖得太长，这问题我不拟详谈，只能点到为止。他们说，有使徒一样权利的教皇和他涂油授予神职的主教们，只要头戴法冠，手持权杖，他们就代表教会，就应该被看作教会。他们不会犯错，为什么呢？难道就因为他们是教会的精神导师，他们献身于主吗？但是亚伦和以色列的统治者们难道就不是牧师了吗？亚伦和他的儿子在成为牧师之后，不是一样因制造了金牛犊而犯了错。按照这种逻辑，就连对亚哈进谗言的四百先知都能代表教会。[1]但真正的教会应该和米该雅同一立场，米该雅虽孤立无援，被人蔑视，但是从他嘴里说出来的是真理。那些联合起来猛烈地反对耶利米的假先知，他们大言不惭地恐吓说："我们有司祭讲律法，智者提忠告，先知说预言[2]。"他们难道不都是打着教会的名号吗（虽然具备了教会的表面形式，但所作所为却有悖教理）？看起来不都具有教会的形式吗？耶利米单枪匹马去对付这些先知，以主的名义谴责他们："司祭的律法，智者的谋略，先知的预言，都会毁灭[3]。"司祭长、文士和法利赛人合谋杀害基督耶稣，他们不也是有会议的庄严外表吗？[4]现在，就让他们依从于外表，让他们把基督和所有的真正先知都当成分裂者；把撒旦的臣仆当成圣灵的工具好啦。如果他们愿意说实话，就让他们坦白地回答我，自巴塞尔会议免除优革纽的教皇职务，而让亚马代乌接替以后，教会在哪里呢？他们不得不承认就外在的形式而言，这一会议是合法的，当初召集这个会议的不是一个教皇，而是两个。在这次会议上，优革纽连同所有红衣主教和主教们，因为试图解散这一会议而被判分裂、反叛和执拗等罪。但是此后，他又得到权贵们的支持而重新获得了原来的尊荣。选举亚马代乌虽经过全体宗教会议通过，到后来却等于烟消云散。作为安慰，亚马代乌得到一顶红衣主教的帽子，就像给吠犬也分一杯羹，让它不要再叫了。自从那时以来，教皇、红衣主教、主教、教长、神父等，都是由那些背叛者和异端派所产生出来的。讲到这里，他们应当闭口。请问他们要把教会的头衔归属于哪一派别呢？这个会议，在外在形式的庄严性上，无可挑剔，是由罗马教廷的两位教皇郑重召

① 《列王纪上》22：6，11～23。以色列国第七代的王亚哈十分暴虐。在他计划攻打拉末城之前，招聚了四百个顺口说好话的假先知，亚哈问这些人上去攻取拉末可以不可以。这四百人都说："可以上去。因为主必将那城交在王的手里。"后来，亚哈又去问耶和华的先知米该雅，米该雅预言说他此战必败，并且会重伤而亡。后来，米该雅的预言应验。——译者注

② 《耶利米书》18：18。

③ 《耶利米书》4：9。

④ 《马太福音》26：3，4。

集，经过罗马教廷派出的代表主持仪式，一切合乎规范，从头到尾都同样庄严。他们是否否认它的合法性呢？他们都是由优革纽及其党徒封立的，他们是否以后者为分裂派呢？因此，他们若替教会的形式另下定义则已，否则，不论他们人数多少，我们就要以他们为分裂派，是明知而自愿受异端者所封立的。教会不能限于外表的浮华这种说法如果在过去没有得到认可，那么现在这些以教会的名义招摇于世祸害教会的人其行为就已经足够证明这种说法是有道理的。我在这里不是说他们卑微的道德和可悲的行为，因为他们自称是法利赛人，我们只能听他们说的话，而不能效法其作为。我说的是他们所信奉的教义，他们根据这教义而称自己为教会。陛下，只要你仔细阅读我们的著作，你就会知道他们的教义简直就是灵魂的恶疾，是毁灭真正教会的火把。

最后，他们不断地污蔑说我们的教义的传播引起了多少混乱、动荡和纷争，又对许多人产生了严重的影响。这足以昭示他们的不公正。因为他们把原本属于撒旦的恶行归咎于我们的教义，这不公平。神谕的出现，没有不惊动撒旦并引起其反对的，这是它的本质特点，也是正误教义之间最明确清楚的区别。虚伪的教义一经问世，就容易引起大众的注意和世俗的喝彩。所以，在一切被黑暗淹没的某些时代，魔鬼以玩弄多数人类为乐，并安心地沉浸于此；因为他的王国没有纷扰，他除了以人取乐，没有别的事情可做。但是当从天而降的光明驱散了部分黑暗，当万能的上帝警告并要攻击他的王国时，他才从习惯的麻痹中醒来，匆匆忙忙武装自己。他首先发动人的力量，在真理刚出现的时候，就将它暴力镇压；这一招不见效了，他又转为施行阴谋诡计。他利用反对洗礼派和一帮声名狼藉的人，激起纷争和有关教义的争执，目的就是为了模糊教义，并最终熄灭它的光芒。他现在以两种方式继续攻击真理：他企图借用人的力量将真理种子根除，同时又想尽办法，遍植毒麦来排挤它，让它不能长大结果。但是只要我们注意主的警示，他的一切努力都是白费心思。主早已让我们熟悉他的这些手段，我们不会上当，并且主将我们武装起来，赐予我们智慧让我们有办法对付他的攻击。

如果将一班魑小无耻的背叛，或一班骗子的拉帮结派，归咎于上帝的神谕，岂不是极其恶劣的行径吗？可是这不是没有先例。伊莱亚斯就被人质问过“使以色列遭灾的[①]”是不是他。犹太人诬蔑耶稣犯了背叛的罪[②]。使徒也曾被控煽动群众的暴乱[③]。如今他们为了针对我们，引起了动乱、纷扰、争吵，却将这一切都归罪于我们，其所作所为和以前那些事有什么不同呢？该如何回应这些指控，伊莱亚斯已经告诉过我们：错误的传播和这一切的纷扰，都不应该怪罪我们；那些反抗上帝力量的人应该为此负责。只此一个答复，就足够遏制他们的凶蛮。另一方面，我们要注意一部分软弱的人，外界的攻击常常使他们内心不安和动摇。希望他们不会在这不安和困惑中倒下，让他们知道使徒也曾经经历我们今天遭遇的一切。彼得说，“那些不学无术、心智不坚的人”曲解保罗的灵感之作，是“自取灭亡[④]”。有人蔑视上帝，他们听说“罪在那里显多，恩典也更显多”，就说“让我们继续活在罪中，好叫恩典显多”；他们听说忠诚的信徒“不在律法之下”，就不满地说：“我们可以犯罪，因为我们不在律法之下，而在恩典之下[⑤]。”有人说保罗鼓励别人犯罪，很多伪使徒乘虚而入，破坏他所建立的教会。有的人传播福音，是“出于嫉妒和争斗，而非诚心”，心怀险恶地“想要增加他捆锁的痛苦[⑥]”。有些地方，福音不能引起人们的重视，“所有的人追求的是自己的事，而不是上帝的事[⑦]”。有人说：“这就像狗喜欢吃自己吐出来的东西；猪喜欢在烂泥里打滚。[⑧]”很多人把精神的自由，贬低为肉体的放纵。很多人亲密如兄弟，而后陷兄弟于危险。兄弟间的纷争并不鲜见。在那种情形之下，真正的使徒会怎样应对呢？是不是

---

① 《列王纪上》18：17。

② 《路加福音》20：2，5。

③ 《使徒行传》17：6。

④ 《彼得后书》3：16。

⑤ 《罗马书》5：20；6：1，14，15。

⑥ 《腓立比书》1：15，16。

⑦ 《腓立比书》2：21。

⑧ 《彼得后书》2：22。

他们应该一时佯作不知，或者遗弃福音，因为它似乎是纷争的温床、危险的源头和过错的诱因？当然不是，但在这样的困境中，当他们想到耶稣是“绊脚的石头，跌人的磐石[①]”，“这孩子（耶稣）被立，是要叫许多人跌倒，许多人兴起；又要作毁谤的话柄[②]”，他们心里一定如释重负。有了这样的信念他们可以排除一切纷扰和跌倒的危险，勇往直前。这同一理由也可以支持我们，因为保罗宣布，福音“对于信的人，就成了活的香气叫他活；对于不信而拒绝的人，就成了死的香气叫他死[③]”[④]，这是福音永恒的特点，然而福音原来给我们作了“活的香气”，且是“上帝的力量，要拯救一切相信他的人[⑤]”。假如我们不忘恩负义地摧毁上帝的恩赐，不把救赎我们的工具误当成毁灭自己的工具，那么我们也会有同样的经验。

现在我请求你不要为施加在我们身上的莫须有的所动，这是我们的对手对您的恐吓。他们所谓的新福音，其唯一目的和图谋是粉饰暴乱和开脱罪责。“因为上帝不是混乱的始作俑者，他带来的是祥和宁静[⑥]”，“上帝的儿子”带来的也不是混乱，他来是为了“摧毁魔鬼的作为[⑦]”。我们没有丝毫不好的动机和图谋，因此那些对我们的指控纯属子虚乌有。我们从未说过一句搬弄是非的话；众所周知，我们服从您的统治，过着和平诚实的生活；我们即使是在被流放的时候，也不忘为您和王国的兴旺祈祷！我们怎么会无限制地放纵，作奸犯科，而妄图免罪？我们的行为虽不免有许

---

① 《彼得前书》2：8。

② 《路加福音》2：34。这两句话的意思是，人跌倒或兴起，取决于信或不信。对于不相信的人，基督乃是绊跌人的石头，叫人因他而跌倒；对于信靠他的人，基督乃是房角石，让人因他而得建造；耶稣同时将会成为不信之人攻击的话柄，被人议论、讥笑、毁谤、辱骂。——译者注

③ 《哥林后书》2：15，16。

④ 福音对于接受的人就成了他们得救的盼望和喜乐，对于拒绝的人就成了他们被定罪的根据。——译者注

⑤ 《罗马书》1：16。

⑥ 《哥林前书》14：33。

⑦ 《约翰一书》3：8；加2：17。

多可指责之处，但没有什么须受那样严厉斥责的事！由于主的仁慈，我们从福音中获益匪浅；在贞洁、胸怀、仁慈、节制、耐性和谦逊等各种德行方面，我们的生活都可以作为那些诬蔑我们的人的榜样。我们真心地敬畏和崇拜上帝，我们愿意发誓用我们的生死尊他的名为圣，这是不可抵赖的事实；我们当中的一些人被判处死刑，他们本是无辜，就因为他们做了最值得称赞的事。但是如果有人利用福音制造骚乱（在您的王国里这种事还未发生过），如果有人利用神的宽容，作为其肆意放纵的借口（这种人我知道不少），就须用法律和合法的手段使他们得到应有的惩罚，只是不要让上帝的福音，因为这些恶人的罪行而受到责备。陛下，现在摆在你面前的例子，足以说明诋毁我们的人对我们的刻薄和不公，请您不要轻信他们对我们的指控。我可能说得太过详细，这篇序言近乎一篇结构完整的正式辩解。我原本没有打算在序文为我们辩护，只是想借此文使您了解我们的主张，好在心理上有所准备。虽然您现在对我们充满了反感和疏离，甚至因为我们而怒火中烧，但是如果您平心静气地读一读我们的教义、我们对自己的辩护，哪怕只是一次，我们就还有希望赢得您的认同。但是如果您只能听见那些充满恶意的耳语，而不给那些被指控的人任何自我辩解的机会，如果在你默许之下，那些残暴愤怒的人继续以监禁、鞭笞、折磨、查抄和焚烧的方式来行迫害之事，我们会像那待宰的羔羊，陷入绝境之中。但我们仍会耐心地守住自己的灵魂，等待万能的主。他一定会及时出现，拯救可怜的人于苦难，惩罚蔑视他的人，尽管这些人现在还得意扬扬。愿我们主，万王之王，以正义巩固您的王座，以公平坚立您的王国。

1536年8月1日于巴塞尔

《基督教要义》献辞全书纲要

约翰·加尔文〔法〕

作者在写这些基督教要义时有两点彼此相关的意图：一是把认识上帝作为获得幸福的永生的方式；二是与第一意图相关联并服从于第一意图的自我认识。

由于作者对所有的基督徒最为熟悉，所以他严格按照使徒信经的方法来撰写这些要义。信经包含四个部分：第一部分关于圣父，第二部分关于圣子，第三部分关于圣灵，第四部分关于教会；所以作者把整个作品分成了四卷书，分别对应信经的四个部分。在下面的叙述里将清楚地说明：

一、信经的第一部分是关于圣父以及在其全能之内的创造、保存和对所有事物的掌管。

第一卷是论述对上帝的认识。上帝被认为是整个宇宙及宇宙里万物的创造者、保存者及掌管者。此卷指明了造物主真知的本质，这是在学校不能学到的，但每个人从出生开始就能够自己学到。但是由于人类的过于堕落，一定程度的无知和邪恶就使人类的这种认识消失了。因此，这种认识既不能让人赞美上帝，也不能引导人去获得幸福；尽管这种内在的认识可由充当陈列神圣完美之镜的周围生物促进，然而人类也不会因此受益。因此，上帝按自己的意愿把他的成文之道交与那些他愿意使其认识他的人，于是就在《圣经》中介绍了上帝之道。上帝在圣经里显明了他自己；他不仅是圣父，还是圣父、圣子、圣灵合而为一的天地的创造者；因为我们的堕落，我们与生俱来的知识和在世上陈列在我们面前非常漂亮的借鉴都不能教会我们懂得赞美上帝。因此，作者在《圣经》中论述上帝的启示、神圣的本质及人的三位一体等问题。为了防止人把自己因盲目而犯下的过错归因于上帝，作者表明了人在接受创造时的状态：人是按照上帝的形象来制造的，以及人拥有自由的意志和原始天性的完整。在论述完创造这一主题后，作者继续论述万物的保存和掌管，详尽地议论神的照顾教义以总结第一卷书。

二、但是，既然人由于罪恶而从他被创造的状态堕落了，那么就有必要谈及基督。因此，在信经中接着写道："信任上帝独有之子——耶稣基督"等。

在要义的第二卷书中作者论述了上帝在基督教中作为救世主的认识：在表明人的堕落后，就引导作者到了中保基督。在中保基督，他陈述了原罪论，即人没有固有实力来使自己从罪恶和即将到来的诅咒中逃脱出来；相反，在调解和改造之前，没有什么可以使他摆脱那些会被定罪的事；因此，人既然完全失去了自我，没有能力构想出可以使自己还原的好主意，那么他就必须在基督中寻求救赎。法律的目的不是限制遵守法律的人在法律范围之内，而是引导他们走向基督；这就引起了作者去阐述道德论。在法律下的犹太人知道基督是救赎者，而在福音中基督更完全地把自己显示给了世界。因此，旧约和新约的异同教条，及法律和福音的异同教条就得以产生。要义接着叙述说，为了完全完成救赎的任务，就必须让永恒的圣子变成人，而且本质上还得拥有真人的本性，并且还表明这两种本性是怎样构成一个人的。基督的职分是通过他的功绩和效力去获取和运用以完成完全的救赎，这是僧侣的、帝王的，以及所预言的职分。接着，要义论述了基督作为中保执行其职分的方式，也就是阐述他的死亡、复活以及升天等信条。最后，作者断言：我们在基督的功劳下得到上帝的恩典和救赎既真实又恰当。

三、只要基督与我们分离，他就对我们没有益处。因此，我们与基督融为一体是必要的，就像葡萄枝叶必接到葡萄藤上一样。所以在论述基督的教义后，在信条的第三部分中，“我信圣灵”作为了我们和基督的连接。

在第三卷书中作者论述了使我们与基督联合的圣灵，以及论述了我们信奉基督的信仰，他给予我们双重恩赐和自由的正义，赐予我们忏悔之心以使我们内心开始重生。为了表明在没有与追求忏悔之心的相联系的信仰中我们不可能有荣耀，作者在详细地讨论称义前，先论述在我们借助信仰领会基督之时，他在我们内心通过灵所产生的悔改之心。作者接着充分地讨论了通过圣灵把基督和我们联合起来的最主要的益处，也就是称义。然后，作者又论述祈祷。祈祷就像接受福祉的手，从应允之中我们因为信仰知道祈祷是上帝供我们享用的福祉；但是由于不是所有人都与基督这个唯一的救世主联合，通过创造和保存我们信仰的圣灵，作者论述了上帝永恒的拣选，这就是我们享有基督的恩赐和通过福音的召唤与上帝联合，而上帝只预见他随意赐予我们的恩赐的原因。最后，作者论述了完全的重生和幸福的成果，那就是我们应该期待的最后复活，因为在这个世上虔诚者幸福的享受仅仅才刚开始。

四、圣灵不能使所有人与基督联合，或使他们拥有信仰；通常他不是没有方法地赐予人信仰，而是采用以宣扬福音和圣礼的使用为目的的方法赐予人信仰，并施行训导；所以在信经中又写道：“我信圣而公之教会。”在无尽的拣选中，上帝慷慨地与那卷入永恒的死亡的教会复合，并让他们成为圣灵的分享者，从而融于基督，这样上帝成为他们的领导者，与他们交流，使他们的罪恶得到永恒的宽恕，永生得以完全恢复。

在第四卷书中作者论述到教会，以及圣灵用来选召和保存教会的方法，即圣道与圣礼（或圣洗与圣餐），这就是基督的王权。通过王权和灵的能量，基督开始了在教会里日复一日的灵性统治，直到现世生命结束，他才舍弃那些方法，使统治更完善。

尽管公民政府与基督的属灵国度不同，但因为在今生政治机构是教会的避难所，所以作者教导我们把政府当成上帝的福祉来尊敬，而教会应以感恩之心承认这点，直到我们离开人世，进入天上，在那里上帝就是万物之主。

要义的计划可简要概括如下：人最初是正直的，但后来完全堕落了；在基督那里人得到了完全的救赎，通过圣灵人与基督联合；在基督无私的恩赐下，人在不关心任何未来工作的情况下，享受着基督的双重恩赐，即伴随人一生的完美称义和日益增长的成圣的开端，直到最后复活的那一天才完成；因此，上帝伟大的仁慈在天上就得到了永恒的赞美。

《天体运行论》献函

尼古拉·哥白尼[①]〔波兰〕

致最神圣的教皇保罗三世

最神圣的上帝，我毫不怀疑只要有人得知我写过一本《天体运行论》的书，而这本书里涉及地球运动观念，他们将会立刻吆喝着反对我和我的理论。因为我对我的著作还没有那么偏爱，以至于没有考虑别人的想法。尽管我知道一位哲学家的沉思与门外汉的想法相去甚远，因为哲学家是在上帝允许人类所及的范围内，为寻找万物的真理而努力。我仍然坚信必须避免与正统说法无关的理论。因此，我深深地知道，如果我反之声称地球

① 1473年，尼古拉·哥白尼出生于西普鲁士的托伦，父亲是波兰人，母亲是德国人。他曾就读于克拉科夫和波隆纳大学，在罗马接受天文学和数学教育，之后又在帕多瓦学习医学，在菲拉拉学习教会法。他被任命为弗龙堡大教堂的教士，在这座小镇里，他把余生大部分时间贡献给了天文学，于1543年去世。

这本书介绍的这一理论为近代天文学奠定了基础。当时，所有人都认为地球位于宇宙中心且静止不动。尽管哥白尼使用的论据是无法成立且荒谬的，日心说作为"更好的解释"第一次由哥白尼提出。还有开普勒、伽利略和牛顿以充分的事实为依据确立了这一理论。

是运动的，那么对于认可了地球作为宇宙中心岿然不动的理论数世纪之久的人们来说是多么的荒谬啊！因此我犹豫不决了很长时间是否应该发表我写下来证实这一运动的《提纲》，是最好仿照毕达哥拉斯学派的例子还是其他人的例子。这些人习惯于口头而非写下来的方式仅仅向亲人和朋友传达哲学的秘密，就像西斯给依巴谷信中所证实的。在我看来，他们这样做并非一些人认为的因为抱有私心不愿把自己的成果公之于众，而是为了悉心专研后发现的神圣的真理不被人轻视。因为有这样一班庸庸碌碌之人，从不关心任何科学研究，除非是有利可图；或者就算被人鼓励和依照先例去做哲学的探求，智力又不济，就像蜜蜂中的懒惰又愚蠢的雄蜂。由于我的观点新奇，又难以理解，于是，担心受到轻视的想法几乎导致我完全放弃我已经开始的工作。

然而，尽管长时间延期和我自身的不愿意，我的朋友打消了我的这个念头。其中第一位是在各个研究领域都赫赫有名的卡普亚红衣主教尼古拉·羡堡；接下来的是我非常要好的朋友，致力于神学和其他科学研究的库耳目地区主教，一位最诚挚的学者台德曼·吉兹。他经常敦促并激励我发表这篇已搁置在我书房里不是九年而是三十六年之久的著作。许多其他杰出的学者做出一致要求，敦促我不要再因为害怕被拒绝而不发表对数学学者们有共同福利的劳动成果。他们说我应该意识到，现在在大多数人看来我的地球运动说越荒谬，在看见我的《提纲》的解释发表后，大量显而易见的证据就会驱散荒谬言行的迷雾，就会得到更多的赞赏和感激。因此，受他们的影响，我最终同意他们长期以来的恳求而发表这篇著作。

在我煞费苦心的研究后，发表了我的著作，毫不犹豫地把地球运动的观点以文字的形式写下来，或许教皇陛下会好奇我怎胆敢这样做，胆敢反对数学家们公认的观点，反对常识，相信地球是运动的。因此我希望教皇陛下您能知道，引导我去寻找另外一种计算天体运动方法的正是数学家们在这方面不相一致的意见。起初，他们相当怀疑关于日月运动的观点，以致他们甚至不能通过观察来论证和检验一回归年的准确长度；然后，在研究五大行星运动和他们研究视运动和运转时用的不是同一系列基本原理和研究假设。一些人只采用同心圆，另一些人使用离心圆和本轮，甚至通过这种方式都没有达到满意的结果。尽管有人依赖于同心圆，同心圆能表现一些不均匀运动，然而却不能成功建造出同观测一致的可靠体系。另一方面，这些使用离心圆的人，尽管他们好像很大程度上使计算的视运动与观测一致，然而却违背了运动均匀性的基本原理。更重要的是他们不能发现或者计算出宇宙的形状和它部分一成不变的对称性。但是好像一些人是这样的：从不同的人那里临摹手、脚、头和其他躯干，每一部分都很完美，但是对于整个身体却不相称，各部分与其他部分不协调，以至于呈现在他们面前的是个怪物而不是人。因此，在他们所谓的“探索”证明的过程中，我们发现他们遗漏了一些基本的东西，或者增加了一些与当前事物毫不相关的东西。如果他们遵循固定原则，肯定就不会如此。如果他们的假设没有错误，毋庸置疑，结果就能得到证实。现在我所说的事情或许还不能使人明了，但是他们会在适当的时候使大家越来越明白。

因此，我对传统数学计算天体运动的方法的不可靠之处深深地思考了很长时间，我开始感到很愤慨，因为哲学家们没能对造物主们为我们创造的美好而有次序的宇宙提出正确的理论。因此，我着手重读所有我能找到的哲学书籍，去看看天体运动是否有不同于数学学派的假设。的确，我首次在西塞罗的著作中发现海西塔斯描写过地球的运动，后来在普鲁塔尔赫的著作中我发现其他人也赞同这个观点。为了易于理解，我把我读过的文字在这里引用。

有的人主张地球是静止的，但是毕达哥拉斯学派的费罗劳斯说过：像太阳和月亮一样，地球在黄道上绕着中心的火体旋转。邦都斯的赫拉克利特和毕达哥拉斯学派的伊克范图斯都认为地球是运动的，并非直线运动，而是像车轮一样围绕其中心自西向东旋转。

正是这些资料启发我开始考虑地球运动。尽管这种想法听起来很荒谬，然而在我之前有人曾随意地假设各种各样的圆周运动来解释星空的现象，我想我也能尝试假设地球的一些其他运动，来得出比前人关于天体旋转运动更可靠的结论。

因此，从本书中提到的地球运动的假设出发，我经过反复长期思考发现，如果把其他行星的运动与地球运动联系起来思考，并且按每一行星的轨道比例来做计算，不仅计算结果与观察到的现象一致，还把行星的相对位置、大小和所有的轨道以及宇宙自身都紧密地联系在一起，以至于任何部分的变动都会在众星和宇宙引起混乱。因此，这本著作的顺序是这样的：第一卷，描述所有轨道的位置和地球的运动，以便让读者了解宇宙的整体结构；其他各卷叙述了其他行星运动、轨道与地球运动的关系，以便说明行星和行星轨道的大概。毫无疑问，如果学识渊博的数学家愿意按照哲学要求深入而非肤浅地探究我在此著作中论证的理论，他们会支持我的观点。然而，为了让学者和非学者都能看到我不会回避任何人的批判，我更宁愿把自己苦心而成的著作献给陛下您而不是其他人，这是因为在我生活的世界一角，您被尊为至高无上的人，又是一切学识的爱好者，虽然俗话说暗箭难防，但是您的权威和判断能够制止诽谤罪的诡计。如果有忽略数理科学的空谈家，装腔作势地对此做出判断，或如果他们胆敢为了私利从《圣经》上摘要文章来批判和攻击我的著作，我不会介意。我会鄙视他们的愚昧。拉克坦提斯是位有名的作家而非数学家，他天真地谈论地球的形状，却在嘲笑那些说地球是球形的人。如果有这样的人也嘲笑我们，那些支持我的学者们不要感到惊讶。数学资料是为数学家而写，如果我没有弄错的话，他们会相信我的劳动成果会对以您为首的神权政治做出贡献。在不久之前，在里奥十世的统治下，在宗教议会上讨论修正教会年历的问题，而问题没有解决仅仅是因为尚未确定年月长度和日月运动。从那以后，在主管修正教会年历的辛卜罗尼亚地区德高望重的保罗主教的敦促下，我更加注重更精确的观测。我把我在此方面的结论交给您和其他学识渊博的数学家们鉴定。为了不让陛下您觉得我在夸大此书的作用，我现在开始叙述正文。

《苏格兰宗教改革史》序

约翰·诺克斯[1]（约1566年）〔苏〕

谨献给亲爱的读者们，愿主基督耶稣的仁慈和安宁与你们同在

读者们都知道，愚昧无知像一片乌云，这片乌云曾经遮蔽了罗马伪基督教廷控制下的许多国家，而这片愚昧无知的乌云也曾把我们这个可怜的国家的天空遮盖得严严实实。偶像崇拜，无辜者们的鲜血，代表永恒真理的基督耶稣遭到憎恶、厌弃和亵渎。是上帝让阳光刺破黑暗给这个世界带来光明，他早就睁开了他明辨是非的双眼，看到了那时这个国家的人们对待真正信仰的空洞无力。上帝赐予了我们抗争的力量，在我们最后的、最堕落的日子里，他在我们中间点亮了真理之光，战胜了撒旦，揭露了虚伪，向这块土地上的居民们揭示了信仰上帝的真意。从此撒旦不能再蒙蔽

① 约翰·诺克斯（John Knox 1505—1572年），苏格兰宗教改革领袖、历史学家，曾在（英国）格拉斯哥大学学习，后在法兰克福和日内瓦担任逃亡英国信徒的教会的牧师，在日内瓦认识了加尔文。1559年回到苏格兰，从此致力于建立长老会制度。在这一过程中，他强大的人格不断影响着苏格兰的民族性格，这一影响一直延续至今。本书保持了此序言原本使用的苏格兰单词拼写。这篇序言表现出诺克斯对罗马教廷的不满、敌意以及他强硬的态度。

我们的双眼，丑恶的贪欲和野心也不能再诱使我们违背上帝的教诲。

同时，我们这些在这块土地上公开信仰基督耶稣的人深知，战争在我们中散播了各种各样不实的谣言，所以在我们刚刚开始宗教事业之时，一切活动都需要记录下来。同时还因为口诛笔伐也是战争的一种形式，我们将这些材料收集成册（就是后面您将读到的这本），内容包含了从1558—1561年玛丽女王从法国返回苏格兰期间发生的事，只是当时作为编者兼作者的我没有想要花太多的工夫写这本书。不过在上帝的启发下，同时参考一些信徒的意见之后，我决定，为了发扬上帝的荣光，更好地教育年轻人和子孙后代，必须要如实地记述发生在人物身上的故事，这样才能证实曾经有过的迫害、迷信以及偶像崇拜。虽然这些故事数量不多，但是编者从战争伊始就开始搜集，所以这本书的内容比预想得要丰富。但在这里我们还是必须要请求亲爱的读者们，不要期待这本书能将此间这块土地上的所有历史都包括进去，因为我们不想过多地将宗教信仰掺和到国家政治中去。这是一场代表上帝的圣人们与嗜血的恶狼之间的斗争，这群自封为罗马天主教廷的恶狼宣称自己有权拥有人的灵魂。虽然很多发生过的事，书里并没有提到，但是这里没有谎言，就这点而言我们无可责备。另外，我们还必须提醒谨慎的读者们，这本书是在不偏不倚地讲述事实，没有偏袒任何一方，希望你们不要为此感到不悦。我们既不为奖赏，也不为虚名。我们采用了不同的风格，反映了人的不同侧面，请我们的读者们不要感到迷惑，因为连人们自己都认为他们在上帝的事业和信仰中有时友好，有时敌对，有时热情，有时冷漠，有时坚定，有时善变。我们想虔诚的信徒们能从本书的质朴中看到我们写书的目的，那就是歌颂赞美上帝的仁慈，教诲世人感激上帝的恩惠，告诉后人们耶稣基督的光芒是如何穿透黑暗，照亮这最后的、最腐朽的时代。

《仙后》序——致沃尔特·罗利爵士的献函

埃德蒙·斯宾塞[①]（1589）〔英〕

作者在这封信中阐明了这部作品的创作意图，为读者理解作品提供了巨大帮助。

谨献给女王陛下治下康沃尔郡郡首，尊贵勇敢的沃尔特·罗利爵士，即斯坦纳瑞斯的沃尔顿勋爵大人。

爵士大人，我的这部名为《仙后》的作品是一篇连载的长篇寓言，同时也是一篇黑色曲喻。因为人们对寓言的诠释经常含含糊糊，所以为了避免误解，同时也为了方便您更好地理解（这也是您的吩咐），经过认真思考，我在此向您介绍这部作品的写作意图和故事的主要内容。这本书的最终目标就是用美德和善行来塑造和锻炼高贵纯洁的人，为了实现它，我把

① 埃德蒙·斯宾塞（Edmund Spenser），约1552年出生于伦敦，1599年在伦敦逝世。他是伊丽莎白时代非戏剧诗领域最伟大的诗人。《仙后》是他最长，也是最著名的作品。《仙后》的前三卷于1590年出版，四到六卷于1596年出版，原计划写的最后六卷并未完成，其中只有两章在他死后得以出版。他以写给罗利的这封信为序言。在这封信中，斯宾塞介绍了故事的内容，并解释了它主要的寓意。

它和历史传奇结合起来，使人更容易接受。因为大多数人都乐意读这样的作品，不为别的，只为能从中读到可供效仿的榜样的事迹，我选择了亚瑟王。过去的很多著作已经让亚瑟王成为家喻户晓的人物，他身上具有的美德使他成为我的最合适的人选，同时他也最不可能被当代人怀疑和嫉妒。我的这一创作意图实际上和所有古代史诗作家都相同：首先是荷马，《伊利亚特》中的阿伽门农和《奥德赛》中的奥德修斯分别代表了正直的领袖和品德高尚的人；然后是维吉尔，他塑造埃涅阿斯形象的意图与荷马相同；接着是阿里奥斯托，他的奥兰多结合了前面提到的两种人物形象的特点；最后是塔索，他又重新用两个人物来分别反映前面提到的特点——里纳尔多代表了哲学里的“道德”，或者是个人品德，而戈德弗雷代表的是政治品德。我仿效这些优秀诗人的手法，力图塑造在成为国王之前亚瑟勇敢的骑士形象。按照亚里士多德的学说，这是一种集十二种个人美德为一体的完美化身，也是前十二卷的内容。如果这十二卷反响不错，我可能会根据亚瑟成为国王之后的故事来写一写政治品德。我知道有些人可能会不喜欢这种方式，因为他们更习惯直接用格言或者说教来告诉人们什么是修养，但是在我看来这种方式似乎对一般人来说都不是那么令人愉快，所以我竭力地塑造青年亚瑟的形象。亚瑟为伊格娜夫人所生，出生后马上被梅林送到泰门处抚养长大。亚瑟在梦里或者幻境中看到仙后，被她的美貌迷住，醒后决心找到仙后。在泰门的指导下，他前往仙境寻找仙后。总的来说，“仙后”象征着“荣耀”，具体来说，她是我心目中最卓越、最荣耀的君主——女王陛下的化身，而仙后居住的仙境象征着不列颠王国。在本书的其他地方也可以看到她的身影，因为她集合了两个人物形象的特点，一个是最高贵的女王陛下，一个是美丽高洁的女性。后一种特点在贝尔菲比身上也有所体现，这个人物的名字源自人们心目中月亮女神的形象。通过亚瑟王子这个人物，我想表现的是“崇高”这种道德品质，（根据亚里士多德等人的看法）这是所有道德品质的完美结合和体现，它包含所有十二种美德，所以故事中提到的有关亚瑟的部分都体现出他的这一品质。为了进一步丰富故事的内容，其他十二种美德是通过十二位骑士来表现的。前三卷叙述了三名骑士的冒险事迹：第一位是红十字骑士，他代表虔诚；第二位是盖恩，代表节制；第三位是布里托玛，她是位女骑士，代表的是贞洁。故事的开头有些突兀，与之前发生的一些事有关，读者需要知道一些有关这三位骑士冒险事迹的背景。史诗作家的写作手法不同于史料编撰者。编撰史料的人需要按照事件发生的时间顺序来叙述，时间和事件都应包括进去，而诗人则会直接切入主题，甚至直接从在他看来最重要的内容说起，由此回溯过去，或是占卜未来，这种方式更加让人愉快。

如果让一位历史学家来写，我的故事应该从第十二卷开始，可是我却将它放到了最后。在这卷中，仙后举行了一年一度的十二天宴会，在这十二天中发生了十二个历险故事，每个故事的主角分别是这十二位骑士中的一位，每位骑士的冒险事迹构成一卷诗书的素材。第一个故事是这样：在宴会开始时，一个个子高高、长相滑稽的年轻人出现，并向仙后介绍了他自己，随后他拜倒在仙后面前提了一个要求。按规矩仙后不能拒绝他，他要求宴会期间如果有历险的机会必须先给他，仙后答应了他的请求。不一会儿又来了一位身穿丧服、面容姣好的女子，她骑着一匹白色的驴子；一个矮人跟在她身后，手上拿着一把骑士用的矛，牵着一匹战马，马上驮着骑士的盔甲。这名女子跪在仙后面前，讲述了她的遭遇。她的父母是远古的国王和王后，很多年前不幸被一头巨龙抓住，关在铜墙铁壁的城堡，从此不得相见。她恳求仙后派一名骑士去搭救她的父母。听到这儿，那名长相滑稽的年轻人立刻跳了起来，自告奋勇要去完成这项使命。仙后十分犹豫，而那女子也坚决反对。可年轻人一再坚持，态度十分诚恳。最后女子告诉他，只有能穿得上她带来的那副盔甲的人，才能成功地完成这项使命。年轻人毫不犹豫地穿上了盔甲，结果出奇的合适，女子于是同意了他的请求。随后年轻人作为骑士，跨上骏马，和那女子开始了他们的冒险经历，由此揭开了第一卷的序幕：一位高贵的骑士策马在平原。

宴会的第二天来了一位朝圣者，他染血的双手抱着一个婴儿，他说这个孩子的父母被一个名叫阿克拉霞的女巫残忍地杀死，他乞求仙后派一位骑士同他一道去惩恶扬善。仙后把这一任务交给了盖恩骑士，他立刻跟随朝圣者上了路。第二卷的故事由此展开。第三天来了一名男子，他向仙后控诉，卑鄙无耻的巫师布斯瑞恩将美丽的少女阿摩雷特囚禁，少女不屈服于他的淫威，受到百般折辱。这位少女的情人斯库达摩尔骑士就在场，他毫不犹豫地接受了这个使命，可是因为不敌对方的魔法没有能够完成使命。悲伤良久之后所幸遇到了骑士布里托玛，她最终帮助斯库达摩尔救出了他的爱人。

故事主线中穿插着许多小插曲。所有故事的发生并非偶然，都有着非常自然合理的解释，比如布里托玛的爱情、马瑞内尔的挫败、弗洛瑞梅的苦恼、贝尔菲比的高洁、赫勒诺拉的好色，等等。

爵士大人，为了帮助您更好地了解故事的来龙去脉，我刚才向您简要介绍了这部书的大概情节，并简单总结了我的创作意图，希望能帮助您提纲挈领地了解这本书的内容。即便没有我的介绍，您在读这部诗作时也会感到愉快。但是可能有些地方会有一些不解，我卑微地恳求您对我的谅解。祝您永远快乐，就此搁笔。

您最谦卑的朋友

埃德蒙·斯宾塞

1589年1月23日

《世界史》序（1614）

沃尔特·罗利爵士[①]〔英〕

虽然做这样一个庞杂的工作对我来说是不合适的，但是理智还是让我下定了决心来做这件事。随着我生命的第一缕曙光及常识照亮我求知的年轻时代，在我还未来得及接受时间和命运的伤害之前，我就具备了理性，害怕这个时代和死亡的黑暗，在真正序幕拉起之前会将我和它们淹没。我从世界诞生开始讲起，接着讲述整个世界的历史，最后讲到我们著名的大不列颠岛的历史。我承认其实我更应该将英语世界支离破碎的历史整理出来，而不是着眼于整个世界，毕竟我现在力有不逮，将最好的时光都花在了其他事情上。对于这样一部历史来说，只要不把时间弄错就够了。但是那些藏于内心深处、未能治愈的创伤一直刺痛我的灵魂，另外我也想实现朋友们的愿望，这些朋友和我都是莫逆之交。这些原因迫使并敦促我，将

① 关于罗利的生平介绍附在他所著的《发现圭亚那》的前言中。《世界史》是罗利在1603—1606年被囚于伦敦塔期间所著，其序言的意义不仅在于它是一篇伊丽莎白时代散文的典范，同时它也反映了罗利对历史的态度及他对历史与宗教和哲学之间关系的思考。通过这篇序言，读者们可以看到作者是一位典型的伊丽莎白时代的男性，充满了活力，具有丰富的想象力，且善于思考。

自己的思考诉诸笔端，也使我自己成为人们评头论足的话题。

我不亏欠那个我向他们呈现出来的那个世界什么，这个世界改变的速度太快。繁荣兴旺与逆境不幸永远能释放或约束世俗的感情。我们都有这样的经验：狗一般只对着它不认识的人咆哮，或者和其同伴待在一块儿的时候向彼此咆哮，这是它们的天性；而轻率的人要求人人都具有诚实的美德，要求每个基督徒都具有上帝恩赐的宽厚仁慈，可是自己却仅凭不实的传言，在没有弄清事实的情况下，对人横加指责，或是毫无来由地去伤害别人，而连皇帝陛下都说这些不实的传言是所有谎言的来源。《便西拉智训》这么写道："在了解事实之前，不要轻易责备任何人，要先搞清楚情况，再公正地处理。流言缺乏证据，未加鉴定，存心不良，意在欺骗。"正是这样一个粗浅的道理为奥古斯丁的看法提供了依据，他说他害怕好人的赞美，但更厌恶坏人的夸奖。在这一问题上，塞涅卡的这句话说得最好："行事凭自己的良知，不要为传言所扰。尽管它并不一定总是邪恶，但我们必须鄙视它，才能得到好结果。"

对于我来说，如果我曾经为我的国家做过些什么，或者在我被幽禁之前，我的贡献受到尊重，那么人们对我的承认对现在的我没有任何益处，这就像是一个水手的船坏了，再好的天气对他来说也毫无意义一样。从另外一个方面来看，也没什么坏处，就像是船已经到岸，即使是再大的暴风雨也不会造成什么伤害。我知道因为我对女王[①]的忠诚，很多人对我没有好感，但是我对女王的尊敬，即使我变成了尘埃也不会改变。可是即使是为了维护她的尊严，我也从来没有伤害过任何人。那些害人的家伙，无论他们用什么手段，作为这个世界最高裁判的上帝其实自有计较。所以对现在遭受的一切，我只想引用塞涅卡的一句话来表达我的看法："只要光明正大，哪怕是充满敌意的评判，也是令人高兴的。"

对别人来说，如果有人为自己赢得了声望，我既不羡慕他们挣得的荣光，也不会为自己的不幸感到难过。我想用维吉尔的一句话来表达我的看

① 伊丽莎白女王。

法：“你们并不忠实于自己。”力图让别人满意，是癫狂的结果，而不是希望的结果，因为它不是事实而是观点，一种无须护照就可流行世界的观点。如果不是这样的话，如果人的思想不如外表一样丰富的话，就有可能依靠三寸不烂之舌，甚至是仅凭正义就能说服对方。

这就是没有生命的尘土和会呼吸的生命的巨大好处，上帝曾赋予了时间和尘埃这样的特点，不论我们过去读到的和听说的，还是我们现在看到的和说过话的，从不同角度看去，每个人的脸都有几个不同的样子；而每个人的思想也都不同，每个人都是区别于其他人的个体，每个人都有着不同的思考和想象，本性存在于区别中。由此，我们会发现人的观点千差万别，人们可能有着彼此非常矛盾的爱好和倾向，人身上存在如此多的自然与不自然的、智慧或愚蠢的、成熟或幼稚的情感和激情。造就这种区别的是植物和有理性的生物都具有的内在形态，而不是肉眼看得见的外在形态。

虽然上帝乐于把读心术留给自己而不让人类掌握，但正如一棵树的果实就能泄露树的名字一样，我们人类也可以通过一个人的作品，揣测这个人的思想（只要他的思想寓于其作品）。不仅如此，如果彼此生活相似，没有太多矫揉造作和恐惧，一个人也不难去揣摩另一个人的思想。人世间的爱，根据人们内在的准绳，赋予人们各项才智并修正人们的内在缺陷。“没有一个人能够长时间地隐藏在虚假的行为之下，那些毫无依据的伪装，不能长久地掩饰本性”；同样，一个人（普卢塔克说）无论怎样改变自己，都不能阻止自己的舌头暴露自己的真性情。

人这种理性生物具有不和谐和相异的特点，如果我们看看普通的多数人，会发现“普通人难以明辨是非、做出公正的裁决，他们的智慧让人鄙视”（《传道书》）；再看看那些更聪明的人，他们都有自己的判断，不过都是责难他人，抬高自己。所以这如果发生也不会奇怪，虽然我的这些毫无用处的书籍已经被老鼠啃得七零八落，但是仍能从中看到各个时代懒散的批评者们不遗余力地责难：有的是针对教会里令人尊敬的神父们，说他们雄心勃勃；有的是针对那些对自己最严苛的人，说他们虚伪造作；也有的是针对那些追求公正的人，说他们不过是为了得到声望；还有的是针对那些真正勇敢坚韧的人，说他们不过是徒有虚名。但是对那些人们在鸡蛋里挑骨头或颠倒黑白的本性，我们不妨听听所罗门很早以前说过的一句话：这个时代让世界变得一天比一天更邪恶，我必须让那些公开宣称自己信仰的人选择方便他们的申斥方式，这是最简便的方法。

以上是这篇序言的第一部分。在这部分，我依照惯例，尽可能如实地将自己对过去的记忆留给后世，同时也把同样的权利交给历史。但在这里我不会拾人牙慧，重复别人说过的话来浪费读者的时间。所有这些好处中，只有自己的判断才能胜过所有人类知识，是它赋予我们理解以生命，因为这个世界本身就有生命和开始，即便是今天也是如此。的确，它也胜过了时间，除了它只有永恒才能战胜时间，因为它曾经承载我们的知识跨越几千年的鸿沟，并且开启我们的心智，给予我们一双公正、锐利的眼睛，把世界——这一“上帝的杰作”（赫尔墨斯说）的现在和过去看得清楚明白（就像我们曾在过去的世界生活过）。通过它，我们可以重返世界被创造出来的那一刻，看看它是如何被统治，看看最初它是怎样的一片汪洋，后来人又是怎么出现在这个世界，再看看国王们和他们的王国怎样历经兴衰，看看是因为什么样的美德和虔诚，上帝让它们兴旺繁荣，又是因为什么样的罪行和缺陷，又让它们没落。并不是因为我们亏欠历史什么，它才让我们了解那些早已在地下长眠的祖先们，它穿过幽深和黑暗的泥土，只是为了告诉我们祖先们曾经的记忆和荣耀。总之，我们把别人曾经经历的苦痛和自己犯下的类似的错误及受到的惩罚放到一块儿进行比较，从历史中总结出智慧。这些智慧不仅是明智的，同时也是永恒的。不是最生动的教诲，不是智者的格言，也不是对未来痛苦的恐惧，让我们愚昧无知的头脑牢记上帝可以洞察一切并具有无穷的智慧，他可以看穿我们所有的伪装。上帝的公正只需要我们的良心作为原告。我们的所作所为不论穿上多么美好的外衣，也不论我们为了平息人们的意见而采取的任何形式，我们的一举一动丝毫不能瞒过上帝。不管异教徒们宣称他们有多少智慧，但都远远不及上帝的知识。欧里庇得斯说：“如果有人在其一生中曾经做过什么坏事，以为可以瞒得过永恒的神明，那他就大错特错了。”

如果要细细讲述上帝对各种事物仁慈和宽厚的裁判，恐怕需要单独再写一本书，因为这样的例子数不胜数，就像大海一样深不见底。小人物身上的劣痕随着人的逝去归于尘土；而他们的成功也只留在那些和他们一起生活过的人的记忆里。只要他们成功了，并且没有看见别人的坏下场，他们就不惧怕自己的过失。于是，上帝通过指引作者，去收集整理好那些所谓卓越非凡人们的事迹和最终下场，然后上帝再把对那些比较成功和很成功的人们的评判留给子孙后代。上溯到远古，天使为了野心而堕落为恶魔；最伟大光荣的国王因为对上帝傲慢不敬而被诅咒去与野兽一起食草；法老自以为聪明的做法——在以色列人回到家乡前屠戮他们的婴儿；放荡女人耶洗别的做法——为了掩盖她的罪行，以法律名义让长老会审判亚伯并将他害死。例子不胜枚举。除了像这样将他们记录下来，难道还有其他什么办法让这些古老而遥远的警示不被人们遗忘吗？巴比伦、波斯、叙利亚、马其顿、迦太基、罗马等这些已经消亡的国家，在它们的土地上，花朵、青草或是树木都不能再生长，因为它们的根已经不存在了，甚至连残骸也没有了。“人类双手创造出来的东西，不是被人类亲手毁灭，就是被慢慢地消磨掉。”消亡毁灭的原因有着不同的说法，最根本的原因有两条。（政治家们说）所有王国和国家的陨落不是因为外来的、异国的力量，就是因为内在的疏忽和分裂，或者两个原因都有。也有人说，国家越大越容易因为自身负担而坍塌。对此，李维曾评论说：“随着一个国家的规模的扩大，一个无法避免的结果是，它所承受的压力也会随之增加。”（克雷狄帕斯曾对庞培说）任何国家还没建立起来之前，上帝就已经规划好它将于何时建立，以及它将存在多长时间。在书里，只用一天的时间就可以看到很多王朝的兴衰和朝代的更迭。

这部书的前几卷将提到最初的国王及他们的王国的历史。因为序言篇幅有限，我们不能追溯至远古，并对他们进行详述和判断。现在我要做的是，研究一下我们的国王及其王子们，他们都曾看到不忠、不公和残忍带来的结果，但仍步了前人的后尘。我们来看看这些人最终到底收获了什么。

的确，人们对事物有自己不同的判断，性质类似的事情在不同人心目中可能会激荡出不同的情感，但对所有的人触动最深的往往是跟自己最为相关或者最让自己感到忧惧的事。不过上帝判断的标准永远不会改变，他不会因为时间太长感到疲倦，而把祝福赐给原本应该受到诅咒的时代。因此那些有智慧的人，或者那些虽然不是很有智慧但却明智的人能够从过去和将来的诸多例子中看清楚，如果不信上帝将会尝到什么样的苦果。恶有恶报，这不光是一些人的个人见解，也有充分的证据可以证明。我在序言里会提到一些这样的例子，这些例子是正文中没有的。

在诺曼一族的国王中，我们略过诺曼征服的暴行不提，讲一讲一个能够充分彰显上帝公正的突出例子，那就是上帝对于亨利一世的子孙们的惩罚。亨利一世通过武力、阴谋和残忍的手段欺骗他的哥哥诺曼底公爵罗伯特，霸占了他的土地和财产，令他失去双目最后惨死，然后让自己的子孙成为这片土地的主人。为了惩罚亨利一世，上帝将他所有的子孙（莫德除外），男男女女，侄子侄女，连同一百五十多个服侍他们的仆人一起沉入了海底，他们中有很多人是贵族，同时也有亨利一世钟爱的人。

我们再来说说与爱德华二世相关的事。在国王爱德华二世被谋杀后，一系列流血事件相继发生，其所有的王子大都死于同一种疾病。年幼的爱德华三世怀疑这恐怖的事与父亲的死有关，但也只是怀疑。爱德华三世的王叔肯特伯爵，觉得他的哥哥爱德华二世仍然活着，并希望爱德华三世能够赦免爱德华二世制造这起恐怖事件的罪过。如果王叔肯特的情报为真，按照王叔的意思去处理也违背爱德华三世自己的意愿。后来得到证实，爱德华三世对过去发生的一切并不是一无所知，同时也说明他并不是很想阻止事情的发生，尽管最后他还是处死了莫蒂默①。

爱德华二世的孙子理查二世在位期间，其掌管财政的大臣们和他的左膀右臂，乃至仆从们，不是被贫民们杀死，就是趁他不在的时候被他的政

① 莫蒂默（Mortimer，1287—1330年），威尔士反叛者和爱德华二世王后伊莎贝拉的情夫。两人一起募军从法国侵略英格兰（1326）。他们把爱德华二世赶下台（1327），并将其残忍杀死。他们一直统治到1330年。当爱德华三世获得王位后，莫蒂默被议院判处死刑。——译者注

敌处决。他总是自以为是，从来不吸取教训。亨廷顿的肯特伯爵和蒙塔古的斯宾塞伯爵认为自己是当时政客中的佼佼者，为了取悦理查二世，巩固他们自己的地位，在谋杀了格洛斯特之后不久也死去。继他们之后，还有很多人的行径比理查二世自己做的事还要更见不得人。至于国王本人（他的很多所作所为不可原谅，完全不符合他国王的身份），他被他的堂弟兰开斯特的亨利，也就是后来的亨利四世，罢黜了王位，并被处死，死时还非常年轻。至此，因为这种种暴行，上帝神秘难测的裁决在爱德华三世的孙子们身上应验：他几乎绝嗣，他的第二代和第三代子孙差不多全部被埋葬在被无数鲜血染红的土地下。

亨利四世得到的王位并不稳固。他刚从法国回到英国的时候就背叛了那些贵族们，因为他之前宣称他要的只不过是恢复他合法的继承权；他也背叛了理查德，同时也背叛了整个王国，因为他曾在议会中发誓，国王在被罢黜后会继续活着。亨利四世在位十几年间，他受到臣民们不断地攻击，从没能摆脱别人的阴谋和背叛。如果人死后还有灵魂，并且能够视物，他会看到他的孙子亨利六世及其王子被残忍地杀死，那牺牲了无数人的鲜血才得到的王位也不再属于自己的子孙，而被敌人的后嗣抢走。而他曾经以为自己已经将这些敌人打得毫无还手之力，以为王位的传承毫无悬念，议会会保证他的子孙继承王位。毫无疑问，人类的思考判断能得出这样的结论：亨利四世的步步为营，加上他儿子亨利五世的勇猛和标志性的胜利，埋葬了每一个觊觎王位的人的希望，彻底断了他们夺走王位的念想。可是卡佐邦说："那些根基稳健如磐石的东西可能在一天、一小时，甚至一瞬间之内被颠覆。"

现在来说说亨利六世。就像爱德华犯下的罪行报应在孙子理查德身上一样，亨利六世的祖父所犯下的重大过失也需要亨利六世来偿还，报应的天雷在亨利六世的头顶隆隆作响。其实，亨利六世是个比较温和单纯的王子，他拒绝和阿马尼亚克的女儿，即纳瓦拉家族、法国最重要的王子的女儿结婚，虽然他俩曾经有婚约在先。如果同意这桩婚姻，他原本可以保住他对法国王位的继承权，可他却娶了安茹的女儿，失去了在法国拥有的一切。后来他因为在叔叔格洛斯特（兰开斯特家族的中流砥柱）的死中扮演的不光彩的角色，使他自己和他的王国蒙受了自诺曼征服以来最大的损失和耻辱。他的一位顾问曾转述了法国的亨利三世国王对他的评价："他是一位真正仁慈的王子，不过他赶上了一个不幸的时代。"

白金汉和萨福克策划并执行了杀害格洛斯特公爵的阴谋。他们之所以这么做是因为公爵凌驾于他们的权威之上，向他们发号施令；如果没有公爵，在王后之下的他们就会享有绝对的权威，而王后则是因为格洛斯特曾经反对亨利六世与她的婚姻，一直怀恨在心，说这是"对她美貌的蔑视"。然而种瓜得瓜，种下什么因，必然会得到什么果。除掉格洛斯特后，约克的势力迅速壮大，最后胆大到通过争吵和武力来争取更多的权利。在与约克的冲突中，白金汉和萨福克的势力被瓦解，尽管他们拥有众多的追随者。因为违反了神圣的誓言，上帝倒是乐于见到约克倒台，可是他的儿子马奇伯爵沿着父亲给他铺平的道途，夺走了亨利以及其子爱德华的性命和他们的王国。那位精明的王后最后怎么样了？她并没有跟着丈夫和儿子一起死，她一直活着看到所有跟她有关系的人都落得悲惨的下场。她亲眼看着自己的国王丈夫和她唯一的儿子爱德华王子身首异处，而后看着王冠戴在了凶手的头上；她活着看到自己所有的财产被抢走；最后，她的父亲将自己在普罗旺斯等地的伯爵领地献给法国国王，以换得五万克朗为她赎身，最后一贫如洗。这就是阴险狡猾、机关算尽的人的最后下场。这也是便西拉所说的"好的"情况，但"罪恶"的果，自从有了这个世界，就没有其他的结局。

历经重重困难，现在爱德华四世终于获得成功。兰开斯特王朝连同其枝枝叶叶被连根拔起，只有里士满伯爵幸免（由于他曾经收买了布列塔尼公爵，虽然后来也失去了对他的掌控）。但爱德华如今的地位也不是坚若磐石，因为没有任何方法能保证万无一失。（暂时略过他的其他很多残忍的行径）爱德华目睹并纵容格洛斯特理查、多西特、黑斯廷斯等人的杀戮。这些具有悲剧色彩的角色最后没有一个能逃脱上帝的裁决。而爱德华以自己想象出来的莫须有的罪名处死了自己的兄弟克拉伦斯，还指使格洛斯特理查杀死了前任国王亨利六世。可格洛斯特理查用从爱德华那里学来的手段杀死了爱德华的亲生儿子和王位继承人——爱德华和理查德。那些贱价售卖他人鲜血的国王，其敌人会以同样低贱的价格来收买这些王室的鲜血。

理查德三世，继爱德华四世之后成为英国的新任国王，他比他的几个前任罪孽更加深重。在关于他的人生悲剧中，他亲手造成了自己的不幸，其中很多是对他自己人下手。由于黑斯廷斯公爵和白金汉公爵是女王及其家族的敌人，他阴险地挑拨他们的关系，并轻松地诱导他们来臣服，以至于爱德华五世[①]的舅舅以及同父异母的兄弟里弗斯和格雷第一次与他离心；后来，他又说服里弗斯和格雷同意将他们监禁；直至最后（为了避免未来不必要的麻烦）查理三世干脆将里弗斯和格雷的头砍了下来。还是摄政王的他亲自践行了恶魔写在每根柱子上的原则：打倒那些让你悲伤的人；再把他们彻底毁灭。他将这原则发挥到了极致，直至最后杀死了年幼的国王爱德华五世和国王的弟弟。是他让白金汉深信，国王或者他的弟弟一旦长大成人，就会利用手中的权力，狠狠地报复那些曾经对他们的舅舅和兄弟里弗斯及格雷犯下罪行的人。

可是黑斯廷斯并不这么想，他对主人的儿子们的忠诚不容怀疑。但是魔鬼并不会因为事不可为，而止步不前。魔鬼驱使理查德三世考验黑斯廷斯，理查德这么做了。他通过盖茨比试探黑斯廷斯，发现黑斯廷斯并不可靠，于是决心趁议事的时候将他除掉。结果，他的剑没能把黑斯廷斯杀死，于是他叫来了刽子手，刽子手的刀更有分量。他在就餐前让刽子手将黑斯廷斯的头割了下来，但这都没有影响他的胃口。黑斯廷斯的下场是我读到过的最能体现上帝公正裁决的例子。因为在黑斯廷斯的提议下，里弗斯和格雷以及其他一些人（在没有任何指控和没有经过任何法律审判的情况下）在旁弗雷特被处决；而巧合的是，在同一天的同一时间，以同样一种不合法的方式，黑斯廷斯在伦敦塔也被砍头了。白金汉要活得稍微长一

① 爱德华五世（1470—1483）在位不到一年就失踪了。

些，他凭着自己出色的演讲游说伦敦市民选了理查为国王，作为奖励，他得到了位于赫勒福德的伯爵封地，另外，他还有机会把自己的女儿嫁给国王唯一的儿子。可是经历了无数苦恼和失败后，他最终被自己最信任的仆人背叛和出卖，在索尔兹伯里被斩首。罪孽深重的理查本人还没来得及回头好好看看，他那短暂的繁荣兴旺就已经结束了。在伤害了无数性命，做了那么多不符合基督教信仰的事，在用他无情的双手夺走侄子们，也即王子们——未来国王的性命之后，他会有什么样的下场？无辜者的鲜血在呐喊，于是，上帝手中握着他的鲜血。理查已经成为他朋友的耻辱、他敌人的笑话。

理查这位残酷的国王最后被亨利七世夺去了性命，这无疑又彰显了上帝的公正。亨利七世曾是位精明的王子，在他成为国王之前和之后，他凭借自己的智慧，击败并消灭了许多强大的反对势力，就像所有其他英格兰国王曾经做过的那样。我说他凭借自己的智慧，那是因为他从不会让利益控制自己的感情，他总是根据自己的能力来掂量自己该做什么，从不冒险做人力所不能及的事。他认真地研究过路易十一统治国家的方式，并效仿其做法；但是他远比路易公正，并没有像路易那样，一开始就用杀戮来解决那些他憎恨和惧怕的人。

他不能忍受别人干预他对其臣仆的奖励，这种做法十分明智，因为这样一来无论他赏赐什么东西，得到感激和拥戴的只会是他本人，他很清楚没有什么比利益更容易收买人心。人人都认为与其做伟大的臣民，不如做伟大的君主。如果他的臣民让他不高兴了，他会聪明地把这事放一放，找一个他认为合适的大臣来解决。但是，他杀了斯坦利这个曾经把王冠戴在他头上的人，害死了克拉伦斯公爵乔治的儿子、年轻的沃里克伯爵，犯了跟他祖先们类似的错误。后来的结果也证明了这一点。他这一脉的统治只持续了三代，到他的孙子辈，江山便易主了。

现在来讲一讲亨利八世国王。就算这个世界上所有关于残酷无情的国王们的记录都不在了，我们也能从亨利八世一个人身上看到他们的品性。我们数不清他多么仓促地提拔了多少奴仆，没人知道他为什么提拔这些人；我们看到很多被提拔的人很快又被他毁掉，谁也不清楚这些人到底做错了什么；我们不知道他过河拆桥，背弃了多少人；也不知道他横刀夺爱，强抢了多少人的妻子，又在变心后将她们抛弃；更不知道他处决了多少皇族（包括那些年纪太小，连断头台都不爬不上去的孩子）和其他各种人（一般的编年史都有这些人的记录）。甚至在他行将就木，即将为手上已经沾满的鲜血向上帝忏悔的时候，他囚禁了诺福克公爵，并处决了公爵的儿子萨里伯爵。诺福克公爵功勋卓著，连国王自己都不知道该如何衡量他的功绩。在有关自己荣誉和国王差遣的事上，他从不马虎大意，而且骁勇非凡、足智多谋；他的儿子萨里伯爵从来没有做过丝毫可能让国王感到不悦的事，他既勇敢又博学，人们对他寄予厚望。亨利八世在海外发动的毫无意义的战争，留下无数孤儿寡母，尽管他对他们表达了足够的同情，但是战争消耗掉的财富比以往所有最后赢得胜利的海外战争加起来都要多。他对自己的侄子詹姆斯一世国王发动了一场何等不合理的、残忍的战争？为了砍掉和自己同根同源的分支，他设计制定了多少法律和遗嘱？他做了多少对神不敬的安排，使上帝高兴地带走了他所有出色的王子。撒母耳对亚玛力人的国王亚甲[①]说的一番话把这道理解释得很清楚："当我们的剑夺走了别人的孩子时，我们的母亲也会像她们一样失去自己的孩子。"

国王亨利害死的那些人的鲜血已经被苏格兰寒冷的空气冻成冰，仁慈的上帝用阳光将它们驱散，在那片土地上诞生了后来的国王陛下爱德华六世（1547—1553年在位）。对于爱德华六世，我想说："哪怕是把这世上所有的怨恨放到一个人眼睛里，这个人在国王陛下那里，永远也看不到先前提到的那些君王们身上的污点——那些玷污了他们良心的污点；在他那公正之剑上也看不到有任何一滴无辜者的鲜血，而他的前任国王们几乎都是用这公正之剑玷污了自己的双手和名誉。"对于这位国王，我们必须得

① 亚甲（Agag），《旧约》中的人物。士师撒母耳假上帝之命，让扫罗去攻打亚玛力人，灭绝他们的人口及牲畜。扫罗率二十余万人出征，先攻打亚玛力京城，又攻打从哈腓拉到埃及边界的广大地区，杀尽亚玛力人，掠夺了大批牲畜和财物。——译者注

承认，他亲自从上帝手中接过了这把公正之剑；他从未报复过那些曾经力图夺走它的人；作为敌人的简·格雷，她佩戴这把宝剑的时间很长，像其他女王一样享有无上的荣耀，但是爱德华六世拒绝了她的帮助。他成为国王不是靠武力强取，也不是靠牺牲别人的鲜血，而是他本身应该享有的权利。当他走进那扇门成为国王，迎接他的是拥戴和服从。但是太多的皇族觊觎他的王位（有1559年在坎特伯雷签署的条约为证），在那位著名的女王陛下漫长的执政岁月里，并没有宣布他为王位继承人，但争夺王位从来不是件他乐意去做的事。

当然，我们也不该忘记感谢上帝让大不列颠南北统一，南方的英格兰智胜北方的苏格兰而统一。虽然地理上横亘在它们之间的不过是山川河流，但是长期征战和给予彼此的残酷伤害使得南北方及苏格兰和英格兰在情感上永远被分割开来。这不是上帝赐给国王陛下和这块土地的祝福；不，与和谐统一相比，即便所有的怨恨加起来，就像是鼹鼠丘在高山面前一样，是那么微不足道。如果所有的历史学家至此都承认红、白玫瑰（两个皇族所选的家徽，兰开斯特的红玫瑰和约克的白玫瑰）的统一，这一上帝赐予这个王国最大的福祉，那金、红两狮之间的和平和统一必将超越两者之间的仇怨，因为它不仅可以终结此前分裂期间频频发生的冲突和流血，而且英格兰会因此变得更加稳定、更加强大，更有可能恢复它古老的荣耀和权力。它会使这个王国变得更加不可征服，它带来的影响比任何结盟、谋划、政策或是对外征服都要深远。虽然这些影响当时还看不到，但如果1588年帕尔玛公爵率领的军队和西班牙军队[①]会合，并成功从南岸登陆，如果同时北方的国王陛下宣布与我们对立，我们可以毫不犹豫地认为实现英格兰的统一将会付出比现在这样大得多的代价。诚然，这世界上没有哪一个王国或者共同体内部能够做到没有一个人有怨言。国王们都是凡

① 1588年，西班牙为远征英国派出了一支“无敌舰队”，于5月底从里斯本出航。计划先与在属地尼德兰集结的陆军运兵船汇合后，再驶往英国登陆。但出航不久即遭风暴袭击，未能成功会合。——译者注

人，不是神，他们不是无所不能，不可能了解每个人的愿望，或者满足每个人的需要，而现任国王陛下考虑得更多的是别人的困难，而不是自己的金库。这就像人们评价所罗门："上帝给了所罗门广大的心。"即便有人把这里的"心胸开阔"理解成了"知识渊博"，当今的国王陛下也比以往任何一任国王都更当得起这样的赞美，因为无论是在神或人看来，他都远远超过了所有的前任国王。

有关国王陛下的事迹我可以说的还有很多，这不是奉承，但我唯恐有人说我冒昧放肆，并且对我所写的内容产生怀疑。伊丽莎白女王就曾经命人将那些拙劣画师为她画的肖像拆了烧掉，我怕我的书也落得如此下场（尽管我也没什么损失）。技术低劣的画家只会展示美丽的外表，二流作家也只会描述一个人内心的美好。前者留给后代们的虽然是漂亮的脸蛋，但却也是扭曲的记忆，后者让子孙们看到的只是一个人完美高尚的情操，但这些都不是一个人真实的再现。所以我说得已经够多，不需要再说什么了，我想忠实的读者们只要把那些先前提到的国王们及其王子们的残暴和他们统治期间的动荡不安，和当今国王的温和克制、不计前嫌、宽大开明好好地比较，公平地衡量，就会发现没有人比现在的国王陛下更有资格控诉。上文谈了一下英格兰的国王们的残暴无道和谎言欺骗带来的后果，同时也介绍了些他们当中伟大的历史人物，从中我们可以发现上帝无论何时何地都是一样的。亨利一世和爱德华三世篡权夺位、残暴无情，他们身后很多代子孙因为他们的过失受到上帝的惩罚。当然，上帝同样也惩罚了路易·德博奈尔的儿子们。路易·德博奈尔是理查大帝（理查曼）的儿子。德博奈尔曾经挖出他侄子伯纳德（查理曼长子丕平[①]的儿子，也是帝国的继承人）的眼睛后将其害死在狱中。德博奈尔虽然对同父异母的哥哥们手段温柔一些，但跟害死他们没什么两样（他们被终身囚禁在一座重兵把守的修道院里）。他通过这些手段排除了所有异己，但是没想到上帝为他树

① 查理大帝的长子和他的第二个孙子以及他一个曾孙同名，都叫"丕平"，这里指的是查理大帝的儿子，同时也是路易一世的兄弟。——译者注

立了新的敌人，让他的亲儿子们对他进行折磨、打击、禁锢，还废黜他的王位。而为了满足这些儿子们的野心，他曾经和他们分享他的财产，给他们戴上王冠，让他们有自己的领地可以统治。是的，他的长子（他有四个儿子，其中三个是他的第一任妻子所生，一个是第二任妻子所生，他们是：洛泰尔、丕平[①]、路易和查尔斯）洛泰尔把他从王位上赶下来，所用的理由是他曾经对自己的兄弟和族人使用暴力，并凶狠地杀死了自己的侄子（他本该释放的人）。

但是他做了国王们很少做的事，那就是为自己的残忍忏悔，其中包括在缔约国大会上，公开承认自己的过错，以及他仿效狄奥多西皇帝自愿开始苦修——为了他的罪行及他对他侄子伯纳德所做的一切。

虽然这一行为值得肯定，然而忏悔不能召回无辜牺牲者的鲜血，也不能唤回已经逝去的生命。

上文提到过，这位国王（路易一世）有四个儿子，他把意大利王国赐给了长子洛泰尔，而他自己的父亲查理曼曾把这个王国赐给了伯纳德的父亲丕平，而伯纳德是查理曼指定的意大利王位继承人；他把阿基坦王国给了次子丕平；三儿子路易得到了巴伐利亚；他的第二任皇后朱迪思所生的儿子查尔斯留在法兰西。而作为其他几个儿子继母的朱迪思劝说德博奈尔将丕平赶出阿基坦，从而进一步壮大查尔斯的力量。儿子丕平死后，德博奈尔剥夺了孙子丕平二世对阿基坦的所有权，把它给了查尔斯。同时，巴伐利亚的路易发起了针对自己父亲德博奈尔的武装叛乱，使德博奈尔在悲伤中死去。德博奈尔死后，巴伐利亚的路易联合了查尔斯，也就是后来的秃头查理，以及他们的侄子阿基坦的丕平结成同盟，共同对抗他们的哥哥皇帝洛泰尔。他们在欧克塞尔附近展开了法兰西历史上最为血腥残酷的一次战役。这次战役中，双方都损失了大批的贵族将领和士兵。撒拉逊人趁机侵略了意大利，匈奴人发起了对阿尔曼的进攻，丹麦人开始进入诺曼底。秃头查理背信弃义捉住了他的侄子丕平，在修道院中杀死了他；秃头

① 这里的“丕平”是德博奈尔的儿子，查理大帝的孙子。——译者注

查理的儿子卡洛曼背叛了他父亲，被他父亲烧瞎了眼睛。后来洛泰尔退位，他为自己背叛父亲及其他的残酷的行径受到良心的谴责，最后死在修道院。秃头查理打压他的侄子，即洛泰尔的儿子们，篡夺了帝国的皇位，打击了他的哥哥巴伐利亚的路易，巴伐利亚和秃头查理的儿子卡洛曼的军队被击败，路易郁郁而终。秃头查理后来被他的医生，一个名叫瑞德夏斯的犹太人毒死。秃头查理的另一个儿子口吃者路易有三个儿子：幼子糊涂查理，以及他同父异母的两个哥哥路易三世和卡洛曼二世。两个哥哥背叛了弟弟，但是最年长的哥哥路易三世摔断了脖子，而卡洛曼二世被一头发疯的野牛杀死。巴伐利亚路易的儿子的命运也很悲惨，他在和同伴们嬉闹时从窗子摔了出去，折断了脖子。从而，胖子查理统一了曾经德博奈尔的三个儿子在德国的领地。但他仍不满足，随后开始侵略糊涂查理控制的地区。不过最后他失去了自己的贵族身份、妻子及其他人的支持，死的时候是个精神错乱的乞丐。糊涂查理起初是由市长厄德监护，后来厄德的弟弟罗伯特又成为他的监护人，最后糊涂查理被韦芒杜瓦伯爵俘虏，死在佩伦的监牢里。糊涂查理的儿子小路易在追赶一匹狼的时候折断了脖子，小路易的两个儿子，一个被毒死，一个死在奥尔良的监牢里。而后一个卡洛林家族之外的人、一个法国人根本不了解的人于格·卡佩成为国王。

德博奈尔的子孙们结局都很悲惨。德博奈尔用权利的外衣掩盖不公正的实质，其子孙和继承人纷纷效仿其所为，很多年都披着同样的外衣，从未改变过。当这件外衣被扯了下来，人人都鄙视他们，脱掉这件外衣的他们就像乞丐一样可怜。一位博学的法国人说，他们悲惨的下场告诉人们：“从丕平的儿子、查理曼真正的继承人伯纳德之死可以看出，人插手的事比上帝和公正插手的事还多。”

再来看看另一位国王弗朗索瓦一世。毫无疑问，他是法国有史以来最杰出的国王之一。但是他曾授意普罗旺斯议会杀死新教徒米兰多和坎布瑞尔斯，并因此导致了许多贫民，包括男人、女人和孩子，被烧死或者杀死。此后，他从未真正快乐过，尽管他确实后悔自己的所作所为，并命令儿子亨利将凶手绳之以法，还威胁路易说如果他不严惩凶手，将会受到上帝的审判。但是这样的热心来得太晚，上帝没有接受他的忏悔。后来，蒙哥马利为了开心而杀死了亨利，以及他的四个儿子，弗朗索瓦、查理、亨利和赫尔克里斯的结局也让人难忘。虽然他们中的三个都成为国王，并分别都娶到美丽纯洁的女子为妻，但是他们一个一个相继离世，没有留下任何子嗣或继承人。尽管他们阴险狡猾，背弃了自己的信仰，对虔诚的教徒们[①]发起了残忍的屠杀，导致血流成河，尽管他们黄袍加身，但是新教徒的数量还是比以前大大增加，分布的地区也比以往广得多。

现在让我们来看看是不是西班牙的上帝和英格兰以及法兰西的上帝是同一个。我们先从卡斯提尔的堂·佩德罗开始说起。跟这位国王比起来，西西里所有的暴君、我们的理查德三世和莫斯科的伊凡雷帝简直不值一提。这位卡斯提尔的国王，是所有基督徒和异教徒国王中最为凶狠残暴的一个。在宫廷中被他杀死的不仅包括跟他一样的贵族，还有他的亲人，比如卡拉特拉瓦伟大的领主桑丘·鲁伊斯、鲁伊斯·冈萨雷斯、阿方索·特洛等，其中一位阿拉贡的唐·约翰还被他剁碎了扔到街上，目的是不让他以基督教的仪式入土为安；除此之外，还有戈梅斯·莫瑞克斯、迭戈·佩雷斯，以及卡斯提尔伟大的将领阿方索·戈梅斯；不仅如此，他还害死了他的堂兄阿拉贡的两个还在襁褓中的孩子、他的亲兄弟唐·弗雷德里克、拉赛赫德的唐·约翰、阿尔比克格斯、努涅斯·德·古兹曼、科尔内尔、卡夫雷拉、特诺里奥，以及他的财政大臣古铁雷及其所有亲属；他同样也没有放过他最年幼的两个弟弟，这两个孩子从出生到死都被他关在牢里，其中一个活到16岁，另外一个只活到14岁，都在监狱里被他杀害；他也没有放过他的母亲，和他的妻子——波旁的布兰奇夫人；他为了得到托莱多大主教及教长的财富，将这两位杀死；巴巴里的国王穆罕默德·伊本·阿尔哈马尔连同三十七名贵族向他寻求帮助，他们带来了大批钱财，希望能在他的帮助下征募士兵，却也被他处死。是的，在他处死老国王的时候，他还亲自给刽子手帮忙，厄本教皇因此宣布他为人类和上帝共同的敌人。

① 这里指的是新教徒。

但是他的结局如何呢？他被正式赶出了自己的王国，后来又在著名的兰卡斯特公爵的帮助下东山再起，最后被他的弟弟阿斯特马拉用刀捅死，同时他的弟弟也剥夺了他子嗣的继承权。尽管这位父亲残暴无道，他的孩子们却从来没有处于任何险境中。

如果要找一个可以和这位国王相提并论的人，那只能是伯格尼的约翰伯爵。他无耻地背叛并谋害了奥尔良公爵，并且残忍地杀害了阿马尼亚克的统帅，法国的大臣和康士坦茨、贝叶、桑利斯、桑特等地的主教们及其他虔诚可敬的教士们，还有几乎所有司法院、会计院、财政院和申述院的官员，连同其他1 600人。后来，当他正满怀希望要征服和统治法国的时候，被人用斧头劈在脸上当场毙命，当时法国的皇太子也在场。所以，热爱给人带来不幸的人，不幸会最终降临在他身上。

现在我们再来说说从亨利七世、亨利八世、玛丽女王到伊丽莎白女王时期的西班牙国王们。首先是阿拉贡的斐迪南二世，他是第一个为如今西班牙的强大奠定基础的人。这位国王并不满足于只拥有其祖先篡夺得来的阿拉贡，它还依附于卡斯提尔和莱昂王国，他的妻子伊莎贝尔在他的帮助下，从她的侄女，也就是前任国王亨利的女儿手上抢到了王位，并把这个王国牢牢地控制在手里。最阴险残酷的是，他居然不加一丝一毫的掩饰，把自己的侄女赶出了纳瓦拉①，他曾经许诺要重建这里，但却无耻地背叛了自己的诺言，只在最好的地方修建了防御工事，剩下的地区废弃不管，这个王国连被侵略的价值都没有了。据我所知，他还背叛了那不勒斯的两位国王斐迪南三世和弗雷德里克，他和这两位国王还流着同一个家族的鲜血，并且两人都曾经和他结盟，而他却把他们卖给了法国人，和法国人一起瓜分了他们的王国。但是后来他又无耻地背叛了法国人。

这位精明的国王出卖了天堂和荣誉，本想成就他的儿子，西班牙的王子，使他成为世界上最伟大的君主，可是这位王子却死于青春年少之时，而王子已经怀有身孕的妻子因为早产很快随他而去。斐迪南的大女儿嫁给

① 中世纪时期位于西班牙东北部和法国西南部的王国。——译者注

了葡萄牙王子唐·阿方索，后来亲眼看到唐·阿方索摔断了脖子，她在为第二个丈夫生孩子的时候难产而死。至此，阿方索的父亲约翰一脉彻底绝嗣，这是上帝对约翰公正的判决，因为他杀害了无数葡萄牙人，致使他们的母亲们孤苦无依；他还曾经亲手杀死了他的姑姑维瑟公爵夫人贝娅特丽克斯的儿子。

斐迪南的二女儿嫁给了菲利普大公，她后来精神失常，死时疯疯癫癫，无依无靠。他的三女儿被许给了亨利八世，后来被这个给英格兰带来无数麻烦的人抛弃，他们育有一女[1]，但是因为她不合时宜的热情，导致了血流成河，同时把加莱输给了法国，她最后在极度悲伤中死去。至此，斐迪南所有的领地都改朝换代，被别的家族占有或统治。

查理五世，菲利普大公的儿子，他对法国人和德国人及其他的国家和国王发动了徒劳无益的战争，牺牲了大量基督徒士兵和著名的将领，同时给了土耳其人可乘之机，致使基督教世界的重要前沿罗得斯被占领，他最终还是被赶出了法国，在某种程度上也被驱逐出德国，并把门茨、图勒、凡尔登这些原本属于西班牙帝国的领土拱手让给了法国人。在莫里斯公爵的追赶下，他偷偷取道茵斯伯格，连夜翻过阿尔卑斯山才逃回国。他本来希望吞并所有这些地区，可精心谋划后收获的只有耻辱。在导致了成千上万的人死去后，失去立足之地的他在一个修道院隐居，每年仅仅可以从他的儿子菲利普那里领到一万达克特[2]的年金。

在心怀叵测的格兰维尔红衣主教和其他天主教独裁君主的怂恿下，他的儿子菲利普二世不满足于仅仅控制霍兰德和西兰（他的祖先从其合法的主人杰奎琳公主那里抢来的）及荷兰的其他许多行省，忘记了这些地区的贵族们从前是如何为他的皇帝父亲效劳的，忘记了为了欢迎他的到来而准备的四千万弗罗林[3]银币的礼物，也忘记了他曾两次在国家联盟上郑重

① 即英格兰女王玛丽一世，因其大肆屠杀宗教异端人士，又称“血腥玛丽”。——译者注

② 从前流通于欧洲各国的钱币达克特。——译者注

③ 弗罗林，一种货币，旧时用于欧洲。——译者注

宣誓维护这些地区自古以来就享有的基本权利、特权和传统。这些地区由三十五名伯爵直接统治，他一开始只是抑制他们的发展，利用宗教裁判所对他们进行控制；后来，他设计了很多新的名目对这些地区征收让人难以承受的重税，把这些地区彻底掏空；最后，他不仅企图用强硬的手腕和武力成为他们的独裁君主，还试图将英格兰和法国纳入他的统治之下，同时还残暴地践踏这些国家的自然的、基本的权利及各种特权。为了做到这些，他轻而易举地从教皇那里得到了特许令，使他不用兑现曾经的誓言（这个特许令成为此后战争和流血的直接原因），然后通过分化这些地区贵族的权利，将他们置于他的姐姐奥地利的玛格丽特和葛兰维尔红衣主教的统治之下；他还雇用了最无情的西班牙人托莱多的唐·费迪南·阿尔瓦雷茨和阿尔瓦公爵，以及一支强大的军队，利用他们杀死了著名的将领葛瓦尔的王子、埃格蒙特伯爵和霍恩的蒙莫朗西伯爵，赶走了蒙蒂格和贝尔格侯爵。在那六年中（阿尔瓦统治期间），一共有一万八千六百名绅士死在断头台上，这些屠杀还仅仅是其暴行的一部分。但是这样的方式并没有带来他想要的结果，后来他希望能够用阴谋诡计实现通过武力没有能够实现的目标，于是派他同父异母的兄弟奥地利的唐·约翰到那里担任总督，这是一位人们寄予厚望，而且对人民很亲切的王子。这时，他又一次利用了罗马天主教会，就像他的祖先们那样，毫不犹豫地对着《圣经》发誓遵守与总联盟签订的条约，撤出驻扎在低地国家的所有西班牙和其他国家的军队。为了能够让这些承诺得以兑现，荷兰倾尽所有付给西班牙六十万英镑。但是收到钱后，他突然袭击了位于安特卫普和内穆尔的要塞，占有了这些行省中最为重要的地区。无论他公开打着什么样的旗号，暗地里却和西班牙专制政府的大臣厄斯柯维多、洛德斯、巴尔勒蒙等盘算着怎样实现通过武力没有达成的目标。但是让我们来看看违背誓言和倒行逆施的结果。首先，菲利普二世本人杀害了如此多的贵族，六年内处决了一万八千六百名绅士（如前所述），并在梅赫伦、聚特芬、纳尔登等地区大肆屠杀；尽管他大言不惭地吹嘘要把霍兰德人淹死在自己的黄油和牛奶桶里，但是他离开时带走的只有整个国家对他的诅咒和厌恶，因为他走时这个国家的状态比他最初来的时候要糟糕十倍。其次，唐·约翰，他对自己高傲的幻想帮他克服了最大的困难，尽管他完全没有管理自己管辖地区的能力，后来他在壮年不幸早逝。然后，厄斯柯维多，菲利普二世机敏的大臣，幻想能为他的君主征服英格兰和荷兰。一次，他被派去西班牙执行公务，刚刚抵达还没来得及见到国王就被安东尼·佩雷斯派来的几个恶棍给杀死了。最后，如果我们想一想，作为西班牙的国王，他的工作完成得怎么样，有什么样的功绩，我们会发现其实没有什么特别让人印象深刻的东西。因为他失去了这些地区，造成了成千上万财富的损失和超过四十万基督徒的死亡。论风景，其他地方都难以与这里相媲美；论收入，可以抵得上他的西印度群岛。他失去了这个曾经最忠于他的国家。他对这个国家发起了长达四十年的战争，但是它仍旧取得了自由，而且现在它比过去他统治时要富庶、强大得多。

噢，先前提到过的国王们，无论是我们本国，还是其他国家的，他们要经历什么样的阴谋、压迫、背叛、监禁、折磨、毒害，要背弃多少誓言，要借什么样的执政理由，要玩弄多少政治阴谋，才能引得上帝如此报复，不仅报复他们自己，还要报复他们的家人和他们精明的大臣们。到最后反倒成全了他们的敌人，得到了跟自己精心谋划，并使用残暴手段想要达成的初衷完全相反的结果。他们从来不曾想到自己会有这样一个结局，如果不是上帝的阻挠，他们的敌人永远不会成功。“我要毁掉那些聪明人的智慧”，上帝说到做到。

但是写这些是为了什么？如果这个世界还是跟过去一样，如果现在的孩子们依旧重复父母的故事，我们为什么要让活着的人看到那些已经死了的人的成败？正是现在，人们可以对世界上所有的智慧加以利用。为了把握住我们这个时代，我们让所做的一切都合法，我们希望能够永远这样，至少在他们之后没有什么可以希冀的。我们总是愿意忘记自己的经历，对跟自己相关的事，装出一副什么都不知道的样子，或者自己骗自己，因为上帝说过“不要顾忌”，所以他允许我们这样假装，尽管这不虔诚。所以我们既不回头看过去发生了什么，也不向前看看将要发生什么。确实，身体是人的载体，是它将我们同尘世联系起来，我们是由尘世上的元素构成，我们住在尘世中；天堂却高高在上，遥不可及。我们能感觉到物质的东西，但要感知到永恒的上帝，需要通过神的启示。所以我们思想是世俗的，这并不奇怪，更为自然的是，凡人说的话不能洗去人们思想上世俗的尘埃，他们制定的教条和教诲也不行，只有圣灵才能做到。先知以赛亚很久以前就大声地问道："主啊，谁相信我们的话？"毫无疑问，现在和当初以赛亚为自己和别人向上帝哭诉的时候一样，而且随着一天天过去，人们愈加不相信。是啊，男男女女都可以把信仰和其中的真理挂在嘴边，但多数人理解到的只是空虚的幻觉，而不是其中的真意，大家只不过是在一起假装罢了。我们宣称自己信仰上帝，但是却用行动否定了自己的信仰。不是知道了神的存在就能得到主的祝福，而是要过一种神圣的生活，魔鬼比任何人都更清楚他的存在。最令人惊讶不解，也最让人悲哀难过的莫过于钩心斗角、激烈的争吵、个人的仇恨，基督徒之间为了信仰展开的无止境的战争、屠戮、谋杀。这是事实，但是这样的话充斥着这个世界，都快把人的所作所为从这个世界上挤出去了。所有的人都坚定不移地相信，如果只是把知识从关于信仰争论中拿走，而不从他们的生活中拿走，那人的欲望只会剩下对天堂的追求，人们会相信这个世界无非是通往天堂路上的驿站或是歇脚的地方，在这里稍事休息，人们就会前往我们在天国的居所。可是人们的信仰恰恰相反，仅只停留在言论之类的表象上，而灵魂深处只剩虚伪。几乎所有的人都在虚伪地"表演"自己的信仰，用动作和声音假装我们具有神圣的美德，而在整个生命过程中却抛弃了自己的本性和应有的角色。博爱、公正、真理只存在于语言中，就像哲学家们所说的"第一要素"。

所罗门将智慧定义为"教授上帝知识的女教师"，我们给了智慧足够的溢美之词。但智慧也是没有价值的，也主要为人所用，来积聚财富，获得让人尊重的荣誉。这些话（在我们还很有良知的时候）肯定会成为抨击的对象。无论我们收集了多少智慧，都不会比某个人的智慧更多。至于其他，所罗门——人类曾有过的最智慧、最能干的人——告诉我们智慧的用途："随着货物的增多（所罗门说），觊觎它们的人也会越来越多，而这对货物的主人有什么好处呢，难道就是眼睁睁地看着吗？那些把剩下的东西都吞掉的人，他们在一帆风顺的好日子里会跟随我们，可是在第一次像暴风雨一样的惨祸来临之前会把我们遗弃，在大海和风浪面前会转舵离开，留下我们独自面对不幸的命运。"在许许多多这样的例子中，我要特别提一下丹纳和他说过的一个故事："皇帝查理五世兵败撤出他的领地后，在他返回西班牙的最后一段路上，一次他和他哥哥斐迪南派来的使节赛奥迪厄议事一直到深夜。当赛奥迪厄准备离开的时候，查理五世呼唤他的仆从，可没人答应（因为那些伺候他的人都回住处睡觉了）。尽管赛奥迪厄一再婉拒，查理五世还是拿了蜡烛，走在前面亲自为赛奥迪厄带路，把他送下楼。当走到楼梯口的时候，查理五世说：'赛奥迪厄，等我死了，你要记住查理皇帝曾经为你做过这件事。你在强敌环伺的时候认识了他，也看到他被人抛弃，剩下孤零零的一个人，看，就连他的家奴都抛弃了他。我知道这一命运的转折是万能上帝的旨意，我也绝对不会与此抗争。'"你可能会说，还有别的事情比刚讲的故事内容更值得关注。首先，是对伟人们的尊敬，各种各样的人对他们的认同。真正的尊敬不仅表现为对他们的地位和权力的崇拜，更重要的是对其公正和虔诚发自内心的热爱，否则，众人的赞许就像是一群牲口在齐声喧嚷，如果不知道真正的原因，有谁会喜欢听到这样的声音呢？很少有人能分得清楚美德和幸运，最不虔诚的人（如果顺利发达）也曾得到人们的拍手称赞，而最高尚的人（如果时运不济）也曾被人鄙视。人和幸运的关系就如同马和人的关系，人驾驭马，而幸运控制着人；人可以从马上下来，靠双脚行走，幸运也可以离开一个人；一个恶毒的马夫可以随便鞭打他的马，运气同样可以轻蔑地将人一脚踢开。

其次是有关我们是否该扶持子孙们，我们该如何看待我们留给他们的荣耀。有些人以为如果自己帮助子孙们壮大起来，自己的灵魂在离开时会感到宽慰。拉克顿特斯评论（认为）哲学家们的话很适合这些人："聪明反被聪明误。"当我们不朽的灵魂一旦离开人类的肉身，就如同嵌在宫墙里的那块石头的荣耀一样，将听从上帝的安排。他们不会再为子孙们的成功感到高兴，同样不会为子孙们的贫困感到悲伤或是耻辱。“死去的人，虽然应该得到尊重，但他们对生者一无所知，哪怕是他们的孩子。逝者的灵魂不会知道他们身后的事。”即使我们怀疑圣奥古斯丁所说的话，我们也不能怀疑约伯，他告诉我们：“我们不知道自己的子孙们是否是值得尊敬的人，也不会知道他们是不是身份低下。”《传道书》也这么写道：“人在阴影中行走，焦急不安；他积累财富，却不知道谁会最终享用它们。（他说）生者知道他们会死，而死者什么都不知道，因为谁能在身死之后又在人前现身呢？”所以约伯把这看成是世俗的虚无之一：人在世间辛苦劳作，也不知道死后会是个傻瓜还是个聪明人来享用自己劳动的成果，他说“这让我都憎恨自己的劳动”。连他都这么说，那其他人身后的好坏都已经由上帝决定，他们又能希冀些什么呢？人的知识只存在于自己的希望，先知以赛亚在聆听灵魂得救的人忏悔时说：“亚伯拉罕不知道我们，雅各也不认识我们。”但是从中我们可以确定的是漫长黑暗的死亡之夜（过完这一夜我们再也看不到第二天黎明，直到他战胜黑夜）会将我们淹没，直到这世界不复存在。然后，我们能重新拥有光荣的、永不堕落的肢体，它具有天使般的情感，且得到祝福的灵魂会感受到强烈的崇敬之情，此后他们将不会再接受任何低级的快乐。过去对朋友、亲人和孩子的世俗情感将不复存在，没有人能告诉我们，哪怕是智慧的人也不知道，到那时我们是否还会记得或是认出他们。但是如果不是这样，一个神圣的生命保留了生前灵魂的记忆，那我们就不能把俗世幸福的记忆和天堂的快乐分开。不，如果不管他们的境遇是否比世界本来给予他们的更好，我们（如果知道这两种快乐的区别）甚至会憎恨他们的这种体谅。无论过往的一切给我们什么样的宽慰，我们从给予生者的仁慈中能够得到同样的安慰。带着这样的虔诚、公正和坚定的信仰，无限仁慈的上帝会很乐意接纳我们并欢迎我们的到来。那么我们是否因此就该对荣誉和财富不屑一顾，把它们看作是多余、没有价值的东西呢？当然不是，拥有无限智慧的上帝都把它的天使分为不同的等级；他赋予了天堂里的每个人不同的美和光，有的人多一些，有的人会少一些；他还区分了野兽和飞禽，创造了鹰和苍蝇，雪松和灌木；同样都是石头，他给了红宝石最美丽的色泽，给了钻石最耀眼的光芒；他区分了国王和大公，官员们分成了行政官和法官，也根据其他的条件把人区分开来。留给后世子孙的荣耀，标志和象征着我们的德行，它可以帮助子孙们更好地理解他们的先辈。所以（便西拉选择在沦为乞丐之前死去，因为没有相应的地位，最后只能得到人们可怜的同情）如果财富取之有道，或者我们的发达不是建立在牺牲别人的利益基础上，谴责别人对荣誉和财富的重视是愚蠢的。柏拉图认为最为重要的是强健的体魄，其次是形式美，然后是“通过正当手段得来的财富”；同样，耶利米曾大声疾呼，“诅咒那些通过不义的手段将自己的房子建起来的人”；以赛亚也说过类似的话，“诅咒那些毁掉别人而自己却安然无恙的人”；所罗门要求我们，“不要去品尝暴力的酒，不要埋伏以伺机让别人流血，不要为垂涎别人的钱财，把他们生吞，因为这是贪图别人所得的人才做的事”。

我们如果有时间可以好好想一想：他是世界上最富有的人，但他在尘世里却一无所有；他在这个世界里生活的时间最长，在这尘世里却没有他的牵挂。无论是在还没有我们的过去，或是在永远的将来，都是如此。为了赢得在世界上的地位和时间，这两者与虚无没多少区别。也就不难理解我们如此推崇虚无的财富，而经常忽略无止境的时间。觊觎世俗的东西，好像我们的灵魂是不朽的。忽略那些真正不朽的东西，好像我们来世还有生命。

但是让每个人按照自己的方式来衡量自己的智慧：让有钱的人把所有没有他富有的人都当成傻瓜，让复仇者以为没有打倒他的敌人都是因为疏忽大意，让政客以为不能出卖自己信仰的人都是愚蠢的。但是一旦当我们的生命之船看到死亡的彼岸，所有的风便将我们吹向岸边，当我们放下那命运的锚，以后再也不能将它拿在手上掂量，生命的旅程就此终结，我们重新开始思考（过去我们更愿意去感受幸福，而不去进行忧伤又严肃的思考），补偿在过去一生的愉快旅程中不曾做过的事。也就是在那时，我们才大声乞求上帝的怜悯；那时，我们不再能互相伤害；也只有在那时，我们的灵魂被深深震撼，因为我们终于明白这句话“上帝是不会被欺骗的”。若如圣彼得所说，“义人仅仅得救，上帝连天使也不会宽恕”，那些一生放纵欲望的人该站在什么地方呢？假设万能上帝的严格圣训只是玩笑，当死亡逼近时，如果我们可以将最后一口气化作对上帝怜悯的乞求（没有任何赎罪或补偿），那是不是就够了呢？一位令人尊敬的神父这样说：“噢，有多少人就是怀着这样的希望才陷入了无尽的劳作和战争中。”我承认，如果有人说我们结局好，对我们的朋友来说肯定是巨大的安慰，因为（如巴兰所说）我们都渴望“得以善终”。但若有人并没有轻视，或与上帝为敌，也没有嘲弄上帝，他们只是认为只要在弥留之际从容地请求上帝的宽恕就足够了，那这是不是对上帝的轻视、对抗或嘲弄呢？又如若他们在得以善终之后向上帝说了下面这番话，又会怎样呢？“我们恳求您，哦，上帝，我们过去一生中所有的谎言和所有的背信弃义都是为了使您欢喜，您会为了我们（虽然我们什么也没为您做）改变您的本性，（虽然不可能）忘记自己是位公正的上帝，变得喜欢伤害和压迫，会将野心唤作智慧，会把仁慈当成愚蠢。如果我偿还了我欠下的一切，我会对不起我的孩子（我绝对不会这么做）；如果我放过那些受苦之人，等于承认自己曾经不公（骄傲的我是不会这么做的）。”当然这些聪明的俗人如果不能再重新找个这样的上帝，就只能自己做一个了。最有可能做个铅的，像路易十一那样把它放在帽子里，每当自己做了什么让自己害怕、讨厌的事，或者杀了什么人，就把它从帽子里取出来，亲一下，恳求它再一次宽恕他的罪行，并保证这是最后一次了，然后下一次又这样。他假借了一个红衣主教的名誉和一个伪造的仪式，刺死了阿马尼亚克伯爵。你可以嘲弄一个铅制的偶像，但是却不能这样对待永恒的上帝。具有这种特点的都是热爱这个尘世的人，他们惧怕一切转瞬即逝和不合理的事物，惧怕敌人的阴谋诡计和流言蜚语；他们惧怕别人对他们品头论足，虽然这只能将影子打倒；他们奉承和抛弃那些成功和不成功的人，不论他们是朋友还是国王；他们像鸭子一样，每当一只有力的手向他们投掷小石头时，他们会立刻一头扎进水里，但是，当面对万能的上帝严厉的审判时，他们却显示出极其顽固的勇气；他们在上帝面前表现得像神一样，却在身体和良知一样腐朽堕落的凡人面前表现得像奴仆一样。

再来看看剩下的部分。我们真正认真地思考一下以下两者：一个是有钱和有权势的人，我们通常都认为他们是幸运的；一个是穷人和受压迫的人，我们以为他们都很悲惨，我们会发现他们的幸福和不幸都紧紧地掌握在上帝手中。两者可能随时会改变，也可能会互相转换（看看那些突然失势的皇室贵族们，还有那些从最底层迅速崛起的穷人），没有什么是如此确定的，值得我们自吹自擂，也没有什么如此不确定，值得我们为它哀悼悲叹。没有人能保证自己的荣誉、财富、幸福、生命不会在下一秒或是即将到来的明天被夺走。“夜晚会带来些什么，没有人确定。”“（圣雅各说）你也不会知道明天会怎样。今天他还在那里受众人仰慕，而明天他会了无踪迹，因为他已化为尘土。”虽然萦绕着不幸和灾祸的雾霭让我们的视线朦胧不清，但是从中我们却能更好地看清上帝。而从世俗的荣耀的光环中，我们反倒不那么容易把他看清楚，因为那里的光亮使所有虚无的东西无所遁形。就让不幸像它表面看起来那样吧，对那些嘲笑别人倒霉的人来说，别人的不幸是可笑的；对那些十字架下的人来说，不幸是让人悲伤的。但是可以肯定的是，对于已经发生的事而言，迄今为止两者的份额是相当的。若是我们活了若干年，而且（像所罗门说的那样）这些年都充满了喜悦，或者如果同样活了那么多年，但每一天自始至终都悲哀忧伤，那么回头看一看，我们会发现这两种说法，无论是快乐还是悲伤，都从我们的视线中淡去，并为自从我们出生就紧紧尾随我们的死亡收走。“不论我们年方几何，死神都将我们握在手中”。所以无论是谁，如果幸运是他的奴隶，时间是他的朋友，让他回忆一下（除此之外，我们没有其他办法来记录往昔的快乐），认真想一想青春美丽或者过往的喜悦都在记忆中留下怎样的痕迹，还有那些曾经有过而且还可能会继续的刻骨铭心的情感又留下些什么，那些多情的春天曾经带来的满足现在还剩下些什么。他会发现，过去的若干年时光从这一切如同混合液体的事物中蒸腾出来的只有沉重、隐秘而又悲伤的叹息；他会发现除了忧伤，什么也没剩下，而这忧伤从我们青春勃发的青年时代开始萌发；当青春停止了脚步，忧伤赶上了它；当青春开始凋谢，忧伤彻底占了上风。当从现在回首从前，让现在的自己来看过去的自己，一个穷困潦倒、病魔缠身、失去自由的人对自己经历的苦难和伤痛并不会有多大的感觉，就像是那个通常被人们当成是幸运儿的人，对过去的幸福和快乐也没有什么感觉一样。已经抛在身后的东西都无关紧要，而未来给人虚幻的希望。“没有发生的事都是不确定的。”只有极少数人例外，他们优雅从容地给了这世俗的虚无一个公正的评价，带着对过去充实的一生的回忆，毫无畏惧地直视死亡，无惧坟墓，他们拥抱死亡和坟墓，如同它们是引领他们走向无限荣光的向导，不过这样的人像黑天鹅一样稀少。

对于我而言，下面要讲到的是我对自己的安慰，也是我能告诉别人的一切。今生的痛苦无外乎两种：跟上帝有关的痛苦和跟俗世有关的痛苦。有着第一种痛苦的人，向上帝忏悔自己的不足和对上帝的不敬，真心相信“噢，我的主，您无所不在”。有着第二种痛苦的人，抱怨上帝，就像他对他们做了不该做的事，不是没有给他们世俗的好处或是荣誉，就是没有满足他们欲望，要不就是把这些他们曾经拥有的东西拿走了。他们忘记了约伯说过的一句谦卑、恰当的话：“赏赐的是耶和华，收取的也是耶和华。”对于第一种，保罗许诺的是祝福；对于第二种，是死亡。如果一个人不明白不管他的境况如何窘迫，他现在拥有的比上帝应该给他的要多得多，如果他不明白无论他是多么不幸，他所遭遇的苦难远比他应该遭受的要少得多，那这个人不是愚蠢，就是对上帝忘恩负义，或者两者兼有。如果一个不信上帝的聪明人把这个世界的苦难称作“生活的礼物”，那么一个聪明的基督徒应该把苦难理解成冒犯上帝的代价，并忍受这些苦难。他应该坚强地、毫不犹豫地承受这一切，就像那些“虽然痛苦呻吟着，却依旧跟随指挥官”的士兵们。

上帝是所有悲剧的作者，他为我们撰写了这些悲剧，并安排好我们要扮演的所有角色。在分配角色的时候，他并没有偏袒那些在俗世里最有权势的王公贵族们。他让大流士扮演了最伟大的国王的角色，同时又让他扮演了最可怜的乞丐——一个需要向敌人讨水喝否则就会被渴死的乞丐；他让巴耶赛特扮演土耳其最高的统治者，但是同时也是帖木儿的垫脚石（这两种角色罗马皇帝瓦莱里安也曾扮演过，瓦莱里安后来被沙普尔取代）；他分配给贝利萨留最成功的将领的角色，但他最后还要扮演盲眼的乞丐。这样的例子举不胜举，其他的普通得如同蝼蚁一般的人有什么可抱怨的呢？诚然，有一句话能够最精辟地描述这个荒谬的世界，那就是这个世界就像个大舞台，这个舞台上人们时运的更迭就如同换衣服一样正常。每个人穿着的是自己的一副皮囊，所有的演员都一样。现在，如果有人出于软弱对自己在这世上的旅程有不一样的看法，（因为彼特拉克曾说："只有极其有天赋的人才能将思想从理智处召回。"）那是因为脑子有奇怪的念头，所以忽略了他承受的痛苦（除了肉体的）。不幸和苦难的作用被发挥到了极致。这舞台上的这出戏的结尾处，一切财富或权利可以剥夺的东西，死亡将它们统统拿走，就如同一艘遭遇了海难的船，船上所有的货物都会沉，除了悲伤。而救这么一艘船是疯狂而愚蠢的，如塞涅卡所说，"倒在财富脚下的是最悲惨的命运"。

现在，是时候该鸣金收兵了，是时候该停止这无休止的追逐了；另外，促使我描绘这样一幅宏大的历史长卷的初衷可能会更好地为人们所接受。

能证明天意的事例比比皆是（第一部神圣的历史其实就是这些例子的再现）。正是这些事例促使我从世界伊始开始写起，也就是从创造天地开始。天意和创世纪是上帝的两大光辉事迹，它们彼此紧密联系、相辅相成。创造天地意味着一定会有天意（上帝怎么会将他的孩子创造出来，又将他们丢弃不管呢?）；要有天意必先创造天地。但是，很多在俗世智慧超群的人却想否认两者之间的联系：伊壁鸠鲁学说的信仰者们否认创世纪和天意的存在，但承认世界有其起源；亚里士多德学派的人承认天意，但是否认创世纪和世界的开始。

这一关于信仰的学说在时间上涉及创世纪（因为根据我们的信仰，我们都相信有了天意这个世界才能创造出来），虽然现在亚里士多德学说腐朽的基础承载不了这一关于信仰的学说（尽管他对其学说的辩护都建立在这一基础上），但上帝无穷的力量、世界的开始，还有即便是用自然的理性也不能否认的事实，都没有能够让他更开窍一些，这着实让人觉得惊讶。同样让人感到奇怪的是，那些渴望知识的人（因为亚里士多德在最核心的一点上都没能做到，其他的几点就不用考虑了）虽然有头脑，但是在真理面前却止步不前，没有想过要跟随或是赶上真理的脚步，而是绝对服从于哲学的原则或是其他讳背真理的教条。究其原因，不是因为喜欢空想，就是过于好奇。但是不论如何，不信上帝的哲学家们，宣称他们的观点有着毋庸置疑的依据和原则，难道仅仅是因为他们如此宣称的吗？还是他们所说的话使得他们变成这样？当然不是。但是如下这点是真的：直觉理性雄辩自证，同一推理难以置疑，就别说打倒它。同样，在每一次对本质的追问过程中和对无限权力的审视过程中，可以形成人类知识网络的基本法则。沙朗在他充满智慧的书中说："如果不是理性，每个人的意见都有着同样的权威性。"但是如果不让对立面提交它们的证据，或是不经过任何的讯问，一个人怎么能做出正直公正的判断呢？拉克坦细说得好，"不经过任何判断就接受前人思想的人，他们忽视了自己的智慧，使自己像畜生一样被人牵着鼻子走"。现在，正是出于这个原因，懒惰、迟钝和无知像个暴虐专横的国王，让真正的物理学、哲学和神学戴上枷锁，任人侮辱。无知者把第一次的"谁违背规则就反对谁"里的"规则"改写成"具体的道德规范或权利"，并再次改写成"罗马教会"。

对我自己来说，我永远不会相信上帝已经将所有知识的光芒锁在亚里士多德的脑子里；我也不会相信上帝曾经对他说（如同曾经在《以斯拉》中所说）"我会在你的心中点亮一盏领悟的灯"；不会相信只有异教徒才拥有上帝赐予的思想，他们宣称只要去探究本源，就能找到其中的力量和真相；不相信耗光她所有资源的同一本质不会给后来者留下任何有价值的东西。是时间而不是理性让我们懂得了"因"是他们，"果"也是他们；真实的经历也让我们明白了同样的道理。哲学家和会做奶酪的家庭主妇都知道凝乳块可以将牛奶凝结成块状。但是如果我们要问为什么会这样，为什么会发生这样的酸性反应，它是如何发生的，我想在普通的哲学原理中我们是找不到这些问题的答案的。还有很多诸如此类的问题，哲学都没有办法解答。

但是人却想要掩盖自己在这些小事上的无知，他们不知道为何自己脚下的小草是绿色，而不是红色，或是其他颜色，他们给不出真正的原因。虽然人比大自然中的其他生物都更高贵，但他们永远都不曾发现大自然的奥秘；虽然人比天上的诸神们也更高贵，但（所罗门说）“他们却看不清这世上的事物，就连在眼皮子底下的东西，也要费好大的工夫才能看到”；人在这世上停留的时间太短，还没来得及真正开始学习，就要入土为安了；他们头脑里只有别人总结出来的知识，真正靠自己领悟的东西却寥寥无几；他们不明白自己灵魂的本质；哪怕是最博学的自然主义者（如果亚里士多德是的话）也不能给它一个清晰的定义；他虽然能够通过因果关系，告诉我们它的影响（这个不仅他，所有人都知道），但是他却说不清它到底是什么，他不知道，其他的人也不知道，唯有创造它的上帝才知道答案（约伯说：“虽然完美如我，却依旧不了解自己的灵魂。”）。人在自己生命历程每个阶段中的所作所为都很愚蠢，虽然他们也会研究上帝是如何创造了世界，不过，（约伯说）“上帝是如此的卓越，我们没有办法了解他”。人们虽然也会追问上帝如何开始创造世界，可是早在人诞生之前，上帝就已经完成了这项工作。没有物质来创造世界会显得上帝无能，所以上帝赋予空气中的尘埃以存在的理由；让创造世界成为必然或偶然；把做好的世界放置在大自然中；形成两种无上的权力：一是物质世界的创造者；二是这世界的形态。最后，他创造了个长生不老的亚当。这就是亚里士多德后来面市的学说，使他成为一代宗师。他的追随者们一直对此坚信不疑，“发誓坚定不移地捍卫其追随的哲学家的主张”。赫来斯及他同一时代的或者稍早一些的很多哲学家，都认为有必要找一个所向披靡的理由。也即，找一个“永恒的、无限存在的人类”来成为宇宙之父或母。这些哲学家们还有摩西、琐罗亚斯德、穆赛奥斯、俄耳甫斯、莱纳斯、阿拉克西米尼、阿那克萨哥拉、墨利索斯、费雷西底、泰利斯、克里安西斯、毕达哥拉斯和柏拉图等（斯德琪尔·厄古宾纳详细收集了他们的观点）。拉克坦细说：“虽然这些人的观点并不肯定，但都说明一点，他们都相信‘天意’的存在，它可能是自然、光、理性、知性、命运或者神令，无论哪一种，其实都是我们的上帝。”就像世上的河流，虽然深浅不一，朝着各自不同的方向流淌，有时还伏行于地下，有的汇入像大海一样的湖泊，但是无论如何，它们最后终将归于大海。人也是一样，在人类能量用尽之后，经过各种哲学思考和探究之后，在上帝形成的无上权力面前，人类所有的理性都将终结融汇。

至于其他的哲学家，最初有人认为构成世界的质料是永恒的，上帝并不是从虚空中，而是“从先于存在的物质中”创造了世界，可是这一猜想缺乏有力的证据，因此没有得到响应。优西比乌说：“根据我的理解，他们认为世界的创造部分归功于上帝，还有一部分归功于机会。”如果上帝没有偶然发现第一物质（指空气中的尘埃），他就不会成为创始者或者世界的缔造者，或者宇宙的主宰。如果这种物质或者宇宙未形成前的混沌状态是永恒的，那么人们会认为：物质改变自己去适应上帝；或者，上帝调整自己去适应物质。第一种情况是不可能出现的，因为没有知觉的事物不可能改变自身来适应匠人的需要；如果是第二种情况，上帝作为造物主，却要根据他选中的质料的特点来改变自己，这种想法很可怕。

但是，让我们这样假设，这一世界从某种力量中产生，这种力量不是无所不能，但有无限智慧；我很想知道，如果有同样一种力量，它符合上帝的要求，无所不能，具有无限智慧，正好适合宇宙的形式，那又会怎么样呢?如果创造世界的条件已经满足，而还需要更多材料的话，那就必须承认，上帝从虚无中创造了新的质料，足以满足缔造世界的需要。如果有多余的，那都被上帝分解销毁。每个理性的灵魂都必须承认，只有上帝拥有从虚空中创造一切的能力，也只有同样的力量和方法才能将这一切或者任何永恒的质料归于虚无，只有这种力量才能使曾经虚无的一切开始存在。

认为物质是促使该物质产生的原因这一说法是愚蠢的。如果它任何时候都是其自身的因，那总有一个时候它不是，在它存在之前，它不能创造自己或是别的任何事物。因为同时存在或同时不存在是不可能的。“没有任何事物是先于自身而存在的，物质不能自己创造自己。”

那些假设这一质料永恒的人必然认为，无限与永恒不可分割。那么如果只有无限的物质，而没有无限的形式。如果只是第一物质有限，世界上拥有的形式证明了形式无限。其结论是，那些更加相信永恒的残缺形式或永恒的非生命物质，而不是永恒的光或生命的人，无论他是谁，永恒的死亡就作为对他的奖赏，因为这种愚蠢难以言喻。人（那些还没有被狂妄自大吞噬的人）有什么理由质疑这一无限的力量（关于这力量，我们所能理解的不过其中一二，“因为理解是有限的，而有限与无限正好相对”）。本身有需要的东西，既可以是物质形式，也可以是如海洋里的沙粒之多的多形式世界（如果这是上帝的意志）？因为假若力量没有限制的话，那么一个作品唯一的限制就是匠人的意志。理性本身发现，这无限的力量，无须现成材料相助，就比一个人，一个傻瓜或是一粒尘土去改变物质的形式，更容易形成一个有限的世界。戴奥尼夏说：“上帝在一种存在中展现了所有的事物。”他还说：“神性是所有看得见或是看不见的事物的本质。”这其实就是“因果”，更确切地说，“不是作为形式，而是作为宇宙的原因”。世界并没有隔绝关于上帝的一切，只不过“（便西拉说）他的所有成果都藏了起来”。无论他把世界做得多么的荣光显赫，也不能完全展示他的智慧，因为他知识无限。如果有限的话，我们就不会赞美上帝指引我们一切或有求必应。万能的上帝是无所不能的。

但是那些以为世界永恒的基础在于“从虚无之中，只能生成虚无”的人，相比那些认为把一个永恒的生命交与一个死寂的世界的人而言，要更进步一些。对于他们来说，如果这个词——“虚无”的意义是肯定的，而且自然动因和有限的力量铸就了世界，那的确是“虚无之中只能生成虚无”。来看看伟大的学者亚里士多德是怎么说的：“所有年代久远的事物都有一个开始，这一点是永恒不变的。”后来他又说道：“它（即永恒）没有开始，但它本身被看成是所有事物的开始，它接受并主宰所有的事物。”让人不解的是，这个哲学家和他的追随者们宁愿从错误中做出选择，得到错误的结论，也不愿意以真理为基础，得到正确的答案。如果我们将整个世界，不计其数的天体——包括太阳、月亮和星辰，和“永恒”

相比较，我们可以这么说，所有他设想为“原始材料”的东西，既无法感知，也无法用“数量”衡量，因此从无限（它“抹杀了所有比例关系”）中生出了“有限”（它与“无限”无法比较），这无疑是上帝的力量。所以，阿那克西曼德、墨利索斯和恩培多克勒都将宇宙称为“宇宙”和“无限”；而柏拉图称之为“上帝的影子”。而其他很多人为了证明世界的永恒，他们推崇这样一种信条：“如果有充分有效的原因，就会有相应的结果。”他们由此推断，上帝是这个世界永恒的、充分有效的原因，而这一原因带来的结果也是永恒的，也就是说这个世界是永恒的。但是这样一个伟大的哲学家，在他的前提条件中，承认了世界有一个充分有效的原因（即万能的上帝），而在结论中又说，这个上帝是受限制的：上帝的力量是自由的，但是其意志却受约束；上帝能够实现意志，但是却不能做出决定；他能创造一切，却无法决定何时创造。这其中的矛盾看起来奇怪又可笑。这是把上帝和既没有选择，也没有自主意志和知性的自然的必然性一般对待，只能对当下的质料发生作用，比如火只能点燃可燃物。他在这里会反驳说，每一种作用因如果当下没有发生作用，而在以后发生了作用，那不是因为自身的改变，就是因为别的事物的推动，使它从中得到了行动的力量。但是他说（上帝）不会因为自身或是外物发生改变或是动摇，他总是恒定不变的，总是在起作用。于是他的结论是，如果世界的因是上帝，上帝是这世界永恒的因，那这世界也是永恒的。对于这一结论的回应很简单，上帝在最终决定好的时间到来时开始行动，这一点不可改变，于他是始终不变的。由他的意志决定的行动，使这世界永恒，其行动的结果仍受时间的限制。这一回应虽然很充分，但还有人继续补充道，这个世界的原型或形象可以说是永恒的，柏拉图称之为“精神世界”，它们以相同的方式，用时间区分了观念和创造。“这个典型的或心智里的世界，也即肉眼看得见的世界的原型，是上帝最早的作品，它和上帝这位建筑师一样古老，因为它一直与他同在，也将永远与他同在；物质世界是上帝的第二个作品，它不是从来就有，但它将一直存在下去。”第一点，它不是永恒的，这是所有基督徒都承认的；第二点他们也同样能理解，这个世界圆满之后，将会出现新的天地，但不会有新的质料。想一想永恒不变的因，怎么会结出善变、暂存的果，所以这些观点不是不值得反驳，但是我们不需要在这里辩驳。在这一点上，柏拉图主义者普罗克洛斯怀疑，世界的复合本质（因为复合，所以会消失）并未改变，来自神圣统一的一股独立的、不可分解的力量，将它和神圣的存在结合，世界与生俱来的对上帝的渴望说明它来自一个善良、理智的上帝，因为这一德行，世界得以继续和统一，所以这一德行一定是无限的，它可能会无限地、永远地继续下去，保持不变。（他说）这个有限的世界不具备这种无限的德行，根据其暂时性，世界是从神圣的无限中，一点一点，一刻不停地得到这一德行，甚至在整个物质世界还不是一体时，也不曾停下。但消亡的部分是一点一点地被丢弃，新生的部分是一点一点地来取代前者，就如同树木在河中的倒影，看起来它在水中静止不动，保持很长时间，但是实际上随着河水的涨落，它时时刻刻都在不停地更新。

有些观点否认世界曾有开始，也否认最终会有结束，他们否认天空最终会逐渐衰败，或者因为时间的继续，会老去或者显得跟过去不一样。他们说，如果天空最终会衰败，那么在如此长的时间里，应该能够看得出它衰败的一些迹象。对这点，我们可以这么说，没有看出变化，只能说明它还年轻，存在的时间还不够长，而不能说明它将永远存在。对于这些臆想的论点，如果可以用臆想的方式来回答的话，我们似乎能够找到一些变化。不论是亚里士多德、普林尼、斯特雷波，还是比德、阿奎那，他们在这一点上都犯了一个严重的错误。过去人们无法在太阳直射的地区生活，因为那里的阳光太过炙热，也不能在赤道附近的海域航行。但是根据经验，我们知道现在已经有很多人在这些区域居住，那些地区的气候也特别温和，我们也完全可以在这些海域航行。另外我们也读到过很多关于大洪水的历史，也知道在法厄同时代，世界上若干地区如何被太阳的热力灼烧。

但从观测得出的推论到底是不可靠的。我们确信，由易碎的质料修砌的石墙可以屹立两三千年不倒；很多因为洪水深埋地下的物品，被挖出来后，其形态和材质都没有什么变化。因此有人相信我们经常在地下的矿藏和岩石里发现的金子很有可能是和地球一同被创造出来的。

那些单一成分构成的物体或者合成的物体，如果没有因为时间的侵蚀而发生改变，那么在由五种元素构成的天体身上，我们还能找到怎样的变化呢？不过，我们还是有理由认为，当下促进万物生长的太阳，在未来不会像现在一样仍旧是大自然的帮手。最最古老的世界里有巨人，而我们现在的世界里没有；晚一些时候出现的大力士，在如今的世界里也不存在。如果一篇序言允许长篇大论，也许我们还可以举出其他大量的证据来证明世界曾经有开始的时候，最终也会有结束的时候。

如果世界是永恒的，那为什么不是世界上所有的事物都享有永恒？于此，没有人能给出一个让人满意的答案。如果没有开始，没有原因，没有造物主，没有无限的智慧，每个生物都同样永恒，而人作为最理性的生物，为什么其永恒的理性不能使人永恒地存在呢？如果万物平等，为什么不是所有的都能享受平等的条件呢？为什么天体应该永远存在，而人的身体就应该死亡腐朽呢？

是谁指定了地球的位置应该被放在中间？是谁命令它必须悬挂在空中？是谁要求太阳必须在两条回归线之间来回移动，永远不得超出这个范围，而且一年只能一次？是谁规定月亮永远只能从别处借来光芒？为什么（根据一般人的观点）有些星星就像是钉在车轮上的钉子，不能动弹，而行星却能自由地移动？如果它们中没有谁拥有主宰其他事物的力量，那为什么太阳会有规律地运行于两条回归线之间，依次为世界上不同的地区带去阳光，泽被那里的生物？这难道是出于仁慈和爱吗？毫无疑问，如果太阳自己愿意永远周而复始地重复这样一个过程，那我们完全可以把它叫作“永恒的仁慈”或者“无尽的爱”；所有的星辰也是一样，它们硕大无比，像德行的清泉，我们也许可以把它们称作“永远的美德”；地球可以被称为“永恒的耐性”；月亮叫作“永远的乞丐”或者“永恒的借用者”；人是最可怜的，因为人终有一死，只有这点是永恒的。这是什么？难道又要重新回去相信泛神论吗？相信有成千上万的神，比赫西俄德梦到的还多吗？我们用平凡的肉眼都能看穿这愚蠢的闹剧，如果用理智的双眼，可以看得更加清楚：太阳、月亮、星星和地球都是受限制和被约束的，不是它们自己束缚了自己，它们也没有这个能力，“每个受约束受限制的事物，都有受限的充分原因”。

现在再来说说自然。因为这一概念本身的模糊性，亚里士多德学派给了人们很多错误的观念，以此模糊造物主创造万物、主宰世界的荣耀。如果认为亚里士多德对“自然”的第二种解释或者对“形而上学”的第五种解释是最好的定义，这里所谓的“最好”实际只是名誉上的，它们只是区别了自然、人为运动，在这一点上，学院派说得更清楚，他们将其称为“一股由世界魂灵注入物质世界的神奇力量”，他们将最重要的位置赋予了“天意”，其次是“命运”，最后是“自然”。“天意（通过它，他们才能理解上帝）首当其冲，是统领；命运紧随其后，在中间；自然排在最后。” 在自然界里做成上帝想做的事物，或做成上帝希望成为的事物，或参与构成其中的一切。但是没有人承认它有选择力或知性（这是所有事物的成因中必备的两个条件）。拉克坦细的话无人能辩驳：“只能说他是一件事的执行者，他没有做这件事的意志或知识。”

但关于自然的意志和知性，菲齐努斯说得很清楚：“自然的力量能够通过不同的手段，用不同的质料生成不同的事物。如果没有多种多样的手段和质料，自然只能产生一种事物或者相似的事物，而且也只能作用于当下的质料。”如果自然能从不同的质料中做出选择，创造天地间的纷繁复杂、种类繁多的事物，那么它既有选择的能力，也有意志；它的开始是经过深思熟虑的；通过理性的安排部署，在美德和知识的指导下去完成，并使用各种力量进行制衡。如果不具备这些，天上地下所有的事物都只能如出一辙，没有分别。如果我们承认自然有这样的意志、知性、行动、理性和权力，那“为什么不把这种因称为‘上帝’，而称作‘自然’”？“所有的人都有上帝的概念，赋予神权首要和最崇高的位置。”在我看来，承认和崇敬这首要的，也是最崇高的权力，是人身上具备的真正理性产生的结果（如果没有比理性更有约束力的力量），“真正的哲学是从不断起伏变化的事物，到永恒不变的事物的升华”。

混淆“自然”和“上帝”，哪怕只是在称呼上，虽然算不上最恶劣的事，但确实也是极其不敬的。因为只有上帝才能根据他的意志处置万物，创造承载所有荣耀和耻辱的世界；而自然只能根据质料本身的意志来处置事物。上帝主宰一切；自然服从一切。上帝善意地对待万物，并且了解和热爱这种善；自然对待所有事物也是善意的，但不及上帝，也不了解和热爱这种善。上帝心中容纳万物；自然心中则空空如也。上帝是万物之父，他赋予了万物生命，而自然源于万物，存在于万物之中，并为之服务，它并不是独立的存在。我们可以认为所有的重物向地上坠落是出于对大地的情感吗?是理性引导着每条河流流向大海吗?火之所以能燃烧可燃之物，难道是因为它有知识吗？如果情感、理性和知识是这其中的关键，那自然就是通过同样的情感、理性和知识来发挥其作用。因此，所有的事物（无论你如何称呼它们，形式也好，自然也好）之所以是我们看到的这副模样，或者是因为它们后面都有一股动力，它们无法抗拒，或是因为一种被注入了无上力量的特性。我们不得怀疑、不得崇拜这种特性，或是具有这特性的创造物。奇迹就在于此，我们应当崇拜的是上帝，是他创造了存在于万物之中的自然，是他赋予了万物以特性，而它们本身既不自知，不了解它们所依附的质料，也不知道它们具有的德行和力量，尽管如此，它们使事物都达到了最完美的状态。所以每一个理性的人都应该认识到，世界上有一种无限的、永恒的力量（哪怕是在没有信仰的情况下，必然性也能向我们证实这种力量的存在；即使没有权威，理性也能证明它的存在）。这世上所有真正有学问的人都承认这种力量的存在，万事万物都理所当然地服从于这种源自神圣教诲的力量。

我说的这些其实都是理性本身告诉我们的道理，这是知性的开始。“智慧应在信仰之前，因为要先认识上帝，然后才会崇拜上帝。”柏拉图将智慧称为“有关绝对的善的知识”，它的另外一个名字是“关于第一的、永恒的、不朽的事物的知识”。（伊西多尔说）“暴力无法强迫人们改变信仰，只有理性和榜样才能让人真正接受信仰。”如果我们要进一步探寻有关上帝，以及他的力量、他的原则、他创造世界的方法，或者他神秘的裁决及其原因，所有这一切的本质不是理性的结果，但是他们都极其理智，并不懈地追求理智。一位法国的作家曾经说过，如果一个人在认为前路不通，实在走不下去的时候停下脚步，这并不是耻辱，也没什么不光彩。这世上也有超越理性，理性无法理解的东西，但不论是什么，理性承认其存在，至于知性本身也是有限的，根据其名字和特性，可比作一个老师，他最了解自己知识的短板。虽然理性（理性是神圣灵魂的一部分，它隐藏在人的身上）和必然性让我们知道，世界是由一种无限的力量创造的，但它不能告诉我们它是如何被创造出来的；理性和必然性同样让我们知道这种无限的力量无所不在，却不能告诉我们它为何能无所不在。不过在这些问题上的无知并不会削弱我们对他的信仰，因为理性告诉我们，如果人能完全理解，他就不能被称作上帝了。

已经长篇大论地说了太多，有的是关于正文，其他的则是我自己想说的话，特别是关于这样或那样的一些历史事件。总的来说这本书还有很多的缺点和不足，其中最突出的是它的章节划分，我不知道该如何为自己开脱，因为我在这部书的第一部分完成之后，也就是这本书的基础已经奠定好了之后，才想到要增加更多内容。大家都知道对于需要用数量来度量的东西，要做到平均分配是没有特别好的方法的。另外，这个时代的很多书里都会发现这样的问题，它们长篇大论，却经常言之无物。“我们都常常在不知不觉中违背了自己”，所以我们需要为自己的东西付出高额的代价。不仅如此，一位已故的作家说，谁要是觉得他自己是这世上绝顶聪明的人，那他就是个可怜的白痴，对此我很赞同。那些在反抗虚荣和愚蠢的斗争中表现得最好的人，往往时刻对自己保持警惕，以防被自负、臆测和偏见所左右。

总的来说，决定这本书的顺序安排的唯一依据是内容。我首先介绍了巴别塔倒掉后的亚述人，以及世界上第一批伟大的君主，这其中有很多鲜为人知的内容，当然有少部分还是为人所熟知的，比如尼娜斯和塞米勒米斯。

接下来是希伯来人的故事，虽然它们并没有湮没在时间长河之中，留存至今，却并不十分完整。《圣经》中提到的很多故事现在已经无处可寻，其他关于希伯来王子、国王们事迹的片段只能零星得见。万般无奈，这部分故事零散，缺乏统一的主题，用维吉尔的话来说就是："它们在时间的巨浪中起伏，我们只能偶尔得见其身影。"

这些久远的时代里很多的重要发明也被记录了下来，虽然多数发明者们的名字已经湮没在历史长河中，但其发明却流传到今天。这些久远的时代也有属于它们的法则，它们经历了不同的统治形式，它们有自己的制度、贵族阶层，它们有各种政策，比如战争和航海等方面，以及多数重要的行业。准确地说，这些内容并不是无关痛痒的细枝末节（虽然通常史书都省略了这些内容，留下了大片的空白）。除此之外，还有很多看似无关主题的内容。如果让我来评判，我认为这是人自身缺陷造成的。我们生活本身就缺乏统一的主题，缺乏主题就是生活唯一的主题，既然我写的是人的生活和行为，缺乏主题也情有可原，并非是我对史书的原则一无所知。

同样的道理很多人都讲过，包括弗朗西斯·培根爵士这位博学多才的绅士，而且没有人讲得像他那么清楚明白、简明扼要。基督教的倡导者也天天向我们传经布道。但我们还是经常做出有悖这些道理或者教义的事，而且教我们道理的老师们也并不总是像自己教的那样做。

接下来，波斯人征服闪族人，建立了庞大的君主统治，曾盛极一时，对周边邻国产生了巨大的影响；随后，希腊的命运与之相似，它崛起并超越了波斯，但最后被更强大的罗马取而代之。迦太基、西西里、马其顿都曾与罗马抗衡，米堤亚也与波斯抗衡，但最终都还是为罗马和波斯所灭。我们应该记住这些国家是如何开始、繁盛，与之前的统治抗衡，并最终将其推翻。在讲述这段历史的时候，我效仿了一些优秀的地理学家的做法，他们通常不会给那些小河小溪命名，但当小溪汇成大河奔流入海的时候，这些大江大河都会有自己的名字。如果用来命名小溪的词语语力太弱，就无法描述该小溪的风格。小溪的命名首先得给出出处渊源，其次得有区别性特征。维吉尔"用优雅细腻的风格"谱就了他的《田园牧歌》，而用高亢激烈的声音吹响了特洛伊战争的号角。我在第一卷中使用了很多的希伯来词语，这一点可能会受到人们的责难，有人可能会说我根本不懂这种语言，虽然我也承认，但这些词确实有其出处。有的是在蒙塔纳斯读到的，有的是圣塞尼瑟斯里的拉丁词语，其余的是从朋友的翻译作品中借鉴来的。即使我真的两者都读不懂，在十一年空闲时间里，无论是哪一种语言，都应该能够学得会吧。无论如何，还有很多人会说，如果写一些当代的历史，我可能会更讨读者喜欢，就像是在接近源头的地方取到的水会很清澈。对此，我是这么想的：不论是谁，如果在写现代历史的时候过于接近真相，有时是不会有好结果的。它就像一个给他的跟随者带来无尽痛苦的向导，离他太远，会因看不清他的踪影，而迷失方向；如果离他不远不近，我不知道是不是该叫这克制还是品德恶劣。但我确实从未附和别人的观点，哪怕我可以将这些观点善加利用。我所剩时日不多，有生之年已没有时间仿效那些出于野心或懦弱，或两者兼有的人，去取悦世人。以我此时的境遇，我只想写写那最最久远年代的事就已足够。即便如此，可能还是有人会说，我虽然讲的是过去的事，但意指当今，是在用古人的例子来针砭时弊。于此，我实在冤枉，但又无能为力。如果我明明画的是一只古代的老虎，有人硬说我画的是他，还怪我把他画得面目全非，这责任当然不在我，而在他们自己。

我可以在上帝面前发誓，我从未想伤害这世上的任何人。我也知道不可能让所有的人满意，但没有几个人或根本就没有人对自己完全满意或百分之百地相信自己，因为人都要受制于个人情感和欲望，同一个人可能在同一天表现得像不同的人。塞涅卡就说过："一个人可以体现出一群人的特点。"我很赞同这句话。伊壁鸠鲁也曾表达过类似的看法："我这么做不是因为其他形形色色的人，只是为了你。"（既然已经有人将这道理说得很清楚了）我或许可以借用一位古代哲学家的话："一个就足够，如果一个也没有，还是足够。"这本书献给功德无可限量的亨利王子——未来的王位继承人，也是基督世界最伟大的人物之一。它的部分章节曾让他愉悦，同时他也原谅了这本书的疏漏之处。现在这本书呈现给世人，所有呈现给世人的东西都会同时受到批评和感谢。"对同样的事物，有批评，也会有肯定。只要裁定是由多数人做出，这是必然的结果。" 但是，所有的这些话语都没用。我知道，仁慈的人会善意地判断事物。当前的厄运让我已无力反抗那些以恶为荣的人，我已跌入谷底，没有再跌的可能了。正如在穷困潦倒时，为了崛起，已经无处可退了。为了不让读者们觉得我在刻意讨好，我尽量忍住，没有说他们是谦和有礼，同时也没有承诺说，如果第一卷反响良好，会出第二卷、第三卷（尽管我确实有这个打算）。因为，我先前做过的已经足够了，甚至太多；不过我肯定的是如果我们一味地在读者身上堆砌溢美之词，这会让我们看起来更像傻瓜。作为结尾，我所有的希望是：对于我对读者的爱，我曾经遇到了一些确实缺乏教养、粗鲁的读者，希望今后不要遇到比以前更多的这样的读者。如果是这样的话，我就本不该有如此闲情逸致去愚蠢地写书付印。

《伟大的复兴》导言、献函、序言及概要

弗朗西斯·培根[①]〔英〕

韦汝兰的弗朗西斯在这里通过分析认定，
为了现世和子孙后代的利益，人们应该了解其思想。

他认为人类自持才智，未能明智合理地应用能为其所用的真正助力，导致对事物的种种无知，而无知造成无数危害。因此，应该做出各种尝试，努力使人的心智与物的本质之间的交流恢复到最初的完美状态，如若不能，哪怕比现在有所增益都行，因为这两者之间的交流比这个世上任何事物都要珍贵，至少比属于这俗世的任何东西都珍贵。有些错误一直普遍存在，或许会永远存在下去。不能指望这些错误（如果人的心智能自发起作用）能通过与生俱来的知性力量，或借助逻辑推理的帮助，一个一个自己更正过来。因为人的心智被动接收、储存和积累起来的是对事物的基本

① 关于培根的生平介绍附在他所著散文集的前言里，该书也是《哈佛经典系列》其中一卷。培根希望通过“伟大复兴”（“Instauratio Magna”）这部著作开创一场新的科学革命，使人类摆脱亚里士多德哲学的局限。虽然这部伟大的作品远未完成，但其前言阐明了这一宏大计划实质，并勾勒出计划的方案，充分反映了培根本人及其所处时代的特点。

认识，而这基本认识是错误、混乱的，是事实的片面和抽象，同时，间接的认识也是随意和反复无常的，因此可以推断，我们在探寻自然过程中所倚仗的人类理性，其整个构造就如同一幢质量低劣且没有任何基础的高大建筑。人们忙着为心智虚假的力量拍手喝彩、交首称赞的同时，忽略和丧失了那些真正的力量，其实如果人的心智能安于为自然服务，而不是假装能驾驭自然，再辅以适当的工具，这些力量并非不可企及。因此，现在只剩下一条路可走，那就是在一个更好的计划的指导下，做一次全新的尝试，彻底改造自然和人文科学以及所有的人类知识，使其建立在牢固的基础之上。如果只看设计方案，这似乎是一项无止境的工程，是人力不可能完成的，但是，一旦开始，人们会发现这件事其实比以往任何事都更合理可行。如今在科学领域人们的所作所为就像一股绕着圈子转的湍急的水流， 转了一圈后又重新回到起点，鉴于这种情况，这一尝试具有不同寻常的意义。虽然他清楚地知道他要从事的这一事业是多么孤立无援，在这事上他要赢得人们的信任和赞同是多么困难，但他仍旧义无反顾，下定决心绝不放弃自己或自己的事业，无论遇到任何阻挠，无论什么障碍，都不能阻止他踏上开启人类心智的唯一一条道路。因为与其永远挣扎着去探寻根本不存在的出口，不如开辟一条新的道路。这两种思考方式很像两种行为方式：其中一种，开始时艰辛困难，但是最终会开启一条康庄大道；另外一种方式，乍一看很容易，似乎是一片坦途，终点却是无路可走的绝境。

另外，他从未发现前人有谁跟他有类似的想法，他不知道还要多久才能等到一个跟他有相同想法的人，所以他决定立刻发表已经完成的部分。之所以如此匆忙，不是出于个人的勃勃雄心，而是他对这项工作的忧虑。如果工作尚未完成他就死了，至少他的构想、概要以及其他正直品性的证明和服务于全人类利益的意愿还留存于世。在他的心目中，任何其他抱负，无论是什么，都不能和他现在正在从事的事业相提并论，因为这里讨论的问题可以无关紧要，也可以如此重要，即便没有任何回报也会让人甘之如饴。

《伟大的复兴》献函

献给最仁慈和强大的国王和君主

詹姆士

承蒙天恩

大不列颠、法兰西及爱尔兰国王，信仰的守护者

最仁慈和强大的国王陛下：

也许您可以将我看成时间的小偷，因为我从事的这项工作借用了您那么多的时间，我真不知道该怎样为自己辩解，因为时间无法归还，除非这些原本可以用来处理更多事物的时间花在了其他同样有价值的事上，比如它们可以帮助人们更好地记住您的名字和您统治时代的荣耀。当然，它们是新的事物，是全新的事物，但其原型非常古老，可能是世界本身，以及物质和思想的本质。坦白地说，我自己习惯把这项工作看成是时间的产物，而非智慧的果实。它唯一了不起的地方在于，它坚持每个人的头脑中都应该有对事物的直接认识和对固有观念的怀疑。实现了这一点，剩下来的都是顺理成章、水到渠成的事。令人无疑的，人的思想、行为和言论还有意外和运气的因素。如果我贡献的这些东西中碰巧有任何的好处，那应该归功于上帝无限的仁慈和善良，这也是托了陛下统治时代的福气，我毕生都是上帝和陛下的忠实仆人，所以我身后终究会被看成有功之臣，因为我点亮的光芒照亮了哲学的黑暗时代，使我们这个时代为后人所铭记。当然，自然科学的重生和振兴都出现在最英明博学的国王统治的时代。最后，我有一个请求，这个请求是绝对值得陛下考虑，它和我手头上的这项事业紧密相关。您在很多方面与所罗门国王相似：明辨是非，心胸宽广，著作颇丰，国家在您的统治下得享和平安宁。我希望您能继续以所罗门为榜样，采取措施，收集和完善一部自然和试验的历史，它应该真实而严肃（不同于文学或书本知识），哲学可以以它为基础。这样，若干年代以

后，哲学和自然科学将不会再是无所依托的浮萍，它们将会牢固地建立在经验基础之上，或是其他同样可靠的基础之上。我已经提供了工具，但是还需要从自然事实中搜集原料。愿万能的上帝永远庇佑陛下！

您忠实的仆人

司法官

韦汝兰的弗朗西斯

《伟大的复兴》序

当前知识的状况并不繁荣，也没有重大的进展，必须另辟蹊径，为人类的理智开辟一条不同于以往的道路，并提供一些别的帮助，使心灵在认识事物的本质方面可以发挥其本来具有的权威作用。

我认为人们对自己已有的知识和他们所具有的力量缺乏正确的认识，他们过于夸大了前者，而低估了后者。对于自身学艺过分高估，使他们不再有进一步的追求；对自身力量过分贬低，使他们将它花在细枝末节上，从未恰当地用它来解决重要的问题。这两点就像挡在人们追求知识的道路上的巨大障碍，因为人们没有深入钻研的动力和希望。对过去的知识有意见，人才会有进步的要求，满足于知识现状会使人们疏于对未来的准备。所以我们在开始工作的时候，应当，而且也绝对有必要，直接去掉那些对已有知识的过度推崇和夸赞，应当适度警告人们不要过分夸大和依赖这种成就。如果仔细翻看一下各种各样的自然学科和人文学科的书籍，人们会发现到处都是重复，——它们实质内容都是一样的，只是论述方式有所不同。这类的重复实在太多，所以我们过去的知识，乍一看似乎很丰富，但是认真查看就会发现实际上很贫乏。

我们的智慧主要是从希腊人那里继承而来，从价值和用途来看，必须坦率地承认，它就像是知识的少年时代，具有少年人的特点：它虽然有实质内容，却不能产生新的知识；因为它充满着争辩，缺乏实效。所以学术界的现状就如同古老神话中的海妖斯库拉一样，她长着少女的头和脸，子宫上却挂满狂吠的妖怪，无法摆脱。我们熟悉的自然科学和她相似，它们华而不实、虚有其表，但一落到细节处，该它们结出果实和成就的时候，它们能做的只有争吵和高声辩论，这就是事情的结局，也是它们的所有产出。

再仔细想想，这样的自然科学如果有任何生机活力，就不会几个世纪一直都是今天这种情况，也就是发展停滞，毫无进益。没有任何对人类有益的成果，以至于同样的观点一次又一次，说了又说；过去的问题现在还是问题，并没有通过讨论得以解决，只是被固定和扩大了；学派的传承仍旧是通过师徒传授，而没有发明家和改善发明者之间的继承。而机械技术方面的情况却不像这样，它们仍旧保持一些活力，并且不断地成长完善。最初发明出来的东西一般都粗糙笨重、形态怪异，可是后来却渐渐有了新的功能，结构安排也变得更方便合理。可惜人们很快就放弃了钻研，转到别的东西上去了，以至于没有达到他们能够达到的完善状态相反，哲学和精神科学像神像一样屹立不动，受人膜拜和赞颂，但没有丝毫改变或进步。而且，它们在其创始人手里的时候是最繁盛的，此后就一直走下坡路，一代不如一代。因为，人们一旦认同别人并放弃自己做判断（就像一个被称作“行走”的元老院议员），同意支持别人的观点，他们自己就不会再去扩大科学的成就，而只是为个别学说的创始人服务，为其学说添加一些细枝末节的东西，低三下四得就像他们的侍从。请不要说科学一直在茁壮成长，现在终于达到成熟完善的状态（科学探索的过程已经圆满），所以只安于享受少数名家的成就，现在已经没有发明新东西的余地了，现在能做的工作就只是把已经创立出来的学说拿来润色和培养一下就行了。

如果真是这样就好了！可是事实上，科学上这种拿来主义的做法，其根源在于少数人的自负和其他人的懒惰和懈怠。因为在科学的几个分支得到辛勤耕耘之后，出现了某个胆大的人，他因为提供了讨人喜欢的方法和捷径而闻名，他表面上使这些东西变成一种学艺，但实际上毁了前人的成就。然而这种做法却受到后人们的欢迎，因为它可以使工作变得简单易行，不用进一步钻研，而对于钻研，他们早就厌倦。如果有人把这种一般的默认和同意当成有力的并且经过时间考验的论据，我可要告诉他，他所依据的这种道理极其错误、毫无说服力。因为，首先，（在自然和社会科学方面）不同时代和地域的人们都做出和公开了哪些发现，我们并非全都知道，更不用说那些个人私下从事的研究和未公开的发现；所以历史上的正产和流产，并没有都载入我们的记录。其次，人们同意的本身，以及同意了多长的时间，也并不是十分值得考虑的事。因为政治统治的形态可以各种各样，但科学领域的统治形式只有一种。过去一直是这样，将来也不会改变。而现在最容易让普通人接受的要么是有争议的、论战性的学说，要么是华而不实的学说，这些都是让人不得不同意的。因为这个缘故，毫无疑问，古往今来绝顶聪明的人无不被迫离开自己的道路，超乎寻常的能人智士全都为了取得名声，而甘心向时代的判断和多数人的判断低头；因此，即便有些高级的思想在某处闪闪发光，也立刻被世俗的见解刮得踪影全无。所以说，时间好像一条大河，把轻飘飘的、内里只有气体填充的东西送到我们手里，有分量的、实在的东西全都沉下去了。连那些在科学领域篡夺了权威地位的某些学派的创立者们，也自命不凡地以立法为己任。可他们每当面对自己的时候，也不免抱怨自然微妙、真理难觅、事物晦涩、原因缠结，以为人心力量的微不足道；但就是这样，他们也从来不表现得谦虚一点儿，因为在他们看来应该受到责备的是人类和自然的普遍情况，而不是自己。但凡有什么技艺办不到的事，他们就会端起权威的架子，说这根本就办不到。让一门技艺自己审判自己的案子，它怎能判决自己有罪呢?所以这只不过是走走过场，免得显出无知，丢了面子而已。至于那些已经公开并且得到承认的学说，情况则是这样：空洞、缺乏成果，到处是问题；在对知识的扩充方面非常迂缓，很不得力；整体看来好像很完善，各个部分却滥竽充数、没有实质内容；让人挑选时颇受欢迎，可是连那些吹捧它的人也不能满意，所以只好用些杂七杂八的小手段来打掩护。

即便有些人决心亲自进行试验，努力推动知识的前进，却没有胆量从人们普遍接受的观念中走出来，或者从本源中去求知识，以为只要在现存知识的总和中添加一点儿自己的东西，就是很了不得的事；他们小心谨慎，以为自己添加了一点儿东西，既维护了自己的自由，同时又附和了别人的看法，保持了谦虚的美名。可是这种人们广为赞誉的平凡和中庸，极大地损害了自然科学的发展，因为人很难在仰慕一个人的同时又超越他。知识一旦流到低处，就不会再重新回到原来的那个高度上去。所以说，这种人虽然修正了一些东西，但对自然科学的向前发展没有太大帮助；虽然改进了知识的现状，却没有扩大知识的范围。

还有些人在从事研究工作时，确实更大胆，完全将其看成是一项开放性的工作，充分发挥了自己的才华，推翻前人的观点，为自己和自己的见解开辟了道路。然而这些人的动静虽大，可对事情并没有起到多大的推动作用，因为他们的目标并不是增加自然科学和技术的实质内容及提高其价值，而只是为了更换学说，夺得支配人们见解的权力。这么做当然不会有多少收获，因为他们的错误虽然与别人相反，错误的原因却是一样。

还有一些热爱自由、不被别人意见束缚的人，他们希望能够和别人一同钻研。虽然意图光明正大，但个人努力不足。他们满足于似乎真实的道理，在辩论的旋涡中摇晃；他们的探索虽然自由，却也杂乱随意，缺乏研究的严肃性。必要的时候，他们都会越出经验和自然事实的范围。固然有些人投身于经验的海洋，几乎改变了机械学的面貌，但他们的研究仍旧飘忽不定，缺少规律的操作体系。此外，他们研究的大多是些琐碎的问题，把某项单个的发现当作一件大事；这种研究，整个过程目标狭隘，手段笨拙。因为没有一个人能够实事求是地研究某物的本性，得出正确的、成功的结果；不管他们如何辛苦地调整自己的实验，他们永远到不了歇脚之处，总觉得还要寻找些什么别的。

另外，还有一件事需要记住：所有的试验研究，一开头都是提出一些特定的工作要求，都是怀着早熟的、不合时宜的热情去追索的。要我说，这是寻求结果的实验，而不是寻求光明的实验。它并不是模仿上帝的创世历程。要知道，上帝在第一天的工作中只创造了光，一整天工夫都花在这上面；那一天并没有创造出任何物质，创造物质的事被留到了以后的日子里去做。

至于那些把逻辑放在第一位的人，他们以为能从逻辑中找到自然科学最可靠的倚仗，他们确实非常正确、非常高明地看到，没有规范的人类才智是靠不住的；可是这剂药太轻，治不了重病，而且本身也不是完全无害。因为人们普遍接受的那种逻辑，只适用于普通事务和与涉及推理及评价的那些学艺，用于自然就嫌不够精细；用它来驾驭它所不能驾驭的事物，只能巩固谬误，不能为真理开路。

但是宇宙对于人的理解力来说就像是一座迷宫，每个方向都有那么多岔路，似是而非，如同各种事物、各种征象、各种自然现象，杂乱无章，互相纠结缠绕。尽管如此，还是需要开辟一条道路，借着感官忽明忽暗的光芒，穿过经验和特殊现象的丛林，向前迈进。而那些自告奋勇充当向导的人，有时候自己也搞不清楚方向，因为他们又增加了错误的数目，使更多的人迷失了方向。在特别困难的情况下，人天生的判断力和偶然的运气都不能给我们提供任何成功的机会。无论多么卓越的才智，多么好的运气，都不能克服这样的一些困难。我们的脚步应该沿着一定的线索向前迈进，我们的整个道路，从第一个感官知觉起，必须建立在一个可靠的计划上。

请大家不要误解我的意思，我不是在说过去那么多年以来，人们辛辛苦苦地付出，结果一无所获。我们没有理由妄自菲薄，古人们用智慧和抽象思考做成的每一件事都证明了他们是多么了不起。在只能靠观测星象辨明方向的航海时代，人们就能沿着旧大陆的海岸线航行或者穿过少数不是很大的内海。但人们必须在发明了罗盘这种更精确、更可靠的指南工具之后，才能够横渡大洋，发现新大陆。同样情形，在科学技术方面做出的那些发现，是可以通过实践、思考、观察、论证做出的，因为这些事情贴近感官，又直接处在共同的概念之下。我们必须首先给人类的心灵和理智介绍一种更完善的用法，然后才能达到自然界那些更遥远、更隐蔽的部分。

至少我自己，出于内心对真理的永久热爱，一直致力于扫清道路上的不确定性、困难和孤立性；在神的帮助下，我坚持反对观点的震扰和等级排列，克服自己内心的犹豫和迟疑，拨开自然的迷雾，赶走到处游荡的幽灵；只希望最终能为现世和后世子孙提供更为忠实可靠的指引。如果我有任何的进步，为我开辟道路的只会是对人类心智正确合理的否定。我之前的那些专心于发明学艺的人，对事实、实例和经验不过只是浅尝辄止，然后马上乞求精神给以指导，就像发明只是一项思想的活动。相反，我的注意力一直完全集中在自然界的事实上，对心智的依赖仅仅限于让它使图像和自然物体的光线汇于一点，就如同视觉发生的原理一样。据此，我们可以说心智的力量在其中的作用微不足道。发明创造中谦恭的态度在我的教学中也有所体现。因为我谋求的不是要成功地驳倒什么人，不是为旧的学说辩驳，不是成为权威，也不想借朦胧的面纱，为我的学说穿上庄严的外衣；一个想要为自己的名声增光添彩来做这些事可能轻而易举，但这不是一个想要启迪人心智的人要做的事。无论过去和现在，我都没有试图绑架人的判断力，我只是将他们引向事物本身和事物的一致性，这样他们可以自己亲眼看看他们具有什么样的能力，他们可以做些什么事，他们可以为共同的知识储备增加和贡献什么样的内容。如果我在某些事上太过轻信或者忽略了什么东西，或者失败了，未能完成我的探索，无论如何，我所做的一切坦诚公开，毫无掩饰，这样人们可以发现我的错误，知识的主体不会受到影响，其他人也可以轻松地将我的工作继续下去。通过这些方式，我想我已经使经验与理性天赋永久合法地结合在一起。如果两者不幸被残忍地分开，会给人类大家庭中所有事务带来混乱。

既然这些事我无法决定，在这项工作开始的时候，我就极其谦卑和热烈地向圣父、圣子和圣灵祈祷，希望他们记得人类的苦难和我们在有限和罪恶的人生旅途中的艰辛，希望他们会借我的手赐予人类新的恩惠。同时，我也谦卑地祈祷世俗的事物不会妨碍神圣的事物，祈祷理性之门的开启和自然启迪之光的闪耀一扫我们头脑中对神的怀疑和无知；人的理解能得以净化，赶走空想和虚荣，听从神的启示，还信仰以真意；最后，希望去除注入知识中让人头脑昏聩的毒蛇的毒液，希望我们不会聪明过头，失去清醒的头脑，希望我们能够本着博爱之心追求真理。

祈祷结束，现在我还想对人类说几句，包括一些有益的忠告以及一些合理的要求。我的第一个忠告（这也是我所祈祷的事）是在对待神圣的事物时，人能将自己的感官限制在人对神圣事物的义务之内，因为人的感官就像太阳，它让人看到了大地，却遮蔽了宇宙苍穹。我的第二个忠告是，不要为了避免第一个错误，而走向另外一个极端。如果以为对自然的探索是禁止的、不被允许的，那就矫枉过正了，因为使亚当按照创造物的特点为它们命名，从而诱发堕落的，不是纯洁、未受污染的知识，而是热烈而狂妄地用道德知识来判断对错的渴望，其结果是背叛上帝，为自己立法，这便是诱惑的形式和手段。关于自然科学，一位受到神启示的哲学家这样说："将一个事物隐藏起来，这是上帝的荣耀；将一个事物找出来，是国王的荣誉。"神圣的自然像孩子一般，喜欢捉迷藏这种天真无邪、令人愉悦的游戏，仁慈善良的她允许人的才智作为她的游戏玩伴。最后，我想劝告所有的人，想一想追求知识的真正目的。它不是为了心灵的快乐，不是为了驳倒别人，也不是为了凌驾于他们之上，不是为了名利或权力或者其他卑微的目的；而是为了有利于生命和有效地利用生命；我还想劝告所有的人出于仁慈和博爱完善和驾驭知识。天使因为渴望力量而堕落，人因为渴望知识而堕落；但是再怎么博爱仁慈也不会过度，它不会使天使或人因为它而堕落。

下面是我的要求。关于自己，我没什么要说的，但是代表我正从事的这项工作，我恳求人们相信我为之努力的，不是奠定某个学说或流派的基础，而是奠定关于人的力量和功用的基础。我需要人们真正地相信，就像这是一项需要他们实实在在来完成的工作，而不仅仅是一种需要他们接受的观点。其次，我要求人们，放下好胜之心和对这样那样观点的偏见，根据自己的兴趣，加入到为了公共利益的讨论中来；现在方法的正确性得以确保，人们可以自发加入剩下的工作中来。我的另外一个要求是，请不要把我的"伟大复兴"看成人力不可能完成的一项永无止境的工作，它其实是无限错误的真正终结；它并没有忘记人的生命是有限的（因为它知道光靠一代人不可能完成全部的工作，它已经做好准备，让下一代人来继续这项工程）；最后，它并没有傲慢自大地仅仅凭借人类小小的智慧来探索科学，它凭借的是整个大千世界。但是巨大的事物总是流于空洞，结实有内容的东西总是体积小巧、不占地方。在这里，我还有最后一个请求（对我的不公可能会使我无法得偿所愿），我希望人们能认真想一想，他们有多大的资格来评判我的这些学说，我彻底否定了人类早熟的推理判断，因为它在成熟之前就被仓促地采摘，它的正确性让人怀疑，它是不确定的、混乱的，而且缺乏根据的；它本身就是应该受到审判的对象，让我忍受它对我的评判是不公平的。

《伟大的复兴》提纲

整部作品分六个部分：

1.《自然科学的分类》

2.《新工具》或《自然解读指南》

3.《宇宙的现象》或《为哲学提供基础的自然和试验的历史》

4.《智力的阶梯》

5.《新哲学》或《活跃的科学》

全书纲要

尽可能清楚明白地表达也是本部著作的重要旨意（因为在以前裸露身体是单纯质朴的表现，思想的坦诚也有此含义），在这里我首先解释一下整个作品的顺序和安排。我将其分为六个部分：

第一个部分总结或大体描述了现在人类知识的现状。因为我认为，在广为人接受的知识面前稍作停留是有益的，这样旧的东西可以更轻松地得以完善，新的东西也更容易接近；我的目标不仅是改善已有的知识，更是获取新的知识。此外，通过这种方式，人们还可以更好地倾听我的想法，因为有谚语说："无知的人听不懂知识的教诲，除非你先告诉他他心里已经有的东西。"所以，我们将沿着人文科学和自然科学知识的海岸航行，旅途中还会顺带提到一些有用的东西。

在展示各个科学门类的过程中，我不仅考虑到了已经被发明的、已知的东西，同样还有本应为人所知，但却被忽略的部分。因为无论是在知识的世界里，还是物质的世界里，都同样有荒地和耕地。我需要非常规的划分方式，这不奇怪，因为总的内容增加之后，必然要改变其布局和分类；过去的科学分类只适合于过去的知识总量。

对那些我做了标记，准备省略的东西，我不打算仅仅是简单给个名称，或是简短说明真正需要的东西。因为，每次我说什么东西有缺陷，人们如果不清楚这一事物的本质，可能会不明白我的意思或是我的意图，所以（如果值得）我总是会注意解释如何来做这项工作，或解释一下我自己是怎么做其中部分工作的，从而提供一些帮助或建议。因为如果这只是关系到我个人的名誉，跟别人的利益无关，我不会让任何人以为我的脑子中只有些许的轻浮模糊的概念，以为我自己渴求并与别人分享的东西只是我的愿望而已。而实际上，这些东西，只要人们愿意，都能驾驭，我的脑子中已经对这些东西有一个非常清晰和详细的概念。因为我要做的并不是像占卜师预言吉凶一样，在脑子里纵览科学的各个领域，而是要像一个攻城略地的将军一样，进入这些并占领这些领域。这就是第一部分的内容。

在回顾了旧的知识之后，第二步是把科学工作者们武装起来，让他们能够超越过去，走得更远。第二个部分是有关如何更好、更完美地利用人的感官来探索及理解事物的真正用途，希望能以此激励和鼓舞科学工作者们克服探索自然途中的困难险阻。带着这样的目的（我将其称为“对自然的解释”），我所介绍的这种方法是一种逻辑，但是它和普通的逻辑之间有明显的区别，准确说是巨大的区别。普通的逻辑自称保护和服务于理解，这和我所说的逻辑是一致的，但是两者有三个最重要的区别，即目的、验证的顺序以及探究的起点。

我所提出的这门科学其目的不是为了提出一种新的论据，而是开创新的学艺；不是发明遵从原理的事物，而是提出新的原理本身；不是提出可能的原因，而是确定任务并提供工作指导。目标不同，相应的结果也是不同的：一个结果是在辩论中战胜对手；另外一个结果则是在行动中支配自然。

验证的本质和顺序是和这一目的一致的。因为普通的逻辑推理几乎把所有的工夫都花在三段论上，逻辑学家似乎并未认真地考虑过归纳法；相反，我反对通过演绎来验证，因为这种方式太混乱，把握不了自然。虽然没有人能怀疑与逻辑中项一致的事物彼此之间不会矛盾（这是一个被数学计算确定了的命题），但却给了欺骗以可乘之机。三段论由命题组成；命题用语言来表达；而语言又是概念的表征和符号。现在，如果心智的概念本身（如同语言的灵魂和整个结构的基础）是被不恰当地、仓促地从事实中抽象出来，模糊、不够精确，简言之，它会有很多缺陷，能使整个推理的大厦坍塌。因此，我反对三段论。不仅反对其基本原则（因为逻辑学家们自己也不遵循这些原则），而且也反对中间命题。因为尽管通过三段论可以得到中间命题，但是以此得到的中间命题缺乏实效，脱离实际，总的说来对现在的各个科学门类没有什么用处。尽管我承认三段论和那些著名的、被人追捧的验证方法在通俗文科方面，或者在有争论余地的问题上仍占有一席之地，但在处理事物的本质或是大小前提时，我坚持使用归纳法；因为我认为归纳这种验证形式是理性的、接近自然的，如果不是真正有操作性，它至少接近了可操作性的边缘。

与此相应，验证的顺序也需要颠倒过来。到目前为止，验证的过程都是从感觉和细节一下上升到了最有概括性的命题；从命题中，通过中项得到其他东西；这种方式固然快捷果断，却也贸然轻率，它永远不会引领人们去发现自然，而只是一种适用于辩论的、舒适现成的方法。我现在的计划是有规律地、循序渐进地从一条原理过渡到下一条原理，最后才得到最有概括性的命题；到那时你再来看，会看到它们并不是空洞的概念，它们定义清晰，连自然都会承认它们是她的第一原理，它们反映了事物的核心和精髓。但是我做出的最大的改变在于归纳这种形式本身，以及用这种方法做出的判断。逻辑学家所说的归纳，其过程主要使用的是列举这种比较幼稚的方法，其结论是很危险的；而且很容易被自相矛盾的例子推翻，它也只考虑到已知的、普通的东西，因此不会带来任何成果。

现在科学依旧需要某种形式的归纳，它可以非常详细地分析经验，经过合理地排除和否定，得到一个必然的结果。如果逻辑学家们使用的普通的判断方法十分费力，那我们必须做好充分的心理准备，因为使用这种新的归纳方法需要花的工夫可比普通的归纳要多得多，它不仅仅是来自人的心灵深处，更是来自自然的深处。

这还不是全部。因为我现在奠定的基础更加深入和坚实，我的探索比前人都更接近事物的本源，它检验了普通逻辑从未怀疑的事。首先，逻辑学家为每个科学门类提供的基本原则，其实都是从这门科学本身借用来的；其次，他们非常尊重心智的最初概念；最后，他们的信息（决定性的）直接来自感官。现在就第一点，我认为真正的逻辑要进入那几个自然学科的领域，就应该具备更高的权威，不应只有属于这几个学科自身的原理，而且这些假定的原理应该被充分确立之后才能使用。虽然最初概念的形成都受心智的控制，但最初概念在得到重新验证和判断之前，是不可信的、完全不确定的。最后，我用各种不同的方式检查了感官接收的信息；可以肯定的是，感觉是带欺骗性的，但同时它们也是发现其自身错误的手段；只要有错误出现，这一手段就会开始查找。

在两种情况下，感官不起作用。一种情况是，它不提供信息；另外一种是，它提供错误信息。第一种情况，有很多事物是感官无法察觉的，即便是身体康健、毫无阻碍的时候，其原因可能是身体不够敏锐，或者物体太小，或者距离太远，或运动太慢或太快，或对物体不够熟悉等。即使感官捕捉到了一个事物，但它的理解也不太可靠，因为感官收集到的信息总是与人有关，而不是和宇宙有关，宣称感官是衡量事物的尺子是极其错误的。

为了应对这些困难，我勤勤恳恳、一丝不苟地多方寻求感官失利时的替代品和纠正其错误的办法，努力通过试验，而不是工具来完成这一任务。因为即使在工具的辅助下，感官远不及试验精确；我所说的试验是那些人为地、巧妙地设计出来，为了确定某个问题试验。所以，我并不十分重视直接的、真正的感官发现，人为感官的作用只是判断试验，而试验的任务是判断事物。我的职责是做一个真正的感官的牧师（必须通过感官获取所有的自然知识，除非人想得失心疯），而不是神谕蹩脚的解读者；尽管别人都只是宣称支持和培养感官，而我却是实实在在地在行动。这些就是我所做的准备工作，为的是发现真正的自然之光，点燃它并让它继续燃烧下去。如果人的心灵平静，就像一张未曾使用的平滑的白纸，这样的准备应该是足够了；但人的心灵已经被别的奇怪的东西占据和包围，已经没有了可以真实反映事物光线的平坦表面。所以有必要找一个补救的办法。

现在占领人心灵的魑魅魍魉不是后天外来的，就是与生俱来的。如果是外来的，那它们不是从各个流派哲学家的教条中来，就是从偏误的验证规则中来。如果是与生俱来的，那它是人心灵天生的特点，它比感官更容易犯错。如果赞美或崇拜人的心灵能让某些人满足，那就由他们去吧，但应该肯定的是，如同凹凸不平的镜面会根据其自身的起伏和形态，扭曲物体折射出的光线，当心灵通过感官接收物体的映像时，不能相信它可以如实地反映事物的真实面貌，它所形成的概念混杂了心灵自身的性质和物体的性质。

如果前面两种鬼怪很难消灭，那最后还有一类是完全不可能消灭的，我们能做的只是将它们指出来，这样心灵潜在的动作才能得以发现和纠正（由于心灵本身的特点，旧的错误还没有来得及消灭，新错误又不断冒出头来，所以我们要做的是改变错误，而不是把它们清除干净）；另外，我们还需要将它们记下来，确立为准则（以防下次又出现类似的错误）。如果不是通过归纳，而且是具有合理形式的归纳，心智是没有资格做判断的。通过删除心智中的某些错误来使它具备能够发现真理的资格，这种说法我们可以从三个方面来驳斥：哲学、验证和自然理性。要解释它们，解释事物特点与心灵特点之间的关系，就如同为心灵和宇宙的结合装饰新房一样。让我们祝愿这两者的结合会给人类发展带来强大的助力，不断促进发明创造，并在一定程度上克服和战胜人性的必然和痛苦。这是第二部分的内容。

我的计划不仅仅是暗示和指明道路，还要踏上这条道路，开始征程。所以第三部分包括了宇宙的各种现象，即各种经验和可以作为哲学基础的自然历史。虽然一种好的验证方法或一种好的解读自然的形式可以避免心智误入歧途或犯错误，但无论方法如何优越，都不能代替知识的材料；如果不想胡乱猜测或建立一个自我想象虚幻世界，而只想发现和认识这个世界，认真研究和剖析这个世界的本质，那就必须亲自考校查验每个事物的真实情况。这需要艰苦的劳动和探索，还需要到世界各地走走看看，这不是任何天赋才干、冥思苦想或唇枪舌剑可以取代的，哪怕是把所有人的智慧都集中在一个人身上也不行。所以这是必须要做的事，不然只能放弃。可到今天，人类在这事上的现状一直没有改变，所以难怪自然不愿意将自己交付给人类。

首先，感官本身有时不提供信息，有时提供错误信息；而观察随意、粗枝大叶，没有规律，偶然性强；传统，自以为是，道听途说；实践工作缺乏创造性；实验盲目、愚蠢、含糊不清，而且过早中断；最后，自然历史琐碎浅薄、粗制滥造。所有这一切为理解哲学和自然科学提供了素材。

接下来，人们试图用可笑的甄别和辩论筛选来补救。但为时已晚，已经无可救药，重返正途或筛除错误远不能解决问题。唯一的希望是进行一场科学的复兴，只有这样才能带来科学长足的进步。

复兴必须建立在以新的原则编写的自然历史的基础上。因为如果只是把镜子擦得光亮如新，却没有照镜子的人，这有什么意义呢？另外还需要给心智找一些合适的工作，并为其提供保障来指导其工作。但是，这里所说的历史在几个方面有别于现有的历史（就像我的逻辑不同于普通的逻辑）——目标责任、内容结构、细致程度、选材编写及实际操作。

首先，我所提出的自然历史的目标不是研究事物的多样性或是改进现有的实验，而是为原因的探索和发现提供启示，为新生的哲学带去第一口乳汁。虽然我也追求结果和科学的有效分类，但我也会耐心等待收获的时候，不会尝试收割还未成熟的庄稼。因为我深知随着公理的发现会诞生大量的成果，这些成果不是零星，而是成批出现的；如果在第一批成果刚刚出现，还未成熟时，就急于采摘，这是我坚决反对，并严厉谴责的；这种行为就如同妨碍阿塔兰忒[①]获胜的苹果。以上便是自然历史需要做的事。

① 阿塔兰忒：一名女猎手，她答应嫁给任何在竞走中能战胜她的男人。她被希波墨涅斯超过，他在竞走时扔了三只金苹果引诱阿塔兰忒停下来去捡而取胜。——译者注

接下来是自然历史的内容和结构。这部历史中的自然，不仅只是那个自由自在、无拘无束的自然（也就是他按照自己方式存在，不受外来事物干扰的状态），比如天体、流星、陆地、海洋、植物、动物等，它更应该记录那个受到约束和烦扰的自然，也就是被人的技术或手段重塑和改变、走出原始状态的自然。所以，机械技术、文科操作及那些还没有正式成长为学艺的很多手艺等，所有相关的试验，我都要包括进去，只要我有机会研究它们，并且它们符合我的最终目标。我认为这个部分能提供相当的帮助和保障，我在上面寄予的希望超过其他任何一个部分。因为自然在人类学艺的烦扰下，比在自由自在的状态下，更容易显露出它的本质。

这虽然不只是一部有关“物”的历史，但我认为我有责任另外再写一部有关这些“美德”的历史，因为它们是自然的重要组成部分。我这里指的是这些构成自然主要元素的质料，它的原始的激情和欲望，如稀疏和密集，冷和热，固态和液态，轻和重，等等。

再来说说细致程度。我总结出的这类试验，它们比以往的试验更细致、简单。我研究的事物很多，而这些东西本身没有太大的用处，只有那些使用确定的和有原则的方法探索原因的人才会想要去研究这些事物。研究这些东西其实并不是因为这些东西本身，而是因为它们与其他事物或影响的关系，就如同字母与单词和话语的关系，字母本身没有多大用途，但却是构成语篇的基本要素。

在关联性和试验的选择上，我觉得我更像是个王室食品选购商，比以前任何从事自然历史工作的人都更小心谨慎。我只承认眼见为实，或者至少是仔细严格的考校查验，所以没有任何耸人听闻的夸大。我陈述的内容都是可靠的，没有混杂任何谎言或空话。那些既定的或是现下流行的谬误（不知是什么原因，那么多年以来，人们对它们都视而不见，允许其存在和流传开来），我将它们一个一个指了出来，并给它们打上烙印。因为众所周知，保姆们灌输给小孩子们的谎言、迷信和愚蠢的念头，会给他们的心灵带来巨大的伤害；自然历史就如同哲学的孩童时代，不能让它在一开始就习惯了这些无价值的东西。另外，只要我从事一项新的试验，无论它有多细致（尽管我对它已经很确定），我依旧会清楚细致地描述我是怎么做这个试验的。这样别人就可以确切地知道每一个步骤是怎么操作的，每一个发现是怎么来的，如此便可能发现其中的问题，因而设计出更可靠、更精密的证明方法（如果有这样的方法）。最后，随处可见我插入的警告、顾虑和提示，它们犹如一种虔诚的关爱，希望借此驱逐、约束或去除所有的空想。

最后，因为知道经验和历史吸引了多少人类心灵的注意力，也清楚熟悉自然在一开始（特别是心智还很幼小或者已经被其他东西占据的时候）是多么艰辛，我总是增加一些自己的观察所得、爱好和类似于哲学历史浏览之类的东西，作为对人们的一种保证，保证它们在经验的波涛中可以得以保持，同时，保证当心智开始发挥作用时，它会发现一些已经做好的准备。通过我以上描述的这样一部自然历史，我认为可以为接近自然开辟一条更加安全和便捷的道路，并为理解准备好高质量的材料。

我们已经为心智提供了各种可靠的援助和保障，精挑细选了许多适合它来做的工作，现在似乎一切就绪，我们可以开始哲学本身的工作。不过对如此困难和不确定的一件事，有必要提前做一些预述，一方面是为了解释起来更加方便；另一方面也是为了方便现在利用。

首先要给出一些按照我的方法开展的研究和发现的例子，还要通过对某些特定学科的预测来展示这些例子，同时要选择那些既是最重要，同时彼此之间有很大区别的学科，以保证充分的代表性。

我说的不是那些用来阐述规则或者方案的例子（因为第二部分这样的例子已经有很多），我说的例子，可以使人们非常清楚看到，心灵在各种各样突出的学科中活动的全过程，以及创造的整个顺序和结构。因为我记得在数学中，当有从旁协助的时候，人们可以轻松理解验证的过程；但是如果没有这样的辅助，一切看起来纷繁复杂、毫无头绪。所以第四部分主要是提供这种类型的例子，它实际上是第二部分具体全面的应用。

第五个部分只是关于暂定的用途。它的具体内容取决于其他部分的完成情况，就像要还多久的利息取决于什么时候把本金还清。因为我不想错过中途可能出现的任何有用的东西，匆匆结束自己的这一旅程，所以我将自己发现、证明或者增添的东西放在第五部分。但这里依据的不是真正的规则和解释的方法，而是在探索和发现中使用的普通的理解。因为我不仅希望随着我对自然的不断熟悉，我思想的价值可以超越智慧的本来的能力，我还希望我的思想同时能够成为在前往更确定结论旅途上，供心灵休憩歇脚的路边客栈。尽管如此，我还是希望人们同时能够知道，我并不想用这些结论来束缚自己（因为它们不是通过正确的解释形式得以发现和证明的）。我认为不能简单地说事物不可知，而应该说只有沿着某条道路或经过某些过程，我们才能认识事物；我还暂时提供了某种程度的保障，以供心灵在认识原因之前使用。对于我在判断上的悬而未决，人们不必感到惊慌。因为，即便是那些认为事物是绝对不可知的哲学学派，也不比那些以宣扬这些学说为己任的学派差，但是他们没有为感官和理解提供帮助，而只是自诩权威，这和我做的简直就是两码事，甚至是背道而驰。

之前我解释了如何通过合法、朴素和严格的过程进行探索研究，第六部分（最后一个部分）我要用这种方法，详细地揭示和阐明其哲学体系。但是要完成最后一部分的内容是我的能力所不及的，同时也超越了我的希望。我已经为这项工作开了个头——我希望这是个重要的开始；而人类的福祉将会给这项工作一个结果，以现在物质和精神条件，没有办法理解和想象这会是一个什么样的结果。现在我们要做的这件事，绝不仅仅有利于思想，它是整个人类的大事，也是人类的真正财富，是行动的全部力量。因为人只是自然的仆人和解读者，他所做和所知的只是他已经观察到的自然秩序在行为和思想上的反映，除此之外，他一无所知、无所作为；因为任何力量都不能松开或打断原因的锁链，人不能驾驭自然，只能服从她的号令。所以，人类知识和人类力量这两个目标并不是真正统一的；对原因的无知会导致行动的失败。

所以一切取决于是否能够一直将注意力集中在自然的事实上，并如实地反映它们的形象。因为上帝不允许我们宣扬我们在梦里臆造的那个世界，他或许会仁慈地同意我们将他的启示和他如何在创造物上留下烙印的步骤如实地记录下来。

哦，我的主，你首先创造了光，它是你的第一个杰作；你最后给了人智慧的启迪，圆满结束了你创造天地的过程；请你守护这些杰作，你的仁慈将会增添你的荣光。当你看着自己亲手创造出的人和世界，发现他们一切都很好，就可以停下来休息了；可是当人对着自己亲手创造出来的东西，却只看到空虚和烦恼，他可不能安心地停下休息。因此如果我们勤奋工作，你会让我们分享你的远见，让我们也可以和你一同休息。我谦卑地祈祷你的对我们心意不变，祈祷你会借我们和其他你曾给予灵魂的人的双手，赐予人类大家庭新的恩惠。

《新工具》序

弗朗西斯·培根〔英〕

有人以规定自然的法则为己任，把它当作已然经过研究和被理解的事；无论是他们用简单化保证口吻或是职业的矫饰，都会对哲学和自然科学造成极大的损害。因为，这一作为虽然成功地使得人们相信，却熄灭和制止了人们继续探究的欲望，使得他人不再为研究付出努力，这一作为的危害超过了它本身能够带来的好处。有些人反其道而行之，他们断言事物是不可知的。无论他们怎样得出这一结论，是出于对古代诡辩家的憎恶也好，或是因为心智的游移不定也好，哪怕是出于某种对学问的自满也好，他们提出的理由不可鄙薄。但是他们既不是从正确的原理出发，得到的结论也没有充分的依据，热情和矫饰又把他们带得过远。在以为人可以对万事万物做出论断和以为人不能认识任何事物这两个极端之间，古希腊人（他们的作品如今已遗失）做出了较为明智的判断，采取了折中的立场。虽然他们时常哀叹探究之不易，事物之模糊难解，如同失去耐性的马匹用力咬其马勒，但他们并没有因此放松对目标的追寻，仍旧竭力与自然相博。他们（似乎）相信，事物是不是可知，这一问题不是通过争论，而是通过试验才能得以解决。可是他们一味地信赖知性的力量，也不讲究什么规矩绳墨，而是把一切事物都诉诸心灵的不断动作和运动。

我现在提出的方法，虽然施行起来很困难，但很好说明。它是这样的，我提议建立一系列的通往确定性的循序渐进的阶梯。感官提供的证据，如果用一种修正的过程来保证和辅助它，是可以保留的；但是继感官活动之后的心理活动，多数我是排斥的。我为心智的前进开拓铺筑了一条新的、准确的道路，它的起点为简单的感官知觉。那些重视逻辑的人不会怀疑这么做的必要性，他们之所以重视逻辑就说明他们一直都在为知性寻求帮助，并对心智自然自发的过程并不十分信任。但是通过与日常生活的交流，心智已经为不正确的学说占据，并充满了虚妄的幻想，这样的补救方法似乎来得太晚，已经于事无补。这样的补救，不但不可能纠正原来的错误，或揭示真相，还会使错误固化。要想重新恢复到原先健全健康的状态只有一条路可走，就是重新开始理解的整个过程，从一开始就不能任心智放任自流，每一步都须加以引导；整个事情需要做得像机器一样。如果人们是用双手来让机械的东西开始运作，而不借用工具的力量，这就如同对知性的东西，只凭理解的力量，那么他们所能尝试和成就的东西都是十分有限的，哪怕他们联合起来竭尽全力。现在（停下来仔细看看这个例子）让我们假设要把一个巨大的方尖石碑从原来的地方挪开，如果工人们赤手空拳地来做这件事，试问任何冷静的旁观者会不会认为他们疯了？如果他们找来更多的帮手，以为这样就可以搬得动了，那这位旁观者会不会认为这些人疯得更加厉害了？如果他们接下来让力气小点儿的人让开，只留下强壮有力的人，试问这位旁观者会不会觉得他们疯得比前两次更厉害？如果几个方法都不行，最后他们决定诉诸体育运动的方法，让所有的人按照体育运动通常的做法，在手上、胳膊上和肌腱上抹上药油，那位旁观者会不会大叫起来，说他们这样只是想表示他们疯得有方法和有计划吗？同样，人对待知性的东西也是采用了这样的办法——做同样痴傻的努力，徒劳无功将力量叠加起来。他们希望通过数量和合作，或是通过卓越不凡的个人智力，得到了不起的结果；他们还曾力图用逻辑（把逻辑当作了一种身体运动方式）来加强理解的力量，如同在运动中加强肌肉的力量。任何真正的判断都能看得出来，尽管他们做出许多努力和尝试，但从头到尾用到的不过只有智力。然而，不管是单打独斗，还是联合起来，如果不借助任何工具或机械的力量，仅凭人力完成不了任何伟大的工程。

提出这些前提之后，我还想到两件不可忽视的事，需要在此提醒大家。首先，当我思考如何减少矛盾冲突和愤慨的时候，所幸看到，在我实施自己的计划、收获谦虚的果实的同时，并未减损人们对古人们的尊敬和他们的荣耀。假若我宣布我与古人们采用的是同一途径，但我产出了更好的东西，人们势必会把我们放到一块儿，就成就和智力能力，进行孰优孰劣的比较（无论用什么样的辞令都无法避免）。尽管这样的比较和竞争没有什么不合法，也没什么稀奇（如果古人对某些事物理解有误，或得出错误的论断，我也可以用人人享有的自由来和他立异）。但是不管多么正当，若用我自己的力量来衡量，它也许都是不公平的。我的目的是为理解开拓一条新的途径，一种前人从未尝试过，也不了解的途径。这样一来，情况就不一样了，没有了对派别之争的热情。我只是一个指路人，这个职务没有太多权威，做这个工作更多的是出于运气，而不是能力或优点。关于人的方面就说到这里。要提醒大家注意的第二点，跟事情本身有关。

请记住我无意干涉任何正在盛行的哲学，或其他任何更为准确和全面的哲学，无论它们是过去提出的，或在将来可能被提出。因为我不反对用广为接受的哲学或者类似的哲学，作为争论的题材，辩驳的依据，谈话的装饰，教授们讲课的内容，或者为生活所用。不仅如此，我要在这里宣布，我提出的哲学并不是用作这些用途。它不是摆在路中间可供人们随意拾捡的东西；它也不谋求与先入为主的概念一致，从而让人容易理解；虽然它的效用为众人所见，但它不是普通人所能理解的。所以让我们把知识分成两条支流（这对彼此都有好处），同样也把哲学家们分成两族或两类——彼此既不敌视，也不陌生——简而言之，有一种培育知识的方法，另有一种发明知识的方法，我们就听其并存吧。偏爱前一种知识的人，无论是因为急躁繁忙，还是出于对实务的考量，又或者是因为缺乏理解后者的智力（多数人的情况肯定都是这样），我都希望他们能够得偿所愿，得其所求。如果有人不满足于停留在和使用现有的知识，渴望进一步地钻研；如果他们这么做不是为了在辩论中压倒论敌，而是在行动中征服自然；不是为了追求华而不实的臆测，而是确凿可证的知识，我邀请所有这样的人，作为知识的儿子，和我一道跨越人们多有涉足的自然前院，继续寻找通往内室的途径。为了使我的意思更加清楚，也为了给事物起个名字要让人熟悉，我将上述两种方法中的一种称为“冒测”，另一种称为“对自然的解释”。另外，我还有一个请求。就我自己而言，我努力做到两点：提出的东西是真实的；不论人们头脑中有如何奇怪的成见或阻碍，都应该以一种不粗硬、不让人难受的方式把事物呈现在他们面前。但是，作为报答，我要求人们给我一种优待，我想这是合情合理的（尤其是在这样一个知识和学术的伟大复兴中）。我的要求是：如果有人要对我的推论形成自己的看法和判断，无论他是根据自己的观察，或是根据一堆权威，或是根据不同的验证形式，请他不要以为这是一件可以顺道为之的事，请他彻彻底底地做一番研究，请他能亲身尝试一下我这里描述和展示的方法，请他让自己的思想熟悉经验所见证的自然的精微，请他以适时的耐性和延迟，改正心上根深蒂固的恶习。当他做到了这一切，开始成为自己的主人，再请他（如果他愿意）使用自己的判断。

《莎士比亚戏剧第一对开本》[1]序（1623）

赫明斯和康德尔〔英〕

献给所有的读者

对那些最能干的人，我们只能说，在这里，人们只看你们的数量，但我们却希望他们能好好掂量你们的分量，尤其是当所有的书籍的命运都取决于你们的能力：不光是你们的智力，还有你们的财力。现在此书得以出版，你们可以尽情地享受你们阅读和批评的权利。不过，在此之前，你们得先把它买下来，出版商们说："这才是对一本书最好的推荐。"无论你们的头脑或智慧多么超凡脱俗，请竭尽所能让你们的行为也一样与众不同。无论你们觉得它值六个便士也好，五个先令也罢（再高点儿当然更好），不管你们觉得它值多少，把它买了吧。批评责难做不成生意，也赶

① 莎士比亚生前出版的剧本占他所有戏剧作品的一半多一点儿，没有证据证明作者本人参与了这些出版活动。莎士比亚去世后七年，他的两个演员同事，约翰·赫明斯和亨利·康德尔收集整理了他未出版的剧本，连同其他出版过的剧本合并成一册，于1623年出版发行，人称《第一对开本》。如果有人问，要是没有他们的这一举动，世界会损失些什么，我们完全可以这么回答：尽管它的序言离奇古怪，甚至不够精确，但这本书是纯文学世界中最重要的单卷本作品。

不走讨厌的家伙。设想你作为一个聪明的法官，经常坐在剧场裁定一些关于戏剧的事宜；你知道这些戏接受了审判，所有的罪名都成立；如果它们得以无罪释放，原因不是因为法庭的裁定，而是因为几封推荐信。

虽然我们都希望作者本人能活着看到自己的作品得以出版，但既然命运决定了这个愿望不可实现，死亡剥夺了他的这一权利，我们作为作者的朋友，出于善意，收集整理了这些作品，并将其出版发行，希望读者不要因此而忌恨我们。我们之所以将它出版发行，是因为之前出现了残损不全的作品，很多都是害人的骗子盗印歪曲了原作，还将这些作品公之于众，侮辱了读者的眼睛。现在我们将经过更正的、完整的版本献给读者，它收录了莎士比亚创作的所有剧本。他是自然的模仿者，因此，自然也因为他的妙笔跃然纸上。他的心灵和他的笔是统一的，他如此从容地将自己的想法娓娓道来，我们甚至在他的手稿上找不到一块涂改的痕迹。我们的工作只是将这些剧本收集起来，交给你们；对他的赞美该由读这本书的你来完成。这里我们希望，无论你理解力如何，在这些作品中都会找到牢牢吸引你的东西；因为如果你不去读这本书，就会让他的智慧蒙尘。所以请多读几遍，如果到那时你仍旧不喜欢他，那很有可能是因为你没有真正读懂他。现在我们把你交给作者在书中的朋友们，如果你需要他们，他们可以成为你的向导，指引你的方向；如果你不需要他们，那说明你可以指引自己的和别人的灵魂。我们衷心希望他的作品能有这样的读者。

约翰·赫明斯和亨利·康德尔

《自然哲学之数学原理》

艾萨克·牛顿爵士（1686）[①]〔英〕

古代人（如帕普斯所说）在自然研究方面十分重视力学，而现代人却将实体形式和潜在属性搁置一旁不予理会，转而用数学理论来解释自然现象。所以本书将致力于发展与哲学相关的数学，这应该是一件有意义的事。古人用两种方法来研究力学，一种是理论的，通过精确的演算来进行；另一种是实用的。一切手工技艺均属于实用力学，力学之名由此而来。但是匠人们的工作无法做到精确无误，于是几何学便从力学中分离出来，精确的是几何学，不够精确的称为力学。但误差是由匠人们的操作而引起，并不应该归咎于技术本身。但凡工作不够精确的，不能称之为完全意义上的力学家；工作极其精确的，才是真正的力学家。对直线和圆的演述是几何学的基础，但也属于力学范畴。几何学不会告诉我们该怎么来画

① 艾萨克·牛顿爵士，英国伟大的数学家和物理学家，1642年出生于伍尔斯索普存，1727年在肯辛顿逝世。他在剑桥大学担任教授之职，也是该校在议会中的代表。任皇家铸币厂总监期间，他改革了英国的货币制度。他还曾担任英国皇家学会主席一职长达25年之久。他在《自然哲学之数学原理》一书中详细阐述了他最重要的发现——万有引力理论。该书简称《原理》，本序翻译自此书。

这些线条，它已假定我们在接触几何学之前就已经学过该如何精确作图，这门学科向我们展示的是如何运用这些线条解决问题。所以画直线和圆不是几何学的问题，而是力学应该解决的问题，几何学回答的是如何应用这些线条。几何学值得称颂的一点是，它运用很少几个从别处得来的原理产生出众多的成就。因此几何学以力学的应用为基础，它不是别的，而是普通力学中能够准确地提出和证明其测量方法的那一部分。不过由于手工技艺主要在物体的运动中用到，所以几何学一般与物体的量相联系，力学与物体的运动相联系。就这一意义而言，纯理力学是一个需要精确地提出问题并加以演述的学科，其任务是研究力如何产生运动和产生运动所需要的力。古人对此类力学问题的研究涉及五种跟手工技艺有关的力，他们认为重力（由于它不是一种人手之力）只是一种在移动重物时所表现出来的力。我们研究的不是技艺而是科学，不是人力而是自然力。我们主要考虑的是与重、轻、弹力、流体阻力等相关的问题，以及任何能够产生吸引或排斥作用的力。因此我们将本书讨论的内容称为哲学的数学原理。哲学上所有的困难都来源于此——从运动的现象来研究自然之力，再由这种力推演其他现象。我在这部书的第一编、第二编中推导出若干普遍适用的命题，第三编对这些命题加以示范，将它们应用于宇宙体系，通过前两编中已经证明了的数学命题，从天体现象中推演出重力，这种力量使天体倾向于太阳和行星，同时通过其他数学命题，从力量中推算出行星、彗星、月亮和海洋的运动。我希望从力学原理中同样也能推演出其他自然现象，很多原因促使我猜测所有的此类现象都与某些力有关，这种力量驱使物体的粒子以一种未知的原因互相接近，凝聚成规则的形状，或互相排斥离散。因为这种力量还没有被人所认识，所以哲学家们至今未能成功地用它来解释自然。我希望本书确立的原理能够对此或对真正的哲学方法有所帮助。

本书的出版得到了埃德蒙·哈雷这位最敏锐博学的先生的鼎力相助，他不仅帮助我完成了校阅工作并制备了几何插图，而且我是在他的推动下才得以将此书出版。他在看到我证明天体轨道的数据后，一直敦促我将它们报告给皇家学会，后来在皇家学会的鼓励和请求之下，我才想到要将它们出版。但是我一开始考虑的是月球运动的均差，后来又涉及了与重力及别的力的规律和测量相关的问题，物体按照某种定律被吸引时运动的轨迹、若干物体之间的运动、物体在阻滞介质中的运动、介质的力、密度和运动、彗星的轨道等，这本书的出版一再耽搁，直到我对这些问题都有所研究并能将它们放到一起一同发表。与月球的运动有关的内容（不是很完善）都放在命题第66[①]的推论中，因为过早提出并阐述这些内容势必会牵扯与本书主旨不甚相关的方法，从而会打乱了几个定律的连续性。至于事后发现的遗漏，我只得将它们安插在其他不太恰当的地方，以免再改变命题和引证的序号。恳请各位读者细心阅读本书，对我在如此困难的课题上付出的努力做出中肯的评价，并在纠正其不足时不要太过苛刻。

艾萨克·牛顿

剑桥三一学院

1686年5月8日

① 命题第66是《自然哲学之数学原理》一书第一编中的内容，是整部作品中最长的一个命题，它讨论了三个相互都有吸引力作用的物体之间复杂的运动关系，几乎讨论了地面物体的运动、各种天体的运动、天体轨道的运动、潮汐运动等所有形式，差不多可以被认为是整部作品的浓缩。

《古代和现代寓言集》序言（1700）

约翰·德莱顿[①]〔英〕

诗人有时很像建筑师。修建房子之前，建筑师要提前计算成本，但是一般来说预算不会太精确，超支的情况时有发生，因为随着工程的推进，他可能会为了这样或那样的便利做一些事先没有想到的调整。对此我深有体会，我的这部书就好比我盖的一座房子，尽管谈不上宏伟，但我比某位贵族[②]要成功，因为他到去世前都没能建好他想象中金碧辉煌的宫殿。

我首先翻译的是荷马所著《伊利亚特》的第一部分，随后是奥维德《变形记》的第十二卷，因为它包括了特洛伊战争的前因后果，来龙去脉。其实明智的做法应该就此作罢，但当我在《变形记》第十五卷（整部作品的精华所在）的前半部分读到埃涅阿斯和尤利西斯的故事时，深深被

① 约翰·德莱顿（1631—1700年）是17世纪晚期伟大的戏剧家和讽刺诗人，他所翻译的维吉尔的《埃涅阿斯纪》也被收录在哈佛经典系列中。而他在散文上的造诣不亚于诗歌，他所做的这篇前言摘自一部有关乔叟的叙事诗。文中的评论温和敏锐，语言清晰、生动活泼。由这篇文章我们可以看出为什么德莱顿会被誉为英国文学批评的第一人和现代散文体的奠基者。

② 斯科特认为这里的贵族暗指白金汉公爵，他因为其在克里夫登（Cliefden）的宅邸迟迟不能完工而经常受到世人的嘲讽。

作品所吸引，其中精彩的语言就像是横亘在路上的障碍，让我无法将它们略过，于是我又将这些内容译成英语，并在此过程中获得了极大的乐趣。译完之后我才发现不知不觉中译好的内容已可凑成一本小书，此时我再回头细细欣赏了《变形记》的前几卷，找到了“猎猪记”、“基尼拉斯和密拉”以及“博西斯和腓利门”等故事，接着将它们翻译成了英语并加到之前的译作中。希望我的翻译贴近了原著并反映出其诗歌之美，这并不是每个诗人都有的本领，这么说可不是虚夸，过去一百年中能够做到这点的人无不才华横溢，博学多才，都是百年来最顶尖的诗人。比如斯宾塞和费尔法克斯，他们都是伊丽莎白女王时代大放异彩的英语语言大师，他们对英语诗歌的理解远远比其追随者们要深刻。人们都有自己的直系继承人和旁支，而弥尔顿就是斯宾塞诗歌的继承人，沃勒先生则继承了费尔法克斯的特点。斯宾塞不止一次地暗示他是乔叟在死后两百年的转世重生，他有乔叟的灵魂附体。弥尔顿则向我坦言，斯宾塞是他创作的源泉。除了我还有很多其他人都听沃勒说过，其诗歌的和谐韵律皆源自费尔法克斯先生翻译的《布永的戈弗雷》。言归正传，译完奥维德的作品后我发现英国古代诗人乔叟丝毫不亚于这位古代诗人，而且在很多方面两人十分相似，于是便萌生了想要通过比较两者的作品来看看是否如此的念头，这对现在的文人们没有丝毫坏处，而且也有利于增添祖国的荣耀（这是我一直以来都热衷的一件事）。我立刻决定将《坎特伯雷故事》中的部分内容用更为完善的现代英语翻译出来，借此比较奥维德和乔叟。因为以同样的角度、同样的英语习惯和同样的叙事诗形式，读者们应该能够对这两位诗人做出自己的比较和判断，而不会受到我个人观点的影响。若是我要偏袒我的同胞兼前辈桂冠诗人乔叟，那奥维德的朋友们定然不会同意，他的支持者们包括了几乎所有的男性和女性，其中不乏饱学之士。也许我贸然总结了这些证据显得有些过于想当然了，但是读者才是裁判，他们有权利根据实际情况做出裁定。与此同时，沿着这一思路（因为霍布斯认为思想总是有连贯性的），我由乔叟想到了薄伽丘，两人不仅生活在同一时代，而且都从事同一类型的创作，都是用散文体写小说，同时也都有很多的诗歌作品。据说薄伽丘创造了八行体的韵律形式（八行为一节）[①]，这种形式被所有的意大利英雄体诗人（包括那些自称英雄体诗人的人）沿用。薄伽丘和乔叟另外一个共同点是他们都完善了自己祖国的语言。但不同之处在于，但丁在薄伽丘之前就已经开始着手意大利语的完善工作（至少是诗歌中的语言），而且薄伽丘从他的老师彼特拉克身上也得到了颇多帮助。然而对意大利语散文体的革新则应全部归功于薄伽丘本人，到今天他依然是纯粹的意大利语的标准，尽管他所使用的一些词句已经过时，不过这是难免的事。而乔叟（正如博学赖默先生所说的）是第一个完善和充实当时苍白贫乏的英语语言的人，他借鉴了在当时最为优美的语言普罗旺斯语[②]。就这一话题，那位伟大评论家已经有很丰富的论述，作为其同胞的我无须再多说什么。因为乔叟和薄伽丘同处一个时代，并且两人都具有相似的特点，所以我决定在本书中将他们放在一起。本书同时还收录了我写的几篇相关的文章，这些文章是否比得上我的诗歌，作为作者的我是最没有发言权的，就把这个问题留给读者们来评判吧。但愿它们不会被批得体无完肤，如果真是那样，我还有一个与某位老绅士一样的借口，我曾看见他在几位女士面前吃力地爬上马背，但他希望看到这个情景的人在对他做出判断之前都能想一下，他已经是88岁的人了。上帝垂怜，还有不到20年我就到他那个岁数了，我手脚已经有些不灵便，但是我的心智有多苍老，这只有读者们才能下结论。在我自己看来，我的心灵还像以前一样充满了活力，只是记忆力不如从前了，不过也没有衰退太多，即便是再糟糕一些，我也没有什么可埋怨的。我的判断力非但没有减损，反倒比以往更好；各种想法还跟原来一样总是源源不断地涌进我的脑海，唯一的困难是决定该选择还是放弃，是该用韵文来表达呢，还是用同样和谐的散文。我曾用很长的时间来研究和实践这两种创作形式，现在已经非常熟悉，用它们来创作已经成为一种

① 并不是薄伽丘发明了这种诗歌形式，这种形式在他之前就已经出现在法语和意大利语的诗歌作品中。但他使其成为意大利语的英雄诗体形式。

② 并没有证据说明乔叟受到普罗旺斯语的影响。

习惯。简而言之，虽然我完全可以用和那位老绅士差不多的借口，但是我会把它留到更需要的时候。我不会用它来请求读者原谅这本书的瑕疵，而是原谅由于人性的弱点带来的不足。我不会对读者说，我写这本书时间太过仓促或者又有几次病痛让我不得不中断了写作。那些过于看重自己表现的人经常在前言里大声宣扬，他们是在多么短的时间之内写完了这书，又有多少更重要的事务妨碍了他们的写作，但是读者们可能会问“为什么他们不能多花点时间来完善自己的作品”，“为什么他们把这些不成熟的作品扔给读者”，似乎读者不配拥有更好的作品一样，这难道不是对读者鉴赏力的蔑视吗？

以上是序言的第一部分，在这一部分我介绍了本书成书的过程。在第二部分我通常会表明自己没有写任何亵渎神灵或者伤风败俗的内容，至少我自己没有意识到有任何想写这些东西的念头。如果书里出现了不敬的词句或者过于荒唐的想法，那都是因为疏忽大意，请读者把它们当作夹带在货物中的禁运品一样销毁或者没收，至少应该明白内容都译自原著，就像舶来之物而非本土出产，原作者们应该为其负责。另一方面，我挑选的这些寓言，无论古代还是现代，每一篇都包含积极的寓意。我本可以在前言中对它们进行一一介绍，但这种方式单调乏味，而且如果就这么直接说出来，读者们就少了几分细细阅读咀嚼的乐趣。此外就我自己写的那部分内容，我确信自己在创作时也是十分审慎的，因为不管诗句如何优美，如果有悖人的宗教信仰或良好的道德规范，最多也能得到贺拉斯对那些韵律好但没有什么意义的诗句的评价——“言之无物的诗句，动听却没有任何价值[①]”。如果有人以莫须有的罪名指责我，将我的作品表达的含义曲解成对神灵的亵渎，我希望能够充分行使自己的权利为自己辩护。那些自称为宗教律师[②]的人经常行诬告之事，他们总是在诉状中颠倒是非黑白，竭尽所能地诽谤中伤。

---

① 《诗艺》，第322页。

② 见柯里尔·杰瑞米（Jeremy Collier）著《简论英国戏剧的不道德和亵渎》（1698）。

现在我们重新回到我翻译的第一部分的内容——荷马所著《伊利亚特》的第一部分。开始之前我可以向全世界保证，翻译荷马的作品比翻译维吉尔的作品要更让人愉快（我不是说更轻松），较之拉丁诗人（维吉尔）的作品，希腊人（荷马）的更对我的胃口。在这两位的作品中，我们可以读到两种完全不同的风格和喜好。维吉尔性格从容沉稳；荷马热烈、奔放，充满了火一般的热情。维吉尔思想中规中矩，辞藻华美；而荷马思维敏捷，韵律和表达的使用自由自在、无拘无束，达到那个时代语言所能允许的极限。荷马的创造比维吉尔更丰富，如果没有荷马的创作起头，就没有维吉尔的英雄史诗。最明显的证据是维吉尔的史诗其实讲述的就是《伊利亚特》的后续故事，并且维吉尔还沿用了荷马作品中的人物，埃涅阿斯便是维吉尔对荷马所塑造的赫克托[①]的进一步丰富和完善。维吉尔的《埃涅阿斯纪》前六卷效仿了《奥德赛》中尤利西斯的历险故事的风格，虽然具体的故事不同（否则会被指责为一味地效仿、抄袭和毫无创造性），但是故事发生所在的海域的名字是一样的，两部作品中的主人公埃涅阿斯和奥德赛都在同样的海域流浪，而黛朵和卡吕普索[②]两个人物也是如出一辙。维吉尔诗歌的后六卷是二十四卷《伊利亚特》故事的浓缩，两部著作同样都讲述了一个女子引起的争端，以及由此带来的战争、数次战役以及一座城池的被围[③]。我不是在贬低维吉尔，我所说的与之前对他的赞美也没有矛盾，因为他的故事几乎都是他自己的创作，并且故事的叙述形式也是他独有的，只是故事的素材源自荷马。但是这同时也证明了，是荷马教会了维吉尔如何创作；如果独创性是史诗诗人最重要的特点，那拉丁

① 赫克托是《伊利亚特》中的一勇士。

② 黛朵是维吉尔《埃涅阿斯纪》中的迦太基女王，被情人埃涅阿斯抛弃后自杀。而卡吕普索是荷马《奥德赛》中的海中女神，爱上了奥德赛并将他软禁了七年，但奥德赛最后还是离开了她。——译者注

③《伊利亚特》中特洛亚王子帕里斯将希腊斯巴达王的妻子海伦拐回了特洛伊，引发了特洛伊战争，战争持续了近十年，众神各袒一方；《埃涅阿斯纪》后六卷讲述了达拉丁姆的国王根据神意要把女儿嫁给埃涅阿斯，这触怒了另一个求婚者、当地部族的图尔努斯，于是他们之间爆发了战争，战争打了三年，众神也是各袒一方。

史诗只能屈居第二。霍布斯（Hobbes）先生也翻译了《伊利亚特》（他像研究数学一样研究诗歌），我认为他在这本著作的译者序中对荷马的赞美颠倒了主次，他告诉我们一首史诗作品最美的地方在于措辞，也就是词的选择以及和谐的韵律，因为词汇是诗歌的色彩。而在自然界色彩是最后才需要考虑的因素，构思、布局、风格和思想都比它重要，任何一者的缺失或瑕疵都会导致作品不能成功地模仿人类生活，而成功地再现生活才是诗歌的真正的意义。词汇就像色彩，是最先让人注意到的特点，但是如果一首诗设计蹩脚、结构形式拙劣、风格模糊缺乏一致或者其思想有违正道，再好的色彩也只不过是矫饰，这诗也只能算个“美丽的怪物”。维吉尔和荷马在设计、结构、风格和思想上都没有欠缺，在最后一个方面也就是词汇表达上，这位罗马诗人至少是可以和希腊诗人相提并论的，因为正如我曾说过的，他对韵律的敏锐和他的勤奋弥补了他语言上的不足。这两位伟大的诗人性格迥异，一个热情急躁，一个冷静忧郁，但有一个共同的特点让他们在很多方面都胜过他人：他们的风格技法都顺应自己的天性。人物形象是作者性格的反映：阿喀琉斯性格火暴、急躁、报复心强、积极、易怒、固执、热情，而埃涅阿斯则耐心、谨慎、体谅朋友、对敌人仁慈、认命——“不论命运将我们拽进什么样的旋涡中，请服从它[①]”。我会选择一个更合适的机会将这一话题展开来讨论。从刚才提到内容我们可以推断，性格决定了荷马的情节比维吉尔更富有活力，因此读起来更愉快。维吉尔会让你觉得有几分温暖，而荷马会一下把你点燃，并且源源不断地向你输送热力。这和朗吉弩斯对德摩斯梯尼和塔利两人的口才的评价异曲同工：一个循循善诱；一个热情直接。当读荷马的时候，你没有办法保持冷静，哪怕是读第二卷的时候（这一卷的内容实际是对希腊人的一种得体的恭维）。从登船的情节开始他就一路快马加鞭，直到这卷书结束才让人缓口气。因此翻译他的第一卷书比翻译维吉尔的任何作品都要更愉快，但这是一种伴随痛苦的快乐，心神不断的激荡会给身体带来影响，尤其是对上了

① 维吉尔《埃涅阿斯纪》第五卷，第709页。

年纪的人，每次高潮过后都需要多次休整，而且《伊利亚特》比维吉尔所有的著作加起来都要长三分之一。

这就是我对荷马的感想，现在我继续来说说奥维德和乔叟。奥维德标志着罗马语黄金时代的结束，而乔叟则象征着纯洁的英语语言的开始。这两位诗人有一定的相似性，他们都受过良好的教育，而且性情也都温和、多情、放荡不羁（至少他们的作品是这样，他们在生活中也许也是这样）。两人都研究哲学和文学，并且精通天文学，奥维德有关罗马庆典的著作和乔叟对星盘的论著都充分证明了这一点，而乔叟同时还是一位像维吉尔、贺瑞斯、佩尔西乌斯、曼里留斯一样的占星家。两人的作品都清晰流畅，但都不长于创造，因为奥维德的作品都源自希腊寓言，而乔叟的多数作品取材于与他同一时代的意大利作家或他们的前辈[①]，薄伽丘的《十日谈》出版在先，乔叟的《坎特伯雷故事》中的不少内容都借鉴自此书，《帕拉蒙和阿赛特》的故事很有可能是一位意大利的先贤所著。《格里齐德》的故事则是最先由彼特拉克创作出来，后被薄伽丘借用，而乔叟则再从薄伽丘那里借鉴了这个故事。《特罗勒斯和克莱西德》最初也是一位意大利作家所著，乔叟将它翻译成英语，并在此基础上加进了很多的细节描述并美化了语言。所以总的来说，我们的天才同胞更多的是对已有作品进行的改进完善，而不是真正的创作。这不仅是在诗歌领域，别的领域也是如此。我发现我已经把本该放在后面的内容先说了，我的脾气就像很多喜欢寅吃卯粮的国王，肆意地挥霍也不管以后要怎么偿还。不过我从尊敬的蒙田先生那里懂得了序言本身虽然不能离题太远，但也不用太过拘泥。现在回到奥维德和乔叟，关于他们我还有一些话要说。他们两人的一些作品都基于别人的创作，但是乔叟有一些独创的作品，比如《巴斯妇人的故事》以及《公鸡和狐狸》等，我不记得奥维德有任何完全属于他自己的作品，所以我们的英国同胞在这一点上略胜一筹。他们两人都懂得什么是风格，我把它理解为激情，广义上说它也是人物及其习惯的描写。比如，我

① 以下多数有关乔叟作品素材来源的观点与现代学术界的观点并不一致。

读到的博西斯和腓利门两个人物形象如此栩栩如生，就像是看到了古代画师为他们所做的肖像画；《坎特伯雷故事》中的朝圣者们，他们的性格、长相、穿着打扮都是那么惟妙惟肖，读到这一切时我仿佛变成了那个在萨瑟克的塔巴德客栈为他们跑腿的人。而乔叟笔下的人物形象更胜一筹，虽然我在这里限于篇幅无法详细阐述，但我相信读者们会从本书中体会到这么说不是出于个人的偏见。关于用词在这里我就不多说了，因为奥维德生活的时代正好是罗马语言的全盛时期，而乔叟生活在英语语言的萌芽时期，所以比较两者的用词是不公平的，就如同把恩尼乌斯和奥维德放到一起一较高下，或者把乔叟的用词拿来跟现代英语的用词比较一样。虽然乔叟的语言确实缺少现代语言的力量，但放弃对两者用词的讨论并不是为了偏袒我们的这位英国诗人。到此还剩下两人的思想需要讨论。我们只能通过其思想的合理性来衡量，也就是在这样或那样的情况下，作品人物自然而然地流露出来的东西。多数平庸无能的评论家经常把那些花哨的构思或者简单的韵律称为有才华的表现，在他们看来奥维德才华横溢而乔叟则平凡无奇，只有疯子才会像我那样更偏爱英国人。我想冒昧地说一句，他们看重的东西不过是熠熠发光的小玩意儿，在一首严肃的诗文里，这些不自然的东西不但不会让人觉得机智诙谐，只能让人心生厌恶。哪个已经准备好为爱去死的人会把他的痛苦比作水仙花，他会想到“拥有太多让我变得贫穷[①]”或更多诸如此类的话吗？如果这是机智诙谐，那么当一个可怜人在死亡的痛苦中挣扎的时候，他是否应该表现得机智诙谐？《巴托罗缪市集》[②]里的约翰·里特威因为自己的幻想备受折磨，这样的情况下诗人该做的是唤起读者的同情，可奥维德非但没有这么做，反倒逗得你想发笑。维吉尔绝不会这样，他不会破坏自己煞费苦心才营造起来的东西，比如黛朵临死前，他努力地感动读者以唤醒他们对黛朵的怜悯。乔叟让他笔下的阿赛特爱得太过热烈而且用错误的方式追求真爱，但也让阿赛特在弥留之际理智地思

① 《变形记》第三卷，466。

② 本·琼生著。

考——他没有后悔自己爱过，即便这爱改变了他的性情，但是他承认了自己追求爱的方式错了，临死前他将爱人艾米莉交给了情敌帕拉蒙。如果换了是奥维德，他会怎么写呢？他很可能会让弥留之际的阿赛特变得机智诙谐，让他埋怨因为自己离得太近所以没有能够拥有，或者说些其他很多诸如此类幼稚可笑的话。乔叟不赞同这种写法，认为它破坏了主题的严肃性。对此不以为然的人可能更喜欢卢坎和奥维德，而不是荷马和维吉尔，而马提雅尔会是他们的最爱。在用词上，奥维德超越了所有的诗人。词汇用得恰当可以增光添彩，用得不得体则会成为缺陷。但是在表达强烈的情感时应该尽量避免花哨的用词，因为情感是很严肃的主题，容不得玩笑。法国人对奥维德的用词有很高的评价，我承认如果用得恰当，它们确实如法国人所说的十分细腻，但是乔叟的写法更简洁质朴、更贴近自然，没有雕琢的痕迹。前文中我就自己所知客观地对两位诗人做了比较，之所以这里没有涉及构思和结构布局的讨论，是因为其作品的构思并非他们独创，而两人在结构布局上则不分伯仲。现在关于乔叟，我想多说几句。

首先，乔叟是英国的诗歌之父，我对他的敬仰犹如希腊人对荷马或者罗马人对维吉尔的尊敬。他出色的判断力就像一股永不干涸的清泉，他对所有的科学领域都有涉猎，对每个话题都能侃侃而谈。他知道该说什么，也知道适可而止，除了维吉尔和贺拉斯没有几个作家尤其是古代作家能做到这一点。有一位已故的诗人[①]其声名日渐衰微，原因就是他从不放过任何一个想法，不论这些想法优劣与否他都将它们一网打尽，全都诉诸笔端。打个比方，他的作品就像有一堆没有经过分类混在一起的食物，其中大堆的甜食都是男孩子和女人们的，而只有少量的实实在在的肉是男人们的。所有的一切该如何继续取决于判断而非知识。这位诗人并不缺乏用来辨别其他诗人作品的美丑的知识，他只是沉浸在写作带来的愉悦不能自拔，他或许也知道这么做不对，但他希望读者们不会发现。正因为这个缘故，人们总是敬他为最伟大的诗人，而不是个优秀的作家。这么些年来，

① 考利（Abraham Cowley，1618—1667年）英国诗人。

他的作品印刷了十次，每年卖出去的不到一百本。

乔叟无时无刻不在顺应着自然，从未贸然想要超越她。卡塔路斯说“像一个诗人”和“过于像个诗人”[①]之间有巨大的差异，这就正如举止得当和装模作样之间的区别一样。虽然我也承认，乔叟的诗我们听起来不那么悦耳，引用塔西佗曾经用来评论某人口才的话来说，这是因为它“符合的是他那个时代的人的对动听的要求”，甚至今天也是一样，当我们把他和同一时期的诗人立德盖特和高尔相比较，我们也会觉得他的诗更悦耳，有一种苏格兰曲调特有的未经雕琢的甜蜜，虽然不完美，却真实自然，让人心旷神怡。当然在这一点上我还没有走得像斯佩特[②]一样远，他在最近出版的著作里试图让我们相信每行诗里边有十个音节，而我们的耳朵出了错，只发现了九个。这个明显的错误不值得驳斥，因为常识（它是每个事物都必须遵循的规则，是信仰和启示）会告诉读者每行十个音节这种我们称之为英雄体的韵律形式在乔叟的时代还不为人知或者仍旧十分罕见。乔叟笔下的诗句经常会少一个或半个音步，要写出这种并不完美的诗句其实并不难，我们只能说他生活在英语诗歌的孩提时代，没有任何事物一开始就是完美的。我们在长大成人之前必须经历童年时代，先有了恩尼乌斯和卢克莱修，然后才有维吉尔和贺拉斯；乔叟之后、沃勒和德纳姆之前，有斯宾塞、哈林顿和费尔法克斯。在他们最后一位出现之前，我们的诗歌韵律都是不成熟的。现在简单介绍一下乔叟的经历和际遇[③]，对此无须着墨太多，因为在他各个版本的著作里都能找到这些内容。他受雇于宫廷，前后受到了爱德华三世、理查德二世和亨利四世的重视。在理查德时代，他曾卷入下议院的反叛，作为冈特的约翰的妹夫，他的命运理所当然随着这个家族的命运起伏跌宕。当亨利四世废黜前任国王后，他和这位新国王也建立了良好的关系。亨利虽然是合法的继承人，但这位英明勇敢的王子知

① 出自马提雅尔（并非卡塔路斯）。

② 现代学术界研究证明斯佩特在这一问题上的观点是正确的。

③ 后面关于乔叟生平的内容有很多错误。

道他的继位不是那么光彩，因为与约克继承人的婚姻关系表明似乎莫蒂默才是更名正言顺的国王，如果那个时代最伟大的文人站在他那一边为之摇旗呐喊，亨利理所当然地该感到很高兴。奥古斯塔斯就是一个很好的先例：米西纳斯把维吉尔和贺拉斯推荐给了奥古斯塔斯，他们的赞美使他在有生之年得享人民的拥戴，死后受到后人的尊重。在宗教信仰方面，我们这位诗人和他的恩主冈特的约翰一样，似乎很偏爱威克里夫的观点，这一点在农夫的故事①中有所反映。不过他对那个年代的腐朽堕落的教士们辛辣的讽刺无可指摘，因为他们傲慢自大、野心勃勃、炫耀浮夸、贪得无厌而且贪恋尘世享乐，《坎特伯雷故事》对他们的鞭笞都是他们应得的，与乔叟同一时代的薄伽丘对这伙人也同样不客气。但这两位诗人对正直可敬的神职人员还是相当尊敬的，因为个别牧师的丑陋行为不能代表全部，乔叟塑造的修道士、教士和游乞僧丝毫未减损正直的教区主管的形象。讽刺诗人是道德败坏的神职人员世俗监督者，我们唯一需要注意的是，不要把那些清白无辜的人牵扯进对有罪之人的判决中。不能给予好的东西过多的荣誉，对不好的事物也不能过于粗暴，因为最好的东西一经腐蚀之后也会堕落为最糟糕的东西。当一个教士受鞭笞的时候会先把他的法服脱下以保护教会的尊严，如果他是被冤枉的，他可以对诽谤中伤予以还击；如果他是真的越过了法律的界限，就有可能受到诗人的斥责。但是有人会说尽管讽刺诗是针对某些教士的，但会使整个教会都蒙受耻辱。那么一个贵族如果因为背叛国家而受到惩罚，会不会使整个所有的贵族都蒙羞呢？如果这是诬告，他可用诽谤贵人②的罪名来惩罚诬蔑他的人。持这种论调的人自己可能也意识到，诗人们的讽刺不是完全没有道理，但他们关心的不是这些讽刺批评的公共效应，而是对其个人的影响，这至少说明在其内心深处还有一丝骄傲。如果教会的人犯的错只能由自己人来裁决，他们会不会互相袒护呢，既然他们说教会的荣誉关系到它的每一个成员，那么我们怎么

① 一篇模仿乔叟风格的名为“农夫的故事”的伪作曾出现在乔叟作品早期的印刷版本中。

② 法律术语，指对社会地位高的人的诽谤，这种诽谤罪比普通的诽谤罪量刑更重。

能肯定他们自己能充当无私的法官呢？我不知道就这个问题我究竟能够发表多么深入的意见，但是我清楚地记得关于这个问题的争论导致了英格兰国王和坎特伯雷大主教之间诸多的矛盾，他们一个代表法律，另一个（自称）代表的是教会的荣誉，两人之间的争执最后以大主教的被害和国王陛下的下台赎罪而告终。天才博学的德雷克博士[①] 已经研究过以前人们对教士的尊重和敬畏，我对教士们的尊重只会更多而不会更少，但是我还是要说如果有牧师无端挑衅，除了一个基督徒的仁慈，没有任何其他原谅他的理由，从民法的角度来看他伤人在先，我完全可以以牙还牙来保护自己，我甚至还可以反诉他并追究他的道德品质上的问题。不过我的愤恨还没有到那个地步，刚才我只是效仿了乔叟陛下的一个圣人，用比较玩笑和夸张的方式放大了整个事情。以后我还可以刻画另一类牧师形象，比如一种不同于乔叟笔下正直的教区主管、在生活中更容易找到的人物形象，又或者是一个其行为与基督教义背道而驰并给予基督教最后一击的牧师形象。不过我如今暂时还没有这么做的打算。现在又回到乔叟。他肯定是一个具有相当包容性的人，因为我们可以看到他的《坎特伯雷故事》几乎囊括了当时整个英国社会的全部阶层，他对其中每一个人物都有十分精准的把握。他笔下所有的朝圣者不论是性格还是相貌打扮都具有各自鲜明的特点。就算是让巴皮斯塔·博塔[②]来描述这些人的特点，也不会做得比他更好。这些朝圣者所讲故事的内容、风格、叙述方式契合了他们各自不同的性格、从事的职业和所受的教育，无论什么故事假如从另外一个人口里讲出来都会觉得不合适。同样是不苟言笑的人，其严肃沉稳的程度和方式却不一样。他们的言谈举止，符合其年龄、职业和文化教养的特点，恰到好处，让人觉得这样的话只能从这样一个人的口中说出来。这些人物有的品性不端，有的品德高尚；有的愚昧无知或（用乔叟自己话讲）目不识丁，有的则博

① 詹姆士·德雷克博士写了一篇文章回应杰里米·科利尔的《简论英国戏剧的不道德和亵渎》。

② 一位那不勒斯医生，对观相术有研究。

学多才。那些粗鄙的人物们连说的下流话都有着各自的风格。郊区主管、磨坊主和厨子三个人物彼此各不相同；装腔作势的女修道士和说话含混不清、齿隙过大的巴斯妇人风格迥异。读到这些让我们仿佛回到了乔叟那个时代，亲眼看到了我们的祖先们。具有这些性格的人们今天仍然存在，英格兰就有，只不过他们的名字变了，不再叫修道士、游乞僧、教士、修道院女院长。其实人类永远都是这般模样，哪怕其他一切事物都改变了，人的本性不会变。因为敌视我的人们从未公平地对待过我，他们从未承认过我是一个好诗人，也不会承认我是个基督徒或是有道德的人，所以在这里请允许我为自己说句公道话，允许我向读者们声明我选择乔叟的故事并非出于任何不正派的趣味。如果我想要的是取悦读者而不是给人教诲，那教区主管、磨坊主、水手、商人、律师，尤其是巴斯妇人的开场白，就会为我赢得众多的朋友和读者，而我并未选择这部分内容，因为我无意破坏好的社会风气。我知道本书中的一些内容带来的诸多非议，希望现在这一公开的声明能够有所弥补。如果这些诗句中有任何亵渎神灵的内容，我不会为其辩护反而会撇清与它们的关系，并希望“收回我所述的话”。而乔叟则采取了另外一种方式为他的露骨的文字致歉，薄伽丘也是如此。我们的英国同胞在《坎特伯雷故事》正式开始之前即人物介绍的末尾，这样为书里的不雅内容道歉：

但首先要请求各位，
不要因为我据实而言，
就指责我也粗俗无礼，
他们所说字字句句，姿态神情，
我都如实引用。
你我都懂得这样一个道理，
转述别人的话，
需字字照样说来，不得走样，
顾不上原话是否粗鲁猥亵，

否则便只有撒谎，

或假造一套，

或另用些字眼儿。

如若这般，便是亲兄弟也不得饶恕，

所以引述他人所言，需字字据实。

基督《圣经》也说得真切，

这不是下流，

读柏拉图者皆知，

他说过语言是行为的同胞兄弟。

有些污言秽语从某些角色口中冒出来似乎再自然不过，但于听者不免觉得不雅，如果有机会问问乔叟和薄伽丘要刻画这样的角色需要些什么，不知道他们会怎样作答，正是因为不知道答案，我自己是讲不来这些故事的。但在本书里你还是会读到乔叟的一些文字，不过因为年代久远有些晦涩难懂，你也会读到不止一首出自乔叟的不够平整的诗句，这样的韵律在前文中提到过。不过有很多诗句还是由十个音节构成，而且多数词语也跟现在的英语差不多，以下面这两句描述年轻的木匠妻子的话为例：

她畏畏缩缩，像匹漂亮小马，

个子高高，像根桅杆；腰背直直，像颗螺栓。

关于乔叟暂且说到这里，现在来说说一些对本书的质疑。我发现我把这些故事改写成现代英语惹得许多人不快，他们觉得这些故事不值得花那么多工夫，他们认为乔叟的智慧已经枯竭过时，不值得重提。我曾经经常听到已故的莱斯特侯爵（Leicester）说考利先生也是持这种观点的。他也曾应这位大人的要求读过乔叟的著作，可是一点也不喜欢。我不敢贸然否定这样一位伟大作家的判断，但是我认为公正的做法是将决定权留给公众，考利先生一人不能替所有人做决断，可能碍于乔叟古老的文体他并未曾仔细研究其深邃的思想。我承认乔叟是一颗未经雕琢的钻石，必须先打磨才能熠熠生辉。同样不可否认的是，因为生活在诗歌发展的初期，乔叟的作品并不总是有统一的主题，有时会把一些琐碎的和重要的事情掺杂在一块，偶尔也会像奥维德一样喋喋不休。其实不只是乔叟，很多的才智之士，他们的问题在于有太多彼此不和谐的奇思构想。一个作家不应该把所有能写的东西都写出来，只需写应该写的东西。我注意到乔叟作品中有时也会有一些多余的内容（一个普通人要在一个更了不起的人身上挑毛病是很容易的一件事），所以翻译时并没有一字一句地直译，时常会省略一些我认为不必要的内容，或者一些不适合伴随重要思想出现的琐碎内容。我冒昧地在某些自认为有所欠缺的地方做一些补充，因为那时现代英语才刚刚萌芽，词汇的贫乏使作者没有能够让自己的思想焕发出应有的光芒。我之所以能如此大胆是因为我发现自己和他心灵相通，并精通同样的学问。后世的诗人们也可以这样修改我的作品，当然如果那时它们还留存于世的话。因为印刷错误的缘故，乔叟的一些思想被歪曲或者不被人真正理解，因此有必要还原其思想的真面目。现在一个例子就足以说明问题，在《帕拉蒙和阿赛特》里有一段对月亮神庙的描写，乔叟著作的各个版本都是这么写的：

在这里我看见丹纳被变成了一棵树，
我说的不是女神戴安娜，
而是维纳斯的女儿，她的名字叫丹纳。

只要稍微想一想就会明白，这里讲的应该是河神佩纽斯的女儿达佛涅被变成了一棵树的故事。如果是奥维德的诗我就不敢这样冒失，因为我没有完全读懂他，唯恐哪天冒出来个人说我偏离了原作者的本意。

还有一些人则是出于完全相反的原因反对我翻译乔叟的作品，他们认为应该尊重他所使用的古代英语，对它的改变无异于亵渎。他们还认为他的语言的转换会破坏原作的完美，很多深刻的思想势必会失去其原有的美感，而用过去的语言习惯来表达这些思想会更加优雅得体。对于这种观点，我刚才提到的那位卓越的人物、已故的莱斯特侯爵就持这种观点。他曾劝我打消这一念头（因为在他去世前几年我就有这个打算）不过并没能说服我。出于对他的尊重我暂缓了这一计划直到他去世。如果一个作者一开始人们就没能正确理解他，那随着他的语言一天天地更加过时，他的思想也会越来越晦涩难懂。“在语言习惯的作用下，很多曾经废弃词语会得以重生，而现在人们频繁使用的词汇会有过时的一天，习惯的力量包含了语言的判断、法则和规律。”[①] 如果一个古代的词语因为发音和意义值得复归使用，我会给它应有的尊重，但如果走得过远便是盲目了。词语并非太过重要而不能搬动的界碑，人的习惯在不断改变，即便法规也会因为执行它的原因不复存在而被不知不觉地废止。至于认为词语的更新会损失原有思想的论调，我想说如果人们不能理解，损失的不光会是思想还有形式，现在就是这种情况。我承认任何形式的转换或翻译都会损失一些东西，但是意义会被保留下来，如果一篇作品人们理解不了，那它的意义就完全丢失了或者至少是严重残损。如今能完全读懂乔叟的原作的人只怕是少之又少！如果不是完全理解，那他的收获和乐趣将会大打折扣。本书不是写给熟知古英语的人看的，请这些人忽略我的这个版本，因为他们根本就不需要。这本书是写给那些只要是用他们能理解的语言来表达便能懂得诗歌和领会思想的人。虽然某些地方确实损失了一些美好的东西，但是我在别的地方加上了原著没有的但是同样美好的内容，这么说可能有偏袒自己的嫌疑，所以还是让读者们自己来判断，不论什么结果我都能欣然接受。我还要借此机会表达一下我对某些人的不满，他们自己读懂了乔叟，但是却不让其他更多的英国同胞一同享受，他们就像吝啬鬼对待祖上传下来的金子一样把他藏了起来，只许自己偷偷欣赏却绝不允许别人分享。总而言之，我可以非常郑重地说，没有人曾经比我或者能够比我更尊重乔叟。翻译他的部分作品目的是能够让英国人永远记住他，或者至少是唤起人们对他的

① 贺拉斯《诗艺》：70 ~ 72。

记忆。虽然完善了他的作品，但必须承认如果没有他，我什么也做不了。“在别人的创作基础上进行添加补充，这没什么难的”这不是什么赞扬，但我还没有自负到觉得自己配得上更高的评价。最后用一段话来结束关于乔叟的讨论：我认识的一位夫人和法国的一些女作家们保持着书信来往。有一天她们写信告诉这位夫人，一位像女预言家西比尔一样年迈的、同样受诗歌之神青睐的作家斯居代里小姐正在用现代法语翻译乔叟的作品。由此我推测乔叟的作品曾经被翻译成古普罗旺斯语（因为我想她应该不懂古英语）。如果果真如此，我不禁想这冥冥之中自有安排，几代人之后乔叟的作品在法国和英国又一起出现，这位伟大智者的名望和人们对他记忆得以重新复活。即便这纯属巧合，那也非同寻常。

最后来看看与乔叟同一时代的薄伽丘。做着同样的学问，同样都写小说，同样致力于改善各自祖国的语言。但是这两位现代作家最大的相同之处在于他们相似的写作风格以及讲述喜剧冒险故事时令人愉快的叙事方式。因为本书中没有收录薄伽丘的这类作品，所以这一点暂且不提。就诗歌的严肃性而言，乔叟的作品更有分量。这位英国人虽然从意大利人那里借鉴了很多故事，但薄伽丘的故事多数也不是自己原创，而是源自早期的一些作家们，薄伽丘的创作都是以这些故事为原型。所以就原创性而言，两人都不分伯仲。但是乔叟使借鉴自薄伽丘的故事更加完美，用他特有的叙事方式改良了原有的故事，散文体的形式使他能够更自由地表达自己的思想，不用受制于韵律也使他的表达更加从容。我们的这位英国同胞的作品更具影响，在与薄伽丘的竞争中后来居上。我无意让大家就这样轻易地接受我的观点，所以我将两人关于同一主题的一些内容放在一起做个比较，这样大家都可以做出自己的判断。我先翻译的是乔叟的《巴斯妇人的故事》，正如前文所说她的开场白太过放荡，我不敢贸然尝试，于是将这部分省去。在开场白后的故事里，乔叟向大家呈现了一个出身低微的老妇人形象。一位年轻的出身高贵的骑士被迫与她结婚，对她非常反感。新婚之夜，这位干瘪的丑老太婆感觉到了这位年轻骑士对自己的厌恶，为了赢得他的好感，她列举了自己的种种好处（谁能说她这么做不对呢？）希望能够平息新郎的怒火。她从贫穷、年迈、丑陋的好处，讲到年轻的无用、祖先愚蠢的骄傲和缺乏内在美德的头衔，阐释了什么是真正的高贵。乔叟的作品告一段落之后，我又转向了奥维德，翻译了他很多的寓言故事。后来当我开始翻译薄伽丘，《巴斯妇人的故事》早已淡出了我的记忆，而就在这时我在西吉斯蒙多的故事里，又遇到了同样是关于美德高于血统和头衔的论述。现在让我的读者自己来读读书中这两个部分，自己考量一下它们的长短，如果觉得我确实偏袒了乔叟，那么就请你们来还薄伽丘一个公道吧。

这位英国同胞众多的诗作中，我最为偏爱庄重大气的《帕拉蒙和阿赛特》。这是一篇不逊于《伊利亚特》和《埃涅阿斯纪》多少的叙事长诗，它同样具有富有诗意的语言，渊博深奥的学识，巧妙的结构布局，而其故事更加让人愉快，时间跨度也更大。出于对祖国的骄傲，尤其是出于对乔叟的骄傲（因为我和他都有桂冠诗人的称号，尽管我受之有愧），我曾一度认为这是一个完全属于乔叟的地道的英国故事。可是薄伽丘让我幡然醒悟，当我在翻看他的《吉奥纳塔》时无意中发现，有关迪奥里欧和菲阿米塔的内容中有这样一段话："迪奥里欧和菲阿米塔久久地一块吟唱着'帕拉蒙和阿赛特和故事'"。由此看来故事在薄伽丘时代以前就有了，只是作者名字不可考了，现在乔叟成了原作者。不过我倒是确信故事到了乔叟的笔下增添了不少的光彩。此外，还有一个他以普罗旺斯语的风格写成的原创故事，名为《花与叶》[①]，我尤其钟爱这个故事的创意和寓意，所以忍不住一定要推荐给我的读者。

上文对诸多作家做了一些我自认为还是公允的评价，在这篇序言的最后，我想为自己也说几句公道话。这不是因为某个M先生[②]或者B先生[③]本身能够和以上诸位作家相提并论而值得费笔墨来讲，只是这两位曾经无缘

① 《花与叶》并非乔叟作品。

② 瑞福·卢克·米尔本（Rev. Luke Milbourne）曾经攻击过德莱顿翻译的维吉尔的作品。

③ 理查德·布莱克默爵士（Sir Richard Blackmore）曾经严厉指责维吉尔，说他的作品猥亵下流。

无故地撰文来对我进行非常粗野无礼的攻击。M先生是位牧师，他伪称我对神职人员无礼。如果事实真是如此，我也只会请求那些善良正直的牧师的原谅。即便是强迫，我也不愿接受他作为我的对手，因为我无法与这样一个我极其蔑视的人竞争。他翻译的维吉尔就是我对他的批评做出的最好的回应，如果（真如他公开宣称的那样）他宁可看欧戈比的版本也不看我的，那么大家也会如此评价他翻译的维吉尔，众所周知他翻译的版本比欧戈比的还不如。你可能会说，要比欧戈比还要糟糕可不是件容易的事，不过有什么是这位M先生做不到的呢？不管怎样我很庆幸和他生活在同一个时代，这样我就不会是这个时代最蹩脚的诗人了。我私底下其实还有几分希望被他这样抨击，不过如果能说服他让他继续帮我再写一篇类似的批评文章，那真是求之不得，因为经验表明他很能打动读者，只要被他攻击过的诗，都会得到世人更高的评价。可见对我的诗他真是费了一番苦心，可惜没人愿意为他的诗劳心费神。如果我是像他一样的神职人员（尽管我从来没有这样的想法），即便没有别的美德，我也应该不会愚蠢到用文字来侮辱诽谤教民。可是他对我的风格和为人的评价如果用到他自己身上倒是很贴切的。关于他就说到这里。

至于那位"城镇里的吟游诗人"或"为人抚慰伤痛的骑士"，听说他对我的不满是因为我写的《押沙龙和亚希多弗》，他认为这本书对他在伦敦的狂热的恩主们来说太过尖锐。

不过为了他笔下的亚瑟们的灵魂的安宁，对他的两首诗我会更客气些。我只想说我在《尤维纳利斯》的译者序中所写的亚瑟王的史诗的提纲并非为B先生这位高贵的骑士所作，因为他无法驾驭王国的守护天使们这样一个太有分量的话题，就像达瑞斯无法拿起恩忒罗斯扔在脚下的沉重铅锤一样，可是显然他从这篇序言里得到了灵感，因为他看完立刻就开始写了那史诗故事，然后厚颜无耻地向他的恩主否认故事的真正来源还诽谤中伤于我。

对于科利尔先生我没有太多要说的，因为在很多问题上他对我的批评是有些依据的。我为自己所有猥亵的、亵渎神灵的和邪恶的思想及语言感到抱歉，并将它们收回。如果他是我的敌人，那么他已大获全胜；如果他是我的朋友（我们没有理由不是朋友），我想他会为我的悔悟感到高兴。我的笔只会用来捍卫正确的理由，而不适合用来为错误的借口诡辩。但是有许多地方，他的注释歪曲了我的原意。他指责我的语言玷污神灵、淫秽下流，可实际上这些词根本不是他理解的那个意思，这一点很容易证明。此外，他以讥讽嘲笑为乐，口诛笔伐的时候又像个暴君，虽然我不会说这是因为“对上帝的神殿的热情将他整个人都吞噬了”，但我肯定这种热情确实破坏了他良好的风度。促使他采取了这样一种粗暴方式的是不是只有这种热情？这值得怀疑。也许他该做的不是遍寻古现代戏剧的垃圾，一个非凡的人不应该把他的精力浪费在普劳图斯和阿里斯托芬这些丑陋的人身上。也许在读他们的书的时候，也不是没有得到乐趣。那些为这些诗人们，或者为贺拉斯、尤维纳利斯、马提雅尔做注解的人，他们指出作品中的缺陷，如果没有他们的解读，现在的人是看不到这些不足的。而科利尔无论是对古人或是对现代人的评判都是不公正的。

弗莱彻有一出名为《乡村习俗》的戏剧，仅这一部戏里边的下流语言比我们所有的加起来的都多，我记忆中这出戏还经常被搬上舞台。难道现在比五年、二十年前有了那么大的变化吗？如果真的是这样，倒要好好庆祝一下我们在道德上的进步。我放弃为自己辩护不意味着我会阻止其他诗人这么做，已经有人为自己做出了反击，我们都不认为柯里尔先生是位不可战胜的敌人，只能躲着他。其实从有伤风化的戏剧到索性没有戏剧，他的极端就像康狄王子在瑟内夫战役中的所作所为，早就让他落了下风。至于其他写文章辱骂我的人不过都是些无赖，不值一提。而谈到M先生和B先生是因为他们是其中的“佼佼者”。

“这样的人居然也能和德米特里厄斯和蒂基里厄斯相提并论称为学者，真是悲哀。[①]”

---

① 布莱克默曾经是位学者。

《约瑟夫·安德鲁斯传》（1742）前言

亨利·菲尔丁[①]　〔英〕

散文体滑稽史诗

何谓“传奇”？纯英语读者很可能与此卷作者意见相左，他们也可能由此期待从中获得捧腹大笑的乐趣，但是他们注定要失望，因为他们不会有这样的发现，作者亦无这样的打算。迄今为止，我不记得在英语中有过类似的体裁，因此我以寥寥数语作序或许并不恰当。

史诗如戏剧一样都由喜剧和悲剧构成。荷马是史诗的开创者，他的作品是悲剧和喜剧的典范。亚里士多德曾说荷马的史诗《伊利亚特》与喜剧和悲剧禀赋同等关系，但我们却恰恰遗失了对喜剧的传承。正是因为遗失了这一伟大典范，古代喜剧作家屈指可数；相反，如果喜剧被保留并得以发展，就会出现更多的喜剧效仿者。

① 亨利·菲尔丁，英国剧作家、小说家和法官，1707年4月22日出生于英国萨默赛特郡的格拉斯通伯里，1754年10月8日在葡萄牙里斯本逝世。尽管很少以散文家的身份被提及，但他的小说中散布着无数大量本质上是散文的论述。“散文体滑稽史诗”《约瑟夫.·安德鲁斯传》前言便是其一。此小说戏仿理查森的《帕米拉》，而前言部分则阐释了菲尔丁关于“戏仿”的观念。

另外，这部诗饱含悲喜剧因素，因此我可以毫不犹豫地说它是诗，也是散文：尽管欠缺评论家惯于列举的史诗的构成因素，如格律，但我仍然认为只要著作涵盖了寓意，故事情节，人物角色，作者观点，措辞，即便毫无格律，它也可以合情合理地被称作史诗。至少，评论家从未明确地将此类著作归为哪一类，也没有让它“独立门户”，自创派别。

因此，在我看来，康布雷大主教的《泰雷马克》与荷马的《奥德修斯》当属同类史诗。事实上，将《泰雷马克》与毫无相似性的长篇传奇并列总是让人混乱，如《克蕾莉亚》、《克娄帕特拉》、《阿斯特莱娅》、《卡珊德拉》、《伟大的塞勒斯》等既不能施人以教诲，也不能供人以乐趣，反倒将它与有些许出入的史诗冠以同名更加公平合理。

如今，滑稽史诗就是散文体滑稽史诗，它不同于喜剧就如严肃史诗不同于悲剧。散文体滑稽史诗的情节宽泛绵长，包含的细节更为广泛，描绘的人物更为丰富多样。它的寓意和情节轻快、诙谐，异于严肃史诗的严肃、沉重。其次，二者在人物描写上有所不同，滑稽史诗描绘身份较为低微的人和他们的“非英雄”行为，而严肃史诗描绘崇高的英雄人物。最后，二者在营造的气氛和措辞方面也有区别，滑稽史诗坚持的是诙谐而非庄严。在措辞方面，我认为偶尔也可以使用滑稽戏，这部作品中就出现过好几次，如文中对战争的描写，其他我就不一一指出了。一流读者很容易就能察觉这些诙谐诗或滑稽戏的诙谐娱人效果。

滑稽史诗作家即便使用诙谐的措辞，也会精心地将此诙谐成分排除在气氛烘托和人物塑造之外。除非是在滑稽戏中，否则从不会在文中说明诙谐措辞的使用，这并非故意为之。事实上，滑稽史诗与滑稽戏有天壤之别，后者在于扭曲夸张。如果我们对后者进行仔细推敲，定会享受阅读，但这享受来自从高到低转变而产生的荒谬，即“反转”。相反，滑稽史诗仅限于自然，仅仅是对自然的模仿，作家就足以向明智的读者传递集中的愉悦。或许这也解释了在众多作家当中，滑稽史诗作家最不需要找背离自然的借口，因为生活中伟大的人与事并不是处处可见，但善于观察的人总能在其中发现荒诞诙谐。

关于滑稽戏，我已暗示些许，因为我常听说很多表演被冠以滑稽戏之名，在滑稽史诗中尤为常见，而这仅仅只是因为作者承认使用了诙谐的措辞。人们普遍认为史诗的措辞如同人物的外表一样比任何因素更为重要（措辞是史诗的唯一，而服饰就能表现人的所有）。无疑滑稽史诗的文风诙谐，但人物与感情色彩却与滑稽讽刺毫无关联，相形之下，华丽高贵的辞藻堆砌出的空洞乏味的表演更能被称作滑稽戏，因为此类表扬随时扬言称表现了真正的庄严。

在我看来，沙夫茨伯里阁下对纯滑稽戏的看法与我吻合，他说“这种体裁是前所未有的”。与他相较，我对此体裁的厌恶要少些，这并不是因为我以此在现阶段取得了一些成就，而是因为它会让你忘情地放声大笑，这种效果是其他体裁所无法比拟的；并且它有益于身心，能帮助我们消除忧郁、低迷的情绪，这也是一般人无法想象到的。不但如此，我认为这能吸引普遍的读者，不管他们是否有幽默感和善心，只要他们坚持读两三个小时的滑稽史诗便会乐在其中，这比悲剧或索然无味的演讲要有趣得多。

或许通过另一学科可以让我们更了解这个特点。当我们欣赏一幅幽默的历史画家的作品时，尽管他也运用意大利人常称之为漫画的表现手法，但我们却能发现该历史画家的卓越恰好体现在对自然的精准描绘。就此而言，慎缜的双眼总是拒绝作者荒诞的表现，拒绝作家在创作中随意表现谷物女神，而在漫画中我们却允许任何不拘一格的表现手法，因为它旨在表现怪物而非人类，所有畸变和夸大都是可以接受的。

既然写作中的滑稽戏如绘画中的漫画，那么作家与画家也会由此而相互关联。相较对方，他们都有彼此的优势：怪异易绘不易写，荒谬易写不易绘。

尽管写作无法像绘画那样给予人最直观的感受，但我相信我们能从其中获取更为合理有益的乐趣。在我看来，就算他把天才般的贺加斯称作滑稽画家也不能给他带来巨大的声誉，因为以荒诞的手法来画一个有鼻子有眼的人或以荒诞怪异的手法表现他都是轻而易举的，但要在画布上表现人物的情感却要另当别论。如果一位画家的作品好到人物看起来像在呼吸，他会被赞赏；但如果他还能让人物看起来像在思考，他一定会赢得更多的掌声。

言归正传，像我之前说荒诞描写只出现在这部著作中。如果读者明白作者是如何精心巧妙地策划这类荒诞的话，他们就不会认为对此术语加以解释纯属多余，即使是自称精于此体裁的作者也不会。因为对于这样的错误，难道我们认为所有的努力只是为了嘲弄黑暗邪恶，讥讽最为令人害怕的灾难吗？有什么能比作者以轻快嬉闹的方式描写尼禄撕碎母亲的肚子更为荒诞，又有什么能比讽刺嘲笑贫穷的悲哀不幸让人觉得更为震惊呢？即便如此，读者也不想涉猎更多，以免他们认为这像在暗示他们自身的故事。

除此之外，令人意外的是就连善于定义的亚里士多德也无法定义荒诞。的确，他说荒诞适用于喜剧而且反面人物并不是荒诞的目标；但他也没有明确地定义什么才是荒诞。即便曾经追溯过荒诞的起源并写过专题和介绍其种类的阿贝·贝列卡尔也没能给出定义。

对于我来说，真正的荒诞主义来源于装腔作势。尽管荒诞主义只有一个源泉却分支众多。若我们继续探求它的源泉，那读者定会惊异于它的广袤无边。而装腔作势只缘于虚荣或伪善。为了赢得掌声，虚荣心迫使我们塑造了反面人物，而伪善则敦促我们尽其所能避免责难，方法就是以他们的反面道德来掩饰我们的罪恶。尽管这两点让人混淆不清（因为虚荣和伪善难以分辨），然而因两者始于不同的动机，在实际运用中也是完全不同的：因为实际上虚荣心引起的装腔作势更接近真实，它不需要挣扎着摆脱对本性的厌恶，而伪善却需要。正如上文提到的装腔作势并不完全否定那些假装的品质：若它源于伪善，它势必与欺诈相依；若它源于虚荣，那仅仅只是卖弄的特质。比如，一个爱慕虚荣的人卖弄慷慨与一个贪心的人假装大方是全然不同的：因为尽管虚荣的人如何表现都不会让人觉得他是真的具备那样的美德，但作者在表现他时却无须尴尬，而要表现伪善者却不同，他的本质与伪装的美德全然相反。

不断带给读者惊奇喜悦的正是荒诞主义的装腔作势，虚伪的装腔作势比虚荣更能达到这样的效果，因为发现实际情况与其假装表现的截然相反，而不只是梦想品质中的一点不足时，你会更吃惊，结果便会更加荒谬可笑。本·琼森最精通荒诞主义，当然主要运用的便会是伪善引发的装腔作势。

就装腔作势而言，人生中的不幸与灾难，大自然的不完美都可以是讽刺的对象。毫无疑问，视丑陋、疾病或者贫穷为自身就荒谬可笑的东西的人他本来就有着很不良的想法。我并不相信一个衣衫不整、蓬头盖面的家伙驾着马车穿过街道是滑稽荒诞，然而若是看见同一个人从四轮大马车上下来或腋下夹着帽子离开座位我们会大笑，这笑合情合理。同样，假设我们走进一间简陋的房子，目睹这家人饥寒交迫的窘相，我们断然笑不出来（如果我们还能笑的话，那我们一定有恶魔般的本性）。但如若我们发现他们用壁炉而不是煤块取暖，壁炉上装饰有花朵，边板上摆设着精美别致的餐具、瓷器……总之，其穿着或装饰都透着富有、高贵、华丽，人却要过着忍饥挨饿的日子。此时，我们理所当然可嘲笑他们虚有其表，矫揉造作。人性的不完美很少成为讽刺的对象，但丑陋偏要强装美丽，瘸子硬要摆弄灵巧，这样的情形先是激起我们的同情，继而引发我们的笑意。

有首诗歌说得好：

“阴差阳错不稀奇，矫揉造作才滑稽。”

此处，如果可以不考虑韵律，第一行以“荒诞”结尾的话，更合乎事实。恶行是我们憎恨的对象，人性的不足只会引发我们的怜悯，但我却认为装腔作势足以表现一切荒诞。

我违反自己的原则，描写了人类的种种恶行和邪恶，这或许与我的主张有出入，但我可以这样解释：第一，致力去描写恶行并且洁身自好实属不易；第二，书中的各种恶行与其说是人性的惯性思维造成的，不如说是人性中的懦弱造成的；第三，描写恶行旨在引起人对恶行的深恶痛绝并非简单地讽刺；第四，书中的人物并不是值得他人效仿的典范；第五，他们的本质并不坏，全是身不由己。

《英语字典》序[①]

塞缪尔·约翰逊（1755）〔英〕

那些劳碌于社会底层的人们的命运不外如是：与其说被美好未来所吸引，不如说被不幸的恐惧所驱使；与其说充满被褒奖的希望，不如说总是处在被谴责中；总是因为失败而蒙羞，因为疏忽而受到责罚，成功了却没有掌声，付出辛劳却得不到回报。

字典的编纂者就是这些不快乐的凡人中的一员。人们没有把他们看作学生，而是看作科学的奴隶、文学的前驱者，他们的命运注定是为学者和天才扫清通往征服和荣耀的道路上的垃圾和障碍，而他们卑微辛苦的工作却得不到征服者的一个笑脸。别的作者也许还有望得到赞扬，而字典编纂者们只能祈求逃过苛责，而实际上他们中没有几个人能得到这样的报偿。

我虽然明知这一切，却还是试图编纂一部英语语言字典。虽然各种语

① 欲了解约翰逊之生平，可查阅《英文散文》一卷中《艾迪生的一生》。因为他的著作是英语发展史上的里程碑，因为他对大字典编纂的兴趣是不容小觑的。他写给切斯特菲尔德的信虽然简短，但是却是英语发展史上的一份重要文件，也是一篇值得称道的文学作品。约翰逊关于莎士比亚戏剧所写的序言，不单单解释了他作为编辑的工作理念，更加包含了对这位十八世纪伟大剧作家作品的最佳鉴赏。

言文学的创作中都会用到字典，但是迄今为止，字典本身却仍被忽视，处在一种无序发展的状态中，毫无规范，被时间和流行牵着鼻子走，暴露在无知腐化和反复无常的革新中。

但我审视自己将要从事的事业时，我才发现自己话多但无序，有力但无章；无论我从哪里入手，都要先解开困惑，梳理混乱；我必须从数不清的选择中做出决定，不受任何先入为主思想的左右；去伪存真，不预设立场；接受或摒弃某些表达方式，不受文人大家既定模式的摇摆。

于是，不靠别的帮助而只是依赖普通的语法，我熟读了各种作品，标注出任何可能有助于确定或说明词汇或短语含义的部分，及时积累了一部字典所需要的素材。逐渐地，我积累了经验，建立了自己的资料库。这些规律像经验和类比等规则那样：经验在时间和观察中不断增加；而类比即指用这种说法会很含糊，但换种说法就很清楚。

在编纂那些偶尔存在用法不定的正字法时，我发现有必要区分人们与生俱来的语言的不规则现象，和后来的作家们对语法规则的不遵守和忽视。每一种语言都有其异象，即不规则现象，虽然说起来拗口，有时显得没必要，甚至还被视为人类不完美的现象之一。对于这些异象，只需要将其记录下来，不再增加；需要明确其含义，不至于造成迷惑；但是每种语言都有些不适当和荒谬的地方，编纂者的责任就是来予以矫正和废止。

由于语言在刚刚出现时仅仅是口头沟通的工具，因此所有的通用词汇都是先有口语形式，后出现书面形式；当它们还没有任何可见的标志来固定其形式前，口头表达形式也一定是多样的，就像我们现在观察到那些不识字的人听音不准确，发音马虎一样。当这些原始的晦涩的术语首次被归纳成为一种字母体系时，每一个文人都试图以他所习惯和接受的发音方式来表达，这样，在写的过程中这些词汇就像在口语中被损坏那样再次被损坏了。当字母被应用到新的语言时，可能是模糊不定的，因此不同的人会用不同的组合来表示同一个发音。

当不确定的发音出现在同一个国家的不同方言中时，人们会观察到，这种方言的差异会随着书本的增多而减少、趋同；而由不同的字母独断专行地代表不同的发音所造成的撒克逊英语拼写上的差异，我猜想每个国家最早的那些书籍里都有扰乱和破坏规则所产生的不规则形式，即异象，这些异象一旦确定下来，以后就不会再改变了。

这一类的派生词，例如long（长）的名词形式length（长度），strong（壮）的名词形式strength（力量），dear（亲爱的）的名词形式darling（爱人），broad（宽广）的名词形式breadth（宽度），dry（干燥）的名词形式drought（干旱）和high（高）的名词形式height（高，高度）。热衷于类比规则的弥尔顿曾经把height（高度）写成highth（高），把所有的词都变过来太难了，而只变一个又毫无意义。

这种不确定性在元音中尤为常见，因为元音的发音随意性强，又被人们有意或无意地篡改，不但有地域差异，还有个体差异，就像每一个词源学家都了解的那样，在从一种语言到另一种语言的演变过程中，不必太过关注元音。

这些缺陷在正字学中并不算什么错误，然后英语一直给人粗糙的印象，连批评家也无法抹杀这一点：因此，也许有一些词语被允许予以保留，不做改动；但是很多词汇却在无意中被改动，或是因为无知而渐渐消失，正如人们不会去模仿凡夫俗子的发音那样；还有一些词汇现在仍然保留着多种写法，因为作者们的个人喜好和写作技巧各不相同：对于这种情况就必须要求证正字学，我一直认为应当依赖于它们从哪里派生而来，并需要查询词源；这样，我遵从法语写enchant（迷惑）， enchantment（巫术）， enchanter（巫师），遵从拉丁语写incantation（咒语）；同样的，我们更倾向于entire（整个），而不是intire（整个），因为它的词源是法语的entier（整个的，完整的），而不是拉丁语的integer（整数，整体）。

然而对于很多词语来说，人们很难判断它们是否直接来源于拉丁语还是法语，因为当法语还占着统治地位的时候，拉丁语仍然是教堂中举行宗教仪式时所使用的语言。然而，我认为，英语主要源于法语；因为英语中使用的术语中，虽然并没有法语，但拉丁语词汇并不多；但是很多法语的意思和拉丁语相去甚远。

即使那些词源很明显的词，我也经常被迫牺牲一致性而向习惯用法妥协；这样，为了和大多数人保持一致，也会写convey（传达）， inveigh（抨击）， deceit（欺骗）， receipt（收据）， fancy（幻想）和phantom（幽灵）；有时，派生词和原始词并不相同，比如explain（解释）和explanation（解释），repeat（重复）和repetition（重复）。

有些字母组合具有相同功能，在使用时可以通用，并没有确切的区别，如choak和choke（呛）；soap（肥皂）和sope；fewel和fuel（燃料）等；有时，我会把两种形式都附上，以帮助人们方便查找。

人们往往轻率地认为，在正字学中考查那些拼写存疑的词时，我会把我喜好的那种拼法收进字典里。在所选用的例句中，我没有对任何作家的选词做过改动，读者可以权衡，在我们之间做出判断：但是这个问题并不是由名人大家所决定的；有的人，虽然志向远大，但是对发音和词源却没有什么见识；还有一些人，虽然深谙古语，但却总是忽略我们日常使用的语言。哈蒙德把feasibleness（切实可行）写成fecibleness，我猜想他认为这个词是直接从拉丁语衍生来的；有些词，比如dependant， dependent（家眷、侍从）；dependance， dependence（依赖），最后一个音节有些差异，作者可以任选其一。

在这项工作中，我尽力以一个学者的尊严来寻古，和以一个文法家的严谨来求真，我的任性有时得不到控制，稍微获得一点革新就沾沾自喜，期望得到赞扬。我几乎未做太大改动，寥寥的改动也多是把语言从现代的用法改成过去的用法；我希望能劝告那些标新立异的人们不要基于狭隘的观点而随意改动先辈的正字学。据说扬名立万比追求真理更为重要。如胡克所言，变革从来不是轻而易举的事，即使是从坏变好。稳定不变是一个普遍而持久的优势，胜过缓慢的、渐进的修正。更不要说我们的书面语正在受口语的侵蚀，或照搬每一次因时空变化所造成的变异。模仿那些变化，然后又被改变，再使用模仿的方法遵循这种变化。

对稳定和一致性的推荐并非源于某些字母组合会影响到人们情绪的观点；或者，那些稀奇古怪和不正确的拼写就不能顺利传递事实真相；我并非完全迷失在词汇学里，以至于忘记了“词语是地球的女儿，世间万物是天堂的儿子”。语言只是科学的工具，词语不过是思想的符号。然而，我希望这种工具可以不那么容易受到侵蚀，这种符号能够像它所表示的事物一样得以永生。

在设定正字学时，我也没有完全忽略发音，我在尖音和高音的音节标注了重音符号。有时你会发现，被引用作者有时会把重音符号标注在字母序列里不同的位置，这样的现象可以理解为发音习惯不同，或者根本就是作者发音错误。当字母出现不规则发音时，我也会给出简短的标注；如果有些标注遗漏了，这样微小的缺陷累赘更容易被原谅。

在考察正字法和词语的含义时，都有必要考虑它们的词源，因此可以把词语分为原始词和派生词。原始词即指不能追溯到任何英语词源的词。因而，circumspect（慎重的），circumvent（包围），circumstance（环境），delude（迷惑），concave（凹面）和complicate（使复杂化）等词，虽然在拉丁语中属于复合词，对我们来说却是原始词。派生词就是那些可以在英语中找到词源，或是还有更简化形式的词。

对于派生词我都提到了它们的原始词，有时这种准确性甚至显得没有必要；还有谁不知道remoteness（遥远）来自remote（遥远），lovely（可爱）来自love（爱），concavity（凹陷）来自concave（凹陷的），demonstrative（说明的）来自demonstrate（论证）吗？然而我的工作流程不允许压制这种语法上的丰富性。在研究语言的一般性结构时，通过注释出通常的派生和变形模式而实现在另一个词中找到这个词的词源是非常重要的；在系统工作中，应当保持一致性，虽然偶尔会显得格格不入。

在其他派生词中，我特别小心地插入和解释那些不规则的名词复数和动词过去式。虽然这些词在日耳曼的方言里司空见惯，经常使用的人会感到非常熟悉，可是对于我们的语言学习者来说却感到突兀和尴尬。

我们的原始词来源于罗马语和日耳曼语：我通过罗马语来理解法语和方言；而把撒克逊语、德语以及这一类的方言归入日耳曼语系。我们的大多数多音节词都来自罗马语，而单音节词则多来自日耳曼语。

在指出罗马语的渊源时，有的词是从法语借来，但我可能碰巧只提到了拉丁语；因为考虑到我自己只是被雇来解释我们的语言的，所以我就没有特别认真去考察拉丁语究竟是纯粹还是野蛮，而法语究竟是优雅还是陈旧。

说到日耳曼词源，我很感激朱尼厄斯和斯基那，这两个人是我在引用他们的书时没有提到的名字；并非我要窃取他们的劳动成果或篡夺他们的荣誉，而是我要写一个全面的致谢词，避免不断重复。对于他们，我虽没有提到，但始终怀有对师长和捐助者的敬意是因为，朱尼厄斯学识渊博，而斯基那则理解力超凡。朱尼厄斯精通所有的北方语言，斯基那或许仅凭偶尔看一下字典就研究了古代和偏远的方言；朱尼厄斯的学识所展现出的常常和他的初衷相悖，而斯基那总是抄近道奋力前行。斯基那或许无知，但绝不荒谬。朱尼厄斯很博学，但是他博学常常影响了他的判断，他的学问常常被他的谬论所玷污。

当北方缪斯的信徒们发现对朱尼厄斯不利的对比而使他名誉受损时，他们或许很难抑制内心的愤怒。但是，无论对他的景仰是出于他的勤勉还是成就，都不能对这位敢于做出判断的词源学家过于苛刻。他可以认真地从drama（戏剧）衍生出dream（梦），因为生活就是一出戏，而一出戏就是一个梦；他以玩世不恭的口吻断言，人人都会认为moan（悲叹）是从μονος衍生而来，monos（孤单地或孤独地），他认为悲伤者天生喜欢孤独。

北方文学对于我们来说稍显陌生，因此那些来源于日耳曼语的词汇，却始终无法在古语里找到它们的来源；所以，我不得不在荷兰语和德语中找替代词汇，它们不是这些词汇的基础，而是它们的平行线，它们不是英语的父母，而是手足。

被称作“子孙”或“同族”的词汇在意义上却不一定相一致；这对于词汇来讲是偶发的，就像它们的作者那样，从祖辈开始退化，改变国家的同时也在改变着自己的行为方式。在探究词源时，如果发现同族的单词之间可以相互转换，或者两者可以归到同一概念，就已经足够了。

就目前所知的词源，我们都能很容易在专门的典籍著作里找到；只要适当注意派生词的规则，词汇的拼写就能很容易得以矫正。然而，要收集我们语言中的词汇却是一项艰巨的工程：字典的缺陷立即显现出来了；字典都翻烂了，那些还没有收集到的就只能靠运气和“病急乱投医”式地翻阅各类书籍，以及靠勤奋和好运在漫无边际的、混乱的、活生生的语言中寻找搜集。不过，我的搜寻工作还算好运且富有技巧，因为我把词汇量扩充了不少。

由于我的想法是要编纂一本通用字典，因此我忽略了所有专有名词，比如Arian（阿里乌斯派教徒），Socinian（索奇尼派教徒），Calvinist（加尔文教徒），Benedictine（本笃会修士），Mahometan（伊斯兰教徒）；但仍保留了那些比较通用的词汇，如Heathen（异教徒），Pagan（异教徒）。

至于专业术语，我收录了可以在科学技术典籍中找到的词汇；我还常常加入一些哲学著作中出现的词汇，有的词汇只有个别出处，还有些词汇尚未被世人接受成为通用词汇，就像候选人和试用生那样，还要看它们将来试用的情况。至于那些外来语，无论引入它们的作者是出于对外语的精通还是无知，或是出于空虚戏谑还是迎合时尚标新立异，我也都如实收录了，尽管这样做一般只是为了谴责他们，已经警告其他作者不要愚蠢地移植照搬那些百无一用的外来语而伤害我们的英语了。

我从未有心拒绝任何词汇，单单因为它们没有必要或华而不实；而且我还接受了不同作家的不同写法的词，比如viscid（黏性的）和viscidity（黏性），viscous（黏性的）和viscosity（黏性）

我很少注释复合词和双字，除非这些词的意思与合成它们的各个成分的意思不同。

因此，highwayman（车匪路霸），woodman（樵夫）等需要加以注释；而像thieflike或coachdriver这样的词就不需要注释，因为组成复合词的各个成分包含了复合词的意思。

对于有些通过固定不变的规则而任意组成的词汇，比如以ish结尾的表示“稍微”的形容词greenish（带点绿色的），bluish（带点蓝色的）；以ly结尾的副词dully（迟钝地），openly（开放地）；以ness结尾的名词vileness

（卑鄙），faultiness（过失）等。我没有努力去找，而且有时当我找不到要收录的典据时，还会有意省掉了很多；并不是因为它们不纯正，或不是英语词根的正规子孙，而是因为它们和原始词意义一致，不会被弄错。

有些以ing结尾的具有动作意义的名词，比如keeping of the castle（对城堡的守卫）、the leading of the army（对军队的统帅）经常被忽略，或只是用来解释动词含义，除非它们除了表示动作外还表示物体，因此有时还有复数形式，例如dwelling（居住；居住地）、living（居住；住所）；或者带有绝对和抽象的含义，例如coloring（涂色）、painting（粉刷）、learning（学习）等。

分词也以同样的方式被忽略了，除非它们表示习性或品质而不是行为，这时，它们表现出形容词的特性，比如a thinking man（一个审慎的人），a pacing horse（踱步的马）。我斗胆把这些词归为分词形容词。不过这些词很少加入，因为它们理解起来毫无困难，参考动词意思的话就不会出错。

有些词虽然已经过时，但个别作者仍旧还在使用它们，如果这些词还有任何力量和美好值得复活，那么这些词也被收录其中。

由于组合是语言的主要特征之一，我尽力弥补我的前辈们常常犯下的疏忽，加入大量复合词，比如在after（在……之后），fore（在……前），new（新的），night（夜晚），fair（公平的；好的）等之下，能找到很多这样的复合词。尽管这些词不计其数，还可能增加，但是在这里，这种用法和人们的求知欲已经得到了满足，我们语言的结构和构词法已经得到了充分的发现。

有些复合词的构词法，比如前缀re表示重复，前缀un表示相反和丧失，我们不能把所有这样的例子都积累起来，因为这样的用法即便不完全由使用者任意妄为，在实际使用中，其限制也是很少的，以至于在有必要时，随时都会被加到某些词前面。

英语中还有一类复合词，它们在其他语言中不是那么常见，因此也给外国人理解英语造成了诸多困难。在这类复合词中，我们通过插入一个虚词而改变很多动词的含义，比如to come off（离开），to fall on（进攻，袭击），to fall off（下降，跌落），to break off（中断，折断），to bear out（证实），to fall in（倒塌，集合），to give over（停止，放弃），to set off（出发），to set in（开始），to set out（启程，开始），to take off（拿掉）等。这些词汇不计其数，有些看起来毫无规律可言，与组成它们的单纯词含义大相径庭，再聪明的人也想象不出它们是怎样由旧用法演变到现在的用法的。对于这些词，我小心谨慎地注释；尽管我无法完整地搜集这类词，但我相信我已经尽了最大的努力，在很大程度上帮助英语学习者们，使这类词不再是难以攻克的；同时，通过比较那些能够找得到词，也可以轻易地解释偶尔遗漏的动词和虚词的组合了。

很多单词仅以贝利、安兹华斯、菲利普斯的名义，或附加上缩写Dict.表示来源于字典作为佐证：有一些词，我自己都不太确定它们究竟出自哪一部专著，或仅仅出自字典编纂者自己的作品，很多这样的词都被删掉，因为我其实从未读过、见过它们，当然也有一些被收录是因为它们可能真的存在，并且我们留意到罢了。无论如何，对这些词的理解只能依赖人们对既有字典的信任度了。我对于那些我认为有用或者知道其适当用法的词汇，虽然目前还没有找到权威典据来佐证，我还是得硬着头皮来自己证明自己，我所行使的特权与我们的前辈们相同——就算拿不出证据，也要求取得读者的信任。

依照这样的程序来收录了并且处理的词汇，这都是出于语法的考虑；它们属于不同的词性，当发生不规则变化时，会通过不同的词尾或后缀来往前追溯探寻；我对这些词汇详细的解释，并非纠结于个别词的用法，而是这对阐明我们的语言极为必要，而这一点已经被我们的文法家门忽略或遗忘了。

我早已预料到解释这一部分是我的工作中最有可能遭到恶毒攻击的；对于这一部分，我从未指望令人满意，因为我自己也经常不满意。用英语来解释英语是一件很难的事；很多词不能通过同义词来解释，因为很多同义词的名称和解释其实并不止一个；也不能通过改述和意译来解释，因为很多简单的概念并不能描述清楚。当事物的性质不明或概念不清时，不同的人就会有不同的看法，那么表达这种概念或事物的词汇，就会令人困惑。这就是倒霉的字典编纂者的宿命，无论是黑暗还是光明都会对他们造成妨碍和困扰；过多过少的了解，都不能够恰当地解释一件事物。要解释或注释，就必须使用一些更容易理解的词，而要找到这样的词有时并不容易；因为天下之事，无论大小，不能总是凭直觉去了解，必须依靠证据来证明，同理，太简单苍白的词是不能用来下定义的。

还有些词的意义微妙而又多变，以至于并不能通过下个定义就将其固定下来；这些词被文法家们称作感叹词。在缺乏活力，没有发展的死的语言里，它们的用途仅仅是填补韵文或调整句子结构，而在口语里很容易表达出力量起到强调的作用，尽管很多时候使用它们是因为没有其他更好的措辞可以使用。

同时，英语里有一类特别频繁出现的动词也给我增加了不少工作量，这类词的含义非常松散和宽泛，用法模糊而不确定，很多意思和基本用法天差地别，很难根据其错综复杂的变化找到其词源、知晓其最初含义、对其加以任何限制，或者用任何清楚明确的词来对其做出解释，例如bear（负担， 忍受，带给，具有，挤，向），break（打破，违犯，折断，削弱），come（来，来临，到达，出现），cast（投，抛，投射，浇铸），fall（倒下，落下，来临，失守），get（获得，变成，收获，使得），give（给），do（做，实行），put（放，摆，安置），set（放，置，），go（离去，走，进行），run（跑，行驶），make（制造，安排），take（拿），turn（转动），throw（扔，抛）等。如果这些词的意思没有被完整地、准确地传达，那么就要记住，既然我们的语言是活的，随着每个人语言方式的任意改变，这些词也随时在改变着它们的关系，就像不能准确描绘暴风雨中的小树林的景象那样，也不能在一本字典里把这些词的意思完全确定下来。

虚词在各个国家都得到广泛的应用，以至于在任何规范的解释计划中都不能轻易地遗漏它们；英语中关于虚词的问题和其他语言一样多。我费尽心力，希望能够获得成功；至少可以被认为完成了一项至今无人完成的任务。

有些词我解释不了，因为我也不懂；我本可以将这些词悄悄地省略掉，然而迄今为止，我并未纵容我的虚荣心而拒绝承认我在认知上的盲点：因为当塔利不知道在《十二张桌子》里莱瑟斯指的是哀乐还是丧服时，他勇敢地承认了自己的无知；连亚里士多德都拿不准在《伊利亚特》中ουρευς指的是一头驴还是赶驴的人，我也当然可以毫无羞愧地把一些不明白的词留待更恰当的解释，或在将来添加更完整的信息。

在词条的释义工作中严格要求，词条和释义应该在意义上完全等同；我常常以此要求自己，但又不一定总是能达到。词语很少有完全同义的；只有当以前的词汇不能够充分表达意思时，才会引入新词：因此，一个名称通常可以表示很多概念，但几乎没有一个概念同时对应好几个名称。这时，近义词的必要性就凸显了出来，因为单词术语的缺乏很少能通过长篇大论的陈述来弥补；这样残缺不全的解释并无大碍，因为词的含义可以从不同的例子里收集补充完整。

对于那些有一系列用法的词汇，标注清楚意义的发展过程是必需的，还必须阐述清楚，究竟这些词是通过什么样的顺序从最初的含义演变成现在相去甚远的含义和一些附属的意思；因此，每一个先出现的解释应当趋向后来的解释，以使得整个系列的用法有规律地从最初的意义连接到最新的意义。

这种做法看起来值得推广，但不一定总能行得通；各种意义相互交织，以至于彼此间不能完全独立解释，甚至会显得混乱；同时，也无法总是说清楚为什么必须把一个意思置于另一个意思之前。当一个词最初的本意分出几个平行并列的分支含义时，又如何能够本质上把术语间接关系的意义连成一个连贯的系列呢？词的含义有时非常微妙，它们会毫无察觉地相互渗透，以至于尽管一方面它们完全不同；另一方面又不可能标注出相互关联的点。同根同源的词汇，尽管不是完全一样，有时稍稍有不同，但又找不到词语来表达这种差异；尽管把它们放到一起时，很容易被人察觉；尽管还有些时候，意思一篇混乱，容易引起混淆。

对于那些从来没有考虑过词汇的特殊用法的人来说，抱怨这些困难无非是一个想要夸大自己劳动成果的人的无稽之谈，更是为了隐晦委婉地为他所做的研究邀功请赏。但是，每一门艺术对于无知者来说都是无意义的；这种对于术语含义的不确定、概念的混乱，对于曾把哲学和文法结合起来研究的人都是再熟悉不过的；如果我尽力了，但是还是没有把这些术语的含义清楚表达出来的话，别忘了，这正是语言所不足以解释的东西。

有的词，因为现在人们更倾向于使用它们的比喻含义，因此本意几乎被人们所遗忘，但我必须把它们的词源和本意附上。我不知道是否有人将ardour（灼热；热情）用来指物理上的热，或者用flagrant（燃烧着的；臭名远扬的）来表示burning（燃烧着的），但这些才是上述词汇的本意，因此我还是把它们放到了释义的开头，以便清楚地引申出其他的比喻意义，尽管这时我并没有举例子。

很多词都有多种含义，但几乎不可能收录全部词意；有时派生词的含义必须从原始词中去探寻，还有时原始词词意的缺乏又需要在派生词中得到补充。在任何有疑问和困难时，考察同一组所有词都是正确的选择，因为其中有些词汇被省略掉了为避免重复，还有些词汇的释义比其他的要简单明了得多。当把词汇带入更加多元的结构和关系中来考量时，学习者会发现英语词汇变得容易理解了。

并非所有的词汇都可以遵循相同的规律、按照相同的技巧来解释，也并非所有的解释都是恰当的：难易度相同的事物对于同一个人来说也许难易有别。每一个会写长单词的人都有可能在简单词汇上犯错，犯下这种低级错误的地方既没有误导他的含混不清，也没有迷惑他的晦涩不明，然而他还是犯错了。在查找这些单词时，很多措辞会被无心地忽略，很多比较会被忘记，而很多细节也许会被一个看似毫无关系的人来改善。

然而，与其说很多明显的错误是由这项事业本身的客观性质引起的，还不如说是人们的个体疏忽所造成的。因此有些释义就难免形成相互的和循环的关系，如hind（雌鹿）解释为 the female of the stag（雌性成年牡鹿）; 将stag（牡鹿或雄鹿）释义为the male of the hind（雄性成年牡鹿）；有时，一些高级词汇反倒替换了一些低级词汇，比如sepulture（埋葬）或interment（安葬）替换了burial（埋），desiccative（干燥剂）替换了drier（干燥剂），siccity（干燥）或aridity（干旱度）替换了dryness（干燥），paroxysm（阵发）替换了fit（痉挛）；对于简单的低级词汇，无论是什么词，都不可能找到更简单的词来解释了。然而难易只是相对的概念。如果我们把一些外来语引入英语，现在看起来这些外来词汇只会增加读者理解的难度，但将来英语中的很多词汇就可以通过外来词汇解释了。因此，我尽力多加入一些日耳曼语和罗马语的释义，比如用to gladden（使……高兴）或者exhilarate（鼓舞）解释to cheer（使……快活），这样不同母语的英语学习者就可以通过他熟悉的语言来进行理解了。

所有问题的解决之道和所有漏洞的修补都必须通过举例来完成，例句附加在每个词不同的含义后面，并按照原作者的先后顺序排列。

我在最初搜集这些典据的时候，就曾希望这些引文可以有其他更多的用途，而不是单纯解释字词，因此我从哲学著作中摘录了一些科学原理，从历史著作中选取了一些重大事件，从化学著作中引用了完整的步骤，从牧师那里收录了一些著名的训词，节选了诗人的唯美描写。这就是我在动笔之前一段时间的构想。当真的到了要把积累的这所有文字材料按照字母顺序归类时，我才发现这一大段的卷宗会把英语学习者都吓走的，因而不得不背离了我的初衷。我只好把摘抄的句子改写成短语，保留了部分意义；因此我受到了责备，这给我原本就厌烦透顶的抄写工作又徒增了烦恼。虽然这样，我还是保留了一些章节，这可能会减轻语言搜索者的工作量，给布满尘埃、荒芜贫瘠的荒漠般的语言学研究点缀了些绿叶红花。

如此残缺不全的例句已经不能再传达作者的感情和学说了；凡含有被解释词汇的从句，大都被小心地保留了下来，当然，有时也被粗暴的删除了，以至于句子的整体结构也被改变了；正如牧师放弃了他的教义，哲学家背离了他的体系。

有些例句的作者还名不见经传，他们的作品称不上阳春白雪的典范，但是，词句就是应当在它们被真实使用的地方来获得。就像在以精纯著称的典籍里能找到生产和农业的术语吗？很多引文除了证明该词语的存在之外，并没有其他目的，因此在收录的时候并没有精挑细选，因为在这里它们没有承担传授词汇结构和关系的责任。

我不打算收录当代作家未经检验的作品，这样我就不会被我个人的好恶而误导，而作家们也没有任何抱怨的理由了。我没有改变这个决定，除非当碰上某些难得的优秀作品令我膜拜，当我的记忆从最新出版的著作里为我提供一个所需的例句，或当我因为惺惺相惜想要增加一个我欣赏的作者名。

我刻意避免使用时髦的修饰来使我的书页显得高雅，以至于我努力从1660年查理二世的王政复辟以前的著作里搜集例句和典据，我认为这些作品是"纯净的英语之泉"。我们的语言，近一个世纪以来，由于多种原因，已经逐渐偏离了它最初的日耳曼语的特征，显现出一些法语的结构和措辞特点，我们应当努力使日耳曼语的特征复兴，通过将古书作为文体的基础，再增加一些，填补空缺，使之很容易被语言天才们采用，并与我们本土的语言习惯相结合。

但是，每一种语言在臻于完美之前都要经过一段虚假的高雅和衰退时期，因此我很谨慎以免我对古语的热情会把我带到远古时代，因为我的字典里已经挤满了普通人不理解的字词。我把西德尼的作品设为时间界限，在他之前的作品我几乎不涉猎。从伊丽莎白时期兴起的作品就可以写成一篇用途不同的、高雅的演讲词。如果神学方面的词汇都是从胡可和《圣经》的译本中收录的；自然科学术语从培根的著作中收录；政治、战争、航海方面的词汇从拉雷的作品中收录；文学方面的词汇从斯宾塞和西德尼的作品中收录；日常生活用于从莎士比亚的作品中收录，这些就足以完全表达人类的思想，因为所有现代英语词汇当中的空白都在这些著作中得到了填补。

找到一个词还不够，除非例句很清楚地解释了这个词，因此我选了这样的段落，如果碰巧一个作者给一个词下了定义，或者给出相当于定义的解释，我就用他的释义来补充我的释义。其他一般情况，我都是按照时间来排序的。

的确，有些词虽然没有任何典据来支撑，但它们却是很常见和通用的派生名词或副词，是由原始词经过常规变化规则类推形成的，它们或表示一些不常见的物体名称，或表示有理由怀疑其是否存在的事物。

我极有可能因为举例过多或过少而受到公众的责难，有时我也自问究竟有没有必要和价值收录那么多典据，有些例句就算本来被省略掉，也都能够毫无困难地被找到。然而，字典中这样的典据不应该被简单粗暴地被指多余，那些粗心的、不熟练的阅读者看似只是在走马观花，或展示他们博览群书；而对于一名有更高要求的研读者来说，这些引文和典据为他们提供了一个词语的不同含义，和一个含义的不同方面：一个例句说明该词用以指人，另一句说明用以指物；一句表达褒义，一句表达贬义，还有一句可能表达中性的感情色彩；一句证明这种表达出自古代的作者，另一句证明出自现当代作家；一个不太确定的典据被另一个更为可靠的典据所支撑确证；一个表意不明的句子通过一段清晰明了的文章而变得明朗；无论词语怎样反复出现，它们都要结合不同的搭配，并冠以不同的形式，因此每段引文都为语言的稳定和发展做了一定贡献。

如果词语的使用模棱两可，那么我任取一种；如果是修辞手法，我就采用最原始的意义。

我有时还是会忍不住发表个人一些为数不多的感情用事的观点，说明一个作者是怎样抄袭另一个作者的思想和文字，这些所谓的引文和重复原文差不多，理应受到正义的谴责，因为它从来不曾为人类的思想进步提供任何智力和思想的支持。

我仔细标注了在例句中出现的不同句法结构，迄今为止，很多词的用法也是根据不同的句法结构而产生的，因此导致我们的文体反复无常、模糊不定；当同一个实词和不同的虚词搭配在一起时，我会优先选择最适当的用法，我也会用我的选择去引导人们做选择。

因此，我不辞辛劳地设定正字法，阐明类推规则，规范句法结构，确定单词释义，忠实地履行一名字典编纂者的各项职责，但是我也不是总能如期实现我的目标，完成我的计划。我所编纂的这部字典，无论它以怎样的姿态展示和证明了我有多么勤勉，但还是有很大的提升空间：比如我所设定和推荐的正字法仍然充满争议，我采用的词源学仍有很多不确定性，有时解释非常密集，有时又太过松散，意义的区分有时不是靠技巧，而是靠只可意会的直觉，因此，读者的注意力很容易因为一些小细节而分散。

有时，因为我自身的浅薄，有些例句也删除或者用错了，我希望这样的情况微乎其微，因为在积累这些例句的时候，我的心理处在忧虑和窘困的状态中，一稿中有些不完整的部分，我只能依赖记忆去补充、完善。

很多重要的专业术语还是被我遗漏了，还有些关注最多、例句最多的通用词汇，仍有部分含义被我忽略。

然而这些错误，无论出现得有多频繁，都还可以勉强原谅。追求完美总是值得称道的，即便这个计划让人有多力不从心：每一个怀有梦想又见识广博的人总是朝着他的目标前行；也没有谁会因为自己想得太少做得太多而自我满足。当我最初着手这项工作时，我暗下决心不遗漏任何一个细节。当我想象着我将要沉醉于文学的盛宴时，将要踏进神秘的北方知识殿堂尽情探索时，想象着每次找到被前人遗漏的宝藏都是对我辛劳的犒赏时，想象着我将向全人类展示我的收获给我带来的成功喜悦时，我就感到无比兴奋。因此，当我研究词源学的时候，我好像我真的很关注这门学科一样；钻研每门学科，仔细研究字典里收录的它的名称，以及有关的所有物质的性质，严格按照逻辑来定义每个概念，用精准的描述来展示每种艺术作品和天然作品，这样，我的字典就可以取代其他的通用和专业字典了。然而，这些就像诗人的梦境，字典编纂者迟早会在这种希冀中醒来。我很快就发现，一旦开始工作，再搜寻生产工具就太迟了，我只能用我现有的能力来开展工作。每当我有疑问需要思索时，或有不懂之处需要钻研时，就会放下手中的工作，无限期拖延进度，然而，这种拖延对问题的明朗化可能没多少帮助。因为我发现，根据我最初的实践，我不懂的东西不会轻易就明白，我的每一个疑问又会引发另一个疑问，查阅了一本书又想查阅第二本，探求总是没有止境，就算找到所谓答案也不能让我真正清楚。因此，要想追求完美，就必须像第一批居住在阿卡迪亚的先民追赶太阳那样，当他们精疲力竭赶到那看起来是太阳所栖息的山上时，却发现太阳离他们还是那么远。

于是我缩减了我的构想，下决心相信自己的能力，不再寻求额外的帮助，因为那些所谓额外的帮助带来的是更多的障碍而非助力。这样，我至少获得了一项有利条件，那就是为我的工作设定了限制，这样虽不完善，但至少能按时完成任务了。

从未有过的意志消沉让我变得粗心大意，因为焦虑的勤奋和坚持所造成的错误最终显现出来。对词语含义的准确性精益求精的人来说，想要忽略那些细微的不同含义并非易事，有时甚至要拆开搭配，以区分词意。在很多普通学习者看来，这种拆分区别显得多余无聊，而对于高阶学习者来说，又是重要而实用的，因为正是这些拆分区别使得字典能经得起世人的推敲。

然而，有些含义，尽管不同，却又相互联系，以至于经常被使用者混淆。大多数人都不能知其所以然，因此也不能准确地使用，以至于有些例句甚至可能会被随意地放在某个与之无关的含义之后。我虽然没有创造语言，但是我记录着语言，我虽然没有教导人们如何思考，但我关注着人们怎样表达思想。因此，我断然不会接受这种模糊性。

我虽然对那有些不完善的例句表示惋惜和遗憾，但却不能弥补，希望它们能得到更多合理节选、精确保留的文章所弥补。有些这样的段落闪烁着想象的光芒，有些则充满了智慧的珍宝。

尽管正字法和词源学都还不够完善，但这种不完善并不是因为编纂者考虑不周到，而是因为事情不会总是随着计划进行，想法也未必时时成功，有些记忆和资料来得太迟时也就用不上了。

我必须坦白承认，有许多艺术和制造业的术语还是被遗漏了；但是对于这个缺陷，我可以厚颜地宣称是不可避免的：因为我无法到矿井里学习矿工的语言，不能亲身参与航海以增加我在航海领域的词汇量，无法参观商人的仓库、技术工人的车间以习得那些在书本中从未提到的有关货物、工具和工艺的词汇；有些词汇是在意外的机缘巧合中获得的，这些词也没有被忽略；但通过现存的资料搜集字词，并与过程中并存的阴沉粗糙相抗争，只会令人心生颓丧，悲观失望。

为了把这一类词交给“秕糠学会”的会员，以满足他们可怜的虚荣心，波兰兹罗提以他的专业精神创作了一系列喜剧，如《拉菲耶拉》和《交易会》等；至于我自己，就从来没有得到过这样的帮助，因此我很高兴和他人有共同的诉求，当满足不了时，也从不抱怨。

并非所有在词汇表里找不到的词，都会因为被遗漏而让人心生遗憾。那些从事体力劳动和商业活动的人们，他们的大部分语言是很随意多变的，他们的很多术语也是为了某些临时和局部的便利而暂时形成的，仅仅在小范围的时空下是通用的，大多数情况下，人们对这些术语一无所知。这种易变的术语，或者说是行话，总是处在或上升或衰落的状态，不能被看作持久不变的语言中不可或缺的一部分，因此就像其他不值得保留的事物一样注定灭绝。

再审慎的人也有疏忽大意的时候。想要抓住难得的机遇，却总是让机遇不经意间溜走，因为他认为这些机遇随时都会回来；追求奇迹的人，总是忽略生活中的平凡事；因此，有许多最普通、最粗浅、最通用的词汇被收录而又几乎没有释义，因为在搜集典据时，我忍住没有引用那些我认为在需要时还会随时出现的例句。在检查我搜集的典据时，我发现居然连sea（大海）这样的词都没有例句。

因此，在处理困难的问题时最怕无知，而处理简单问题时最怕自负；人们的大脑总是自动掂轻怕重，草草提早退出充满痛苦的追求，而又过于轻蔑地完成超出其能力范围的事；有时表现出不该有的妄自尊大，缺乏应该有的谨慎，有时又思前想后踌躇不前，不能拼搏努力；有时在康庄大道上显得无所事事，有时又在迷宫里心烦意乱，被各种想法折磨。

一项大工程因为其工作量之大而越发显得困难，即使组成它的各部分都很容易完成；当要完成很多工作时，只允许人们用该项分支所占比例来分配需要投入的时间和劳力；当然，总不能奢望建造庙宇屋顶的石头像打磨结婚戒指上的钻石那样精细吧。

因为我在这部字典里投入了大量的劳动和心血，因此我必然会对其怀有几分父母对孩子般的爱。那些被我说服接受了我的构想的人，也都主张我们的语言应该得到修正，应该停止使用那些偶然形成的各种变体。也许是我过高评价了自己的影响力，又或是我纵容了普罗大众既非客观理智又非主观经历可以佐证的预期。千百年来，当我们看到每个人都在渐渐变老而死去时，都禁不住嘲笑那些曾经许诺可以令人长生不老的灵丹妙药；同样，字典编纂者也可以被人这样耻笑——从来没有哪个国家的语言可以保持亘古不变，字典编纂者又怎么可以凭借一己之力来保证这种语言免于腐朽衰败？这真是天方夜谭了。

然而，人们还是不甘心，他们怀着期望，专门设立了语言研究院，死守他们的句法文法，力求保持语言的纯净性，严防外来语的入侵，然而迄今为止他们的行动都是徒劳的。他们不可能依靠立法来约束语音的标准和稳定；还有音节，人们如果想要给音节上锁，定下不可改变的规则，这无疑如同眼高手低的人永远不愿以他的实力衡量他的愿望那样，都会是无功而返。即使在研究院的严密监控之下，法语仍然发生了明显的变化，在库拉耶看来，阿姆洛翻译的《保罗神父》其风格已经有些过时；所有意大利人都认为，任何现当代作家的措辞与薄伽丘、马基雅维利和卡罗的措辞都有了显著的不同。

这种变化不是骤然发生的，现在也很少发生战争征服和移民的情况，导致这种变化是其他的因素，这些因素，尽管缓慢且不可见，却远远强大过人类对这种变化的抵抗，就像四季更迭、潮水涨退一样。商业，无论会给人们带来多大利润，它都会侵蚀语言，就像它败坏道德那样。那些每天和陌生人打交道的人，不断调整自己，以学会一种四不像的混杂方言，比如在地中海地区和印度沿海的商人们使用的行话。这种语言不一定只限于金钱交易时使用，商人们也在货栈、港口使用它，以至于慢慢影响着其他行业的人，最终和通用语言相融合。

内因同样在发挥着作用。恰好是刚刚脱离了蛮荒的民族最可能保持长久不变的语言，他们不和陌生人打交道，整天为生活劳碌；他们根本没有书籍，或者像一些伊斯兰教国家那样，书籍寥寥可数。像这种既贫乏又操劳的人们，仅有满足最基本需求的词汇，并将长期使用相同的符号来表示相同的概念。然而，假如在一个受文化洗礼、等级分明、一部分人靠另一部分人的劳动供养的社会里，要想让语言保持恒久不变是根本不可能的。那些有时间思考的人，总是在不断扩大思想的范畴，而当知识增长时，不管是真实的还是虚拟的，新词汇都将随之产生。当人们的思想从基本需求中解脱出来时，他们必将关注到更高的层面；当大脑完全沉浸在思索时，人们就会改变观念；如同被废除的习俗那样，旧有的过时的词汇也必定随之消亡；也正如同任何新思想那样，它们在改变着人们生活方式的同时，也在悄悄改变着人们的语言方式。

语言随着科学技术一起得到了发展，随着更多的词从原始意义演变出新的含义，进而产生形成了很多新词，词汇量也将进一步扩大：几何学家也会谈及奸臣的人生峰谷，或狂野英雄的怪诞特点。丰富的词汇给人们提供了多种选择，有些词受到欢迎，也有些词受到冷落；时尚的变迁会强化新词的作用，或者扩大了既有词汇的含义。诗歌的修辞手法会随时侵蚀语言，比喻意义变成通用词意；轻浮无知的人们会草率地改变词汇的发音；而最后书面语不幸沦为和口语一致。偶尔会有不称职的作者，会因为公众的无知，而成为名人。由于普通人不知道外来语的来源，会在口语中泛滥使用，完全不理会其恰当用法。随着文明程度的提高，有些表达会被认为太过粗俗而不能表达精致的含义，另一些则太过正式隆重而不能表达愉悦和轻快的含义，这样，就会出现新词，而这些词也会因为同样的原因而在适当的时候被淘汰。斯威夫特在关于英语语言学的小论文里，主张适时地引入一些新词，但他不认为应该淘汰什么词。然而，究竟是什么原因造成了词汇的过时，使得人们放弃使用呢？当它传达的是一种冒犯的观点，它将这样被沿用下去？或当它一度被弃用而变得陌生，又该怎样被人们重新接纳呢？

还有一个引起语言变化的重要因素，而且这个因素在当今世界几乎是不可避免的。将两种语言混合起来，将会出现一种全新的语言，而且这三种语言总是被混在一起。教育最主要的目的以及最显著的成就，就是让学习者熟悉古语和外语。研究发现，长期研习另一种语言的人，他的头脑里挤满了这种语言的字词和短语，由于情急或疏忽、优雅或矫情，他有时会脱口而出那些外来词汇。

对语言危害最大的无疑是翻译。当一本书被翻译成目的语时，一定会多少加入一些当地的习惯用语，这项工作危害最大，影响最广；可能个别词入侵了上千次，原语言的结构还保持不变，但是新的措辞一定发生了变化，它改变的不是大厦个别的石头，而是立柱的顺序。如果为了树立英语的语言风格而非要成立语言研究院的话，我希望英语的自由精神可以突破翻译从业者的压力，希望全力阻止给翻译人员发放从业许可证，而多多鼓励编纂字典。如果阻止不了的话，翻译人员的散漫和无知，将会使我们说话带上法语腔调。

如果这些变化真的不可避免、难以抵抗的话，那我们只能像面对人类其他无法克服的不幸和灾难那样，只能沉默面对。剩下能做的，也许是减缓变化的进程，减轻我们的伤痛。尽管不能最终战胜死亡，却能尽力延长生命；语言，犹如政府，生来就有自我腐化败坏的倾向。但是既然我们长期保留了宪法，那么也让我们为我们的语言做些努力吧。

正是期望让这注定腐朽的语言不朽，因此我经过多年的伏案工作，向我的国家和同胞献上这部字典，这样，我们就不用再在语言学方面向欧洲大陆其他国家认输了。每位同胞莫大的荣耀来自这本字典的作者：我的作品是否会为英语语言学增添荣誉，必须让时间来说话。我生命中很多时间已经在疾病的折磨下消逝了，还有很多时间被无谓地浪费了，还有更多的时间将用来保持和过往同样的步调；然而，如果通过我的帮助能让更多同胞成为知识的传授者和真理的传播者，如果我的劳动能为知识的殿堂点上一盏烛光，为培根、胡克、弥尔顿、波义耳等扬名的话，我就会认为我的工作是有价值和荣耀的。

当我受到这个愿望的鼓舞时，我充满愉悦地看着我这本不算完美的著作，竭尽全力把它带到这个世界。我并未向自己承诺它将在第一时间受到人们的追捧，我知道，它免不了会有各种各样严重的失误、荒诞的谬论，也许我会成为一时笑柄，遭到人们冷酷的嘲弄和戏谑。然而，勤奋将获得终极胜利，因为这部字典毕竟填补了一项空白，谁会认为一本尽是陈词滥调的字典会是完美的，因为就在我抓紧时间出版的同时，又有一些新词出现，一些旧词消亡了。不要奢望用一辈子来研究句法和词源，因为就算耗尽一生也不够。字典编纂者有时会急于收尾，有时会被一项工作累死，斯卡利杰把这种工作比喻为血钻和煤矿。显而易见的不一定为人所知，为人所知的也不一定显而易见。文字过程中常常出现的懈怠或击溃心理戒备，一点点业余爱好也会转移注意力，偶尔的头脑蒙蔽有可能会让研究中断。我经常在需要时却怎么也想不起来，曾经觉得很清晰明了的事物，就会突然变得很模糊。

当人们发现这部作品遗漏了很多东西的时候，请不要忘了，它同时也完成了很多任务。尽管从来没有哪本著作因为人们对作者的怜惜而幸免批判，而世人张口责难时，也不会深究错误缘何而来。我编纂这本《英语字典》，既不曾受助于某位学者，也未曾受惠于某位贵人。我在穷苦、嘈杂、疾病和痛苦中，完成了这部字典的编纂。倘若有人恶意指摘，说我们的语言没有完全收录进这部字典，那我要说：我所谓失败的事业，是人的力量从未达到的。终有一天作者作古，经过多年的修订、由很多卷组成的字典不免有谬误之处；几十名意大利学者兀兀穷年编纂的字典，仍遭人批评；法兰西学院花了五十年编纂的字典，也免不了修订，那么以我穷困潦倒之身，独立完成一部字典，又怎么会没有瑕疵呢？如果因为瑕疵而得不到赞誉，我也心安理得，赞誉对我有什么用呢？这项工程，我已经拖得太久，很多我本想取悦和感谢的人，也已故去。成功与失败，早成了空荡荡的回声。故我以淡定平静的心，把我的字典出版，我不怕责难，不求赞赏。

致尊敬的齐斯特菲尔特伯爵
1755年2月7日

尊敬的伯爵阁下：

近日，我从《世界日报》的业主处得知，该报上两篇推荐我所著字典的文章出自您之手。能够得到您的赞扬，这真是一种荣耀，但是由于我还不适应得到伟大人物的垂青，所以我不知该如何妥善接受，或用何等言语表达我的感激之情。

昔日，我曾受鼓动去拜访您，像其他人一样，我也被您言辞的魅力所打动，以至于我情不自禁地希望自己能自夸是世界征服者的征服者，得到全世界都为之羡慕的重视。但是，我发现我的拜见并不受欢迎，以至于无论是出于自尊，还是出于谦逊，都使我无法再继续拜访您了。我曾当众向您致意过一次，这已经用完了我这个无名且无礼的学者所拥有的全部讨好的本事了。我已经尽力做了我所能做的一切；没有人会愿意见到自己的努力被忽视，哪怕这种努力是如此微不足道。

尊敬的伯爵，自从我在您的接待室中苦苦等待，并被您拒之门外以后，七年已经过去了。在这段时间中，我克服种种困难，一直在推进我的工作。现在，再抱怨那些困难是没有用的，好在我的作品终于要出版了。在这七年中，您没有给过我一次支持、一句鼓励，甚至一个赞许的微笑。我并不期待得到这种待遇，因为我从来就没有拥有赞助人。

在维吉尔的作品中，牧羊人最终找到了爱神，却发现他完全是铁石心肠。

尊敬的伯爵，难道赞助人是这样一种人吗，当有人溺水挣扎，他无动于衷，而等落水者上岸以后，他反倒给予援助？要是您以前曾关心过我的工作，那它将让我感到温暖。可是它来得太迟，现在我已经不会再为之感到欣喜了；我已经习惯孤独，已经无法与人共享它了；而且现在我的工作已为人所知，也不再需要它了。既然没有任何受益，我想否认得到过您的恩惠，不使公众误解您是我的赞助人，也不会太过偏激吧。上帝会同意我这样做的。

迄今为止，我的工作几乎未得到任何来自学界垂青者的帮助，我对此并不失望，即使得到的帮助再少，我也能完成我的工作。

尊敬的伯爵，我早就不做美梦了，在那些梦里，我曾一度扬扬得意的自诩为：

尊敬的伯爵阁下，您最谦卑、最服从的仆人， 塞缪尔·约翰逊

《莎士比亚》（1765）序言

塞缪尔·约翰逊〔英〕

褒奖总是毫无缘由地被慷慨给予逝者，而赞誉也总是留给古代圣人，因此那些对真理毫无贡献，而总是期望以异端邪说而一鸣惊人者，还有那些因为在当下的权宜之计中不断失望而苦于怀才不遇者，一直对此颇有微词。

古代，和其他吸引世人目光的事物一样，总是不缺大批崇拜者，这种崇拜不是来自理性，而是来自偏见。有的人似乎不问青红皂白地崇拜一切古代流传下来的东西，他们没有想到，时间有时也会成为投机主义者；相比起现代的杰出人物来，他们更愿意对古人加以景仰。对此，批判主义最伟大的争论就在于拿现代之短处和古代之长处相比。一位作者有生之年，人们总是用他最差的表现来估计他的斤两，而一旦这位作者作古，人们又用其最好的表现来评价他的成就。

然而，对于那些没有绝对和明确表现出优秀，而是更多地表现出发展性和比较性的优越的作品；还有那些没有提出指导性和科学性的理论，但是却完全展现出对生活的体察和经验的作品，只有假以时日人们才能给予它们公正的评价。人类长期以来拥有了审视和比较的能力；而且，假如人类还一直坚持珍视这种能力的话，那就是因为他们频繁的比较使他们更加确信自己支持的观点。对于那些描写大自然的作品，假如作者没有见识过很多的名山大川，他们是不敢妄自说山有多高，河有多深的；因此，若要称一个人为天才，一定要把他的作品和同类的其他作品做个比较。实证第一时间展现了它的力量，可以历经数年仍经得起推敲；而试探性和实验性的作品则要看人们的一般能力是怎样对它们加以理解和评价，因为它们总是需要经过长期的努力才能被发现。第一座房屋被建成之际，可能已经决定它或圆或方的造型，可是它是否够宽敞高耸，却需要时间来证明。毕达哥拉斯关于数字的定理一经提出，立刻被认为完美无缺；而荷马史诗虽然并未超越人类智慧的极限，但是经历了一个又一个世纪，沧海桑田，人们发现几乎不能对其中情节做稍稍篡改，对其中人物做重新命名，或对其中情感做别样演绎。

因此，对写作的敬仰出现了，并长期存在，这种敬仰并非源自对于古代高级智慧的偏信，也不是对于人类退化一说的灰心失望，而是源自广博知识和不容置疑的姿态，即认识最久，思考最多；思考最多，理解最强。

这位诗人（译者注：莎士比亚），我曾经对他的作品做过一些修订，现在他在现代人眼里可能呈现出古人的优雅气质，并且对已建立的名望和叙述性的尊崇拥有特权。他超越了他生活的时代。无论他可能从个人暗示、当地习俗或暂时的观点中获得什么利益，他已经不再是这些利益的实际受益人；那些人造的生活模式所提供给他的每一个关于欢乐和悲伤的主题都把曾经在他的笔下惟妙惟肖的场景变得愈加模糊。他的作品不能对任何观点加以支撑，也不能给任何派系在谩骂中提供素材；他们无法放纵虚荣，也无法满足恶毒。如今，读他的作品仅仅为了获取阅读的快感，并且仅仅因为让人获得了阅读的快感而得到赞誉。然而，也正是因为没有掺入利益关系，这些作品也才经历了阅读口味和阅读方式的不断变迁。随着这样的代代传承，也不断获得新的殊荣。

但是因为人的判断力，虽然逐渐趋向确定，但是却永远不可能达到绝无错误；而赞许虽然长期存在，但这种赞许实际只是针对偏见和时尚；因此人们有必要质询，究竟莎士比亚是通过什么优秀的品质让他的同胞们喜闻乐见的。

没有什么能让人人认同，也没有什么能够永远屹立不倒，除了对一般自然的真实描述。人们对特定方式知之甚少，因此也并不知道究竟这些方式是否描述得准确。对日常生活的厌腻让人们不自觉地去追寻罕有的事物，因此新鲜玩意儿也许可以风靡一时；然而，新鲜感很快过去，人的心灵又将思索那些亘古不变的真理。

莎士比亚超越了所有的作家，他是自然的诗人，是始终为他的读者手持一面忠实的镜子，让他们反省人生的诗人。他笔下的人物从未被后人修改过，无论是因为国外文化习俗的不同，或是因为学术研究的需要，抑或是因为稍纵即逝的潮流和观点。他的作品是全人类的真正遗产，其真实程度犹如世界每天提供给人类的，以及眼睛每天所观察到的。他笔下人物的语言和行为都被普罗大众的日常情绪和行为准则所影响，整个生活也在动态地发展。在其他诗人的笔下，一个人物是一个个体，而在莎士比亚的诗里，一个人物就是一个种群，代表的是整个人类。

这么多的说辞都是从设计的最外延中获得。正是这些外延给予了莎士比亚的戏剧以可行的公理和生活的智慧。据说，欧里庇得斯的每一句诗都是一句格言；那么我们也可以这样说，从莎士比亚的作品当中，可以总结出一整套谨慎生活的法则。他真正的力量并没有表现在华丽辞藻中，而是表现在他寓言式的情节发展中，和对话的思路设计中；在他那些引经据典中，他就像希洛克勒时代的老学究，卖房子时，都要在口袋里装一块砖作为标本。

要想象莎士比亚究竟有多擅长将个人情感融入平常生活真不是一件易事，除非将他和其他作家做个比较。在古代传授辩论技巧的学校里不难发现，越勤奋的学生越难有成就，因为连学生自己都会发现，学校里传授的知识根本无法解决现实世界里遇到的问题。这样的评论并不鲜见，但莎士比亚却从未遭到类似待遇。其他作家的戏剧里，总是充斥着现实生活里似乎从未遇到过的人物，说着人们闻所未闻的语言，讨论着日常从未讨论的话题。而在莎士比亚的戏剧中，显而易见地，对话完全由情节所决定，语言浅显易明，并不晦涩，从不刻意地强调情节的价值，但是这种价值却在充满朴实语言的故事中凸显出来。

爱情不分国界，它是全人类亘古不变的主题，在爱里，传扬着善和恶的故事。故事里有情侣、有女人、有对手；让他们纠缠在相互矛盾的责任中，让他们因为对立的利益关系而困惑，让他们因为各自不一致的欲望带来的拳脚相向而烦恼；让他们喜相逢、伤离别；让他们口中充满喜怒；让他们因为常人所没有经历过的悲伤事而悲伤；给予他们常人所未曾得到的东西；所有这一切都是一个现代剧作家所为。一旦这种可能性被侵犯，生活将走向一个错误的极端，语言将愈加衰败。然而，爱情只是众多激情中的一种，它并不会对生活的全局构成重大影响。对于从现实世界中攫取灵感，并将眼前所见展现在作品中的诗人来说，爱情并不能够在他的作品里起到特别重要的作用。他知道，还有很多其他情感，都是幸和不幸的来源。

要想把如此众多的人物和角色都辨清和保留确实不是易事，不过似乎也没有哪一个诗人像他那样让每个角色个性鲜明，易于分辨。这里所说的并不包括波普，他让每一个发言人都有适合自己身份性格的发言稿，因为实际上那些发言人确实也没什么个性。虽然有的台词看起来让谁说出来都一样，但是如果真的试着把这个角色的台词搬到另一个角色那里，确实很困难。当有理有据时，这样的选择是最正确的。

别的剧作家则只能通过极力刻画人物性格的双重性或强调性格当中的某种特质来获得公众的关注，他们笔下的人物，要么好得上天堂，要么坏得落地狱。例如，罗马时代的作家通常通过描写一个巨人和一个侏儒来刺激读者，实际上，他们在用这些离奇故事欺骗读者的同时，他们自己也被欺骗了。莎士比亚笔下没有大英雄，他设计的场景中全是普通人，他们的行为和语言同普通人遇到类似事件时的行为和语言并无二致，就算有超自然的能力，对话仍然和现实生活保持一致。其他作家掩饰着、回避着最自然的情感和最常见的场景，因此读者只能在书里读到这些故事，在生活中是没有机会领教的。而莎士比亚则让遥远的变得接近，让奇妙的变得为人所熟悉，他所描绘的故事也许不会在真实世界里发生，可是一旦发生，就一定会按照他的编排发展下去。有一种说法，莎士比亚并不是仅仅展现人性真实的存在，他更不断尝试人性在各种可能的条件下的突发表现。

因此，说莎士比亚的戏剧是人生的一面镜子就是对他的褒奖。在他之前，作家们描写着离奇的故事，而他则用百姓的语言读着百姓的故事来不断让自己的想象力得到满足，并治愈着内心的狂喜，在这些故事里，就算隐士也能推算世态的变迁，戴罪的忏悔者也能预计情感的发展。

他平实自然的写作风格让他遭到那些基于狭隘的条条框框形成评价标准的批评家们的责难。丹尼斯和雷姆认为他描写的罗马人不完全像罗马人；伏尔泰批评他笔下的国王没有丝毫的贵族气质。丹尼斯觉得，莎士比亚把古罗马元老院议员美尼纽斯写得活像小丑一般，他为此感到很不舒服；而在伏尔泰眼里，丹麦王位的篡夺者居然是个酒鬼，这实在有失体面。而莎士比亚却一直主张自然在故事中起主导作用，如果他要塑造一个角色，就不会太在乎别的因素。他的故事里需要出现罗马平民或国王，但实际上他考虑更多的是人性。他深知，罗马和其他城市一样，人们都有各种性情；假如真的走进古罗马元老院，一定也能找到一个像小丑似的议员。他在描写篡位者和杀人犯的时候，不仅仅只着眼于他们如何可憎可鄙，他更愿意把酗酒这一点加进去，让人们相信，位高权重者也一样和平民爱酒，酒精也一样会在王者身上发挥效力。那些不过是思想狭隘者的吹毛求疵，如果一个诗人忽略了一个国家、一个地方那些粗放的特性的话，就如同画家作画只管手指，不理会画布一样。

悲喜剧令他招致更多的批评，喜剧和悲剧融合在一起，贯穿在他所有的作品中，这一点值得后人更多地思考。

莎士比亚的作品，无论悲剧还是喜剧，都没有严格的、批判性的模式，但是却有他独特的风格；他展现了真实的世俗情形，个中包含着以数不尽的比例和组合出现的善恶、悲喜；他表达着世界发展之规律，即一人有失，另一人必有所得；狂欢者觥筹交错时，哀悼者正在悲痛欲绝；有时，一个人的狠毒阴谋可能在另一个人的欢闹嬉戏中被化解；还有时，在毫无策划之下，恶作剧和利益交换频频上演。

根据约定俗成的规律，古代诗人们在交织一起的阴谋和灾难中，挑选了人们所犯的罪行，以及他们的荒谬之处；挑选了人生的重大变迁和相对轻微的事件；挑选了危难带来的恐惧感和繁荣带来的愉悦感。就这样，结合所谓的悲剧和喜剧两种模式，企图用相对的方法得出不同的结果，这样的结合鲜有所闻，至少我实在想不出希腊或罗马有哪一位作家可以做到这一点。

莎士比亚把欢笑和泪水结合在了一起，这种结合不仅仅存在于一个人的内心中，更跃然纸上。他笔下几乎所有的角色都分为严肃的和滑稽的，同时随着剧情设计的深入发展，有时角色还会表现出庄重和悲痛，或轻率和欢乐。

这和批判主义所能接受的信条大相径庭。通常写作都以说教结尾，诗歌以请求结尾。无法否认，混合戏剧可能同时表达了喜剧和悲剧的诉求，因为在情感的交替宣泄中，它包含了两种情绪，并且最接近生活的本真。在这些悲喜剧中，惊天阴谋和缜密思维有时相辅相成，有时互相抵消，高低两个层次的事物不可避免地在同一个系统中相互作用。

批评家反对在场景的变化中打断人的情感；他们还反对，主要事件在没有层层发展的条件下，可以在结尾达到最理想的戏剧化诗歌的效果。这样的推理是似是而非的，也就是说，就算人们在现实生活中经历过，证明是错误的，但在作品中仍然可能是正确的。那些交替的情境总是能制造出沧桑的情感。小说也许不能做到这种情感的交替，但是人的注意力可能被轻易转移；虽然有时允许不受欢迎的轻率打断和受欢迎的多愁善感，但其实我们可以这样考虑：多愁善感也不是总受人欢迎，一个人的愁苦可能是另一个人的解脱；不同的听众有不同的习惯；总的来说，取悦存在于各种不同的形式中。

那些把我们的作者的作品划分为喜剧、历史剧和悲剧的人们，似乎还没有对这三种分类形成明确的概念。

只要主要人物最后有一个幸福的结局，不管中间发生过多么不幸的事件，在这些批评家眼中，都叫作喜剧。这样的观点在我们中间存在了很久，然而，灾难的发生可以让一部创作出来的戏剧今天是悲剧，明天就成为喜剧。

悲剧的创作并不需要作家拥有比创作喜剧更高的修养，它只需要一个让当时的批评家满意的悲惨结局，不管过程中是否给观众提供过快乐。

历史剧包含了一系列仅仅由时间关系组成的事件，彼此独立，并无引出或控制结果的倾向。它和悲剧之间没有严格的划分。悲剧《安东尼和克里奥帕得拉》中的事件并不比历史剧《理查二世》中的结合更紧密。然而，一段史实可以在几部剧作中延续，因为没有计划，所以没有限制。

莎士比亚的戏剧同样也包含这些种类，肃穆和欢愉总是在交替，观众时而感觉心情舒缓，时而感觉精神振奋。但是无论他的目的是什么，是让人开心还是悲伤，抑或是为了安排整个故事的剧情，他总是能够通过浅显平实、通俗易懂的对话达到他写作的目的；他控制着观众的情绪，令我们或欢笑或低泣，或沉思或呆坐。

莎士比亚的意图被人们理解之后，莱姆和伏尔泰的批评立刻销声匿迹。《哈姆雷特》中只有两名哨兵，并没有任何不当；埃古对着勃拉班修的窗户咆哮，也并未对剧作的整体结构造成破坏，虽然现代的观众对此似乎并不能接受；波洛尼厄斯善于推理和计谋；而忤逆的篡位者的表演也赢得了掌声。

莎士比亚把展现在他眼前的世界投入到了戏剧诗歌的创作中；人们对古代的教条知之甚少，然而公众的判断力尚未形成，因此他并没有必须模仿的范本，也没有艺术的权威在压抑着他的写作。他放纵着自己的激情，同时，正如莱姆评论的那样，他的激情把他带入到喜剧中。他在拼命创作悲剧时，又总是在结尾带出点点的快乐来；然而在他的喜剧场景中，他似乎不费气力就制造出费尽九牛二虎之力所不能及的效果。在悲剧中，他总是费神地想如果加进一个喜剧的事件；但是在喜剧中，他似乎没有丝毫疲惫，这时候是他最自然的本色创作。看他的悲剧，觉得似乎还欠缺一点什么，然而他的喜剧总能超越人们的期望和要求。他的喜剧用思想和语言取悦着观众，他的悲剧用情节和行为吸引观众。他的悲剧是技巧，他的喜剧是本能。

在过去的一个半世纪里，他的戏剧影响力并没有受到太多来自人们生活方式及语言变化的冲击。他笔下人物的行为完全基于真实的情感，不会被特定模式左右，他们的欢喜和烦恼可以跨越时间和空间的疆界，和读者及观众相通；这些角色因为自然，所以可以历久。那些人物性格当中罕有的怪癖，只不过是些肤浅的模具，只能光鲜一时，却很难流芳，终将褪色，不再拥有昔日的光泽；然而真实情感则是自然的色彩，他们遍及世间每一角落，仅会随着承载它们精髓的肉体的死亡而消逝。这种驳杂模式，即包含各种突发事件的写作，被这些事件的融合所消解，然而这些原始品质的简单化既不能承受增长，也不能遭受衰变。在这块地上堆砌起来的沙可能会在另一块地上散开，而岩石却能够在原地保持姿态。时间的河流总是冲刷掉其他诗人作品里那些可消解的织体，唯独不能对莎士比亚作品中不变的尖石造成损坏。

我相信，某种措辞对于某种语言特别和谐一致，以至于可以一直保持不变；这种风格也许能在那些说话只求对方理解，不求高雅的人的日常交往中发现。有礼貌的人总是试图抓住时髦的创新，而有学问的人总是不愿意用太通俗的辞藻，希望听上去更好；想要出众的人总是会避免粗俗，就算俗话是正确的；但是当礼数仍有约束时，当诗人似乎想要达到某种戏剧效果时，他就会创造出一些对话，在粗劣之上，但又不算雅致。因此，他的句子总是能比同时代的其他诗人听上去有亲和力，而这一点也是他对语言众多的绝妙把握力中最为人津津乐道的一点。

这些观察结果并非恒定不变，只是具有广泛和主导的真实性。莎士比亚亲民的对话设计被认为是流畅和清晰的，理解起来没有难度。他笔下的人物被证明是自然的，虽然他们的感情和行为有时稍显牵强，这就如同地球虽然是球状的，可是表面还是布满凸凹。

杰出的莎士比亚也犯过类似的错误，并且是一些足以掩盖其他优点的错误。我将忠实地把这些错误呈现给读者，并无任何妒忌的怨恨和迷信的崇拜。没有任何一个话题能够比得上对已故诗人自命不凡的名望的讨论来得无罪；而人们几乎没有思考过，为什么世人总是偏执地把坦诚看得比真相还要高尚。

他的第一个瑕疵是他的作品里揭示太多人性的罪恶面。他从不以道德为目的来写作，也很少说教。事实上，在他的作品中似乎形成了一套社会责任体系，因为他理性思考的时候也必须带出一些道德规范；然后戒律和公理却在他心中堕落；他对善与恶没有公允的分配，也没有严格的限定邪恶力量在他的作品中出现的比例；他笔下的人物对待善恶总是表现冷漠，他甚至会匆匆结束某个角色，或者让他随波逐流。年龄的增长并没有弥补他的这些缺陷，虽然作家的天职就是改良社会，同时，正义是跨越时间和空间界限的一个永恒的美德。

他的情节常常显得松散，铺展得不够严密，似乎他并没有特别周到地思考那些情节设计。他总是省略故事的来龙去脉，并且总是很明显地忽略那些更有影响力的情节，因为他认为这些情节过于简单。

可以观察到的是，他的有些作品中表现出了虎头蛇尾。当他感觉快要大功告成的时候，他会想象自己将要获得的荣誉，因此草草收场。所以他总是把他的努力放在他认为最应该放置的地方，因而没有把故事完美地呈现。

他不太看重时间和地点的问题，每一个故事都发生在同一个国家，同一段历史时期，风俗、社会价值体系、世俗的观点都大为相似。我们不必去疑惑地寻找赫克托引用亚里士多德名言的地方，当我们看到提修斯和希波吕忒之间的风流韵事还掺杂了有关哥特式仙女的神话。事实上，莎士比亚不是唯一一个违反年代学的作家，因为西德尼在相仿年纪时，也十分厌学，他在《阿尔卡地亚》中，混淆了田园和封建时代，那些充满天真、静谧、安全的时代和充满混乱、暴力和冒险的时代被混淆在了一起。

每当他在创作角色中忙于智慧的交换和讽刺的竞赛时，他的喜剧场景就不太成功，他的玩笑显得粗劣，幽默显得放肆。无论绅士还是女士在他笔下都不太精致，光凭举止根本和丑角无从分辨。他究竟是否真实再现了他所处时代人们的语言特点并无从得知；一般说来，伊丽莎白时代应该是一个充满威严、礼节和内敛的时代，因此，在语言上太过放纵和激烈就显得失去风雅。不过，读者的喜好总是众口难调，而作家始终应该选择最佳的。

在悲剧的创作中，他的表现似乎更加事倍功半。他总是在最紧急的关头才能把激情宣泄出来；然而一旦他苦于创作、绷紧脑筋的时候，只能弄出一些刻薄、冗长和模糊的东西来。

在叙述中，他倾向于使用不成比例的措辞，冗长乏味的遁词，运用大量篇幅却不能完美地把事情描述，有一些甚至显得平铺直叙。诗歌中的叙述本来就因为缺乏生机和阻碍情节的发展而显得无趣，因此，叙述时一定要言简意赅，并且需要不时地加入一些精彩的句子。莎士比亚并不认为这种方式累赘，因此他非但没有用简洁的语言进行叙述，而是使用长篇累牍。

他的作品中的辩论和演讲显得虚弱和缺乏热情，因为他的力量是自然的力量；当他像其他悲剧作家那样努力尝试详述时，他总是试图去展示他内心知识的广博，而不是认真考虑这样的场景究竟需要什么，这时他很少不让读者感到遗憾甚至厌恶。

有时，他会意外纠缠在一种笨拙的情绪中，这时，他无从表达，也不懂抗拒。当他努力克服这种局面时，如果这种情绪还是顽固的继续，那么他也许会妥协，或者等那些有闲工夫的人来试着化解这种难题。

语言不总是复杂，思想不总是微妙，形象不总是伟大，诗句也不总是粗陋；语言和事物的对等性经常被忽略，琐碎的感情和平庸的想法不再受到人们关注，虽然它们总是被冠以响亮的名号。

然而，这位伟大诗人的信徒们从不缺少理由去让内心的梦想放纵，他们坚信他们的偶像是最卓越的，哪怕是偶像似乎决意要让他们在沮丧中溺毙，或是通过伟大的衰落、天真的危险或是情爱的交错来让他们得到些许安慰。他有时也会处在虚无的妄自尊大和可怜的妄自菲薄中。他刚准备有所改变，马上又打消念头。当恐惧和自怜在内心升腾时，又被心灵深处的冷漠给毁掉了。

诡辩对于莎士比亚就如同发光气体对于旅行者一样，他一直在胡乱尝试。他必须走出这种错误的尝试，因为这种尝试绝对是一个会吞噬他的泥潭。诡辩对于他有一种邪恶的力量让他欲罢不能。无论他的研究有多尊贵和深奥，不管他是在扩展知识面还是加深影响力，无论他用突发事件来让阅读变得有趣，或是用悬念来串联故事，都总能道出一段诡辩来。诡辩对于他来说，就如同他在事业的正途上突然伸手攫取，或是正在阶梯上攀登时突然弯腰去拾起的金苹果。诡辩虽然无益，但却能令他喜悦，甘心去追逐，并愿意以理性、礼节和真理去交换。诡辩对于他，就像埃及艳后克里奥帕得拉对于安东尼，为了得到她，就算失去江山，也在所不惜。

说来奇怪，我在列举他的失败之处时，竟然没有提到他对一致性的忽略，这也是遭到诗人和权威批评家们一致诟病的。

对于他在写作艺术上其他离经背道的行为，我任由批评家给他一个公正的评价，绝不站在他的立场上说一句话：因为他的美德理应和他的失败放在一起受到人们的评价。但是，对于他缺乏一致性的这一项苛责，我一定要站出来维护他。

他的历史剧，既不是悲剧也不是喜剧，因此并不受以上法则约束；比起剧中易于理解的场景变化，富于变幻和深有影响力的事件，以及始终如一的、自然的和充满人性特点的人物描写，还有什么更值得期待吗？这已经达到了最大的一致性。

用他的话来说，他已经最大限度地做到了行为的一致性。事实上，他从未想过故弄玄虚，使情节复杂化：他没有试图隐瞒他的情节设计，而仅仅是在揭示它，因为真实事件的规律并不是这样的。莎士比亚是自然的诗人，然而，这种写作模式正是亚里士多德所要求的，他认为一个故事必须有开头、发展和结尾，情节环环相扣，简单的结果之后得出最后的结论。有一些事件可以省略，正如其他诗人的作品中，通常有大段无意义的对话；但是，这就是决定事件逐步发展的大致体系，戏剧的结尾也是人们期待的结尾。

对于时间和地点的一致性，他也不曾考虑。从高乃依时代来看，太遵循写作教条会降低作品的价值，如果把他们所受到的崇拜抽离，会发现，这些教条带给诗人的麻烦，远多过带给观众的愉悦。

观察时间和地点一致性是否必要，源自戏剧的可信度。批评家认为要让几个月甚至几年的事情在三个小时内叙述清楚是不可能的；或者观众可以假设自己坐在剧院里时，大使正在相距遥远的两位国王之间奔走、大军交战、城池沦陷，接着，亡国君主颠沛流离，又回到故土；又或者，观众看见男主人公对他的女人大献殷勤，或是感叹自己的儿子不成器。谎言使观众对它失去兴趣，当戏剧背离真实时，它就失去了一切吸引力。

时间的局限性必然收窄了地点的范围。对于观众来说，当第一个场景发生在亚历山大港时，他们很难接受第二个场景已经转移至罗马，距离之远，就是美狄亚的恶龙也难以瞬间到达。观众们很清楚，他们所处的位置并没有发生改变，而地点本身也不会自行转移；房屋不会变成平原；底比斯也永远不会变成波斯波利斯。

批评家们以胜利的辞藻来欢庆不以常理出牌的诗人的悲惨遭遇，这种欢庆中没有抵抗没有回应。因此，是时候让莎士比亚来告诉人们，他可以假定有这样一种情势，当一个人的呼吸把这种情势化为语言的时候，他一定在内心认为这是虚假的。

反对之声在人们认为无法在一个小时里从亚历山大港跨越到罗马时渐渐出现。设想，帷幕拉开，观众想象自己置身亚历山大港，并坚信他走向剧场的路程就是通往埃及之旅，也坚信他此刻身处安东尼和克里奥佩特拉的时代。当然，观众们还可以想象得更多。一个能把舞台想象成托勒密王朝皇宫的人，一定也可以用半小时的时间想象米拉海角之战的场景。错觉，如果承认这种错觉，那么想象将毫无边界。观众们一旦相信了这一点，那么亚历山大大帝和恺撒大帝就成了他们的旧相识，被烛光照亮的房间就成了法尔萨利阿平原，或是格拉尼卡斯大堤。这时，观众不再理性，他们会站在苍天的高度，鄙视自然陆地的边界。不知道为什么狂喜中的心灵应该计算时间，也不知道为什么一个小时不可以是一个世纪，在这种思想的狂热中，舞台可以变身旷野。

事实上，观众始终相信，舞台就是舞台，演员就是演员。他们听到演员们配合着优雅的语调和姿态背诵着台词。台词联系着动作，动作发生在不同的场景，不同的动作构成了相去甚远的两地的故事。如果真的让这些场景代表雅典或西西里岛，然后众所周知这并不是雅典或西西里岛，只不过是现代的舞台，那是不是很荒谬呢？

通过猜测，既然地点可以转移，那么时间也可以延伸。寓言所要求的时间在场景之间消逝，因为如果代表了那么多行为动作的话，诗歌中的时间跨度就应该和实际是相符的。假如说，在第一场戏中，米特拉达天梯之战的战前准备被设定为在罗马进行，那么如果不荒谬的话，战争场景就应该在蓬托斯进行。然而，我们知道，这里既没有战争，也没有战前准备；我们也知道，我们既不是在罗马，也不在蓬托斯；无论是米特拉达天梯，还是卢库鲁斯，都不在我们眼前。戏剧展现了一连串的事件，那么为什么不能把相隔一年的两个事件放在一起展示呢？如果两件事联系紧密，那么是不是只有时间才是真正的阻滞呢？时间在所有存在形式中，是最懂得向想象力谄媚的。要编造几年的故事和编造几小时的一样容易。人们在思考中很容易压缩真实的时间，因此也允许戏剧中的时间被压缩。

人们会问，究竟戏剧场景是怎样移动的呢？人们相信，每当场景转换时，它都是原画面的忠实再现；它在观众面前展现了他们所能感受到的，让他们感同身受。对观众心灵的冲击在于，眼前的恶魔虽不是真的恶魔，可是却让观众觉得似乎真的置身在恶魔的恐怖之中一般。如果说有谬误的话，那不是我们对演员感受的揣测，而是角色代入之后，我们想象着自己的喜怒哀乐。然而，人们宁愿嗟叹这种可能性，也不愿假定痛苦的出现，就像丧子的母亲每每想到死神夺走她的孩童，就会痛哭一样。当人们意识到这不过是场戏时，他们会释然；如果杀人叛国是真实存在的话，没有人会开心。

模仿创造出痛哭和喜悦，不是因为它们会和现实混淆，而是因为它们会把现实带入思想中。当想象力是来源于画面中的风景时，树木不再为人们遮阴，喷泉也不再清凉；但人们也会忍不住想，身边的喷泉和摇曳的树枝应该让人们感到快活。我们在读到亨利五世的历史时，都会感到心潮澎湃，但我们从不会把他的故事带入现实生活中。戏剧展示总是随着一本书表现的不同效果而消长。喜剧在剧院的表现力总是比在书本上更强一些；

而悲剧的效果正好相反。彼特鲁乔的幽默总是在痛苦的面部表情中得到升华；而声音和手势却能增添卡托的尊贵和力量。

读一出戏剧如同演一出戏剧一样影响着人们的心灵。因此，很明显，这样的行为不应该是真实的；紧随其后的，观众花或长或短的时间欣赏一出戏剧，在一个小时的时间里，掠过的是英雄的一生或是王朝的革命，他们对此耗费的时间远不如一位读者那样多。

莎士比亚是否了解三整一律，是否故意反对，又是否有意漠视而偏离准则，我认为，都是无从知晓的，并且再探究下去也是无谓的。我们可以合理地推断，当他逐渐出名后，他不想看到和听到学者和批评家的建议和警告，所以他最后故意坚持这种一开始只是偶然得之的写作方法。因为故事里没有什么元素是重要的，但是行为的统一性和时间地点的统一性在错误的假设中出现了，同时，要求限制戏剧的范围、减少戏剧多样性，我认为这种法则他是了解的：如果出现另一个这样的诗人的话，我也不会强烈责备他的第一个场景在威尼斯，第二场景在塞浦路斯。这种反传统反常规反而成了莎士比亚的天才所在，而这却招致伏尔泰对他的指责。

当我说着这些戏剧教条时，我不禁回忆，有多少智慧和学识是相对的；我不敢直面这些权威，我也不认为，权威可以解决现存问题中的任何一个。但是，正是因为这一点受到质疑，所以这些箴言警句以超越我所能想到的任何理由，轻松地被人们接受了。如果要吹嘘我质疑的公正性，将显得非常可笑，而其结果是，时间和地点的统一性在一出戏剧中，无关紧要，虽然它们有时会造成娱乐效果，但是它们始终为高贵的真善美所牺牲。一出戏剧，如果总是循规蹈矩地遵从批评家的教条，那么只能被称作一件充满缜密心思的器物，或是华丽甚至累赘的工艺品，纯粹为了不必要的展示而已。

他认为，如果不会破坏戏剧中其他部分的美感，那么应该保留这种一致性，就像建筑师在修建一座堡垒时展现了一切建筑之序，他是值得受到褒奖的，然而他降低了堡垒的坚固程度，却从未想过堡垒是用来抵御外敌的。一出戏剧最美妙之处就在于再现自然和生活之美。

也许我此刻所作所为已经不是武断，而是有意而为之了，这也许能为戏剧的教条引入新的评价方式。我几乎被我自己的鲁莽吓到，当我估算着那些为了维护对立观点所带来的命运和需要的力量时，就已经准备保持沉默了。当尼雅从特洛伊城的抵抗中撤军时，当他看见海神尼普顿撼动着城墙时，朱诺向围攻者冲了过去。

那些始终不能对莎士比亚放下成见的人，如果能思索他们自己的人生，将会轻易地改变他们的偏见。

为了得到正确的评价，每个人的表现都应该和他所处的时代和他的境遇相比较；虽然对于读者来说，对作品的评价无论好坏，都必会联想到作者的能力，人们会禁不住追问，人类究竟能怎样延展自己的能力？如果和欧洲的皇宫比起来，秘鲁或墨西哥的皇宫显得狭窄简陋，但是任何人见到这些建筑物，都还是会忍不住惊叹，谁又会记得这些宫殿的修建并没有用到钢筋混凝土呢？

莎士比亚时代的英国，仍然在努力摆脱兽性。意大利的哲学体系被移植到亨利八世时代的英国；利莱、历纳尔克等人成功地创造出体面的、受过教育的语言。那些名校里的男童们学的是希腊语，他们还把优雅的阅读和尊贵的身份联系在一起，并且认真研读意大利和西班牙诗歌。然而，文学却只限学者们和身份尊贵的男女来阅读。平民的生活粗糙灰暗，能够获得简单的读写能力都是件稀罕事。

每个国家就像每个个体一样，都有他的孩提时代。人们最早开始对文学产生萌芽的兴趣时，都不懂事物的真实状态，也不知道怎样鉴别事情的真伪。俗人总是对那些远远背离自然本真状态的东西喜闻乐见；比如一个受教育程度不高的国家，所有的国民都是俗人。这些平民们总是渴望了解探险、巨人、龙和其他奇幻事物。他们最爱读的就是《亚瑟之死》。

那些惯于在历险记中猎奇的心灵，对于自然的平淡无味毫无兴趣。一部仅仅重现生活中平常事的作品是无法打动他们的，而为这种趣味写作的作家注定整日四处寻找奇事怪事和各种令人匪夷所思的事，对于这些故事，成熟的心智是不齿的。

我们的作者的很多桥段都是从小说当中借鉴而来的，因此有理由相信，他一定是选择那些最受欢迎的情节，比如说被广泛传诵的；这样，观众们就能看得懂那些复杂的剧情。

那些古代的作家笔下的故事在当时来讲是人们耳熟能详的，例如，抄袭自乔叟的《盖米林的故事》的《皆大欢喜》当时只不过是译本小册子；再例如，老西博先生还记得用通俗的英语讲述的《哈姆雷特》的故事，而现在，批评家们都力求把它用标准的撒克逊语写成。

他从英国编年史和民谣中获得了历史故事；同时，那些古代作家们在英国家喻户晓，他们又提供给了他新的素材；当北方国家把他的作品翻译过去时，他又把普鲁塔克的故事加工之后写进他的戏剧里。

他的情节，不管是历史的还是寓言的，都充斥着各种突发事件，俗人们对此的兴趣远远胜于描写微妙的情感和语言的辩论。这就是那些奇妙力量远胜过那些鄙视他轻蔑他的力量，因此莎士比亚悲剧的拥趸比其他作家的多得多；别的作家总是用特别的对话来吸引我们，而他总是让我们为情节紧张，也许他是除荷马以外最成功地实现了首要写作目的的作家，他通过激起人们不眠不休的和难以抑制的好奇心，驱使他们去读他的作品，并且要读通。随着人们知识水平的发展，视觉的快感转移到了听觉，然后又转移回来。在认同莎士比亚劳动的读者眼里，他的语言技巧更多的是展示在排比中，而不是诗句中；除了对话之间那些评论之外，他们更想读到受不公平对待的人和事。他非常清楚，他应该如何讨巧，他的写作技法是否令读者赏心悦目，他所举事例是否令国民产生偏见，我们仍旧能发现，在我们的舞台上，不但需要说，还需要做。演员们背诵台词冷冰冰、毫无激情、千篇一律，无论是音乐剧还是悲喜剧。

伏尔泰表达了他的疑惑，他认为整个国家容忍了莎士比亚的浮夸，这一点见证了卡托的悲剧。艾迪生说的是诗歌的语言，而莎士比亚说的是人类的语言。我们发现，在艾迪生笔下有数不清的美人，但是我们却看不见他描写人类的情感和行为；我们试图在最公正和尊贵的子孙后代身上寻找这一点，而奥赛罗就是天才们最充满活力的后代。卡托给人们展示了一种人工的、华丽的、虚构的生活方式，同时还展示了公平尊贵的情感，用通俗、升华、和谐的语言，然而，当中表现的希冀和恐惧都没有能和心灵的震颤有所交流。有时，我们读着卡托的作品，心里却觉得是艾迪生所写。

那些总是追求写作规则和教条的作家的作品就如同精细修建、勤奋耕作的花园，有林荫蔽日、有花香舒心。而莎士比亚的作品就像一座森林，在那里，橡树伸展着枝丫、松树直冲云霄，有时穿插在杂草和荆棘之中，有时又为桃金娘和玫瑰提供了天然遮阳板。眼里充满了排场，脑海里满是数不清的样式。别的诗人展示着稀奇玩意儿，造型精巧别致，表面光泽可鉴。而莎士比亚则是打开了一座矿山，那里埋藏着黄金和钻石，取之不尽用之不竭，虽然镶工不尽人意，还有粗陋的杂质，并且掺杂其他矿物质。究竟莎士比亚是否应该把他的才华归功于他的同胞对他无条件的支持？还有他究竟有没有受过普通的学校教育？这些已经争论过太多了。

一直以来流行一个传统观念，认为莎士比亚需要学习，因为他既没有受过正规教育，也没有在语言技巧上受过训练。他的朋友约翰逊证实他只懂得一点点拉丁语，对希腊语则完全不懂。因此，他提供的证据应该具有极高可信度，除非有势均力敌的证词可以对此加以质疑。

有人想象着他们已经在古代作家的身上发现了很多模仿的地方；然而我研究得出的例证却显示，那些所谓的模仿只不过是书籍的翻译；或是观点的碰巧一致，这会发生在所有对同一个问题有所思考的人们身上；又或者这些对于人生的评价总能通过众所周知的语言在世界各个角落流传。

也有一些段落假装模仿，但寥寥无几，特例仅仅证实了规则；他从偶然的引用或口头的交流当中得到这些，然后他立刻活学活用。

《错中错》据说改编自普劳特斯的作品《孪生兄弟》，这是当时普劳特斯唯一一部有英文版的作品。他如果可以抄袭，为什么不多抄袭一些呢？他既然对拉丁语了解有限，又是怎么得到这部作品的呢？

他是否懂得现代语言也是未知数。他的剧中有一些法语场景，但是不多，就算他对这种语言的掌握达到普通程度，他也不可能在没有帮助的情况下用这种语言进行写作。在《罗密欧与朱丽叶》中，人们发现他照抄了意大利语的英文翻译，但是这一点并不能证明他知识水平低下。他要抄袭的不是他自己知道的，而是观众知道的。

最有可能的推测是，他的拉丁语水平可以满足他的写作，但是他并不熟识那些罗马作家。关于他的现代语言技巧，我现在还没有充分的证据来做出结论，但是由于他从未模仿法国和意大利作家，虽然当时意大利诗歌有很高的声望，我也倾向于相信，相比起英语来，他的意大利语诗歌读得稍多一些，并且翻译了一些故事作为他的作品桥段。

连波普都注意到了有很多知识是通过他的作品来得到传播的，而这些知识正是书本上不传授的。那些理解莎士比亚作品的人肯定不甘心在密室里研读他的作品，他们一定会试图在运动场上，或在街市上寻找那些意义。

无论提供了怎样的佐证，他都是一个勤奋的作家，要不是我们的语言太贫乏，他也不会放纵自己的好奇心，在外国文学中浸淫。很多罗马作家的作品都曾被翻译，一些希腊的作家也有这样的经历，这让整个国家充斥着对神学的研究学习，大多数的专题研究都有英国作家参与其中。他有足够的知识储备来把这类研究做得更好。

但是他最杰出的成就还是来源于他本身的天分。他发现当时的英国戏剧太过粗陋，没有出现任何一篇有关喜剧或悲剧的文章，从这一点可以看出，人们内心欢愉的程度。观众们对角色和对白都不甚明白。莎士比亚也许真的是那个把这两个要素成功地引入给观众的人，特别是在他笔下那些欢乐的场景中，更把这两个要素表现到极致。

他所取得的进展程度也不得而知，因为他的作品还没有完全地按照年代进行排序整理。罗威认为："也许我们并不关注他早期不完美的作品，正如对待其他作家一样。然而他的作品中，艺术性一般，最吸引人的是自然性，因此，他早期稚嫩的作品才是最充满活力、最佳的。"但是，无论目的如何，自然的力量仅仅是使用勤奋所获得的回馈的力量，或是机遇所能提供的力量。自然无法赋予人们知识，当人们通过学习和经验来收集具体形象获得知识时，命运就只能帮助合并和应用这些形象和知识的人了。无论莎士比亚有多么钟情于自然、被自然所眷顾，也只能向人们传授他所学到的知识。当他像其他凡夫俗子那样通过不断学习来提升自己的理想时，也在增长年纪中增长了智慧，并且把人生展现得更为完美。当他了解得更多时，他更能把这一切清楚说明。

有一种审慎的观察力和准确的区分度是书本上没有传授的。莎士比亚一定是用一种少有的充满好奇心和专注度的洞察力审视着人类。别的作家只懂得从过去作家笔下借用角色，仅仅通过变换附加在他们身上的意外事件来让故事显得不同，正所谓换汤不换药。而我们的作家则不但提供物质还提供了形式，乔叟除外，这是我认为他真正从中受惠的作家。无论是用英语，还是用其他现代语言写作的作家，都没有一个人像他这样还原了生活本来的颜色。

人类性本善还是性本恶之间的争论还没有开始，学者还未试图分析人类的思想，还未在激情中去追根溯源，还未揭开罪恶和美德的开创性的原则，也还未聆听内心中想一展拳脚的抱负。所有这些对人性的探究都从那时起变成了一门时髦的学问，有时充满洞察力，有时又显得很无聊。有的故事，仅仅展现虚构的情节，只讲故事而忽略了因由，只注重奇事妙事而不顾事实真相，对知识浅薄的人却充满吸引力。对人类的研究不应该躲藏在阁楼密室中进行，知天下之人，必定专注于他自己的观点，并且寓工作于娱乐。

波义耳庆贺他自己生于世上，因为世界满足了他的好奇心、促进了他的发展。莎士比亚没有这样的优势，他颠沛流离、贫困潦倒地来到伦敦，很长一段时间都生活拮据。很多充满天分和学识的作品都在他的人生中展现出来。因此在他眼里，很多人倾向于认为成功主要靠的是上进心和意志力，障碍都会在他们面前自然消失。莎士比亚的天才并没有被贫穷打倒，也没有因为不可避免的责难而受到限制。物质的障碍在他的内心中震颤，就像狮子鬃毛上的露珠一样。

虽然他遇到了那么多困难，周围也没有什么人帮助他，但是他却了解了多种多样的生活方式。他区分它们的多样性、标注它们的不同，又用适当的方式把它们结合在一起，进行全景的展示。这时，他无须模仿他人，却被后续的作家不断模仿。而有一点我要提出疑问，在那些后来者身上，能不能找到对神学的更多了解，对写作技巧的更多精通？

他的注意力也没有限制在人们通常的行为上，他正是这个活生生世界的测量员，他的描述有些特点。人们会注意到，世界上那些最古老的诗人很爱惜自己的名誉，而后续的智者们却似乎遗忘了这一点。无论他们是谁，都应该立即把情感和主观描述从知识当中剥离开。因此，每一双眼睛都见证着他们的叙述，每一个胸襟都承载着他们的情感。他们的命运注定他们做相同的研究，一半抄袭自己，一半抄袭自然，直到他们凭借作品成为权威，又站在了其他人的自然世界里。一旦模仿稍稍偏离，最终就会变得任性随意。莎士比亚无论描写生活还是自然，都运用直白的写作手法，直抒眼里看到的世界。他看到什么形象，就展现什么形象，并不会为了其他目的而可以弱化和扭曲这个形象。无知者认为自己是对的，也认为自己的表述是完整的。

也许除荷马之外再难找出一个作家像莎士比亚一样如此高产，他在他开创的研究中不断取得进展，为他的国家和时代贡献出那么多的作品。他的写作形式、人物、语言和英语戏剧的演出都是他首创的。丹尼斯认为："他似乎应该被称为英语悲剧无韵诗的鼻祖，这种无韵诗常常因为双音节和多音节的词根而变得多元化。这种多元化使得无韵诗和英雄双韵体区分开来，更容易吸引读者注意，并且更适合在戏剧中配以动作和对话。我们通常在写散文和对话中会用这种诗体。"

我不知道这样的赞美是否严谨。批评家认为双音节词根很适合戏剧，而在莎士比亚之前的高布达克的作品当中就可以发现。无论怎样，莎士比亚都是第一个把悲剧和喜剧都写得如此精彩的作家，之前没有任何一个已知的作家的作品可以获得如此高的评价。

除非斯宾塞会和他平分这项荣誉，否则我们都应当把褒奖归功于他，是他首先让人们觉得英语可以如此和谐、如此流畅。他的说辞和有些场景，充满了罗威式的精致，却没有罗威式的矫情。事实上，他竭力改良对话，但是显然，收效最大的时候是他试图用温柔来舒缓情绪的时候。

然而，必须承认，我们向他献上鲜花的同时，他也应该感恩于我们，如果他的大多数褒奖都被赋予洞察力和判断力的话，那么也应该给予相似的习俗和崇拜。我们目不转睛地盯着他展现出的优雅，有时，这种优雅表现得有点畸形，同时还得忍受着这种优雅表现出的蔑视。如果我们只是忍受，没有赞扬，那么对我们的戏剧之父的尊敬可能会宽恕我们。然而，我在一些现代批评家的书里读到，他们认为莎士比亚让语言日益堕落，而他的拥趸们反以为荣，这真是一大怪现象。

他有着毋庸置疑的和持续不断的才华，也许不止一部作品，如果当作当代作家的作品来展示的话，可能也会得到这样的评价。我是绝不会认为他的作品是刻意为了表现他思想的完美，当取悦观众的同时，也取悦了作者。有的作家比莎士比亚要勤奋努力，但是却很少能获得他的名誉地位；有的作家，在功成名就之后，就开始轻信那些阿谀奉承，放松懈怠。

莎士比亚似乎并不认为他的作品值得传世，他也不认为他的作品有什么预期的价值，他以为他只能获得眼前的关注和利益，并不着眼未来。他的戏剧公演时，他的希望耗尽，不奢求读者能喜欢。因此，他毫无顾虑，大胆地在很多对话中重复笑话，并不避讳地在创作中加入令人困惑的情节，至少他对此并无悔意。康格里夫的四部喜剧中，有两部以虚伪的婚姻作为结局。

这位未来的大诗人实在太不小心了，晚年时，虽然他以从容的笔触保持着旺盛的创作热情，但是他最后还是因为劳累、虚弱而逐渐衰退，而没有能够整理他的作品，也不愿挽救那些虽然早已出版，或因为时间太久模糊不清的作品，更没有让它们在保持最本真的面貌时交给世界，让它们得以永流传。

他的大多数冠以莎士比亚名字的作品，都是在他死后七年甚至更久才出版；而那些在他的有生之年得以出版的，却没有被署上他的名字，人们根本不在乎谁是作者，这样，世人对他的了解就更加有限了。

在所有的出版商中，无论是秘密出版的还是公开发行的，他们在编辑修订方面的漠视和笨拙都并不鲜见。作品中有数不清的错误，有的毁掉了整个篇章，有的甚至无法修复。不过，这也让人不得不质疑，这究竟是由于过时的语言所造成的模糊不明，还是作者的无能和故弄玄虚？解释清楚这些问题比稍做调校还要困难，就像鲁莽比勤奋更加常见一样。那些对此怀有猜度的人，很难不控制自己继续放纵这种猜度。如果是作者出版了他自己的作品，那我们就应该坐下来，静静解开这些谜。而现在，我们就要说出那些我们已经清楚掌握的情况。

如果没有那么多原因的同时发生，也不会有那么多的错误。莎士比亚的有些语句是不合文法、无法理解和模糊不清的。他的演员通常对他的作品了解不多，剧情的转述者也不够专业，转述时造成了更多的错误。有时，演员为了简化台词，将这些错误演绎得更加离谱。最后，作品在出版时也没有得到正确的印刷。

当时这些情况仍然存在，其原因不是像沃伯顿博士所推测的那样，因为编辑们现代语言的水平有限，因此我们的先人早已习惯了英文戏剧的出版者们对这种语言的漠视，而平静耐心地忍耐着。最后，罗威做了一些编辑，并不是因为由诗人来为诗人做编辑，而是因为罗威无心修正和解释作品，而我们的作者的作品才可以像他同时期的作家作品那样得以问世，附有生平介绍和推介序言。罗威因为他的不作为而受到广泛批评。现在是为罗威平反的时候了，必须承认，虽然他似乎无心使印刷错误变得更加离谱，然而，他本身也做了一些修订。如果他没有这样做的话，我们可能根本看不懂莎士比亚的作品；如果没有做这些修订的话，那么莎士比亚现在可能会因为通篇的错误受到人们的指责，因为段落中充斥着各种荒谬的错误。

在所有编辑的版本中，我保留了罗威的版本，并且由此了解了作者的生平，虽然他的文风并无优雅和活力，然而他还是让我们知道了我们应该知道的，并且保留了以后出版的可能性。

英国人这么多年以来一直很满意罗威先生的表现，当波普先生向人们展示了莎士比亚最初的原稿时，人们才见识了那是怎样的极端腐化，并且提出了理据，认为有理由和方法来使之改良。他整理了旧版本，还保留了很多台词的完整性，在此之前，谁都没有想过要读一读。但是，他还是受到批评，因为他删除了他不喜欢的部分，认为与其治疗不如截肢。

我不知道为什么他把原版和赝品区分开了就受到了沃伯顿博士的称赞。在这一过程中，他并没有做出自己的判断，他所提供的，是从海明斯和康戴尔那里得来，他们才是真正的第一手编辑。那些他不认同也拒绝出版的版本，虽然当时出版界混乱无序，它们仍然在莎士比亚有生之年得以出版，但是署名仍然被他的朋友忽略，并且在1664年以前都没有能冠以其名。

波普本来认为这部作品并不值得他花工夫，也不足以抑制他作为一个编辑对无趣工作的蔑视。他对他所从事的工作一知半解。那种整理的工作确实枯燥乏味，和其他冗长的工作一样，但却都是必需的。为了寻找一篇被损坏的文章，他要做很多工作，包括词汇的各种可能意义，表达的各种可能性。这就是他对自己工作的理解，这也是他丰富的语言能力。在很多可能的阅读当中，他必须选择最适合当时国情、观点和语言流行模式的，同时，编辑还要了解作者当时的想法和表达的转换。这就是他的职责，也是他的品位。批评家要求的总是比人类所拥有的要多，而经常给予肯定评价的，也总是会处在放纵的需求当中。让我们来看看编辑的枯燥工作吧。

自信通常来自成功。一个人，如果在某一领域取得成就并且被高调庆祝，那么几乎可以断言，他的力量将会辐射到更广阔的地方。波普的编辑没有达到他预期的水准，他为此感到恼怒，如果人们发现他还留下了一些烂尾工程，那么他的下半生都将遭受口诛笔伐。

我保留了他所有的笔记，保留了他的序言，和那些优雅的散文以及公正的评论一样充满价值。其中还含有对作者的一段大致评价，面面俱到，几乎不能再添加任何内容，恰到好处，几乎无从争论。每一个编辑都有删减篇幅的兴趣，而每一个读者都想看他写的批注。

波普之后是西奥博尔德，这是一个理解力和知识面都有欠缺的人，外在和内在都谈不上天才，总是在细枝末节上纠缠。他整理了那些古代的版本，纠正了很多错误。一个那么谨慎的人应该委以重任，但事实上，他的不受重用是一件正确的事。

在他的编辑报告中显示，他不被信任。有时，他手头只有一个版本，却被他说成好几个。在他的编辑目录中，他提到，第一章的最有权威，第三章的权威度中等，但事实是，第一章的权威度和其他是对等的，其他的只是因为印刷的疏忽而出现了意思的偏差。无论是谁，拥有了这几章当中的任何一章，就等于拥有了其他，因为很多内容出现了重复叙述。一开始我试图做一个全面整理，最后我只用了第一章。

在他的笔记中，我只保留了他在第二版中为他自己保留的笔记，除了当有些笔记受到后续的注解者驳斥时，或者太过细微以至于没有保留的价值。有时，我采纳了他的标点符号，但并没有保留他对自己成就的赞美。我删掉了他在遣词造句上的累赘多余，我对他对待波普和罗威所表现出的胜利姿态也有所抗拒，对于他可鄙的掩饰，我也尽量隐藏，但是为了作者阅读的多样性，我有时也展示了他的个性，就如同他展示他自己一样，放大一些也正好解释了为何隐去一些。

西奥博尔德是这样的虚弱、无知、卑鄙、不忠、任性和夸张，他运气好，选了波普做他事业上的敌人，终于也算获得了一点点名誉。这个世界是那么愿意去支持那些沽名钓誉之徒，却唾弃那些愿意提出独立的相反主张的人。要想获得赞誉太过容易，别人还无从质疑。

接着，莎士比亚落入了托马斯·汉默爵士的手里，这位牛津的编辑，在我看来，生来就是一个出色的编辑。他拥有一种直觉，能够洞悉诗人写作的意图，这一点对于一个修订者来讲是必不可少的，同时他灵活的头脑让工作事半功倍。毫无疑问，他博览群书，他对于习俗、观念和传统都了解非常广博。他很少跳过他不懂的问题，一定要探寻个究竟，有时还能够比常人快速地寻找到解决方法。他尽量简化语法，因为他了解我们的作者作品中存在的语法问题。他的语言，似乎并不是写出来给读者阅读的，而是他任意妄为的形式。

汉默的行为受到了猛烈的抨击。他发现在很多篇章中都有这样的语言问题，对此，其他编辑保持沉默，他却认为他应该对此做一些事，改变这种错误得不到纠正的局面。必须承认，经过他大体上公正的修正后，篇章基本上保留了原汁原味。

然而，他在插入注解和修正的同时，无论是借用还是独创，都不可避免地将后任的工作据为己有，并降低了他的版本的权威性。他过于信任自己和他人，认为波普和西奥博尔德的工作正确无疑，似乎从未质疑他们的可信度。

因为他的写作从来不缺乏细心的质疑和勤力的求证，因此我保留了他所有的笔记，并且相信每一个读者对于他的笔记都是读不够的。

对于最后一任编辑，似乎很难评价。对他的尊重是源于他的德高望重和学识渊博；但是，因为权威，所以他不容批评和质疑，他在笔记中屡屡举例，并且对这份工作并不热情。

他最重要的一个错误是他对自己最初想法的轻易默许。他的想法通常都是快速思考之后的沉淀，任何事情光看表面，过于自信，因而妄加推论。他的笔记有时展示的是反常的逻辑；有时，他会强加给作者一个比原意更深刻的理解，有时他又宣称意义荒谬，可是其实读者都能轻松理解。不过，有时他的修正显得快乐而公正，他对模糊段落的注释显得睿智。

在他的笔记中，我没有保留那些众所周知的理论和那些前后不一致的观点，我相信作者自己也希望这些章节被删去。剩下的，第一部分我给予很高的评价；第二部分我留给读者去评说，虽然存疑，可是也很珍贵；至于最后一部分，我毫不保留地给予批评，但是，我希望不是恶意中伤，不是无理谩骂。

在修订我自己的卷章时，我觉得毫无乐趣可言，因为我发现有那么多篇幅都被浪费在驳斥上面。无论谁认为学习的改革和多样的发问或重要或不重要，智慧和理据都发挥了重要的作用。同时，当有人说，每一个作家的大部分劳动就是在毁灭他的前辈，我们都应该为不成功的探究、为真相揭示之缓慢表示哀悼。新制度的建立者首要关心的是放弃现有的材料。他对于评价作者最大的愿望就是向人们展示，其他编辑是如何毁掉了他的作品。这种观点流行一时，就如同真理总是在辩论无法触及的地方。这样，人类的智慧没有前进。有时，真理和谬误，有时错误的矛盾，通过相互入侵来互换位置。知识的浪潮推动着一代人，却也让另一代人衣不蔽体，为此蒙羞。智慧有时像流星一样划过，为莽荒之地带来一点光亮，然而这种光亮稍纵即逝，人们又继续在黑暗中前行。

这些名誉的得失，注定要由批评家来承受，而认知的矛盾，也必须由知识的传播者来承担，因为他们是人类最聪慧、最睿智的群体。阿基里斯问他的俘虏："如果你知道你今天所承受的，总有一天也会由阿基里斯来承受的话，你将怎样向生活祈求？"

沃伯顿博士的名气大得谁和他敌对都能出名。然而，他的比较太过喧闹，以至于没有什么区分度。他最主要的攻击者是《批评的规则》的作者和《莎士比亚作品回顾》的作者。他们当中一个用急躁的方式揶揄沃伯顿的错误，这种争议显得轻浮；另一个批评沃伯顿悲观狠毒，就好像在公审一个刽子手一般。一个像飞虫的叮咬，吸一点血，欢快地扑闪着翅膀，不断飞回来；另一个像毒蛇的攻击，留下红肿、发炎和坏疽的后遗症。当我想起他们和同伙的行径时，就想起克里奥兰纳斯所遭遇的危险，他总是担心姑娘们吐口水，男孩儿们扔石子儿，会在战斗中置他于死地。当他们两个同时出现在我脑海中时，我就会想起《麦克白》中的神童：

一只雄鹰在他骄傲的地方翱翔，
是被一只猫头鹰打死的吗？

无论如何，让我还他们以公义。一个很智慧，另一个是学者。他们两个人都在辨别错误方面表现出超凡的能力，并且对于模糊篇章的解释能力都很强。但是，当他们渴望猜想和矫正时，似乎我们都错误判断了自己的能力。

在沃伯顿博士的版本之前，厄普顿先生出版了译本《莎士比亚的批评观察》。厄普顿精于语言，博览群书，但是他似乎阅历不足兼品位不佳。他的很多解释是充满好奇心和有用的，但是同时，虽然他精于对编辑们的自负提出反对，并宣称坚持旧版本，但是还是不能抑制住修订时的愤怒，虽然他总是热情有余能力不足。每一个冷漠的经验主义者，当试验成功后，他就更加充满野心，逐渐膨胀成为一个理论家，而那些出力不讨好的编辑们只能在猜想中嬉闹。

格雷先生出版了关于莎士比亚的笔记，有批评的、历史的，还有说明解释性的，他对于古代英国作家的不懈研究让他做出了很多有用的观察。他所做的都能圆满完成，但是他既没有做出公正的，也没有做出修订的批评，与其说他睿智，不如说他记忆力超群。希望那些知识上无法超越他的人，都能好好学习他的谦虚。

对于我所有的继任，我真诚地希望你们可以把对莎士比亚的研究发扬光大。无论我可以从他们身上获得什么，我都希望所指的是对原作者的研究。可以肯定，当我署上自己的姓名时，这就不会是别人的言论。也许有人对我抱有希望，但是如果有人发现我侵犯了其他评论者的言论的话，那么我情愿将我身上的荣誉拿走，送给第一个提出此言论的人，让其独有；此外，可以让人看出一个人的自命不凡，让他分清原创和回忆的区别。

我用真诚坦率对待他们，这一点都不太容易在别人身上发现，那是因为学者身上的酸劲儿作祟，所谓文人相轻。他所讨论的事情都不太重要，话题既无关财产，也无关自由，对宗教和党派毫无兴趣。那些不同的书籍，对于文章不同的见解，似乎都是为了锻炼思维的工具，并无掺杂半点激情。但是，无论如何，“小事足以让坏人骄傲”，虚荣心也在不经意的场合显见。那些相对的观点，就算无法得到捍卫，也会令骄傲的人们变得暴躁。人们常常可以在评论里看到自发的蔑视和谩骂，这比政客受到诽谤更加恶毒。

有时，事情轻松的开头可能会导致后来越来越激烈。但被调查真相愈加接近消失，希望淡出人们的视野时，它的体积可能会因为人们的愤怒膨胀数倍：人们可能根本不在意它最初的面貌，但是可能会在意它身上附加的东西。评论家们常常不禁向人们提供他想要提供的，这一切也许无关艺术或勤奋。

我借用的笔记要么具有说明性，解释清楚了理解方面的困难；要么具有公正性，无论真善美还是假丑恶都一一点评；要么具有修订性，一切偏差谬误都得以改正。

从他们那里转录来的解释，如果我没有增补我自己的解释的话，就意味着我的认同，至少我倾向于默许，没有更好的提法。

在所有编辑们的劳动之后，我发现很多篇章都会对读者阅读形成障碍，因此我觉得我有责任来让读者们弄明白。对于一个解释者来说，不可能写太少，也不可能写太多。他只能通过经验来判断写什么是有必要的。他们还得仔细考虑，最后要解释很多，让知识分子无从挑剔，还不能忽略很多没文化的人需要他们解释的。这些是有关的责难，需要平静地接受。我尽量试着不要妄自尊大，也不能妄自菲薄，并希望能够通过我的解释，把作者的意思传达清楚，特别是对于那些一直无法理解的读者，并且希望通过天真的和理性的快乐对公众有所贡献。

对一个作者的完整解释既没有系统性，也不可能按照时间顺序，而是要通过不连贯的和无序的方式来传达，中间通过松散的典故和浅显的暗示来连接，这一点，任何一个学者都不可能做到。当对名望的追逐被压抑时，所有个体的思考都会在几年的时间里被无法修复地阻塞着，并且无比渺小，以至于无法吸引公众的关注，例如服装的款式、对话的形成、拜访的礼数、家具的陈设以及仪式的习俗，以上都能在熟悉的对话中找到位置，难以保留和恢复，显得无常且薄弱。从那些模糊过时的纸张的凹折处究竟能获得些什么知识，是需要碰运气的。这些知识，每个人都懂一点，但是没有人全懂。当作者吸引了公众的注意力时，但凡谁能够对他的理解加以解释说明，他们都会促膝而谈，交流对作品的所思所想。

对于那些我所放弃的文章，虽然我不太能理解，但是将来一定有人能够解释清楚。同时，我也希望，别人忽略了，或者错误解释的文章，我能够通过简短的评论和空白处的批注帮助公众理解，这也是每一个编辑都希望做到的，虽然这项事务的工作量远比它看上去那样大。当然，最难懂的不一定是最重要的，而对于一个编辑来说，任何事都不是琐事，只要他的作者有不甚明了之处。

我并不想费劲地去观察诗歌的美好和瑕疵。有的剧作受到或多或少的公正评价，不是和它们的价值不成比例，而是我希望这部分工作能够完成得随意和偶然一些。我相信，读者们如果发现他们的观点早被人预测到，一定也不会开心。很自然，施比受更有福。判断力，和其他能力一样，总是越练越精，同时也总被专横的决定阻碍着，就好像看多了案头画册，记忆力也会变得迟缓。早期的启蒙是有必要的，有一部分被注入了戒律，另一部分通过习惯所获得。我也希望那些未来的批评家们能够发现更多。

对于大多数戏剧的结尾，我都要加上简短的苛评，通常包含一个对错误的批评和对杰出部分的表扬。我并不知道我究竟需要提出多少自己的观点。万事万物都没有受到特别细微的检查，因此，出现了这样一个现象，本该被表扬的受到了谴责，反之亦然。

所有编辑都把大量的时间放在了批评这一部分上，有时甚至到了傲慢卖弄的地步，并且用最尖酸刻薄的语言让读者感到痛快，公众们被波普和西奥博尔德之前充满语言暴力的骂战所吸引，这场骂战逐渐演变成迫害，简直就是一个针对所有莎士比亚编辑们的阴谋。

毋庸置疑，在很多编辑的笔下，很多文章都经历了偏差，在所有保留和恢复的工作中，唯一能做的是对各版本的校对和智慧的猜想。校对者的工作安全轻松，而猜想者的工作则危险困难。然而，因为大部分剧作只有现存的一个版本，危险无法避免，困难无法拒绝。

在阅读中，有人从每个编辑的劳动成果中创造出了仿真的修订，我对此表示支持，但也有一些出现了错误，我对此要提出质疑，有一些我没有评论，因为还需要在异议和自辩中获得平衡；还有一些观点，看上去宝贵但又不正确，我插入了批评。

对他人的评论进行了分类，最后我希望可以替代以修正他们的错误，或是对他们忽略的进行补充。我对我所能得到的版本进行了整理，希望还可以得到更多的版本，但是我发现那些孤本的收藏者们都不易沟通。针对那些偶然或有幸被我得到的版本，我做了一个目录，这样，我就不会因为那些无能为力的事情受到谴责了。

检查了那些古老的版本之后，我很快发现近来的出版者都在对他们的勤奋进行夸耀，却能够对很多未经授权的文章坐视不理，对于罗威的规则沾沾自喜，就算他们知道这显得武断专制也无动于衷。这样的行为，仅仅是对在他面前显得更优雅或更有学识的人的一种言语发泄。我对于这种语言的腐化只会给予无声的批评，对于我们的语言史，语言真正被保留的力量就是让作者拥有言论自由，而不被掺假。其他人，他们经常舒缓节奏、调控方式。我对此没有做过相同试验，如果调换了一个词，插入或删掉了一个细微部分，都会对全文有影响。如果整个版本就是这样反复无常，那么小细节的微调就更加自由了。

和所提供的版本相比，我插入文正的修订，有时对提升理解似乎收效甚微，有时似乎效果明显。

虽然有时不可避免会猜想，但我并不会肆意妄为，这是我所定下的规矩，如果可以保持古书的原汁原味，就不要为了文字的优美、语言的明晰，甚至仅仅为了提升感觉去改变文章的原有结构。虽然不是每一项赞誉都是真实的，最初出版者的判断也不都是正确的，但是眼前的书是用来阅读的，而不是用来想象的。但是很明显，他们常常因为无知和漠视而犯下匪夷所思的错误，因此招致批评是不可避免的，我对此保持着谨慎的假定态度。

对于那些给读者千丝万缕困惑的文章，我就是要给予批评。但是，我首先要做的是，把旧版本放在手边一起阅读，分辨其中是否有差别，通过这种方法来获得理解。连于埃都不会谴责我，因为我没有单纯为了变更语言而拒绝潜心研究。在谦虚的修行中，我不能说我不是成功的。我挽救了好多偏离原意的台词，也保护了好多句子，免于遭到侵害式的篡改。我采纳了罗马式的情感，即挽救一个公民比杀死一个敌人更让人敬佩。

我保留了戏剧中对于动作行为的比例分配，虽然我知道对于大多数戏剧权威来讲，这是无效的。在随后的编辑中被划分开的部分在第一章里面都没有划分，还有一些在这一章里划分开的在后续版本中又没有划分。戏剧的既定模式要求把一部戏剧被四次幕间休息分隔开，但是莎士比亚的作品却鲜有如此划分的。一出戏是很少没有时间跨度、不转换地点的，一次暂停就是一个新场景。因此在每一个真实场景和每一个模拟动作之间，中场暂停总是或多或少地存在，因此，五场戏的限制显得过于专制武断。莎士比亚明白这一点，他也是这样操作的，他的剧本是一个未中断的整体，现在必须要在中间加上场景来做场间休息，尽可能地插入场景的变换，或者要求大量的时间流逝，这种方法立刻平息了无数的质疑。

为了保留作者作品的完整性，我考虑在我的能力范围之内使用标点符号，比如句号和逗号，可能会破坏词句的本意。任何可以进行微调的事情都在默默进行，有些戏剧工作量大一些，有些小一些。要让忙碌的眼睛紧紧盯着渐变的核心事物绝非易事，就像涣散的精神无法聚焦真相渐变的轨迹一样。

对于一些影响不大的细节，我在读者没有意识到的情况下进行了插入和删减。我有时为之，而别的编辑通常都这么干，有时真的必须如此，文章才能读得通。

读者中的很多人，并没有谴责我们无视小错误，而是奇怪为什么在小错误上浪费那么多劳力和口舌。对于这些问题，我可以自信地回答他们，我们不能因为读者的无知就迁怒于他们，我只是希望它们学习批判主义，学习艺术，这样他们可以变得更有用、更快乐、更睿智。

当我在不断实践着猜想的时候，我也学习尽量不要相信猜想。当我的猜想发表了之后，我又下定决心以后不会在我的阅读中加入任何猜想。我要为我的审慎而庆贺，因为猜想让我每一天修订的工作都变得疑虑重重。

自从我开始限制自己的想象力以后，如果我在可支配范围之内再制造出任何歧义事件，就不应该再受到谴责。猜想并无危险，既然文章没有受到损害，那么是可以安全地进行这种改变的。

如果我的笔记阅读价值不高，那么它们就不会被高调展示。我本来可以写出更多的笔记，因为写文艺笔记并不是件难事。这项工作现在得到了革新：首先是对那些愚蠢无知者和过去版本的品位低下进行谴责；其次是提出一些论调迎合那些肤浅读者，因为他们会觉得这些论调非常珍贵；接着创造出真正的阅读，通过长篇的释义和总结，最后发现真谛。智者希望真正的批评能够做得更好。

这其中也许有些处置得不够正确，但我怀疑我的阅读究竟是否正确，这需要很多词句来证明它是错误的。修订也有可能是错的，虽然付出了大量看似正确的劳动。这种快乐修复和保留过程的公正性有时会突然反咬你一口，而其中的道德标准也同样适用于批判主义。

对于水手来说，看见海岸会让他想起沉船的残骸，继而产生恐惧情绪。而我的眼前，也常常会出现错误批评甚至失败的景象，那种谨小慎微让我充满压力。在很多篇章中，我都会遇到智慧和诡辩较量着，而学识也被多样性迷惑着。我被迫谴责我崇敬的人，禁不住反思，当我放弃他们的修订时，相同的命运也许很快会降临到我头上。而很多我纠正的篇章，也许正是其他编辑所捍卫的。

> 批评的另一个名字叫抹去，
> 坐上别人的位子，
> 他们自己的，像别人的，很快他们被取代，
> 或是消失，景象还原。
>
> ——波普

猜想式的批评家应该经常被误解，要么被自己，要么被他人。在他们眼里，艺术是没有系统可言的，没有主要的和不言自明的事实在控制着事情发展的步调。他每次尝试，都有可能出错，一个不光明正大的观点，一个对文章的误解，一个对事物之间联系的疏忽，都足以让他不但失败，甚至被人耻笑。

这是一种无法令人愉悦的状态，危险时时潜伏着。然而，修订的诱惑却无法抵挡。猜想充满快乐和创造的自豪感，一旦进入这种快乐的状态，就不愿意接受任何相反意见。

然而，猜想式批评家在这个世界大有可用之处。我并无意贬低这项研究，因为很多强大的人都从事这项工作，从文艺复兴时代一直到我们这个时代，从阿勒利亚主教到英国的宾利。对于古代作家的批评有时也会受到

责难，比如人们不愿看见编辑对莎士比亚进行批评。他们被请来修改语法错误，他们的工作对文章的明晰贡献巨大，乔叟的作品远比荷马的晦涩难懂。通常手稿不止一份，而且他们不会经常犯相同的错误。然而斯卡利格向萨尔梅歇斯承认，他的修订对他意义不大。利普西乌斯也抱怨，批评家也会犯错，甚至是在添乱。事实上，只要用了大胆的猜测，修订的睿智和学识就会经不起推敲，比如我的和西奥博尔德的。

也许我受到的批评并不多，因为一开始我让公众充满期待，最后却不了了之。无知的期待是不确切的，有见地的期待也会是残暴的。要取悦那些并不知道自己要什么的人，和那些总是订立不可能的目标的人实在太难了。事实上，我总是让自己失望，我试图不掺杂个人感情地来完成我的工作。很多时候，我像其他人一样失败，在我努力过后，我退缩并承认失败。表面上看，我积累了很多学识，但事实上，我并不能把这些知识传授给无知的人，在这个问题上，没有什么是必要的，没有什么可以做，别人说得够多了，我无话可说。

笔记经常是必要的，但是它们也是魔鬼。让那些不了解莎士比亚力量的人在他的戏剧中感受终极快乐，把每一出戏从第一场看到最后一场。当他的想象力插上翅膀，让他飞翔，不需要纠正和解释。当他完全被吸引其中时，让他忘记西奥博尔德和波普的恶名。让他无论明晰还是模糊，无论完整还是残缺都让人读个痛快。让他保留对剧中对话的理解，和他对故事的兴趣。当阅读的快感开始褪去的时候，让他再去探究个确切，去读那些评论。

有些文章因为笔记而变得清晰，但是大多数的效果却被减弱。心灵因为不断被打扰而变得僵化，思想因为不连贯的主题而被转移，读者感到疲乏，他不会去质疑，但最终会扔掉他勤奋阅读的那本书。

等到大意得以传达，细节才能得到研究。有一种方法对任何一篇巨著都可以提供理解力，细致的研究揭示了细节，但是整体的美却丢失了。

如果认为编辑们的继任不能为一个作家添加吸引力，似乎不太懂得感恩。一个作家被读，被崇拜，被研究，被模仿，当他和这一切由无知者强加在他身上的不恰当一起变化时，当阅读不再被纠正时，人们不再能理解他的思想，所有自然的形象都呈现在他眼前，他费劲地把它们拉到面前，幸运的是，当他描述一件事情时，读者仿佛身临其境。有的人控诉他没有学识，他确实没有受过良好的教育，他看上去内向。如果他是这样的话，那么我可能会伤害他，拿他和最伟大的人做比较。有时他平静木讷，有时他的幽默急智似乎在退化。但无论如何，他都很伟大，当一些重要的时刻来临时，没有人会说，他能够表现出莎士比亚那样的急智，他是诗人之冠当之无愧。

可悲的是，这样一位作家需要得到注释和评论，否则他的语言晦涩难懂，他的感情模糊不明。不过，超越人力范围的愿望从来都是徒劳无益的妄想，由于机缘巧合，莎士比亚经历所有人曾经经历的一切，而且自从采用了这些类型，他遭遇的一切比任何作家都要多，这或许是因为他对名利的淡薄，又或许是出于心灵的优越感，才会轻视其本身的表现，从而以为这些作品不值得保存，而后世的批评家们却争相恢复和解释这些作品，当把他们和他的力量进行比较时，并且做出判断，认为这些作品根本不值得保留，后世的批评家将为所保留的名誉感到满意。

现在我作为籍籍无名之辈来面对公众的评判，希望能够自信地给出自己的评价，不会辜负曾经受到的鼓励。每一部这样的作品本质上讲都是不完善的，如果只是让博学多才之士来宣布这一判决，我不会有任何担心。

《雅典神殿入口》发刊词①

约翰·沃尔夫冈·冯·歌德（1798）〔德〕

被自然和艺术吸引的年轻人总是认为，只要积极努力，就能很快到达神殿最深处；但往往经过长期的四处徘徊之后，他们才察觉自己还在神殿的前厅。

正是因为观察到了这一现象，我们才为我们的刊物取了这样一个名字。通常我们和朋友们只能停留在台阶、大门、入口、门廊，以及外殿和内殿之间，神圣与平凡之间。

如果“神殿入口”这个词让人想到雅典城堡和密涅瓦神庙外的建筑，其实这并不违背我们的意图；但是请不要以为我们想把这个刊物办成像它们一样的艺术精品。这采用这个刊名，是要表明我们期待通过这份刊物能够产生与“神殿入口”这一地点相称的对话和交谈。

有哪一个思想家、学者、艺术家在他们风华正茂的时候不向往来到这

---

① 《雅典神殿入口》是歌德和他的朋友亨利·希麦尔于1798年7月创建的一本刊物。在该刊存在的三年时间里，除了编辑，席勒和洪保德也曾为其撰文。该刊的宗旨是传播有关艺术目标和方法的先进理念。在这篇著名的发刊词中，歌德深刻清晰地阐述了他对相关主题的基本思想。

样的地方，不向往（哪怕是在想象中）置身于这样一个民族之中？我们可望而不可即的完美如此自然地出现在这个民族身上。在生活和时间的过程中，他们发展起来的文化具有如此美妙的连续性，而这种文化在我们身上只是偶尔出现，而且还残缺不全。有哪一个现代民族不把其艺术文化归功于希腊人？在某些方面，又有哪个民族从希腊吸取的营养比德国更多？

这就是为什么采用了这样一个具有象征意义的刊名，希望大家能谅解。希望这个名字能够提醒我们，尽可能不要脱离古典主义的土壤；希望它简明扼要，意义丰富，吸引爱好艺术的朋友们，并满足他们的需求。本刊将发表志同道合的朋友们对于自然和艺术的观察和思考。

有艺术家天分的人，会留意周围的一切，这一切的各种对象和他们的各个组成部分都会吸引他的注意。通过观察，和应用这些观察到的东西，他变得越来越敏锐。在事业的初期，他尽可能地利用这一切为自己服务；以后，他会乐于为别人服务。因此，我们也希望向读者们提供和讲述很多我们觉得有用的东西，这都是我们许多年来在各种各样情况下积累起来的东西。

但是谁都不会否认不受主观影响的纯粹客观的观察实在太少了。我们容易把感觉、观点、判断与实际的经历混淆起来，所以我们总是不甘于做一个被动的观察者，而是很快地开始反思。不过，我们虽然重视这些思考的结果，但不会超出自然和个人智力水平允许的范围。

尽管如此，如果我们与别人同心协力，如果我们的知识不是个人而是大家共同思考和努力的结果，那么在这一问题上，我们可以更有信心。有时我们会怀疑自己的某个思考方法是不是有问题，特别是当有人表达完全相反的判断时，这种疑虑尤其让人不知所措。但是，一旦我们发现别人跟我们想法一致，这种疑虑就会减弱甚至彻底消失，也只有到那时，我们才能为自己知道的这些基本原则继续感到高兴，因为我们自己和别人长期以来一步步证明它们是正确的。

当若干这样的人联合起来，会成为朋友，因为他们有着共同的兴趣，都希望不断完善自己；他们目标极其相近，都希望向着这些目标不断前进。他们相信虽然走的是不同的道路，但终将殊途同归；虽然在这一过程中，他们彼此分离，但很快就会快乐相聚。

谁没有体验过这样的对话将会带来多大的好处？讨论虽然是短暂的，但对彼此的促进和帮助不可磨灭，尽管人们不再记得是如何实现的。文字能够更好地记录朋友们如何一步一步共同取得进步，将他们成长的每一个瞬间都定格下来。如果说已经收获的东西可以给我们以慰藉，那么回顾其形成过程则会给我们带来启发，因为它会让我们看到未来不断发展的希望。

人们经常将自己的想法、判断和愿望写成文章，一段时间之后可以回顾过去的自己，这是一种对自身和别人发展都十分有益的辅助方式。人们不该忽视任何一篇这样的文章，因为生命短暂，而且每向前一步都需要克服很多困难。

可以看得出来，我们说的是那些渴望在科学和艺术领域大展宏图的朋友们，他们应该加强彼此之间的思想交流，尽管日常生活和其他工作也应该重视交流。

艺术和科学工作者除了要与同行保持密切联系之外，与公众保持联系也是相当必要和可取的。不论是一个人的思想还是成就，只要具有了普遍性，那就是属于世界的；世界会让一切对之有利的个人努力成熟起来。作家都渴望得到别人认同，这是自然赋予的一种内在动力，可以推动人向更高的目标攀登；他以为自己已经得到了桂冠，但他很快会意识到，他的每一种天赋才能都需要经过更加艰苦的磨炼才能为他赢得公众的认可，尽管运气和机遇也会给他带来同样的东西，但那不会持久。

作家与公众的关系在其创作的早期非常重要，但即便是到了创作的晚期，这种关系也是必不可少的。尽管他不好为人师，但他也希望能够和分散在世界各地、兴趣相投的人分享自己的看法。通过这种方式，他可以恢复与老朋友的关系，保持同新朋友的关系，并有希望在余生与下一代的年轻人建立友谊。他还希望年轻人不再重复他走过的弯路，并且可以在他早年种种卓有成效的各种努力的基础上，再来发现和利用当前便利。

正是本着这种严肃的精神，我们组织了一个小小的团体，希望我们的事业一直那么让人振奋。时间会告诉我们最终会走到哪一步。

我们发表的文章，由几个不同的作者撰写，虽然他们的思维方式不尽相同，但是在主旨上希望他们不会互相矛盾。没有哪两个人是以完全相同的方式来看待世界；性格不同的人，会以不同的方式来应用他们共同认可的原则。实际上，哪怕是同一个人，他的看法和判断也不会总是一样，先前的信念必然会被后来的信念取代。一个人的个人思想和言论，有的会经得起各种考验，有的不会，但重要的是他能沿着自己的道路走下去，忠实于自己，坦诚地对待他人。

尽管作家们都十分希望能够和同行以及多数读者保持融洽的关系，但也不能不看到，反对的声音会从四面八方传来。如果他们在多个问题上背离了主流思想，那这样的情况还会更多。他们并不是为了左右或改变任何第三者的思想，但他们仍旧会坚定地表达自己的观点，根据具体情况决定是回避争论还是针锋相对。但是总的来说，他们会坚持一种信条，尤其是那些在他们看来是一个艺术家磨炼的必不可少的条件。在这上面，他们会一再重复和强调。如果谁觉得某件事重要，那他必须表明立场，否则，他在任何地方都不配得到关注。

先前我们曾讲过，我们将发表对自然的观察和思考，同时我们必须说明它包括：一是造型艺术；二是一般的艺术；三是艺术家的锻炼。

对一个艺术家的最高要求是：忠实于自然，研究她，模仿她，创造出类似于自然现象的作品。人们并不总能理解这个要求是多么崇高、多么苛刻；真正的艺术家也只能在不断进步中，通过个人体验理解其含义。自然和艺术之间横亘着一道巨大的裂缝，如果不借助外力，即便是天才也无法将这道裂缝弥合。

我们从周围发现的一切都只是原材料。如果说有艺术家能够仅凭自己本能和趣味、练习和试验，捕捉到事物的外在美，并从眼前的原材料中挑选出最合适的，成功制造出一个至少看起来舒服的外观，那么，这实属罕见。但是，如果一个艺术家能够深入事物并深入自己的灵魂，不仅制造出轻易能产生出表面效果的东西，而且作为自然的对手，还创造出了具有精神有机性的东西，赋予他的艺术作品自然但同时又是超自然的内容和形式，这更为罕见，尤其是现在。

人是造型艺术最高的、最典型的对象。为了真正理解他，并走出人体构造的迷宫，掌握有机自然的一般知识是很必要的。艺术家应该了解无机物和自然的一般作用，特别是光线和颜色这些可以为艺术所用的无机物；但是如果艺术家想从培养解剖家、自然学家和物理学家的学校中学到他所需要的知识，他一定会走很长很长的弯路。而且，他到底能不能在那里找到对他来说最重要的东西还是个问题。这些专家要满足的是自己学生们的需求，这完全不同于艺术家们特有的需求，所以他们根本不会考虑。正是出于这个原因，我们想要尽自己的绵薄之力；虽然我们不指望自己独立来完成所有必需的工作，不论是勾画一个总体的概貌还是完善具体的细节。

仅仅通过观察表面无法真正了解人的形体；如果要思考和模仿的是眼前这个不断活动的美丽鲜活的整体，那就必须揭示出他的内部，分离他的各个部位，注意这些部位之间联系，找出它们的区别，观察作用和反作用，牢记现象中隐藏的、不变的基本因素。只是观察一个生命体的表面现象会使观察者感到迷惑。我们这里引用一句格言：我们只能看到自己了解的东西。正如有些近视的人，因为有了精神视力的帮助，跟物体拉开一段距离会比走近了看得更清楚。所以，观察的完美与否实际取决于我们的知识。一个懂绘画的自然学家，能够生动地临摹对象，因为他能够从整体特点中识别出重要的部分，并对其加以强调。

对人体形态各个组成部分的精确了解会对艺术家大有助益，但是他最终还是需要把各个局部放到一起整体来考虑，所以从整体或从某个侧面来审视相关对象也是相当帮助的，当然条件是这位艺术家有上升到理论的能力，并且能够捕捉貌似不相干的事物之间的紧密联系。比较解剖学提供了有关有机体的一般概念，它从一个形体到另一个形体，引导我们观察各种亲疏不同的有机体，从而使我们透过这一切，在一幅理想的图像中认识它们的特点。如果记住这幅图，我们会发现，在观察对象时，我们的注意力会有一个特定的方向；且通过比较的方法，我们能够看到各种零散的东西，并将它们轻易地记住；同时我们会意识到，只有当我们从自然身上学会了，或者至少是学到一点她创造作品的方法，我们最终才能在艺术上和自然相匹敌。

此外，我们还想鼓励艺术家再学一些有关无机物的知识。这应该更加容易，因为现在我们能够非常方便快捷地获取矿物王国的情况。画家需要知道一些关于石头的知识，这是为了画出它们的特点；雕塑家和建筑师学习这些知识，这样才能对它们的特点加以利用；雕刻宝石的工艺师不能不懂它们的特点；鉴赏家和爱好者也要追求这些知识。

我们曾建议艺术家对自然的一般作用要有个概念，以便了解那些他们最为感兴趣的自然作用。这样，一方面可以促进他们更全面地发展；另一方面可以帮助他们更深刻地理解他们所关注的东西。现在我们想就这一极其重要的方面再做一些补充。

到现在为止，对物理学家的色彩理论，画家能做的唯有赞叹而已，还没有能够从中学到些什么，虽然艺术家的自然感觉、长期训练和实际需要也会引导他通过自己的方式领悟色彩的运用。他首先感觉到鲜明的色彩对比，从这些对比色的结合中产生了和谐之感，然后根据大概的感觉画出了颜色的各种特点。于是，他有了暖色和冷色，有了让人感觉近的颜色，也有了表现远的颜色。接着，通过自己特有的方式，使这些现象更加接近最具普遍性的自然法则。也许这证实了这样一种猜想：自然作用，比如色彩的效应、磁效应或者电效应等，都取决于我们认为的某种双向关系，或者两极对立的关系，或者称为一个独特的统一体中的两重或多重现象。

我们会以艺术家能够理解的形式来详细介绍这种理论。既然我们要做的是对艺术家迄今为止凭直觉做的事进行解释，并总结出最基本的原则，那么我们要做的事还是有望受到艺术家的欢迎的。

关于自然我们想要说的就是这些，现在再就艺术谈一些最必要的东西。

这本刊物计划发表的是单篇论文或者论文的某些部分。我们并不是要将一个整体割裂开来，我们的意图是要用很多部分构建一个整体，因此有必要做一个简明扼要的介绍，读者们也会在以后我们发表的一篇篇论文中慢慢读到关于它们的详细解释。我们会首先刊登一些有关造型艺术的文章，会根据我们的理解和方法介绍大家所熟知的造型艺术的各个门类。我们主要要做的是引起人们对每一个艺术门类的重视，并向艺术家们强调不能忽略的任何一个门类。很不幸，在过去和现在，经常发生忽略门类的事情。

过去，我们一直都把自然当成素材的宝库，但是现在我们该谈一下另外一个要点，那就是艺术应该如何加工这些素材。

当艺术家抓住一个自然对象，那这个对象就不再属于自然；实际上，我们甚至可以说艺术家在那一刻创造出这一对象，因为艺术家从中提取出了所有重要、典型和有趣的东西，或者说赋予了它们更高的价值，仿佛把更和谐的比例、更崇高的形式、更突出的特点付诸人的形态上，画出一个规则、圆满、突出和完美的圆，自然在这里显现出她最美的一面。而一般情况下，自然在广袤无垠中很容易变得十分丑陋并在无动于衷中丧失自己。

不论是历史还是寓言，组合起来的艺术作品及其主题和内容也是如此。在决定对象上不会犯错的艺术家是何其幸运，因为他们知道如何选择或决定什么符合艺术。那些在散乱的神话和久远的历史中不安徘徊着想要从中找到合适对象的人，还有那些想通过博学增加自己的分量或通过寓言增加其趣味的人，往往在创作过程中会被意想不到的障碍拦住，或者在作品完成后才发现错过了最重要的目标。如果不能向感官把话说清楚，也就不能让心灵了解自己的意图，这一点在我们看来非常重要，所以一开头就安排了一篇与此相关的文章。

在找到或创造出一个对象之后，接下来就是如何处理主题。我们把处理方法分为三类：精神的、感性的和机械的。精神处理就是按照其内在联系展开主题，并发现其要点；如果能够通过素材的选择来判断一个天才的深度，那么我们也能够通过他对主题的选择来认识他的广博、丰富、充实和吸引力。我们所说的感性处理，就是通过它，能够让感官彻底理解作品；通过它温情的魅力，能够让感官觉得作品亲切、可喜、让人难以抗拒。最后，机械处理就是通过身体器官来加工现有的材料，使作品成为现实的客观存在，具有了现实性。

虽然我们希望通过这种方式能够对艺术家们有所帮助，并且也真心希望我们的建立和忠告能够被采纳，但是我们也想到了一件让人忧虑的事，那就是每一项事业，就像人一样，不仅会从它所处的时代受益，还会因为时代而受损。所以，我们也不能完全回避这个问题——我们是否会被接纳。

一切事物都处于不断变化之中；有些东西不能共存，因而互相排斥。有些知识、指导方法、表达方法和原则也是如此。人的目标基本上是保持不变的：和几个世纪前的古人一样，他们也渴望成为出色的艺术家或诗人；但是并不是人人都清楚应该怎样达到这一目标。既然如此，为什么就不能承认没有任何事情能比高高兴兴地完成一个伟大的设计更令人惬意?

公众显然对艺术有着巨大的影响。人们对艺术作品付出了金钱、给予了认可，作为回报他们要求作品要讨自己喜欢，要给他们带来直接的享受。艺术家一般会愿意满足他们的要求，因为他也是公众的一分子。他与其他人在同一时代受教育，有着同样的需求，与其他人一样朝着同样一个方向努力，所以艺术家高高兴兴地跟随着大多数人的脚步。大众给予艺术家支持，艺术家为大众带来活力。于是我们看到整个民族和整个时代对他们的艺术家感到满意，而艺术家们也自认为是民族和时代的代表。但是双方从未怀疑过他们的道路是否正确，或者他们的趣味是否太过狭隘，艺术是否正在衰落，他们是否正沿着正确的方向前进。

关于这一点我们不想再泛泛而谈，这里专门谈一下造型艺术。

对德国艺术家以及所有的北方现代艺术家来说，把无形转换为有形是非常困难甚至几乎是不可能的事，即使做到了，也很难保持下去。让每一个在意大利生活过的艺术家问问自己，难道不是因为看到古现代最顶尖的作品才唤醒了心中热情，促使自己不断努力研究和模仿人体形态的比例、形式、特点，全力以赴、全身心地投入到艺术实践中去，不断使自己的作品接近这些近乎完美的艺术作品，并最终创造出这样一幅即满足感官欣赏，又能把精神提升到最高境界的作品。与此同时，他也会承认，回国后他便逐渐懈怠了，因为很少有真正理解、欣赏和思考这种作品的人；多数只能肤浅地看看，对其也只有一些很随意的印象，并用他们自己的某种方式感觉和欣赏作品中的某些东西。

最糟糕的画作也可以唤起感官的活动，刺激想象，并让它们无拘无束，而让人有所感觉和想象；虽然好的作品也能激起人的感觉和想象，但用的是一种更高级的语言，当然这必须是我们能够理解的语言；它牢牢抓住了我们的感觉和想象，控制了我们的善变，使我们不能随心所欲地对待一幅完美的作品；它迫使我们完全陶醉其中，为的是让我们醒来时发现自己得到了提升和净化。

我们会一步一步具体而又清楚地让大家看到这并不是梦。我们要特别提醒人们注意现代人时常卷入的一个矛盾：现代人称古人为师，承认古人的作品有不可企及的优点，可是在理论和实践中却又背离古人始终遵循的原则。因为我们常把这一重要之处当作出发点和归宿，因而我们还发现了其他的现象，其中一些必须提一下。

艺术开始腐朽的最重要的一个标志是各种类型的混杂。各种艺术本身以及其分支，彼此互相联系，并具有某种统一的趋势，有时甚至你中有我、我中有你，但正因为这个原因，艺术家们必须将自己的领域与其他艺术领域区分开来，那就是把每一种艺术放到适当的位置，并且使各个艺术门类保持清晰的界限，而这也是艺术家的责任、美德和尊严。

但是我们注意到，所有的造型艺术都在朝着绘画方向发展，所有的文学都竭力成为戏剧，这种现象让我们开始反思。

真正创造法则的艺术家追求的是艺术真实，而不顾法则、盲目冲动的艺术家追求的是自然真实。通过前者，艺术达到了顶峰；通过后者，艺术跌入了低谷。

一般的艺术是这样，这种情况也适用于各种艺术类型。雕塑家应该以一种不同于画家的方式进行思考和体验，而且如果他要雕一座半圆形的浮雕，就不能用创作圆形浮雕的方法。如果不断让浅浮雕更加突出，让各种形态和组成部分完全脱离背景凸出来，最后再加进建筑和风景，便得到一个既像绘画又像木偶戏的东西。伴随着这样的做法，真正的艺术不断凋零；不幸的是现代优秀的艺术家们就选择了这条道路。

未来我们会提到一些我们觉得有道理的原则，那时我们希望艺术家们能够用实践来检验这些原则，因为它们都是从艺术作品中总结出来的。两个人能在某个基本原则上达成理论上的一致，那是相当罕见的事；但另外一方面，在什么可用、什么有用的问题上，人们能很快做出判断。我们时常看到艺术家们在选择对象、寻找适合他们艺术门类的结构类型、具体的安排、选择色彩时，是如何的困窘！此时此刻，如果检验一下他们使用的原则，我们就更容易判断。通过使用这个原则，我是更接近伟大的榜样以及榜样中一切让我们欣赏和热爱的东西了呢，还是在实践上把一项尚未经过深思熟虑的经验弄得混乱不堪？

如果说有的原则有利于培养艺术家，引导他们走出困境，那么这些原则同样也可以用来阐释，评价和判断古今艺术作品，而且反过来看，这些原则也可以从考察古今艺术作品过程中产生。现在明白这一点尤为必要，因为在现代人对古代作品的一片赞扬声中，无论个人也好，还是整个民族也好，很少有人知道古代作品最了不起的地方到底在哪里。

因此，精准检验古今艺术作品能够很好地避免这一问题。让我们来看看喜爱造型艺术的人通常会遇到的一种情况，仅此一例便能说明准确批判古代和现代艺术多么必要，如果我们真的想要它们发挥作用的话。

对一个虽然没有经过专业训练，但仍旧有些鉴赏力的人来说，即便是一件出色的古代艺术品的，已经模糊且有瑕疵的复制品，也会产生巨大的效果，因为这样的一个复制品依旧保留了原作的思想以及伟大质朴的形式。简而言之，就是视力不好的人站在远处也能看到它大概的轮廓。

人们可能已经注意到了，这样极不完美的复制品时常会点燃人们对艺术的强烈爱好。它撩起的是一种模糊的不确定的感受，而初阶的艺术爱好者看不到它所有的价值和意义。因此这些人也时常议论说，太过细致准确的批评性研究会破坏享受，他们已经习惯了反对和抵制对细节的尊重。

不过随着体验和训练的增加，慢慢让他们看到的不再是拙劣的复制品，他们得到的乐趣会随着鉴赏力的提高而增多。所以当他们最终看到真迹，看到完美无瑕的真迹时，他们将会感受到更多的乐趣。

当细节和整体都很完美时，人们会心甘情愿地进入准确观察的迷宫；实际上，人们通过学习会逐渐懂得，你看到的短处越多，说明你越懂得欣赏它的长处。辨识出的缺陷和领略到的优点是成正比的。能把通过修复而重新组合起来的作品同原作品区分开来，能看出复制品和真迹之间的区别，这是技艺精湛的艺术家们的一种享受；是用模糊的感官去观察一个拙劣的整体，还是用清晰的感官去观察一个完善的整体，两者有着巨大的区别。

只要是懂行的人，就应该追求最高境界！鉴赏不同于实践，在实际操作中，人们马上会感到自己心有余而力不足，所以能够掌握鉴赏知识和具备鉴赏能力的人比有实践能力的人要多得多，甚至可以说，只要一个人能够抛开自己，实事求是地对待对象，能够不带着僵硬狭隘的偏执，不坚持把自己的性格和浅薄的偏见强加给自然和艺术的最高作品之中，就都能具备鉴赏的能力。

要想恰当地评价艺术作品，并使别人和自己都受益，必须要亲眼看到这些艺术作品，观赏是一切的关键。另外十分重要的一点是，在使用语言介绍作品时，自己的思想必须十分明确，不然别人读到这些文字什么感想也不会有。常有这样的情况，有些写文章讨论艺术作品的人总是泛泛而谈，他们的文字当然也会激发起人们的思想和感觉，只是对那些手拿着书站在艺术作品面前的人来说就毫无用处了。但正因如此，我们将要刊登的很多文章，其目的不是满足读者的需求，而是激发读者的需求，让他们希望马上看到这幅加以剖析的作品，以便享受所说的那个整体，再就刚才读到的看法做出自己的评判。

虽然作者在写文章时，已经假定其读者要么是已经见过这幅作品的人，要么是要去看这作品的人，但他还是希望尽其所能为其他的读者服务。他们会提到复制品，还会告诉读者们在最近什么地方，特别是离德国比较近的地方，可以看到古代艺术作品的复制品，以及真品本身；以此来培养人们对艺术真正的热爱，帮助他们获取相关的知识。

一部艺术史只能建立在对艺术的最高、最具体的理解之上。只有认识了人类最伟大的艺术作品，人们才能够像其他领域那样，追溯艺术领域的心理和时间发展过程。这个过程才开始时只有一些非常有限的活动，内容是对一切有意义和没意义的事物进行干瘪甚至阴郁地模仿；随后，从这些活动中发展出一种对自然更加亲切和喜爱的情感；最后，在知识性、规范性、严肃性和严格性这些有利条件下，艺术达到一定高度；最终，具备了这些条件的天才们幸运地创造出充满魅力的、完整的作品。

但令人遗憾的是，虽然这样轻松的作品让人觉得振奋、自由和快活，但会使正在辛苦努力的艺术家们以为创作的过程应该是很惬意的。艺术的巅峰作品如果看起来难度不高，这会使后来的艺术家不愿费力工作，急功近利，只图外表好看。这样，不论整体还是细节，艺术都会从现有的高度上跌落。但是如果我们对此想要有一个正确的认识，那就必须注重整体的细节。这个工作并不总是舒适有趣，不过我们会慢慢得到丰厚的回报，会对整体有更加可靠的认识。

观察古代和中世纪作品的经验，告诉我们某些原则是正确的，我们可以用它们来判断近现代的作品。因为个人的爱憎、公众的喜好等因素，很容易影响我们对活着的或刚刚去世的艺术家的评价，所以当代人下结论就更需要这些原则。可以从两方面进行这样的研究：一是减少主观任意性的影响；二是把问题提到更高一级的法庭。原则本身以及对它使用都可以得到检验。如果这样做了意见仍然不能统一，那就明确指出有争议的地方。

如果我们提到了某些健在的艺术家们的作品，我们特别希望这些艺术家们能够用这个方法认真仔细地检验我们的判断。在我们这个时代，每个配得上艺术家称号的人，都应该在自己的工作和反思中形成一套理论，或至少是对理论手段的某种认识，只有这样才能应付各种情况。不过在此过程中，艺术家们常常把那些适合自己才能和喜好的便利原则当成是不二法门。那么命运注定他会和所有的人一样。虽然在别的领域也有很多人如此行事，但是如果只图便利和轻松，就不会成长发展。每个艺术家都是人，都只是一个独立的存在，都只能偏向于一个方向。正是如此，人才应该在理论和实践上尽力追寻与自己本性对立的东西。让随和的人追寻严肃和严格；让严厉的人看到轻盈和柔和；让坚强的人变得可爱；让和蔼可亲的人得到力量。总之，如果人离自己的天性越远，其天性就得到了更好的培养。每一种艺术都要求完整的人。艺术能达到的最高境界就是完整的人性。

造型艺术实践是机械性的，对于年幼造型艺术家的训练从一开始就带有机械性，而其他方面的教育却经常被忽视。但这样的教育对他来说更应仔细认真，因为别人都有机会从生活中学到很多东西，比如，社会交往会让一个粗俗的人很快懂得礼貌，做生意能让一个最朴素的人变得精明起来。即便是文学家也要通过发表作品面对大量的读者以及随之而来的各种异议和谴责。而只有造型艺术家例外，他们的活动一般都局限于寂静的工作室，他们只和付钱给作品的人打交道，只同那些仅凭病态印象就给人下判断的人打交道，只同让他们不安的鉴赏家打交道，只同对任何新作都会赞不绝口的拍卖人打交道，这些人嘴里的赞扬之词本来是应该用来向最优秀的作品表达敬意的。

这篇介绍是到了该结束的时候了，不然就喧宾夺主了。在上文中，我们指明了我们的出发点。无论我们的观点将来会有怎样的影响，都必须一步一步慢慢发展。我们希望在不久以后也能讨论文学理论和文学评论；跟生活、旅行和日常事件相关的事也不会排除在外。最后我们还得谈谈一件十分重要的事。

对于艺术家的培养，对于爱好艺术的朋友们的享受来说，艺术作品存放在哪个国家，从来都是具有重大意义的问题。曾经有过一个时期，除了个别变动之外，绝大多数作品都保存在其创作它们的原地。可是现在发生的巨大变故将会给艺术带来整体上和局部上严重的后果。也许现在比以往任何时候都更应该将意大利看成一个伟大的艺术宝库，正如它不久以前那样，如果能简单介绍一下大概情况，大家很快就能明白此刻这个古老伟大的整体失去了多少作品。

掠夺到底造成了多少损失，这也许永远不得而知。巴黎正在修建的新博物馆要几年以后才能开放。到那时，艺术家和艺术爱好者们该如何使用法国和意大利的资源，我们会对此做一些介绍。那么现在有一个更重要、更微妙的问题：当下，其他国家，特别是德国和英国，该做些什么才能在这个艺术真品大量散落和流失的时代，使散落各地的艺术宝藏为大家所用？这需要真正的世界公民精神。在艺术和科学领域，这种精神是最纯真不过的了。另外，我们要怎么做，才能建立起一个理想的博物馆，来弥补那些虽然没有被掳走，但是却被损坏的东西。

关于本刊的宗旨我们就说到这里，希望它能得到真诚而友好的支持。

《抒情歌谣集》介绍

威廉·华兹华斯[1]　（1798）〔英〕

诗歌的可贵之处在于，只要是心灵感兴趣的主题，都可以作为诗歌的素材。这一点在批评家的评论文章当中得不到验证，但在诗人自己的作品中可以得到印证。

本书中多数诗歌都可看成是一种试验，目的是想弄清楚，社会中低阶层日常所使用的语言，可以给人们带来多少诗意的享受。习惯了许多现代作家俗艳空洞的辞藻的人，如果坚持读完这本诗集，一定会时常觉得粗糙和别扭；他们会在作品的各处寻找诗，他们一定会追问，要有何等的礼貌才能允许这些东西被称作诗。“诗”这个词的意义本身是有争议的，读者们不应该孤立地理解它，这样会有碍他们从阅读中获得满足。可取的做法是，在研读时问问自己，它有没有自然地描绘出人的激情、性格和经历，如果得到的答案让人满意，那么读者就应该安心享受这一切。先入为主的

① 威廉·华兹华斯（1770—1850年）是英格兰浪漫主义运动中最伟大的诗人，也是捍卫该运动的最重要人物之一。这里收录的序言和短文在某种程度上，是一篇反对十八世纪诗歌传统的宣言。文章提出了有关英语诗歌本质的理论，与后面将要出现的维克多·雨果所著《克伦威尔》序形成有趣的对照。

判断是这种快乐的头号敌人，不要让它破坏了你的观感。

有着非凡鉴赏力的读者们，可能不会赞同这里很多诗歌的风格，许多诗句和措辞也不会完全符合他们的喜好，这是预料之中的事。他们可能会认为，作者为了避免时下流行的毛病，有时把自己放得太低，所以很多语言表达都太过随意，不够庄重。据观察，越是熟悉古代作家和能成功表现情感和行为的现代作家的读者，越是鲜有这样的意见。

乔舒亚爵士说，对诗歌或其他艺术的准确判断不是与生俱来的，只有经过艰难的思考和长期接触最优秀的典型作品，才能具备这一才能。之所以在这里提这一观点，并不是为了劝那些欠缺经验的读者不要做判断，只是希望读者在下结论时不要太过轻率，因为如果没有在诗歌上花什么工夫，做出的判断可能是错误的，很多情况下都是如此。

除了《布莱克大娘和哈里·吉尔》的故事是基于一个发生在沃里克郡的真实事件，书中的其他故事都是作者虚构的或是基于作者自己和朋友们的见闻。在读者即将读到的《荆树》一诗中，故事的讲述者啁啾不休的特点会随着故事的展开将得到充分体现。《古舟子咏》效仿了古代诗人的风格和思想，作者相信除了少数地方，大多数语言是生活在过去三个世纪的人都能够理解的。《谏言及答复》及后面的诗歌，其灵感来自于一个痴迷于现代道德哲学的朋友之间的对话。

《抒情歌谣集》序

威廉·华兹华斯（1800）〔英〕

这些诗的第一版已为人们所熟知。当时将之刊印是想试验一下，希望能够回答这样一个问题：即，如果精选人们在生动的感觉中所流露的真正的语言，并配合以韵律形式，能否表现出诗人竭力表现的那种愉悦，且能够在多大程度上表达这种愉悦 。

对这些诗可能产生的效果，我也曾经做过比较精确的估计。我自以为，凡是喜欢这些诗的人，读起来一定感觉超乎寻常的欢喜；而但凡不喜欢这些诗的人，读起来肯定感到非同一般的厌恶。结果和我预料的略有不同：喜欢这些诗的人比我想的要多一些。

几个朋友非常期待这些诗作的成功。因为他们相信，如果写这些诗所依据的信念能够得到实现，那么将诞生一种新的诗，它将永远符合人类的趣味，并且在道德关系的多样性和品质上占据重要的位置。因此，他们建议我在诗集前面加上一篇序言，为这些诗歌所依据的理论做一个系统的辩护。但是我不愿意接受这个任务，因为如果这样做，读者们会对我的观点冷眼相看，以为我是在自私又愚蠢地想要游说人们认可这些特别的诗。还有一个更重要的原因让我不愿意接受这个工作，即是要充分地展示自己的观点并进行有力地论证，这需要的篇幅和一篇序言完全不相称。要把问题条理清晰地讲明白，就必须要详细介绍一下目前英国社会审美力的状况，并且必须断定这审美力是健康，抑或是败坏到何种程度。可要做到这一点，又必须指出语言和人的思想是如何相互作用的，可这势必又会涉及各种演变，不但是文学演变，还有社会演变。所以我总是不愿做正式的辩护；但同时我又觉得，如果不加丝毫介绍，就这么突兀地把这些完全不同于如今主流诗歌的东西推给读者，似乎有些不敬。

人们都以为，作者写诗的这一行为本身，就是在承诺会满足某种已知的联想习惯。这一行为向读者宣告在他的书里会出现哪些思想和语言，不会出现哪些思想和语言。韵律语言的这种标志和表征，在不同的文学时代必然会带来不同的期望，例如，卡塔路斯、泰伦斯和卢克莱修的时代，斯塔提乌斯或克劳狄的时代，还有在英国的莎士比亚、博蒙特和弗莱彻的时代，多恩和考利的时代，德莱顿和蒲柏的时代。我并不是要在这里确定今天的作家们写诗应该给读者什么样的承诺，很多人肯定会认为我自己都还没有能够完全履行自愿许下的诺言。习惯了许多现代作家的浮夸和空虚辞藻的人，如果坚持读完这本诗集，一定会时常觉得粗糙和别扭；他们会在作品的各处寻找诗，他们一定会追问，要有何等的礼貌才能允许这些东西被称作诗？我在这里把打算要做什么说出来，并解释一下这么做的理由，希望不会因此而受到责备，至少这样做不会让读者因为失望而感到不快，还可以使我自己免于受到对作家来说最可耻的责备，即被人说成是懒惰，不努力去确定自己的责任，或确定了责任却又不去履行。

这些诗的主要目的，是选择日常生活中的事件和情景加以叙述或描写，始终尽可能地采用人们真正使用的语言，同时给这些事件和情景加上一些想象的色彩，从而把普通的事情用不同寻常的一面呈现给心灵。另外最重要的是，透过这些日常事件和情景，真实而非虚浮地探索天性的基本规律，尤其是探索我们在兴奋的情况下如何把各种观念组织起来，从而使这些事件和情景显得饶有趣味。我们一般选择寒微的乡间生活作为题材，因为在这样的条件下，人本性中的热情找到了更好的土壤，能够成熟起来，更加无拘无束，并且能够产生更明白有力的语言；因为在这样的条件下，我们基本的情感并存于一种更单纯本真的状态之中，因此能让人更加确切地思考这些情感，更有力地将之表达出来；因为乡村生活方式就是从这些基本的情感中萌芽的，而且由于乡村生活的固有特点，我们更容易理解这种生活方式；最后，因为在乡村生活中，人的激情往往与大自然美丽而永恒的形式融为一体。同时，我们还采用乡下人的真实语言（当然是在过滤了真正的缺点，过滤了任何可能引起反感或不快的因素之后），因为这些人时刻都接触到最精彩的事物，而最精彩的语言便源于这些事物；并且因为他们卑微的社会地位决定了他们的交际范围狭窄而缺乏变化，所以较少受到社会虚荣的影响，能够简单直接地表达情感和观点。因此，这样一种从重复的经验和正常的情感中产生出来的语言，比起诗人经常用来取代它的语言更永久，是一种更有哲学意味的语言。而诗人们则自以为，他们越是远离人们的同感，越是沉溺于自己创造的任性而武断的表达习惯，来满足自己的反复无常的趣味，就越能给自己和自己的艺术增光添彩。

然而，我也知道，我的几个诗人朋友偶尔也在自己的韵律诗中采用这种被认为是琐碎而鄙陋的思想和语言，并因此遭到了强烈的反对；我也承认如果这个缺陷的确存在，那它比华而不实和生硬的标新立异更让作者蒙羞；但同时我还要说，这个缺点的后果就算是全部加起来，其危害也是微乎其微。这些个集子里的诗至少在一个方面有别于其他，那就是每一首诗都有一个可贵的目的。这并不是说我在开始写诗时就总是带着明确的目的，但我相信沉思的习惯刺激和调节着我的情感，当我描写那些强烈激起我情感的事物的时候，这些描写本身就自然而然地带上了某种目的。如果这个想法是错误的，那我也配不上诗人这个称号了。虽然说所有好的诗歌都是强烈情感的自然流露，但凡是有些价值的诗，赋予其价值的不是题材，而是具有非凡感受力的作家长期以来深刻的思考。我们不断流淌的情感要受思想的引导和修正，而思想实际上是过去所有情感的代表；通过思考这些代表之间的关系，我们会发现对人来说真正重要的东西，如果我们不断重复这种动作，我们的情感就会同一些重要的主题联系起来。如果我们本来具有很强的感受力，就会逐渐养成一种心理习惯，只要顺应这种习惯，我们描写的事物和吐露的心声将使读者的理解得到某种程度的启发，使他们的情感得到增强和净化。

前文提到过，这里的每首诗都有一个目的。另外我还要说明一点，这些诗歌和时下流行的诗有一个区别：在这些诗里，是情感使情节和情景显得重要，而不是情节和情景使情感显得重要。

我希望读者能注意到这一显著的区别，这不是为了这本诗集里的诗考虑，而是为了这一题材的普遍重要性，我不会因为虚伪的客气而对此避而不谈。而主题的确非常重要！因为即便是没有巨大、强烈的刺激，人的心灵也会兴奋起来。倘若你不知道这一点，倘若你甚至不知道一个人的这种能力越强就越比别人高明，那么你对心灵的美丽和高贵必定只有一个模糊的概念而已。所以在我看来，努力具备这种能力、提高这种能力，无论在任何时代都是一个作家最应该做的事；而这件虽然在任何时代都是极好的事，在当下显得尤为重要。许多从前没有的因素，现在结合起来共同作用于我们头脑，使我们的辨别能力变得迟钝，使头脑不能运转自如，从而使其退化到野蛮人般的麻木状态。影响最大的一个原因就是天天都在发生的国家大事，以及城市人口的增加。城里人的日常事务都千篇一律，所以就喜欢看到非常事件，而即时快速的新闻报道可以满足这一愿望。英国的文学和戏剧曾竭力顺应这一生活和习惯的发展趋势。所以，前辈作家们非常宝贵的作品——我指的是莎士比亚和弥尔顿这类作家的作品——无人问津，取而代之的是疯狂的小说、病态愚蠢的德国悲剧以及像洪水一般泛滥的无聊又放肆的故事诗。当想到这种狂暴刺激下产生的堕落追求，我都不好意思承认这部诗集是我为对抗这一颓风所做的微弱努力。当想到这一普遍存在的不良现象可能造成的恶劣影响，我就感到心里沉甸甸的，充满了一种并不可耻的忧郁，好在我还清楚地记得人的精神具有一种天生的不可磨灭的品质，同样记得某些作用于精神的、伟大永久的事物具有某些力量。这些力量同样是与生俱来，不可毁灭的；此外，我还相信，拥有更大力量的人会共同反对这一恶劣的现象，并会取得更大的成功，这个时刻即将来临。

刚才谈了很多有关这些诗的主题和目的的内容，现在请读者们允许我再说说这些诗的风格。之所以这样做，其中一个目的就是避免被读者责难，说我没有做到我本不希冀去做的事情。读者们会发现，这些集子里很少出现对抽象观念的拟人化；我们完全抛弃了这种为了提升风格并使之高于散文的惯用手法。我的目的在于模仿，并尽可能采用人们自己的语言；而拟人化显然不是这种语言的自然或常规的组成部分，它们实际上是偶尔由激情催生的一种修辞格式。我也把它当成这样一种修辞格式来使用，但是我十分反对将它作为一种机械的修辞手段，或作为专属于韵律诗人的一种传统语言。我希望伴随读者的一直都是有血有肉的鲜活的东西，并希望他们相信我这么做能够让他们觉得有趣。使用其他方式的人也同样会使读者产生兴趣，我绝不会对他们的主张加以干涉，但也希望有自己的主张。在这些诗里，同样也很难找到所谓诗的辞藻。我费了很大的工夫才避免使用它们，正如普通作者需要花很多工夫才能写得出来一样。为什么这么做，原因刚才已经说过，也就是为了让我的语言尽可能地接近人们实际使用的语言，此外，我想要表达的愉悦不同于很多人心目中作为诗歌正当目的的愉悦。我真不知道该如何让读者对我想要创造的风格有一个确切的概念，同时又不显得过于啰唆，我只能告诉读者我一直都在努力地关注自己的主题；因此，我希望这里没有虚假的描写，希望我的种种思想都是按照其重要性，用恰到好处的语言表现出来的。这样的做法一定会有所收获，因为它具备了所有好的诗歌都具备的一种特性，那就是合情合理。然而这样做，就必须放弃很多历来都被认作诗人必备特征的词句和修辞手法。有些表达原本是恰当而优美的，但被很多蹩脚的诗人愚蠢地滥用，所以让人望而生厌，任何联想都无法克制这种情绪，所以我干脆放弃了很多这样的词句。

假如在一首诗里有一行或几行诗句虽然语言安排很自然，但按严格的韵律规则来看与散文没有多大区别，很多批评家碰到这种所谓的散文化的东西时，会以为自己有了了不起的发现，于是对这位诗人大加奚落，说他对作诗一窍不通。这些批评家便如此建立起了文学批评的清规戒律，而喜欢这些诗的读者一定必须对这些规范彻底加以否定。我们可以轻而易举地证明，每一首好诗，甚至是最好的诗，除了韵律部分，它们所使用的大部分语言必定是和好的散文没什么区别的，而且最好的诗歌中最动人的部分所采用的语言也同样是优秀散文的语言。我们可以用一切诗篇乃至弥尔顿的诗作中无数的段落来证明这番话的正确性。为了对这个问题进行一般性的说明，我在这里引用一首格雷的短诗。格雷为首的一群人企图通过推论，扩大韵文和散文之间的区别。而他本人在诗中所使用的词汇却意外地证明了我刚才的观点。

微笑的清晨向我闪耀，
赤红的太阳神高举金子般的火焰，
鸟儿们吟唱着爱情的颂歌，
快乐的田野披上绿色的新装。
可这又有什么用呢？
我的耳朵在为别种音调悲怆，
我的眼睛想要看到别样的景象，
寂寞的苦痛融化了我的胸膛，
连残缺的快乐也在心中凋零；
而清晨的微笑鼓舞忙碌的人们，
为快乐的众生带来新生的喜悦，
田野将特别的礼物给世人献上，
鸟儿的低唱温暖了爱人的柔肠，
他啊，听不到我无望哀伤，
无益的哭泣让我更加悲伤。

不难看出，斜体部分是这首诗中唯一有价值的部分；同样也看得出，除了韵律和把fruitless（无益的）当作fruitlessly（无益地）来用这个毛病之外，这些诗句的语言与散文的语言没有什么不同。

以上引用的诗句说明，散文的语言大可用在诗里；上文也曾提到，每一首好诗的大多数语言跟好的散文的语言没有丝毫的不同。这里我们还可以确切断言：散文语言和韵文没有也不可能有任何本质上的区别。我们总喜欢探索诗歌和绘画之间的共同之处，因为这些共同之处我们称诗画为姐妹艺术，而我们在哪里才能找到一种联系来严格地说明韵文和散文之间的紧密联系呢？它们都是由同一器官写出来，并都是写给同一器官看，它们的实质都是一样的，它们的感情也相似，甚至可以说几乎完全相同，没有任何程度上的差异。韵文里不会流出“天使的眼泪”，只会是人自然的眼泪；韵文并没有神的灵液能够让她的生命汁液有别于散文，她血管里流动的是和散文一样的凡人的血液。

有人说韵律和韵脚的安排本身就是一种区别，而这种区别足以颠覆韵律语言和散文语言之间的相似性，并促使心灵自动接受其他种种人为的区别。对这种说法我会这样回答，这里推荐的诗歌语言是尽量从人们真正说出来的语言中选择出来的，只要这种选择是带着真实趣味和情感的选择，其本身就能形成一种最为让人意外的区别，并能使其完全脱离日常生活的粗俗和鄙陋。如果再加上韵律，我相信所产生的迥异足够让一个理性的人感到满意。我们还需要其他什么样的区别呢？它们来自何处？它们存在于何处？当然，不是在诗人透过诗中人物来说话的场合，无论是为了提高风格或者为了迎合假定的修饰，在这场合也不一定要有区别。因为如果诗人的主题选择得当，在一定的情况下，它会引导诗人找到激情，而激情的语言，如果选择得当，一定会庄严而丰富，并充满生动的比喻。如果诗人将自己外加的华丽和由激情自然产生的美混杂在一起，这样一种不和谐会给聪明的读者带来怎样的冲击，这点我不必多说，我只需说这种混杂没有必要。当然可能确实有一些诗句，它充满了恰当的比喻修辞，如果在感情不那么强烈，文体也比较缓和的情况下，这种诗句还是可以达到预想的效果的。

但是，因为能否体会这本诗集里的乐趣完全取决于对这一见解是否有正确的认识，同时也因为这见解本身对我们的趣味和道德感来说都是极其重要的，所以我不能满足于上文中那些比较零散的意见。如果有人从我将要讲的话中看出我的努力是没有必要的，觉得我是在打一场没有敌人的战争，那么应该提醒他，不管人们如何议论我，我对自己想要表达的观点抱有前所未有的信心。倘若我的结论被接受并广泛传播开来，我们对古今最伟大的诗人的评价，不论是称赞还是责难，都会与今天大不相同；而且我相信，我们的道德情操，不论是影响到这些评价的，还是被这些评价影响的，都会得以纠正和净化。

站在一般立场上来看这个问题，我想问，“诗人”这个词意味着什么？什么是诗人？他是在对谁说话？我们可以从他那里听到什么样的语言呢？——他是作为一个人在同其他人讲话。相比普通人，他更加敏锐、更加热情、更加温柔，他了解人的本性，他的灵魂更加包容；他喜欢自己的激情和选择，他充满生命的活力，比别人都更快乐；他会为看到宇宙现象中相似的激情和选择感到喜悦，并且在没有它们的地方，他会习惯性地想要自己来创造。在这些品质的基础上，他还有一种特点，那就是比别人更容易被不在眼前的东西打动，仿佛它们就在眼前；他有一种能力，能自己唤起一种激情，它不同于现实事件激发的热情，但是（特别是在令人高兴和愉快的一般同情心范围内）相比其他人仅仅由于内心的激动而时常感受到的那种情绪，诗人的激情则更像是由真实事件激起的。由于经常这样做，渐渐地他能够更迅速、更有力地表达自己的想法和感受，特别是那些在没有直接外在刺激的情况下，通过他自主的选择，从他的心灵中产生的思想和感情。

但无论我们如何假定诗人们甚至是最伟大的诗人具备多少这样的能力，在这种能力提示下产生的语言必定在生动性和真实性上不及人们在真实生活中、在激情的实际压力下使用的语言，诗人只是在自己心目中创造或者感觉自己创造出这种激情的影子。

不管我们想怎样赞美诗人的特点，当他描述和模仿激情的时候，相比人们在真正的、实在的动作和遭遇中感受到的自由和力量，他所采用的方式在某种程度上说是机械的。所以，诗人希望他的情感能够向他所描述的人物们的情感靠近，并且在很短一段时间内让自己完全陷入幻觉之中，把自己的感受和他们的完全混在一起，融为一体，只有当他想到其描述的目的是为了给人带来愉悦的时候，他才会把如此得来的语言加以修改。这时，他会用我一直坚持的原则来做选择。他会靠这种原则来剔除那些激情中痛苦的或者令人反感的东西；他会感觉到没有必要装饰自然或提升自然；他越是勤奋地践行这些原则，他就会越加深信，他在想象和幻想中产生的语言，没有一个字能和从现实和真实中产生的语言相提并论。

然而，有些人虽然不反对这番话总的精神，但他们或许会说：既然诗人不可能在所有的情况下都创造出十分切合激情的语言，就像是真正的激情提示下产生的语言一样，那么他就应当把自己看成是一位翻译家，毫不犹豫地用另一种优点来代替自己不具备的优点，偶尔也可以竭力地超越原作，以此来补偿他不得不屈从的一般缺陷。但这会鼓励懒惰，滋生怯懦的绝望。另外，有些人之所以说出这种话，是因为他们谈论的是自己并不理解的东西；他们把诗当成娱乐和消遣来议论；他们和我们一本正经地谈对诗的爱好，就像这是与跳绳或喝酒一样无关紧要的嗜好。有人告诉过我亚里士多德曾说："诗是最具哲学性的语言。"确实如此，诗歌的目标是真理，不是个人或局部的真理，而是普遍的、正在发生作用的真理；这种真理不用外在的证言，只要通过激情便能深入人心；真理本身就是它的证据，它能取信于它所呈诉的法庭，给它信赖和权能，并得到法庭的承认和信任。诗是人和自然的表象。传记作家和历史学家所写的东西都必须忠于事实还要顾忌实际用处，因此他们在这方面遇到的困难远比诗人这些懂得诗歌艺术崇高性的人要多得多。诗人作诗只有一个限制，就是必须直接给一个人带来愉悦，而这个人只需知道作为常人应该知道的事，而不必知道律师、医生、水手、天文学家或者自然哲学家的知识。除此之外，诗人和事物的表象之间没有任何障碍；而横在历史学家和传记作家与事物表象之间的障碍何止千万。

不要把直接给人带来愉快看成是一种诗人艺术的堕落。这绝非事实。它是对宇宙美的一种肯定，这是一种非正式的、间接但更诚恳的肯定；对那些秉着爱的精神来看待世界的人来说，这项任务轻而易举；此外，这是对人与生俱来的、毫无藻饰的尊严的一种献礼，是对快乐这一人们理解、感知、生活和运动的基本原则的一种献礼。只有快乐激发的东西才能取得我们的同情，引起共鸣。请不要误解我，不论在何地，我们对于痛苦的同情，其产生和延续都微妙地夹杂着些许快乐；没有一种知识，或者说没有一种一般性原则是从对具体事实的思考中得出的，它们只能是由快乐建立起来，只是凭借快乐而存在我们心中。科学家、化学家和数学家，无论曾在什么样的困难和不快中挣扎过，他们都知道，也能感觉到这一点。无论解剖家的知识是如何痛苦地和其对象联系在一起，他总是感觉他的知识是一件乐事，没有快乐就没有知识。那么诗人又是怎样的呢？他认为周围的人和物互相作用和反作用，生出一种交织着痛苦和快乐的无限的复杂体；他根据人的本性和他的日常生活来看待人，认为人带着一定的直接知识，带着一定的信仰、直觉和推断，通过因习惯而带有直观性质的推论来思考人生的苦乐；他以为人在审视这种观念与感觉相交织的错综情景时，会发现到处都有能够在心中激起的同情的对象，因为他的天性使然，这些同情都带着更多的快乐。

诗人首先要注意到人们本身具有的这种知识以及这些同情，只要有日常生活的经验，而不需要任何其他锻炼，人们便能从这种同情中找到乐趣。他认为人和自然本来就是互相适应的，人的心灵天生就是一面能够反射出自然最美、最有趣部分的一面镜子。于是，快乐伴随着诗人整个研究过程。在这种快乐情感的鼓动下，诗人与一般性的自然进行交流对话，心中怀着一种情感，就像是科学家经过长期努力后开始与自然的某个具体部分（也就是他的研究对象）进行交谈，产生的那种喜爱一样。对于诗人和科学家，他们的知识就是他们的快乐；但是诗人的知识是我们生存必需部分，是我们天生的不可剥夺的内在性质；科学家的知识是他们个人的所得，它们来得很迟，而且并不依赖于那些把我们与其他人类联系起来的习惯性的和直接的同情。科学家们追求真理，仿佛是个遥远的、不知名的慈善家，他独自一人珍惜着、热爱着真理；而诗人是在高唱着一首全人类都会加入进来的歌曲，他为看到真理而欢喜雀跃，仿佛真理是我们看得见的朋友、一位时时相伴左右的伙伴。诗歌是所有知识的生命和精华；是所有科学面部上激动的表情。我们可以用莎士比亚谈论人的一番话来评价诗人："回顾过去，瞭望未来。"他是保卫人类天性的坚固堡垒，他高举和坚持爱和友谊的旗帜，并将它们带到四处。尽管土壤和气候，语言和风俗，法律和规矩有所不同，尽管有些东西会不知不觉地从人心里消失，有些东西会遭到强烈的破坏，而诗人却用激情和知识将这遍布全世界横跨古今的人类社会的王国团结起来。诗人思考的对象随处可见；虽然眼睛和感觉确实是他最喜欢的向导，但无论什么地方，只要有感动人的气氛让他可以拍动翅膀，他便会尾随而至。诗是最初的也是最终的知识——它像人心一样不朽。如果科学家的努力能够直接或间接地给我们的物质条件和我们的习惯印象带来革新，诗人也不会再沉睡，他不仅会在一般的、间接的影响中紧跟科学家的脚步，还会与科学家携手，将感动带到科学本身的对象中去。至于化学家、植物学家或者矿物学家等，如果有一天他们的哪怕是最细微的发现都为我们所熟知，我们这些会哭会笑的普通人也明白了这些科学家们曾经思考事物关系是何等的重要，那么此时这些新事物也就成为诗人艺术正当的对象（可以入诗的题材）。如果终于有一天，今天所谓的科学已为人们所熟知，具备了仿佛有血有肉的形骸，那时诗人就会贡献出其神圣的精神来帮助科学化成有生命的东西，并且欢迎这个新生的生灵，就像欢迎人类大家庭中一位真正的、亲切的亲人一样。那么，如果一个诗人对于诗怀有我试图表达的这样一种崇高看法，而仍然用这种暂时的和偶然的装饰来玷污他纯洁和真实的画卷，并努力用技巧来博得人们的赞美，那真是太令人难以想象了，因为只有当他的主题卑下时，那才有运用技巧来弥补的必要。

以上所进行的讨论都是针对一般的诗歌，特别是针对诗人通过人物说话的那一部分。谈到这一点，我们似乎可以证实这样一个结论，有理性的人一般会认为，戏剧部分的问题大小取决于它偏离了自然语言多远，以及是否受到诗人本身词汇的影响。这种词汇有的只属于个别诗人，有的属于所有的诗人，不论是谁，因为写诗的缘故，都使用了一种特别的语言。

所以，语言上的这种差异是不应该出现在诗的戏剧部分，但这里诗人秉着个人的真性情来说话还是很必要和恰当的。关于这一点，我想请读者看一看之前关于诗人的描述。在诸多有助于形成诗人的品质中，没有一点是每个诗人异于其他人的，区别只是程度而已。总的来说，诗人最大的不同之处在于，他是否能够在没有直接外来刺激的情况下，更快速地进行思考和感受，并且更有能力将由此产生的感受和思考表达出来。但是这些激情、思考和感受都是一般的激情、思考和感受。它们到底是与什么有关呢？无疑是与我们的精神情感和生理感觉，以及刺激产生它们的事物相关；与物质元素的作用及看得见的宇宙的现象相关，比如风暴和阳光，季节的更迭，冷热，失去亲友，伤害和憎恨，感激和希望，恐惧和忧伤等。这些和其他类似的东西都是诗人要描述的对象和感觉，因为人的感觉是他们产生兴趣的对象。诗人在人类的激情中思考和感受。那么诗人的语言怎么能和其他所有感觉敏锐、头脑清楚的人有实质的不同呢？或许我们可以证明这是不可能的。不过如果情况并非如此，诗人也许可以用一种特殊的语言来抒发他的情感从而娱乐自己。但是诗人并不只是为诗人作诗，而是为人而写。除非我们提倡无知的崇拜，提倡从并不理解的东西里得到快乐，否则，诗人必须从这个自己假想的高处走下来，为了激起他人理智的共鸣，他必须像别人一样来表达自己。此外，当他只从人们所使用的真实语言中作选择，或者换句话说，秉着这种选择的精神去写诗，他自然会打下稳固的基础，我们也知道该从他那里期待些什么。在韵律方面，我们的感觉是一样的；应该提醒读者们注意，韵律是规则和统一的，不像所谓诗歌措辞般随意、可以进行无数改变。一种情况下，读者得完全听命于诗人，随便他选用什么样的意象和词汇来表达激情；但是另外一种情况下，韵律遵循某些规律，诗人和读者也都心甘情愿地服从，因为它们是可靠的，还因为它们不会干扰激情，只是提高和增强这种共生的热情，这是得到一致证实的事。

现在可以回答这一个显而易见的问题：既然这样，我为什么要用韵文写作呢？关于这个问题，在刚才的讨论基础上我再做一些补充：首先，因为不管我怎么样约束自己，我总能看到很多不论用韵文还是散文都会十分有价值的写作对象——人类最伟大普遍的激情，最普通和最有趣的工作，还有整个自然的世界——这一切展现在我眼前，提供给我无尽的形式和意象的结合体。现在暂时假设这些对象中一切有趣的东西都可以用散文的形式生动地描绘出来，我只是想在这种生动描绘的基础上加上这全世界都公认的韵律语言的妙处——这怎么就该受到谴责呢？对这一点，一些对此不以为然的人会回答说，诗歌给人带来的快乐中只有极小部分是来自韵律，只有当韵律和其他人为的修辞手法结合在一起时，韵律的使用才是妥当的；他们还会说因为如果放弃人为的修辞不用，读者在震惊中失去的一切是无法用他从韵律的力量中得到的快乐来补偿的。这些人还以为只有给韵律加上适当的修辞色彩，才能达到应达到的目的；而在我看来，他们大大低估了韵律本身的力量，这本诗集就足以向他们证明，但凡是历代不断给人带来快乐的诗都留存至今，它们都是以平常的题材而作，并且风格都是简单朴素的。如果现在简洁朴素成了缺点，这里指出的事实就提供了一个有力的假设：如今不太朴素和单纯的诗却能够给人带来快乐。而我现在努力要辩明的是，我写诗所依据的主张都是正确的。

我们可以用各种不同的原因来说明，如果文风硬朗，题材有意义，语言按韵律编排，那么就会带给人长久的愉悦，这种快乐的延续作者本身也有所体会，并渴望能够传达给读者。诗的目的是使人在兴奋的同时更感到愉悦；但是大家都以为这种兴奋是一种不正常、非常规的精神状态，在这种状态下，人的思想和观念不会像平常一样相继产生。但是如果产生兴奋的语言本身是有力量的，或者意象和感情太过痛苦，那么这种兴奋就有可能超出正常范围。如果与此同时还有一些常规的东西存在，一些心灵在各种情绪下和比较平静的心情中所习惯了的东西存在，这就会具有很大的功效，能够靠渗入一些平常的情感，一些与激情不那么相关的情感来缓和和约束这种激情。这无疑是真实的。虽然韵律在某种程度上容易减损语言的真实性，并在整篇诗歌上加上一种半意识的虚幻的东西，这样的观点一开始看起来有些荒谬，但我们可以肯定，那些比较痛苦的情景和情感，也就是那些更容易让人将它们与痛苦联系起来的东西，在韵文中，特别是在押韵的地方，比在散文里让人好受一些。古代抒情歌谣非常朴实，但是很多篇章都能够证明这种观点；如果读者仔细阅读这本诗集，就会发现类似的例子。读者们都不愿意重读《克拉丽莎·哈罗》或《赌徒》中苦难重重的部分，这样的经验进一步证明了先前的观点；而莎士比亚的作品，即便最悲惨的场景，从来不会让我们觉得悲惨超出了享受的界限——这样的结果是之前没有估计到的，这是由于韵律带来的微小、持续，又有规律的快乐冲动才有这样的结果。另一方面（必须承认这会更频繁地发生），如果诗人的语言与激情不相称，不足以让读者产生一种悦人心意的兴奋，那么（除非诗人在韵脚的选择上太不恰当）我们在读者习惯于从一般所得到的愉快的感觉力，以及在他习惯于从特别的韵律所得到的愉快或忧郁的感觉里，可以看到一种东西大都能够把热情赋予文字，并且使诗人的复杂的目的得以实现。

如果我要系统地为这里提出来的理论辩护，那么就应该把韵文为什么会产生愉悦的种种原因阐述清楚。这些主要原因中有一个原则，那些曾经把艺术当成对象认真思考过的人应该很熟悉它，那就是当人的心灵从不同中看出相同时会感到愉快。这个原则是心灵活动伟大源泉和主要的动力。我们的性欲和所有与之相关的激情都起源于这个原则；它赋予了我们的日常交谈以生命；我们的趣味和我们的道德感都取决于能够多么准确地从不同中看出相同以及从相同中看出不同。运用这个原则来思考韵律，说明韵律能够因此带来多少愉悦，并指出这些愉悦是如何产生的，这都不是徒劳无益之举。限于篇幅，我在这里无法深入这个话题，只能做一个概括。

我曾经提到过，诗歌是强烈感情的一种自然流露。它来自在宁静中回忆起来的情感。诗人思考这种情感的过程中，一种反应出现，使得宁静逐渐消失，于是慢慢产生了一种与诗人所思考的情感相似的情感，并从此实实在在地存在于心灵当中。一篇成功的诗作一般都是从这种心境中开始，并在类似的心境中，逐渐发展；然而不论这是怎样的一种情绪，不论它达到怎样的程度，都带着不同程度的愉悦，因此不管描述什么样的激情，只要是自愿的，我们的心灵会始终处于一种享受的状态。如果大自然特意让做这项工作的人保持这种享受的状态，那么诗人就应该服从，并特别注意，不管他传达给读者们怎样的激情，如果读者的精神是正常而活跃的，伴随这种激情应该是更多的愉悦。和谐韵律语言的美妙声音、克服困难后的感觉、富于快感的恣意联想（从过去阅读同样或类似的韵文作品获得的）、对这样一种语言（它很像真正生活的语言，但在韵律上却有很大区别）不断更新的朦胧的认识——所有这一切在不知不觉中构成了一种很复杂的快乐，它能够缓和在对深刻激情的有力的描写中夹杂的痛苦感觉，在这一点上它的作用是相当大的。这种效果总是能在打动人心或充满激情的诗作中得到体现；同时在更轻快的诗歌里，韵律的轻松和优美无疑便是让读者感到满意的主要源泉。但是，关于这个话题必须要说的一切也许可以用以下事实来概括：几乎没有人否认，激情、举止或性格都可用两种方式来描写，一种是散文，一种是韵文，假如两者都写得一样好，结果人们可能将韵文读上一百次，而散文人们只读一次。上文中我解释了自己为什么要写诗，为什么从日常生活中选材，为什么要尽可能地让自己的语言接近人们的真实语言，虽然解释太过详细，可是我同时也是在讨论一个大家普遍感兴趣的问题。因此，就这集子里的一些诗及其中可能存在的问题，我还要补充两句。我觉得我的联想有时候一定是偏于特殊而不够普遍，而有时抓不住重点；可相比之下，我更担忧我的语言会因为感情思想同特殊字句勉强结合起来而受到伤害，而这是没有人能够完全避免的。因此我相信在这本诗集的某些诗里，有些在我看来很温柔动人的词句传达给读者的甚至可能是滑稽可笑的人们的情感。这些有问题的表达，如果我确信它们有问题，并且这些问题还继续存在，我会设法将它们纠正过来。但仅凭几个人的说法，甚至仅凭某类人的说法，就去改动诗句，不免有些危险。如果作者还没有被说服，或者他情感还没有发生改变，要进行改动必然会对诗人本身造成很大伤害；因为作者的情感是他的支柱，如果他对自己的情感置之不理，哪怕一次，他便会不由自主地一再重复这种行为，直到他的心灵彻底对自己失去信心，变得疲惫不堪。此外，批评家们永远不该忘记自己也可能会犯诗人一样的错误，或许还更严重；我们完全可以说多数读者不会像诗人一样熟悉词汇的各层意义及某些观念相互关系的恒定性或变化性，既然他们对此不会产生多大兴趣，那么也许会轻松随意地下结论。

既然已经耽搁读者那久，不妨再容我多说几句以提醒他们注意，针对语言很接近生活和自然的诗歌有一种错误的批评方式。这样的诗曾经在滑稽诗文里大获成功，下面引用约翰逊博士的诗为例来说明——

我戴上帽子，
走向海边，
那里我遇见一个人
他把帽子拿在手里。

现在再来看看《树林中的孩子》一诗中最令人赞叹的一段：

漂亮的孩子们手拉手，
不停地走来又走去，
他们再看不见那个人
从城里走来。

这两节诗的用词和词语的安排，与平常的对话没有一点不同。两者都有如“the strand”（沙滩，海边）和“the town”（城镇）这样的词，它们代表的无不都是人们熟悉的东西。但其中一节值得称颂，另外一节简直就是粗陋的好例子。这种区别从何而来？不是因为韵脚，不是因为语言，也不是因为词汇的安排，而是因为约翰逊博士的这几句诗本身表达的内容是粗陋的。约翰逊的这一节诗简单而普通，对待这种浅薄而平庸的诗句的方法，不是去说它“糟糕”或“不成诗”，而是只能说它缺乏意义，不但它本身没有趣味，也不能把人引向任何有意思的东西；它的意象不是源于思想的那种理智的情感状态，也不能让读者产生任何感想或者思考。这是处理这种诗唯一明智的办法。一个生物，既然已经知道它是那个属，为什么还要研究它归于哪一类呢？明明知道猿猴不是人，为什么还要煞费苦心地证明它不是牛顿呢？

我必须向读者提一个要求，就是判断这本集子里的诗应该根据个人的真实感受，不要总是去想别人可能会有什么样的评价。我们经常听到这样的说法：我本身不反对这种作诗的风格，或这样或那样的表达，但在这样或那样的人看来，它似乎有些粗陋或者可笑。这种批评方法损害了所有明智而纯粹的判断，但这几乎是普遍存在的一种现象。请读者听从自己的感受。如果受到别人的影响，就请不要根据这种臆测来干扰自己的快乐。

如果某位作家单凭一部作品就能让我们对他的才情有个很好的印象，那么当我们对他其他的作品不满意的时候，我们就可以推测他可能不会写得那么糟糕或荒唐；而且我们可能会出于对他某部作品的信任，而去把我们觉得不太好的东西找来再看看，并且看得尤其认真。这种举动不单是公正的，而且将有助于增进我们的审美能力，尤其是当我们对诗歌下判断的时候。约瑟·雷诺德爵士曾经说过，准确鉴别诗歌或别的艺术是一种后天的才能，只能通过思考和长时间接触最优秀的典型作品才能培养起来。之所以提到这点，并不是出于想要阻止没有经验的读者独立做出判断这种可笑的目的（我刚才不是已经说过希望读者自己来评价），而只是想缓和一下轻率下结论的风气，并告诉读者如果不花大量时间去研究诗歌，那么我们的评价或许就是错误的，很多时候的确就是这样。

我知道能帮助我达到目的的最有效方法，是指出有些诗不同于我这里竭力推荐的韵文作品，它们给予人的是怎样的一种愉悦，这种愉悦的感受是如何产生的。因为读者会说，那样的作品让他很愉悦，那还能为他做些什么呢？任何一种艺术的力量都是有限的，他会觉得如果要让他接受新朋友，只能先让他放弃老朋友。此外我也曾经说过，读者自己明白他从这样的作品中、从他特别称为诗的作品中感受到快乐；所有的人对那些长久以来给他们带来快乐的东西，都怀着一种习惯性的感激、一种光荣的坚持。

我们不仅希望得到愉悦的感受，而且希望以一种已经习惯的方式获得这种愉悦。仅仅是这种情感就足以促使人拒绝很多意见了，而且我又不能战胜它们；而我要承认，要完全享受我推荐的诗歌，就必须放弃我们平常欣赏的那些东西。但如果这里有足够的篇幅让我指出这种快乐是如何产生的，原本可以去掉很多障碍，并且帮助读者明白语言的力量也不是他们想的那么有限，诗歌能给人带来另外一种更纯粹、更持久、更美好的享受。不过关于这一话题，我也没有完全忽略，只是我现在的目的并不是要证明其他种类的诗就不那么生动、不那么值得心灵的力量去追求，我的目的是要解释我凭什么认为只要我的目的实现了，就会产生一种诗，这是一种真正的诗，它的本质可以让人们永久地保持兴趣，就其道德意义的丰富和性质来说，也是十分重要的。

读者通过以上论述，再仔细地阅读这本诗集，就能清楚地看到我的目标，并判断出我在多大程度上实现了这一目标，更为重要的是，这个目标是否值得去追求。我是否能够得到公众的赞许就看这两个问题的答案如何了。

《抒情歌谣集》附录

威廉·华兹华斯（1802）〔英〕

也许，尽管我没有权利去期盼读者特别精细地推敲这篇文章，但是如果不像过去那样加以定义，再加上这个序言篇幅的限制，读者可能不能完全理解我的意思。我迫切地希望就“诗的辞藻”给出一个准确的概念。基于这样的目的，我不得不在这里添加一些内容，说一说我所指责的这种措辞其来源和特点。

各个民族最早的诗歌多以真实发生的事件所引发的热情为创作灵感。他们笔锋自然，而且同普通人一样，他们的情感强烈，其语言也相应大胆而且富于比喻。在随后的年代里，诗人以及那些想做诗人的人，受到这种语言的强烈影响，他们渴望在没有这种热情的激发下创作出具有同样效果的诗歌，便机械地采用修辞手法，有时候也用得恰当，不过更多的时候他们所表达的感情和思想与他们的诗歌并没有形成自然的联系。就那样不知不觉地产生了一种语言，这是不同于在任何情况下产生的具有人类真实情感的语言。读到或听到这种扭曲语言的人们发现他们自己处在一种混乱的奇特的心情之下；当受到这种来自热情真实语言的影响时，他也一样的处在混乱的奇特的心情之下。在这两种情况下，他情愿失去通常的判断力和理解力，他不能本能地、准确无误地感知真的东西，从而让他去伪存真，于是在他面前，假东西同真东西混在了一起。在这两种情况下的情感都是愉快的，所以他把这两种情感混在一起，并且相信它们是由同样的、具有相同风格的作品产生的。除此之外，诗人以一种让人仰望的姿态，作为一个天才和权威来与读者对话。再加上其他诸多原因，这种扭曲的语言得到人们的赞赏并被人所接受。诗人们起初只是滥用一些语句，这些语句毕竟最开始还是在真实的激情提示下产生的，现在他们则变本加厉引入了一种句子，这种句子表面上看起来像是激情所特有的形象化语言，其实是他们自己虚构出来的，在不同程度上脱离了理智和天性的常轨。

我们感觉最早期诗人的语言确实不同于普通语言，那是因为它是特别场合下的语言；不过这真是人们所说的话，是诗人被自己所描写的事物感动时自然流露的语言，或者是诗人听到周遭的人们所使用的语言。对于这种语言，可能在早期就加上一些另外的韵律。这就使得真正的诗歌语言与普通生活有着巨大的不同，以至于不管谁读到或听到这些最早期的诗歌都会发现自己被感动了，但却又不像现实的生活中的感动，而且明显是由于与现实生活的影响显然不同的东西引起的。这是极大的诱惑，这诱惑下产生的堕落随之而来： 在这种感觉的保障下，后来的诗人们便虚构出一种语句，这种语句只有一个地方和诗真正的语言一样，即它不能在平常的对话中听到，是不寻常的。但我刚才也说过早期的诗人所说的语言，虽然不寻常，但仍然是大众的语言。然而后世的诗人无视这种现象，他们以为自己可以以更方便的手段唤起人们的快乐，他们以自己虚构的表现形式引以为傲，以只使用这种表现形式为傲。在这个过程中，韵律变成了这种不寻常的语言的一种象征或者保证。但凡是用韵文进行创作的人，不论有几分诗才，都或多或少地在其作品中引入了这种虚构出来的语言，这种真的假的相互交织在一起，直到人类的审美逐渐变得扭曲，这种语言以一种自然的形式被接受了，最后由于书籍的影响，它居然在某种程度上真的变成了自然语言。这种滥用的习惯从一个国家传到另一个国家，在这提炼的过程中，这些辞藻变得越来越糟糕，混杂的文字诡计，晦涩难懂难以辨认的字词，刁钻古怪的用语使平易的自然文理消失不见。

指出这种夸张荒诞的辞藻能产生愉快的原因不会称为是无趣的事。这种辞藻之所以能给人愉快有很多原因，但其中最重要的莫过于这些词汇能够使读者感受到诗人狂妄和古怪的性格，并迎合读者的自恋，让他带着同情与这个角色更接近；要达到这种效果，使读者走进这种混乱而迷茫的心境，就必须要动摇他平常的思维习惯。如果发现自己不在这种状态下，他就会以为自己无法得到诗，并且应当能够给予的特殊快乐。

我在序言里引用的格雷的那首十四言诗，除了斜体印刷的那几行，其他便都是这种辞藻组成的，虽然不一定是最糟糕的；的确，我们是可以说，在古今优秀的作品中是不乏这种辞藻的。要说明我所谓的“诗的辞藻”这个词含义，最好的方式莫过于比较一下圣经中用韵文翻译的章句和现有的一般译文。读一读蒲柏翻译的《弥赛亚》，读一读普赖尔的《哥林多前书》第十三章的 “甜美的声音装饰着我如流水般的话语”等，“虽然我同时说着人类和天使的语言”等。我现在顺便举几个约翰逊博士的诗的例子：

用你轻率的眼睛看看那谨慎的蚂蚁
看看她辛勤地劳作。懒汉，明智些，
不需严厉的命令和训诫的口气，
来规定她的职责或指导她的选择，
然而她有先见之明，总是忙忙碌碌
想要抓住富足的时光所给予的恩赐；
当果实丰盛的夏天装载着果实累累的平原，
她便去收获，储存粮食。
懒惰浪费了你多少无用的时间，
使你失去活力，束缚住你的力量?
当狡猾的阴影笼罩着你柔和的睡椅，
温柔地恳求你去歇息，

在这阴暗的愉快中昏昏欲睡，
时光一年年飞逝，
“贫乏”跟了上来，它隐蔽而缓慢
就像埋伏的敌人，跳起来要抓住你。

从这喧闹的词句转去读一读原文。“懒汉啊，你若看看蚂蚁的作为，便可得智慧。她没有指挥，没有监工和没有君主，尚且在夏天收集食物，在收获的季节储存食物。懒汉啊，你还要睡到几时？你何时才能醒来？睡一会儿，再睡一会儿，再叠着手多睡一会儿。你的贫穷必如流浪汉期而至，你的困窘必气势汹汹地到来。”（《箴言》第六章）

再举一个例子。这是科伯假托亚历山大·赛尔克扣之口所写的诗句：

宗教！多少的财富
寓于这神圣的字眼儿！
它比金银更宝贵，
比这人世间的一切更宝贵。
但去往教堂的车铃之声
山谷和岩石却从未听到，
也从未因为丧钟而叹息，
或为安息日的到来而微笑。
那和我嬉戏的风啊，
请给这荒凉的沙滩
传去热忱可爱的信息
关于我不能再访的地方。
我的朋友们，他们有没有时不时
寄予我一些愿望和想念？
噢，告诉我还有一个朋友，
虽然我永远不能再与他相见。

引用这篇文章是因为它有三种不同创作类型。前四行表达得很苍白，一些评论家会将其当作散文体；实际上，这是糟糕的散文，这样的语言就算是写成了韵文还是同样糟糕。用“去往教堂的”（church-going）这个词来形容铃声，而且是出于一个像科伯这般朴素的作家，这恰好证明了诗人起初是如何在诗中滥用语言，到了后来诗人和读者都把这些语言当成理所当然的事。“也从未因为丧钟而叹息”和“或为安息日的到来而微笑”这两句在我看来的确是激情的语言，但用得并不恰当，并且因为韵文的缘故，用在了本不该出现这样的强烈语句的地方。我要说这两行诗的辞藻是很糟糕的，即使很少一部分读者会赞同我。而最后一节诗从头至尾都非常好，它无论是写成散文还是韵文都会一样出色，不过这里的语言和韵律如此自然结合在一起，更能为读者带来一种微妙的快感。这节诗的美妙让我不禁想确立一个原则，这个原则是永远不会被人忽视的，而且这也是我上文讨论内容的一个主要的指针，即富有想象力和感情的作品，以上论述的正是这两者。只要想法和感情是有价值的，不管这个作品是以散文的形式还是诗歌的形式，都需要同一种语言。韵律对于文章来说只不过是外来的因素，如果词句非需要这种手段才能达到目的，即使创作得优美，明智的人也不会认为有多大的价值。

《抒情歌谣集》序（1815）

要想写诗，以下几种能力是必需的。第一是观察和刻画能力。这种能力是指能够精确地观察事物本来的面貌并逼真地将其刻画出来的能力，不论这些被描绘的对象是实实在在看得见摸得着的，还是单单只存在于记忆中，它们都不会受作者内心的情绪或感觉所改变。尽管这是一个诗人必须具备的能力，但诗人只能在绝对必要的情况下加以使用，而且不能长期使用，因为运用这种能力的前提是心灵的各种最可贵的品质必须被动臣服于外在的对象，就如同一个译者或雕塑家必须按照原型进行创作一样。第二是感受能力，此种能力越敏锐，诗人感知的领域就更加广阔，他因此越受到鼓舞去观察对象，不但是观察对象的本来面目，也是观察自己内心对对象的反应。诗人的感受能力和普通人的感受能力的区别已经在出版序言中有关诗人特点的部分做过描述。第三是思考能力，这种能力可以使诗人熟悉动作、意象、思想和感觉的价值，并且可以促进诗人通过感受能力认识这四者之间联系。第四是想象和幻想的能力，即改变，创造和联想的能力。第五是虚构能力，运用此能力可以从观察所得的原材料中来刻画人物。原材料可以来自诗人内心，也可以是外部的生活，由此而来的事件和情景对想象力是印象最深刻的，而且对诗人试图阐明的人物性格、情感和激情来说也是最适合的。第六是判断能力，也就是去决定应该以何种方式、在什么地方，以及什么程度上来应用以上提到的每一种能力，从而避免较小的能力被较大的能力牺牲，较大的能力霸占它本不该得到的东西而对其本身造成伤害。另外，每一类文字应有的优雅和规律也都是由判断力来决定的。

由以上这些能力收集和产生的诗歌素材，可以通过不同的体裁创作成不同的形式。现将各种体裁和形式列举如下：

第一是叙述诗，包括叙事诗、史诗、故事诗、传奇诗，仿英雄诗，（如果荷马的神灵能够忍受如此的邻居的话）还有我们当代的杰作——韵律小说。这类著作最明显的特征是，无论叙述者多么大方地介绍他的代言人，一切表现出来的东西都源自作者本人。史诗作家们，为了使他们的创作方式能够与主题的庄严崇高相一致，总是以受了缪斯女神灵感启发的诗人的身份出现并吟唱的其作品，但是这在近代只是一种毫无价值的虚构，以《伊利亚特》和《失乐园》为例，如果把它们唱出来的话，是不会得到好评的。其他那些隶属于这个风格的诗人一般只满足于去述说他们的故事，因而可以肯定地说他们既不需要也不拒绝音乐的伴奏。

第二是戏剧诗，它包括了悲剧、历史剧、喜剧和假面剧，这些剧中诗人并不以自己的身份出现，整个的情节都是以代言人的独白和对话来进行，音乐很少参与到其中。歌剧或许也可以归于此类，因为它也是以对话进行的，虽然对音乐有所依赖，但是它也有充分的理由要求与抒情诗并为一类。独特而充满激情的书信体诗（例如奥维德和蒲柏的作品）若是作为独角剧放在这一类中应该没有任何不妥。

第三是抒情诗，包括赞美诗、颂歌、挽歌、歌曲、民谣，对所有的这些形式来说，为了取得充分的效果，音乐是必不可少的。

第四是田园诗。这类诗主要是描绘大自然的过程和外貌，如汤姆森的《四季》；或者是刻画人物性格、风尚和情感，比如申斯通的《女校长》、彭斯的《佃农礼拜六之夜》和《两只狗》；抑或是结合大自然的外貌来刻画这些特点，如里奥克利特斯的多数作品、弥尔顿的《急调》和《沉思》、白齐的《行吟诗人》、戈德史密斯的《荒凉的乡村》等。墓志诗、墓碑诗、十四行诗、以第一人称写成的大部分书信诗以及其他一切描绘地方的诗歌。

第五是说教诗。它的主要目标是说教，如卢克斯提亚斯的《诗作》、维吉尔的《田园诗》、戴尔的《金羊毛》、马森的《英国花园》等。

第六是哲学讽刺诗。如贺拉斯和尤维纳利斯的作品。而个人偶然兴起所作的讽刺诗，很难从个别中充分体现出一般，因而不能称之为诗。

最后三类结合起来构成了一种新的体裁，其中杨格的《夜思》和科伯的《任务》就是最好的例子。

由以上内容可以推论，貌似混杂的诗歌可用不同的方式进行分类排列，既可根据创作时在心灵中占主导地位的能力，也可根据诗歌的形式，抑或是根据其主题，这本集子里的诗歌正是基于这样的考虑而被分成了不同的种类。为了更吻合人的生命轨迹，为了让它们具备一个整体应该具备的三个要素——开始、中间和结束，在安排这些诗歌时尽可能考虑了时间的顺序，从童年开始，终于老年、死亡乃至不朽。我的愿望是将这本集子里的小诗以上述方式加以区别之后，可以从两方面来看待它：首先它构成一部相对独立的作品，同时也可以看成是哲学长诗《隐居者》的附录。其实我一直以来都有这样的想法。不过，如果我相信根据所采用的计划，从每一首诗在不爱思考的读者心目中产生的自然效果可以得出重要的东西，那么我更情愿将这诗集里的诗任意分散。而我真正相信的是，每一类诗歌都具有丰富的多样性，因此不能这么做。而这本诗集里的诗歌的排列方式对善于思考的读者来说将是一种低调的注释，这可以使他们注意到我的具体目的和一般目的。为了避免这种分类方式让读者误解，我应当首先提醒读者：有些诗是根据创作时在作者心灵中占主导地位的能力来安排的，主导地位意味着别的能力用得更少一些，如果一首诗中想象比幻想用得更多一些，那么这首诗就被安排在“想象”这一栏目之下；反之如果一首诗中幻想比想象用得更多一些，那么就这首诗就被安排在“幻想”这一栏目之下。这两类诗其实也可以被包括进“以感情为基础”的诗歌，看成是这类诗歌的一种延伸和扩大，也可以被包括进“从情感和反思出发”的诗作。每首诗的最突出的特点，即相互说明、多种多样和协调匀称自始至终都在指导着我。

除了想象和幻想这两类诗之外，没有哪一个类别的诗需要特别注意，但我还是可以说几句普遍适用的话。除了戏剧诗人以外的所有的诗人一直以来都在假装，说自己的诗是为了配合竖琴或七弦琴的音乐而作，而近代的诗歌在这方面到底是如何的虚伪做作，明智的人自会做出判断。而于我自己，我并无意否认这种可能性，或者要求得到读者大量的宽容。诗集里的一些诗作本质上说是抒情诗，所以如果没有音乐的伴奏是不能展现出应有的力量的，为了替代优雅的竖琴或浪漫的七弦琴，我只要求读者们将其中多数诗歌生动而热情的朗诵出来，并尽量符合其主题。诗歌无论多么寒微，只要写得好，就应该高声朗诵，长短音节的规律一定不是僵硬不变的，韵律的形式一定不是对诗歌的精神如此麻木不仁的——因为这样会剥夺读者根据感觉自主调节诗歌音律的能力；同样，读者的心灵也可以自由地，甚至是被召唤去影响诗的思想和意境。但是一个真正的诗人不会因为没有乐器的伴奏而放弃不同于纯散文作家的特权。

他在流动的小溪旁低吟浅唱，
一段比潺潺溪水更甜美的音乐。

现在，让我们一块来看看在给这本诗集里诗作分类时用到的两个词——

“幻想”和“想象”。一个聪明的作者说过：“如果一个人越能清楚地将自己的感官印象用观念复制出来，其想象力就越丰富，想象力就是一种在心中反映感觉现象的能力。”如果一个人越能随意地唤起、连接或联想那些内在的意象，从而完整地、理想地表现那些不在眼前的对象，他的幻想力就越大。想象是一种描述能力，而幻想是一种虚构和组合的能力。想象力是由耐心的观察构成；幻想力则是由改变心境的一种自主活动构成。一个画家或一个诗人的想象越精确，他们就越有把握把勾画或描绘的工作做好，即使被描述的对象不在眼前。而幻想越是富于变化，创造出的装饰就会越独特、越惹人注目（见威·泰勒著《不列颠同义词辨析》）。

如此区分想象和幻想，是否就像一个人着手从事一栋建筑的描述，他只专心于他在基础的发现，而不是抬头望眼上层建筑？这里，就像贯穿全书的其他例子一样，这位谨慎的作者的心灵完全被词源学吸引，他抓住这些单字不放，把它们当作向导和护卫队，常常意识不到自己就快成为俘虏，除了踏上指定的那条道路，没有任何选择的自由。要区别“想象”和“对意象的回想”是不容易的；要发现“幻想”如何区别于“敏捷迅速和栩栩如生的回忆”，也是不容易的。这两者不过都是记忆的方式而已。如果这两个词只有上面提到的意义而已的话，那么应该用什么词来描述诗人“满溢着”的那种能力呢（诗人关注天地间的一切事物，他的精神特质能将他意欲描述的东西得以体现）？又应该用什么词来解释“幻想”的特点，这种以创造性活动深入对象中心的能力？想象力作为本诗集中一类诗的标题，其意义与存在于我们脑海中的意象毫无关联（这种意象是不在眼前的对象的忠实摹本），它具有更加重要的意义，指的是心灵对于外在对象的作用，以及被某些特定规律所制约的创造或写作过程。我通过举例子进一步地说明我的意思。一只鹦鹉用爪子或嘴把自己“挂在”笼子的铁丝上，或者一只猴子用爪子或尾巴把自己“挂在”树枝上。这些动物的确是把自己“挂在”某个东西上。维吉尔的《牧歌》其中第一首，牧羊人在想到要和他的农庄告别时，这样对他的羊说道——

今后我再也见不到你，绿油油的，悬挂在
长满树木的岩前，离那岩石很远很远。

再来看看莎士比亚著名的诗句——

一个采药人，
悬挂在那半山腰上。

文字勾画出多佛山崖边上一个人影的普通意象。在“悬挂”一词的使用上，两个例子都应用了些许我称之为想象的能力：山羊和采药人都没有像鹦鹉和猴子那样真正“挂着”，当这般情景出现在感官面前的时候，心灵在自己的活动中，为了满足自己，就把它们看成是“悬挂”着的。

仿佛是远处海岸线上的一支船队，
悬挂在云际，乘着赤道的风，
沿孟加拉湾、特奈岛或者蒂多雷，
附近的岛屿航行，在那里
商人购置了香料和药材，行径在惊涛骇浪之上，
穿过广阔的埃塞俄比亚到好望角，
迎着风驶向南极，
就像那个远去的魔鬼。

这里的“悬挂”一词充分展现出了想象的力量，这种力量贯穿于整个意象中：首先，船队被想象成了一个巨人，我们知道并且感觉得到它是在海上航行的；但是，诗人根据感官印象，大胆地把它表现“悬挂在云际”，既满足了心灵观察意象本身的需要，又兼顾了被比较的对象的动作和外表。

我们要从视觉过渡到声音，因为听觉的特点肯定不是很突出，我们从本部诗集中挑选出一些例子来讨论：

野鸽孵化着它动听的啼声，
关于同一只鸟还有，
它的声音被丛林所掩盖，
清风吹过时又飘来，
哦，布谷鸟，我应该叫你为鸟，
还是游荡的声音？

“咕咕”经常用来描述野鸽的叫声，这个词的发音很像鸽子的啼声。但中间插入“孵化”这个比喻之后，想象使得情感也加入进来，使人更加注意到野鸽如何重复着自己柔和的叫声，仿佛自得其乐，带着孵卵过程中必有的一种平静闲适的满足。“它的声音被丛林所掩盖”这个隐喻表现出这种鸟儿喜欢宁静环境的特点，并说明它的啼叫并不尖锐刺耳，所以更容易因为层层树荫的阻挡而减弱。但这声音又如此特别、如此动听，就连微风也像诗人一样喜爱它，于是便穿越丛林把声音传递到诗人的耳朵里。

我应该称你为鸟，
还是游荡的声音？

这个精准的问题描述了布谷鸟的无处不在的声音，使人感觉它不再是一个简单肉体的存在。由于我们在回忆中意识到，春天总是充满着布谷鸟的叫声，但是我们却很少看见它们的身影，所以我们的想象力才能在这里发生作用。

这些意象之间本来是互不相干的，人的头脑因为受到某些本来存在的明显特性刺激，赋予了这些意象原本没有的特点和性质。想象的这些程序把一些额外的特性加诸对象，或者从对象中抽走一些它实际具有的特性，从而使对象像一个新的存在一样，反作用于执行这个过程的头脑。

先前引用的维吉尔的诗句就是很好的例子：山羊悬挂在草木丛生的陡壁上，处境非常危险，而注视着山羊的牧羊人则舒适安全地躺在崖洞里，两个情景形成鲜明的对比。如果单独来看这两个意象，其效果远逊于将它们结合起来并对比起来产生的效果。

有时我们会看到一块大石头，
高卧在光秃秃的峰顶上，
凡是看到它的人都想知道，
它是怎样来到这里，又从何处来，
它仿佛是有感觉，
像一只从海里爬出来的海兽，
在岩石上或者沙滩上晒着太阳，

这个人便是这般；半死半活，
似睡非睡，老态龙钟。
老人纹丝不动地站着，像一朵云彩，
听不到狂风的怒吼，
一要移动，便全都动起来。

在这些意象中，想象力所具有的赋予、抽象和修改的三种能力被结合了起来，直接或者间接地发生作用。石头被赋予了某种生命力，像是海兽；海兽有生命的这一特点被抽走，从而更接近石头。采用这样一种方式来处理间接意象是为了使初始意象（即石头的意象）更接近老人的形态和处境。因为老人已经失去了太多的生命和动作的特征，其状态已经接近两个对象连接之处。后边的“云彩”也是一个道理，这里就不多说了。

想象力不仅有赋予的能力或修改的能力，还有造型和创造的力量。它是如何做到的呢？这中间需要无数的过程，但想象力最爱做的是把众多个体合成单一的整体，以及把单一的整体分解成众多个体——这样的更迭始于灵魂庄严地意识到自己几乎神圣的强大力量，并受这种庄严的意识所制约。我们再回过头来看看前面引用过的弥尔顿的诗句。在这节诗里，一只密集的船队被比作人，沿着孟加拉湾航行，紧接着用了“他们”（即商人们）来表现船队被化成了许多船只“迎着风驶向南极”。然后有“就像那个远去的魔鬼”，“就像”跟开头的“仿佛”相呼应，在这里魔鬼作为一个人的形象把许多船只又重新统一成一个整体——回到比喻的起点。“就像”是对谁来说“像”呢？这是对天上掌管诗歌的缪斯女神来说的，是对诗人的心灵来说的，是对读者的眼睛来说的。这一刻出现在他们面前的是广阔的埃塞俄比亚，下一刻却是地狱般荒无人烟的地方！

“我或者住在忒拜，或者住在雅典。”

再听一听弥尔顿这位伟大的诗人来描述耶稣基督是如何将反叛的天使逐出天国：

“在成千上万圣徒的伴随下，
他向前走来，他的驾临光芒闪耀。”

跟随其后的圣徒们，以及基督本人，几乎都隐没在这个无限抽象的“他的驾临”的光芒中了。

在这里讨论这一问题的目的是想让读者进一步了解这部诗集，尤其是其中一类诗，所以读者不妨像我这样来看待想象力：它涉及了人的思想和感情，它规定了人物形象的构成，它决定了行动的过程。我不会超出刚才含蓄提到的内容，而将它看成这样一种能力，（用一个我最尊敬的朋友的话来说）即它“把一切事物都统一起来服务于一种效果，使得有活力或者没有活力的东西、具有自己特性的生物、带有自己附属品的东西，都采用一种色彩来服务于一个效果”。诗的想象力是热情和沉思的想象力，它不同于人和戏剧的想象力。《圣经》的预言和抒情部分、弥尔顿的作品以及斯宾塞的作品是诗的想象力的巨大宝库。我选择这些作家而不选古罗马和希腊的作家，因为异教的神人同形论将这些国家诗人的思维过多地限制在确切的形式上；而希伯来人因为憎恶偶像崇拜而幸免受到影响。我们这位伟大的史诗诗人对此有着同样的憎恶，这不仅有外部生活环境的原因，也有内在心灵的因素。不管古典文学对他的影响有多深刻，他的灵魂里却是一个希伯来人，他内心的一切都倾向于庄严神圣。斯宾塞天性比较温和，他在讽喻的精神中保持了自己的自由，这种精神有时会鼓励他通过抽象来塑造人物，有时激励他通过天才的努力，通过最崇高的道德真谛和最纯洁的感觉才具有的特点和标记，使他的人物具有抽象的一般性和永恒性——他塑造的尤纳这个形象就是一个光辉的例子。至于人的和戏剧的想象力，莎士比亚的作品提供了用之不竭的资源。

风雨雷电，我不指责你们无情，
我不曾给你们国土，或唤你们做儿女！

我记得很多诗人就是凭着这个主要的特点脱颖而出的（他们的名字就不多说了），我也记得那些无知、无能、专横的人对我的这部诗集以及我的其他作品的侮辱，倘若让我来预测一下后世子孙对我的评判，那么我可以这么说（如果以上所提及的人人皆知的事实还不能为我平反的话，那么我就该受责难了）我在这些不利的时刻证明了想象力在最宝贵的对象上、在外在宇宙、人类的道德宗教情感中、人的天生情感上以及后天的激情中发挥了极大的作用，它和人的作品一样能够使人更加高尚，这是值得人们永远铭记的。

有人认为幻想应该被描述为一种唤醒和合成的能力，或者如我的朋友柯尔雷基先生所说，是一种“汇聚和联合的能力”。我不同意这一定义，唯一的原因是它太泛泛而谈了。汇聚、联合、唤醒和合成的能力不是幻想特有的，想象也具有这些能力。但是，两者唤醒和合成的材料类型是不一样的，或者汇聚和合成材料时所依据的规律和想要达到的目的也是不同的。幻想不需要使用的材料因为它的处理在构成上发生改变。如果材料接受改变的话，那么细小的、有限的和短暂的改变就可以达到幻想的目的。而想象力的要求则恰恰相反，它只接受可塑的、易改变的和模糊的对象。下面对春梦婆的描绘更多的是幻想而不是想象。

她的身体不比贵族食指上的玛瑙大。

谈到身材，想象力不会告诉你，她的守护天使像巨人一样，有庞贝庙的柱子那么高，更不会说这个天使身高二丈四尺，还是身高两千四百尺，又或者像奇尼里夫山或擎天神那么高，就算他们再有几万倍高，其实都是一样的，因为它们都是有限的。想象力会这样说，“他高耸入云端”，苍穹可是无边无际的呀！当想象力设计出一个比喻，乍看之下也许并不十分生动，但一旦当人们真正理解了她，在心中会滋生出一种真实的感觉，这种相似性不在于外形轮廓的特点，而在于神情和印象；不在于暂时的、显著的特点，而在于内在的、与生俱来的特性；此外，不同意象之间总是相互影响改变。幻想过程所遵循的规律和偶发事件一样难以预料，如果对象以恰当的方式表达出来或者结合起来，幻想产生的效果是令人惊奇的、有趣的、滑稽可笑的、柔和的或者悲惨的。幻想依赖的是其传播思想和意象的迅速性和丰富性，她相信思想和意象的数量之多以及结合之恰当，足可弥补个别价值的缺失。幻想特别值得称道的地方在于，她能够巧妙和成功地发掘事物潜在的相似之处。倘若幻想的目标能够赢得你的赞同并使你感同身受，那么她不会在乎其影响是多么短暂、多么易变，因为她知道她有能力在适当的时机恢复其影响。而想象则明白自己具有一种牢不可破的支配权；如果灵魂无法承受它的宏大，也许会失去它；如果一旦被感知和承认，头脑的任何其他能力都不能动摇它、损害它或者虚弱它。幻想的作用在于刺激和引导暂存于我们天性中的东西；而想象则是要激发和维持天性中永恒的部分。幻想作为一种积极的能力，根据自己的规律和凭借自己的精神，难道不能被看成是一种创造性的能力吗？我们可以从所有（主要是英国）优秀的散文作家和诗人的作品中看到，幻想是如何努力地想要和想象一较高下，而想象又是如何屈尊来处理幻想的材料。在泰勒主教的作品中，凡是慷慨激昂的部分无论翻开哪一页都能找到很好的例证。上文向读者介绍了一些不可估价的作品，这里我要斗胆将柴斯特菲尔德爵士用过的一个比喻和《失乐园》中的两句诗来对比一下：

傍晚的露珠忧愁地闪着光，

那是天空在哀悼逝去的阳光。

在亚当越轨之后，弥尔顿借用抱有同情的大自然的现象，指出了其罪行的直接后果：

天空低暗，雷声轰隆，悲哀的泪水滴下，

为铸成的大罪哀悼。

从这两个例子中联想到的事物是一样的：露珠和雨水，它们同泪水一样都是液体，两者都是用来表达悲哀的。第一个例子中会给人一种一闪而过的惊奇，但仅此而已，因为被描写的事物本身无法支持这种比喻。而第二个例子描写的行为产生了直接的后果，而且有明显的预兆，这有着极其重要的作用，它使得我们的头脑承认表现出来的同情是公正合理的，天空哭泣时落下的雨滴就像是人的泪水，就像先前“大地的腑脏开始颤动，大自然发出第二声呻吟”。

最后，借用柯顿的《冬天之歌》来进一步说明幻想的特点，这是一部令人赞叹的作品，虽然沾染了些许作者那个时代的特点。这首赞歌的中间部分生动地描述冬天和他的随从们的来临，诗中的冬天虽然是个“中了风的国王”，但同时也是一个好斗的君主，他带着军队前来征服。作品用快速闪过的细节以及大量充满幻想的比喻描写了他的几支队伍和武器装备，展示出诗人极其活跃的思维和与之匹配的强烈的愉悦。“冬天”为躲避敌人，退入了堡垒，在那里

存放着满满一仓库的美酒；

如果太阳神永远不再返回，
这也能抵挡住不断地袭击。

尽管我自己不喝酒，却也不禁抄录了接下来的诗句，用来证明以下部分在处理情感过程中所运用的幻想比这首诗前几节所显示的幻想更恰到好处。

就是这东西给了诗人燃烧的激情，
完全融化了老年人冰冻了的血液；
使青年人成熟；使老头子年轻，
还使吓破了胆的懦夫变得勇敢。
使烦扰的心绪复归宁静，
使突突的心跳渐渐平静，
使不幸的生活变得甜蜜；

然后让西罗科风刮来吧，
让皑皑白雪将我们包围，
或者到那海岸边一声呼啸，
让高大的山岭也跟着吼叫。

我们大家高兴地坐在一起，
无忧无虑，心中充满欢喜，
纵然寒风将我们困在屋里，
我们的幻想却徜徉在各地。

我们想念所有相识的朋友，
还祝福我们所有亲爱的人；
当你我饮尽各自杯中美酒；
身体健康，心里欢欣无比。

如果朋友们让我们失望，
我们以仁慈来弥补友情；
远方悲哀的人们如果能听到
我们的祝福，定然精神振奋。

我们敬祝贫苦的人富裕起来，
并祝憔悴虚弱的人重获健康，
祝愿受苦受难的人感到快乐，
祝被压迫者得到安全和保障。

那些可敬的却遭受耻辱的人
一定会获得更加亲切的慰问，
那些深陷在牢狱中的人，
定然能感觉自由的空气。

勇敢的人一定会胜利，
有情人终能结成眷属，
被人忽视的美德一定会得到赞颂，
被人遗忘的诗人一定会享有光荣。

我们的祝愿会给人带来好运，
我们想做什么便做什么；
我们无忧虑，不嫉妒，
我们只愿做真实的自己。

当我作下这篇序言的时候，原本打算写得全面一些，但是已经耽误了读者许多时间，在这里表示歉意，就此搁笔。

《抒情歌谣集》序言补充（1815）

对青年男女来说，诗如同爱一样，是一种激情；但是不久以后，多数为诗在心灵中的力量感到自豪的人，会因为其思想被家庭烦恼困扰，时间被日常事务占用，不得不放弃这种让人愉悦的束缚，或者说这种束缚会自然而然失去效力，此时诗便成了一种偶尔的消遣，而对那些在时髦享受中消磨人生的人来说，诗则是一种奢侈的娱乐。到了中年和老年，有的人又开始寄情于诗歌，以此抵挡俗事的压力或慰寄生活的苦痛，如笃信宗教一样。最终，很多虽然在年轻时代就喜爱上诗歌、忙忙碌碌的人，只有在青春逝去之后才有了时间来培养自己的一般文学修养，将诗歌作为一门学问来研究。

诗的读者大概可以分为以上几类，各类读者中都不乏批评者，但只有最后一类读者的意见，在预测一部新作的命运方面才具有绝对的价值并值得信赖。而年轻人在任何事情上都逃不开幻想的影响，而与诗歌的接触中尤其容易受幻想的支配。其原因虽然不像无事实那样明显，这原因同样也是所有年龄段的人对这门艺术做出错误判断的根源，只是对年轻人有着特殊的影响。诗的使命（只要是真正的诗，就应该和科学一样永恒不朽）、内容、权利和义务，不是研究事物本身的情形，而是它们所呈现出来的情状，不是研究它们真正的存在，只是研究它们给感官留下的印象，以及在情感中的印象。这一人们公认的诗歌的责任为那些缺乏经验的年轻人准备了怎样一个幻想的世界啊！这将会给那些思想只受到理解力的些许训练、情感时常背离理性的年轻人带来多少使他们误入歧途的诱惑！——当少年为某种让人迷误的诗章感到痴迷时，即便经验和常识都让他有所怀疑，但他却隐隐觉得真正的诗歌艺术不过是卖弄炫耀，以为诗最让人兴奋的地方仅在于矛盾情感的短暂冲击以及矛盾思想的不断聚集。这种潜伏在心中的意识会立刻否定先前的怀疑，并证明夸张和荒谬皆是有理的。或许有人会问，既然幻觉不可避免，而且它无疑也是一种十分有用的心路历程，那么说这样的话来挫败年轻人对感觉的信心，进而破坏他们天真甚至有益的愉悦，这有什么好处呢？如果年轻人不能因为真正卓越的东西而感到愉快，或者如果这些错误总能在某个阶段自动消亡，那么这个问题中暗含的责备我们无言以对，然而这些错误将会一直存在不会自动消失，虽然它们的影响对多数人而言要小一些。况且，青春的熊熊燃烧的火焰不可能因为几句哲学评论就轻易熄灭；这番话不但不会对热情和信心带来伤害和痛苦，还会使那些虽然热情却也谦虚坦诚的人受益。明明白白地跟他们说清楚，再加上他们自己心中质疑，两者共同作用将会使年轻人鉴赏能力得到锻炼，从而更早地做出更为审慎和合理的判断。

有人感到不解，为什么那些富有才华的人，在青春逝去后的岁月里，尽管有了世事练就的敏锐的理解能力，却很容易被偶然翻看的一部诗歌新作深深地打动——其原因可能在于，他对诗歌的爱好曾中断，不论其他方面知识有怎样的进益，他们对这门艺术真正的鉴赏能力始终停留在年轻时的水平上。此时如果一本新诗集摆在面前，其美妙可能会使年轻时代的他陶醉其中，而现在他的鉴赏力还没有提高到对它感到反感的地步，这些诗会让他目眩神迷，他会对其缺点大加赞赏并爱不释手，因为它们能够像魔法般使现在的时间消失，把他的心灵带回从前生命中最美好的季节。读诗时，他们的力量复苏，激情重生，快乐的感觉又回来了。在摆脱日常事务的重负之后，他们有可能会重新拿起一本新诗集，借此忘掉现实世界，忘掉所有的烦恼和忧虑。当愿望得以实现并有了其他格外的收获，他们自然会把他们的真实感受描述出来。

如果成年人因为缺乏创作实践，轻易地被荒谬、浮夸以及矫饰的东西所吸引并为之倾倒，以为当他们通过诗句放松心情的时候，他们的理解力也可以放个假，我们可以想象，这样的读者会抱着与年轻时一样的成见，无法被纯净风格的朴素之美打动。而在更高境界的诗歌里，一位开明的批评家主要想看到的是智慧的心灵和磅礴的想象。无论这些品质出现在何处，必定伴随着简单质朴；而真正的崇高庄严会凭借自身的简单质朴来把握其修饰。但是人性有一个众所周知的特点——总是通过比较来评价事物，以此来认识事物之间不同程度的区别。以下这种情况是否可以避免

（仅就风格的效果而言）：习惯了被绚丽辞藻吸引和打动的读者，看到纯粹为了满足整体和谐的要求来遣词用句的一部独特作品，非但不为之动容反倒将它拒之千里？就这一问题我们的看法是，无论是在艺术还是在生活中，没有人能同时伺候两个主人。

当诗歌给予人慰藉，显示出宗教的精神时，才最符合自己的神圣本源。那些懂得了这个道理的人，还有带着神圣目的读诗的人，必定不会像刚才提到的那两类读者一样受到种种幻觉的困扰。然而心灵在生活的压力下日益变得严肃，激情的范围随之缩小，鲜有事物能唤起心灵的共鸣，以至于人们完全看不到很多崇高卓越的东西，或者说这些东西很难吸引人的注意。此外，带着宗教或道德倾向来读诗的人，即便是读到他们赞同的主题时，仍旧很容易产生他们特有的误解和错误。由于太过看重那些让他们感兴趣的事实，他们经常会高估这些表现和强化事实的作者们。他们过于热衷于诗人的语言，以至于没有认识到自己从诗中真正理解的东西其实很少。从另外一个方面来看，对觉得宗教信仰特别重要的人来说，错误似乎会有极其严重的后果：只要出现遭读者谴责的宗教观点，无论这部书的文字多么有活力，他们都不会与之产生共鸣，也不会感到满意和享受。之前的热爱会变成厌憎，他们会发自内心地反感这位作家和他的作品。那些从其宗教信仰上来看，最应该对此过激行为有所警惕的人，其实是最容易有这样做的人。我的意思是那些从精密思考推演而来的宗教流派是冰冷而拘于规范的。当基督教这一谦卑的宗教在人类这一大自然中最高傲的成员中建立起来的时候，除了矛盾我们还能指望看到些什么？同样，这类宗教的信徒们时而轻蔑，时而出于内在的疑惧，善妒而多疑。但不论何时，他们都禁不住用他们捍卫教义的热情来补充宗教构成中缺乏的活力。

人有了信仰就容易将情感寄托于那些永恒的事物，这种倾向带来了人世间天性的升华，对他来说是对来生的假想的凭据，并赋予了他分享其神圣的权利。虔诚的信徒把他们看见的东西都当作看不见的一切“外在的残缺的投影”。宗教关注的是不确定的对象，这种关注对心灵来说过于沉重，必须通过语言和符号来释放大部分的压力。人与上帝的交流只能通过这种过程才能展开：少代表的是多；无限存在于有限中。从中我们或许可以看出宗教和诗歌之间的紧密联系：宗教用信仰来弥补理性的缺失，诗歌热烈地追求理性的指引；宗教的构成元素是无限，它受制于感知的限度，服从于（可感知物）替代，但其根本信赖的是至高无上事物；而诗歌，尽管缥缈而超验，但如果离开感性的化身便无法存在。我们也可以在这天生的相似之处中找到催生类似错误的潜在因素，我们会发现，以宗教为主题和范围的诗歌比其他任何一类诗歌更容易被误解，虔诚的信徒比任何艺术爱好者更容易偏离正途。

我们在哪里才能找到批评家们做出绝对有价值的判断的前提条件？何处去寻找既有诗意又有哲学性的头脑；何处去寻找这样的批评家——他们的情感如同社会精神一样自由亲切，理解力如同不带偏见的政府一样严肃？我们又该何处去寻找不受到自私侵扰的心灵最初的平静？何处去找这样一种天生的悟性，它可以转化为正确性而不损失任何其敏锐？何处去找这样一种积极的能力，它可以满足作家独特想象力的一切要求，又具有甄别优劣的判断力？——所有这些只能在那些未曾将力量浪费在对诗歌年轻幼稚的爱上，并把自己最强的理解力用来思考这门艺术的法则的人身上找到。然而我们还必须指出，虽然这类人可以做出唯一值得信任的判断，但他们也可能是错得最离谱、最荒谬的人。如果学到的东西是错误的，那比什么也没学到还要糟糕；如果一个谬误是在思考和理解后产生的，那么这样的谬误最难根除。这类人中有书刊审查员，如果任何好的东西让他们感到满意了，那只会是因为他们没看仔细，并且用错了标准；即使他们（在一定程度上）得出正确的结论，最后也必然会因此而感到痛苦；如果他们偶然发现了一个合理的规则，要么束手束脚无法善加利用，要么就是把它用得太过；当应该服从于更高一级的规则，他们却毫无意识。这类人中还有一些评论家，他们脾气很坏，无法温和地对待真正的诗人，但同时又虚弱无力，无法与诗人对抗；他们以报告诗人的创作活动为己任，但他们又完全没有能力跟随诗人的脚步——当诗人扇动翅膀迅速改变方向的时候，他们觉得迷惑不解；当诗人直接飞到他们“指定区域”时，他们又觉得沮丧；这群人想象力枯竭，心灵坚硬麻木；在他们看来，所有良好有益的行为都懒洋洋的缺乏活力，因此他们要上去推一把或者指指点点，在恶毒地煽风点火之后又显得过于贪婪；被他们这群裁判批评责难是件好事，被他们称赞反倒不妙。因此这类人汇合了最好和最坏两个极端。

以上这番话可能会有些无礼，作者在写的时候不是没有犹豫。但也正因如此，我想请各位读者用你们丰富广博的经验来检验它们的真伪。如果值得完全信任的裁判在现实中如此之少，那么我们可以推断，一直以来人们对优秀诗歌作品的认识必定是不全面的，有时甚至长期将它们忽略，抑或是没有给予它们应得的关注，这是多数佳作的命运；另外一方面，还有无数诗作昙花一现，流行一段时间之后便销声匿迹。我们还会进一步发现，当作家们最终得到人们的承认，确立自己的地位时，又会出现很多对其作品的错误理解和偏见。只有少数意识到这些问题的人会站出来谴责这些错误和偏见，他们应该知道他们是被上帝选中的人，他们的声名注定会像这世上的“美德”一样，其存在的意义就在于它的斗争以及它在敌人面前展现出的活力。这是一种充满生气的品质，注定会遭遇对抗，但注定会取得胜利；从其领域的特点来看，它不会有亚历山大那样悲哀的结局，不会像亚历山大那样为了世上不再有可征服的对象而悲叹。

让我们匆匆回顾一下英国过去两百年来诗歌艺术的情况，看看是不是我推断的那样。

今天还有谁会读杜巴塔的《创造》？但对他的溢美之词曾响彻整个欧洲；他还曾得到国王们的青睐；当他的诗被翻译成我国的语言，连《仙后》在它面前都黯然失色。而斯宾塞，这位比阿里奥斯托还要出色的天才，当时在不列颠岛群岛之外的地方几乎没有人知道他的名字。如果用同胞们的关注来衡量其作品的价值，那他的作品可以说没多大价值。

“桂冠，是给强大征服者的奖赏；
也是给贤明诗人的鼓励。”

这是他本人说过的话，但是他的智慧，尤其在这里的智慧，是他最大的敌人；而它的对立面，不论是愚蠢还是疯癫，是“他们”最好的朋友。无论如何，他仍旧是一个享有很高的荣誉重要人物，并被赋予了“桂冠诗人”的称号。

一位为舞台而创作的戏剧作家，必须学会迎合观众的趣味，否则观众将无法容忍。就算是莎士比亚这样卓越的天才也必须遵循这一原则才能得到关注，观众们要看得很高兴，不过我对古代戏剧舞台的了解有限，也不能确定当时的人们是不是对类似某些当代作品、根本不值得搬上舞台的戏剧作品也趋之若鹜。如果举行一个正式比赛，评一评最杰出的戏剧家，莎士比亚和他的前辈萨福克里斯以及欧里庇得斯，只怕会眼睁睁地看着奖品被判给其他拙劣的对手。尤其想到后世欣赏斯图和沙德威尔并把这两人和德莱顿相提并论的人如此之多，这样的比赛结果真是太有可能出现了。无论如何，莎士比亚显然曾屈就于大众；几乎无所不能的他最了不起的一点是，他居然能从时代的偏见强加给他的题材中找出灿烂瑰丽的主题。不过即便有这样的高超技艺，在公众的评价中他仍然不敌其对手，否则我们无法解释他作品中某些段落和场景。我们猜测（其实这在我看来是毫无疑问的事实）这些最粗糙的部分是排戏的人为了迎合观众的喜好而偷偷加上去的。

无论他的作品在舞台上受到怎样的欢迎，它们却没有给当时的主流文人留下多少深刻的印象。例如培根爵士五花八门的作品中，没有任何地方提到或引用了莎士比亚的作品。莎士比亚的戏剧因为其优秀的品质得以在复辟后重新被搬上舞台，但据德莱顿所说，在他那个时代，两部分别由博蒙特和弗莱彻创作的戏剧被揉到一部戏里当成莎士比亚的作品演出。在蒲柏那个年代，由于人们对莎士比亚的戏剧诗歌的认识太有限，蒲柏不得不在他编撰的莎翁戏剧集里将最值得注意的部分用单引号标注出来，以为普通读者提供必要的指导。

即使是在今天，法国评论家们对这位亲爱的英国作家的反感仍旧丝毫未减，“英国人有他们的小丑莎士比亚”这种熟悉的说法仍然经常从他们口中听到，就像伏尔泰时代一样。格林男爵是唯一一位承认他在戏剧界无上地位的法国作家，他能认识到这一点主要是得益于他的德国血统和所受的德国教育。最开明的意大利人，虽然他们非常熟悉我们的语言，却完全不能体会莎士比亚的伟大。只有德国才能了解和感受真正的莎士比亚，而且在某些方面，他们甚至比我们这个“诗人国度”里的人们做得更好。我们当中存在一种意见，或者说一种人们普遍接受的观念，即“莎士比亚是一位不拘一格的野才，他的作品伟大之美弥补了其严重的瑕疵”，这种说法居然被当成是对莎士比亚的公正评价。还有多久这样的错误观念才会消失，还有多久人们才能普遍认识到，他的题材选择和处理方式虽然经常混杂各异，但它们共同构成了一个和谐的整体，并服务于同一个伟大的目标，他在这些方面的敏锐判断难道不是和他的想象力、创造力以及对人性的直觉领悟一样超凡卓越？

从留存至今的一部莎士比亚以第一人称创作的、抒发自我感情的诗集中，我们不难看出这部诗集的编者，乔治·史蒂文斯完全没有感受到这集子里的十四行诗的美妙之处，尽管诗人在这些作品中恰到好处地表达了自己丰富细腻的情感。如果这位编者不是确切地知道英国人对这些作品的宝贵毫无所知，如果他没有这种人性极普遍的倾向——为假想陷入天才之宝藏中而狂喜，从一个批评家的声名出发，他不会冒险去谈论议会法案，说就算是法案也没有足够强大的法律效力要求人们去细读这些小小的诗句。

莎士比亚去世的前九年，弥尔顿才刚刚出世。在他的早年出版过几首短诗，虽然受到了少数独具慧眼的人士的赞许，但后来还是被人彻底遗忘，以至于年轻的蒲柏借用了这些诗都没人能看出来。那么现在这些诗作是不是得到了公正的评价呢？像德国诗人沃斯（Voss）这样一位公认的天才在亲自翻译这些诗中最流行的几首时，都能容许它们的灵魂被蒸发掉，看着它们的性格被改变，我对此不会下结论。但这并不是在暗示说我得出了相反的结论。不过无论如何可以肯定的是，现在有很多人读弥尔顿的这些诗，并给予了它们高度的评价，而之前这些诗在出版之后一百五十多年以来一直默默无闻。据博斯韦尔所著的《约翰逊传记》，约翰逊博士常常带着轻看的口吻评论弥尔顿的十四行诗，就像斯蒂文斯论述莎士比亚的十四行诗一样。

当人们对约翰逊博士称之为“形而上学诗人”的考利和他的模仿者连同他们品达体颂歌的热情逐渐开始降温的时候，《失乐园》出现了。诗人对激发其灵感的诗歌女神唯一的请求是“希望有几个真正的读者”。我相信后来他得到的比这个更多。不过约翰逊博士却犯了一个严重的错误，他曾试图用这部作品的销量来说明弥尔顿的同胞们在这本书刚问世的到时候就给予了它“应有的待遇”，他宣称两年内卖出一千三百多本，这个业绩对弥尔顿这样一位四处树敌的天才来说已经是非常难得了。但请记住，弥尔顿的宗教和政治观点以及他的表达这些观点的方式，虽然为他树立了很多敌人，但同时也使他赢得了无数的朋友。这些朋友崇敬他，并为赞美他而感到自豪。在这样一个购买书籍不会招致人身危险的时代，他们会迫不及待地想要得到他的代表作。除开这些人以及把这本书看成宗教作品的人，其他真正看重它诗歌成就的买家其实很少。那么为什么对这部书的需求没有很快增加，约翰逊博士说这是因为“这个国家读诗的人太少了，他们都买了第一版”。明知当时有如此多的诗集出版，一个作家居然能说出这种话实在是轻率。在我自己的书架上就可以找到考利的对开本（第七版，1681年），年代相近的还有弗拉曼的诗集（第四版，1686年），还有同一年出版的沃勒（Waller）的诗集（第五版）。而且据我所知，不久之后还出版了诺里斯诗集的第九版。我不知道读者们对这些作品的需求如何，但是我清楚地记得，二十五年前，伦敦的书摊上还摆满了考利的对开本。说这些不是为了贬低这位和蔼可亲又能干的作家，只想说明之所以后来没什么人读弥尔顿的作品，并不是因为当时没有读诗的人。《失乐园》早期的版本是简装本，价格低廉，但十一年只卖了三千册。据约翰逊博士说，从1623—1664年这四十一年间，莎士比亚的作品只出过两版，加起来可能还不到一千册。而这位评论家举出这些事实，仅仅是想证明“读者的匮乏”。其实当时读诗的人并不少，只不过他们的钱花到别处去了，因为他们欣赏的是别的东西。我们可以肯定地说，人们对待《失乐园》的态度以及这部作品声誉提高缓慢都证明了我先前想要证明的观点并非没有道理。竟有如此的批评者，居然说出“查理时代的巧智”，或者“威廉王时代的杂集主编或商务期刊领主”此等评论，他可能取得进步，如果他竭其才能勤谨地评注这部诗作，其处处都包含着创造性的美。

人们赞赏的对象其变化实在是让人难以捉摸，以至于那些很容易受权威影响的人经常会认为人性中没有可以让这门艺术依赖的确定不变的东西。我曾经很荣幸地读到过一本写于大革命后到该世纪末的一本手抄小册子。作者是一位造诣相当高的英国同仁，他写这本手册的目的是为了塑造儿子的性格，并指导他的学习。这个世上或许没有比它更好的论说文了，机警和智慧的思考、细腻的情感、让人陶醉的风格贯穿全文。作者从英国作家的作品中选出了一些他认为最值得细读的作品，可他只提到了罗彻斯特勋爵、约翰·德纳姆爵士和考利。同样，沙夫茨伯里（今天人们对他的贬低实际上是不公正的）曾经评论说这一时期的英国文艺女神还是摇篮里咿呀学语的婴孩。

不久以后，蒲柏设法赢得了更高和更广的声誉（可能没有哪一位英国诗人曾得到这样高的声誉）。而且人们同时也知道，这些技艺的过度发挥是蒲柏在文学界占有了一席之地的原因。如果不是他过于热衷于目前的声望，如果他能更多地依赖他天生的才华，他的文学地位其实永远不会下降。他以和谐的音律使所有国人着迷，以他优雅精致的风格使国人炫目，他被自己的成功所蒙蔽。他那些带着些少年青涩的田园诗偏离了人性的主题，这些作品所得的赞美使他以为自然是不可信赖的，至少在田园诗中是这样。为了证明这一点，他伪称他的朋友盖伊写了这些田园诗，而其作者意在滑稽模仿田园诗，可这位始作俑者以及他的敬慕者们从其中也只能看到滑稽可笑的东西。然而，尽管有些段落确实让人讨厌，但是如约翰逊博士所说："其中的现实性和真实性非常明显，哪怕作者想要表现的是现实和真理的堕落。"虽然这些田园诗里有些让人厌恶的部分，但还是"为人所喜爱，人们把它们当作表现乡村生活和风俗的代表作，并从阅读中得到了快乐"。

《失乐园》出版不到六十年，汤姆森的《冬天》问世了，随后他又很快写了另外几部作品，一起构成了他的《四季》系列。这是一部灵感之作，其中大部分发自内心，并且是高尚豁达地抒发了内心的情感。那么当时人们对这部作品做何反应呢？当时的一位传记作家说"它刚刚出版就受到人们的普遍赞誉"，只是有些例外，比如那些不是去感受诗作，而只是于诗篇中寻找机智的讽刺、音韵富丽的对偶、哀婉缠绵的倾诉这些东西的人。在这些人乍看之下，他作品中那富有男子汉气概的、古典的精神实在不是什么优点；可是加以细读，偏见有所缓和，这才尝出几分趣味来。还有一些人，他们对这部作品表现冷淡，仅仅是因为早就锁定了自己的诗歌信仰，心甘情愿地对任何新奇独特的东西视而不见。这位只凭借自然和自己的天赋的诗人的出现冲击了这些人的固有观念，他们因此感觉受到某种伤害。然而很快，个别的喝彩变成了普遍的欢迎：每个人都在纳闷为什么这么多画面，而且还是这么多熟悉的画面，是怎么让他们对他的描述略微有些感动。同时，他的有悖常理和他心中满溢的温柔和脆弱的心灵留给读者重重的疑惑：不知道他们是该钦佩这位诗人，还是爱他这个人。

这个例子似乎非常不利于我们想要证明的观点，但是我们必须把惊奇和真正的赞美区分开。这部作品的主题是由季节更迭产生的大自然的景象，汤姆森通过韵文的形式，以一个诗人的方式处理这一主题。值得大家注意的是，除了温切尔西夫人关于夜晚的《幻想》和蒲柏《温莎森林》中的一两段，从《失乐园》到《四季》之间，没有任何一首诗为我们创造出自然外部景观的新形象，也鲜有作品表现出的熟悉的形象能够让人看出作者的眼睛是密切注视着其对象的，更少有诗人是在感觉的激励下凭着纯真的想象来进行创作。从德莱顿的《悲剧批评基础》中对夜晚的描写和蒲柏翻译的《伊利亚特》中著名有关月夜的场景，可以非常清楚地看到人们对最重要和最常见的自然现象的理解已经退化到了何种地步。就是一个盲人，如果经常认真倾听周围人随意说出的话语，也会把这些景象描写得更真实一些。德莱顿的诗句模糊、夸张而缺乏意义[①]。而蒲柏的描写，虽然有荷马的指引，但充满了错

① 这里指的是德莱顿在《印度皇帝》中的描写：

科尔特斯，身着睡袍，独自一人，
大自然睡了，万籁俱寂；
群山似乎也在打着瞌睡。
小鸟在梦中歌唱，
花朵在甜美的夜的露珠下熟睡。
连欲望和嫉妒都睡着了；只有爱
不让我的灵魂安宁、我的眼睛困倦。

误和矛盾。德莱顿的这些诗句曾经被人高度赞扬，但现在已经被人遗忘；而蒲柏的仍旧受到公众的好评，不仅如此，没有任何描述性诗歌今天能拥有如此众多的热情敬慕者。想象一位热情的读者在月色笼罩下吟诵着这些诗句，陶醉之中丝毫不曾想过这些诗句有多荒谬可笑，也许这样的读者数以千计，这实在是奇怪。如果这两位著名的作家都习惯性地认为这个看得见的宇宙对一个诗人来说是微不足道的，对诗人来说甚至没有必要真正好好看看这个宇宙，那么我们可以确信，当时的人们对此前诗人们所作那些忠实而富有诗意地描写自然现象的诗句大概不会有太高的评价，而且当时的人们对外观的描写也没有给予足够正确的关注。

惊奇是无知的自然产物，孕育这种产物的土壤在《四季》出版的那个时代十分肥沃。无论个人还是民族的败坏退化都不是一朝一夕的事，他们也不会在顷刻间变得开明起来。汤姆森是位受神灵启示的诗人，但是他制造不了奇迹；只有在学生学会了用眼睛观察的情况下，他这位老师才能进一步帮助学生提高水平，不过他能做的仅此而已。虚荣一直助长着人们的自欺行为，因而很多人会幻想自己在对原作一无所知的情况下能去认识其相似物。从前文我们看到，汤姆森的传记作者所谓真正赞美其实多半不过都是盲目的惊叹而已，而其他人的那些赞美又该算作什么呢？汤姆森很幸运，这部诗集的名字选得很好，它容易被每个人理解并为之付出情感；此外，尽管他很有才华，但其风格却有瑕疵，其矫揉造作的修饰最能打动那些没有眼力的人。同时，作品中还充满了司空见惯的感伤故事，只是其表现方式带着一种令人难忘的新颖。从任何一本人们经常翻看的《四季》诗集中我们都可以看到，人们往往是从一段爱的狂想曲或者一个故事开始阅读（比如《达蒙与慕西朵拉的故事》），这些也是我们的《诗章精选》中最突出的内容，而且也是最能让作者引起读者大众注意的部分。蒲柏对汤姆森受到的赞扬做出反应，希望能把他推向顶峰，但也只是称他为“一位高雅的、具有哲学家气质的诗人”，另外我们也搜集不到其他的确凿证据来证明有任何人认识到了汤姆森真正的特点是善于想象，直到《四季》出版四十年之后，老沃顿才在《蒲柏的生平和作品》中一个注释里指出这一点。在汤姆森的另外一部作品《赋闲的城堡》中（格雷对其评价非常冷淡的一部作品），这一特点也相当的突出，但韵文更和谐，用词也更纯净。不过这部优秀的诗集刚问世时就被人忽略，就是现在也没有几个人注意到它。

汤姆森去世以后，柯林斯在一首挽歌里表达了对他的哀悼。在这首诗里他预言，如果一个人漠然注视诗人的埋骨之地，诗中的诅咒会降临到他身上。这位哀悼者本人的诗作流传至今，现已为人所熟知；不过如果柯林斯身后也有人也有敬慕者像他原来那样用诅咒来表达哀思，相信当时要被诅咒的人应该也不少。他的作品在他生前得到的关注很少，当然卖得也不是很好。弥留之际他从书商那里把自己的书都买回来，并将其都付之一炬。

《英诗辑古》是在重要性上仅次于汤姆森的《四季》的一部作品，尽管这两部作品在时间上相隔很远。这部诗集收集并改写了很多古代英语诗歌，其中很多是由主编珀西博士亲自创作的（这个词用在这里似乎有些矛盾）。这部作品在当时并不是默默无闻，因为它出版后不久出现了许多传奇故事都是在模仿《英诗辑古》中的古代民谣基础上创作的。但是这种改编并不符合当时城市上流社会的趣味，约翰逊博士，在唯他马首是瞻的一个小圈子里，不遗余力地使其成为众人轻视的对象。批评家成功了，模仿传奇故事的作家们理所当然地被忽视，但那些被模仿的原型也冤枉地被整个国家忽略了。与此同时，伯格和其他一些富有天赋的德国作家们将这些古代民谣翻译成德语，或是模仿它们的风格，或是根据从它们中得到的灵感进行创作，由此产生的一批作品后来成为德国的民族骄傲。而珀西博士却因为冷漠无知的同胞们给予他的奚落而感到羞愧。当他戴着面具进行创作时，他并不缺乏将自己的才华带入一个纯朴而感人的境界的决心（美妙的“克莱爵士”和其他民谣作品可为证）；然而当他作为一个诗人，以个人身份和个人品格出现时，他所用的语言跟当时盛行的模糊、浮华、刻板平淡的语言没有任何区别（比如《沃克沃斯的隐士》）。虽然我仍然把他当成近代这一风格的作家中最杰出的一位，但非常遗憾这是个显而易见的事实。甚至是伯格（据说克洛普施托克称赞他为真正的诗人，并说他是少数作品会长久留存的德国作家之一，就连歌德和席勒都没有得到他这样的赞扬）对珀西的作品中的很多东西也不是十分欣赏。这可以从他翻译作品中看出来，作品中很多地方都抛弃了珀西的原型，例如：

白日已逝，夜幕降临，
万物熟睡，
只有艾米琳
独坐闺中，暗自垂泪；
突然她听到真爱的声音
在墙外低声细语，
醒来吧，醒来吧，我亲爱的艾米琳，
是我，你的爱人在呼唤。

伯格对这一段加以修饰和扩展：
如今夜晚在山川上
投下黑色的暗影，
城堡的灯已经亮起，
照着所有地方，
万物已深深入睡，
然而，还有一位小姐却
充满了激情的痛苦，还在守望，
想念她的骑士
在那里倾听！甜蜜的爱语
从下面轻轻飞上来，
噢，醒来吧，噢，我在这里！
穿上你的礼服！出来吧！

但是我们必须从低微的民谣上升到英雄史诗。

麦克弗森[①]！所有的欢呼为你欢呼，莪相[②]史诗之父！这位孟浪的高地人（苏格兰人）给传统的阴云的一个温存的拥抱招来了这个幽灵，它一路南下得到人们欢呼喝彩，人们的掌声给了它生命，让它传遍了整个欧洲。《英诗辑古》的编者没有隐瞒他在原来素材的基础上进行的诸多加工和改动，以期得到人们对其创造性的赞赏，他的行为相比无私的盖尔人是多么自私，这位盖尔人像放弃了王位并安于靠女儿提供的微薄的年金养老的李尔王一样无私。当我们打开这本声名赫赫的诗集随意翻看，在八卷的史诗《特莫拉》中有这样一段故事："尤令河蓝色的波浪在阳光中翻滚起伏，绿色的山峦沐浴着日光。树木在微风中摇动着它们朦胧的梢头，灰色的激流发出喧闹的声响。长着老橡树的两座山峰之间是狭窄的平原，平原上流淌着一条蓝色的溪流。溪边站着阿萨的勇士卡尔巴，他的长枪保卫着国王，红色的眼睛里满是不安和忧伤。这时带着的种种可怕伤口的柯马克在灵魂中出现。"这是从盲眼诗人莪相袖珍书中得到一本珍贵的历史记录。

如果对一部流传很久并广为人知的作品加以批评而又拿不出确凿的证据，我认为这在很多时候是不恰当的，但在这里请原谅我这么做。我很幸运生长在一个多山的农村，根据自己的童年经验，在据说是莪相所作的诗集我中看到许多谬误。从我亲眼见过的东西看来，这些诗句制造的意象并不真实。大自然中的一切都是独特的，但没有任何事物是界限分明、绝对独立的单一体。麦克弗森作品却恰好相反，一切界限分明、孤立、脱节、缺乏生气，却没有任何独特的东西。用文字描述实物总是会出现这种情况。如果说诗里人物根本不存在，风貌也是不可能有的，就连梦境也比诗里的世界更真实，麦克弗森肯定会对这样的责难不屑一顾。当莫文山陡峭

① 麦克弗森（James Macpherson 1736—1796年）苏格兰诗人，他声称"发现"了莪相的诗，假托从3世纪凯尔特语的原文翻译了《芬戈尔》和《帖木拉》两部史诗，并先后出版，于是这些所谓"莪相"的诗篇便传遍整个欧洲，这些作品虽有部分是根据凯尔特语民谣写成的，但大部分是麦克菲森自己的创作，麦克菲森制作的不规则的凯尔特语原文只不过是他自己英文作品的不规则的凯尔特语的译作。——译者注

② 莪相（Ossian），传说中公元3世纪盖尔族的英雄和吟游诗人。

的山崖出现在眼前，诗人却还在熟练地谈论着驾着马车的英雄们，可莫文山不过是一小块地方，极少有适合雪橇通过小块平整的地面。马尔科姆·兰恩先生贴切地指出，麦克弗森所谓的翻译用词混杂，就像个五花八门的大杂烩。同时马尔科姆又喜欢指出其中并列的段落，以便让可怜麦克弗森去解释他的“并且”和“但是”，这样做削弱了他的论点，仿佛认为只要让人看出了相似之处，那便是故意剽窃。其实两个没有彼此交流过的人之间产生一致是极其可能的事，有足够的例子能说明这一点。既然《圣经》的译者、莎士比亚、弥尔顿和蒲柏不可能会得益于麦克弗森，那么可以推断麦克弗森种种“辞藻”必定是从他们那里学来的；除非我们准备好郑重地承认（和斯塔尔夫人一样）多数英国诗歌典型的美都是源自于古代芬戈尔（Fingallian），如果真是这样，这位现代的译者（麦克弗森）只用回归莪相的原作。相应的，路西恩·波拿巴（Lucien Buonaparte）这位曾经谴责弥尔顿赋予了阴间宏伟光环的评论家，就应该大声宣布“现代莪相”是苏格兰的光荣，而苏格兰可是产生过邓巴、布坎南、汤姆森、彭斯等诸多伟大作家的国度啊！这些观点对于他的雄心壮志不是好的评价。

这些所谓的古代文学瑰宝受到人们极大的尊崇，但是却对我国文学没有产生丝毫影响。后世的作家们没有一个从当中获得丝毫灵感，也没有（稍有声名的）作家敢于正式地模仿它们，只有查特顿（1752—1770年）这个少年。他伪造的文学作品成功地骗过了很多人，由此他看到没有几个批评家能够区分出真正的古代作品和现代伪作，于是将他撰写的《撒克逊诗集》发表于某杂志，成为英国的莪相诗歌，两者就像云遮雾绕的两个对应的星座。在我看来，这部书从本质来说是不自然的，其最确凿的证据就是它无法和本国文学相结合，用不着谁来证明它是一部大胆而毫无价值的伪作。与麦克弗森的作品出版产生的效应形成鲜明对比的是珀西的《英诗辑古》的出版，相比之下它是何其谦逊！之前我曾提到过后者对德国文学的巨大影响，而对我们自己国家来说，它彻底挽救了英国诗歌。现在无论多么有才华的诗人都肯定《英诗辑古》的功绩，并为它感到骄傲。我知道我的朋友们是这样，而我自己也非常高兴能够在这里公开表达我的敬意。

约翰逊博士在蔑视麦克弗森方面所付出的劳作给他带来了比其他更谦逊的朋友更多的幸运，不久之后就有人邀请他为一些最杰出的英国诗人的作品撰写一些传记形式的和评论形式的序言。书商们自行挑选了一些作品，大多都是最流行的杂集，当然参考了这些书过去的销售情况；在决定收录哪些杰出作家的作品时，依据的是当时读者们对作品的熟悉程度，还有就是作品已经取得的和将会带来的收益。编辑挑选时实在有欠谨慎，在提到任何一个他推荐的作家时，他无不是面带微笑。当我们翻开其中的《人物志》，我们感到十分意外，因为看到的第一个名字居然是“考利”！英语诗歌的启明星们都到哪里去了？伊丽莎白时代群星们到哪里去了？如果提名字更合适的话，那么一直受到尊敬的乔叟到哪儿去了？斯宾塞和西德尼呢？最后，伟大的诗人同时也是普遍公认的最伟大戏剧家——莎士比亚，又到哪里去了？这些人的名字不是不配与同时代的或后来的作家的名字放到一起，但是我们却看不到他们的名字，取而代之的反而是罗斯康门、斯第普尼、菲利普斯、沃尔什、史密斯、杜克、斯普拉特、哈利法克斯、格兰威尔、雪菲尔德、康格里夫、布鲁姆等名声很响亮但同时作为诗人没有多少价值的人物，他们的唯一价值在于其作品证明了，一个有抱负的诗人只要能迎合时代的喜好和潮流，不需要多少才智便能赢得潮水般的赞美。

以这一著名的事件来结束我们对文学史的回顾应该是恰当的，因为我本无意一直回顾到现在。从别的国家或其他时代，也可以举出同样有力的证据来证明这篇文章先前提出来的观点都是以事实为依据的。完成这项任务并不令人愉快，承担它也不是明智之举；但意义重大，必须要有人来做这件事。可能有人又会问，以上讨论的内容跟这本诗集有什么关系呢？一位有着良好判断力的读者，如果还记得十七年前这本诗集首次出版时流行的趣味，如果观察到了这本诗集自问世以来给英伦岛的诗歌带来的影响，如果还体会到某些人本着这样或那样的原则对这集子里的每一首诗有着从未间断过的敌意，那么这个问题应该很好回答。就“声望”是怎么产生的，我给出了自己的看法；就我个人而言，我有理由感到满足。人们对这集子里的诗的态度有热爱、赞美、漠不关心、冷落、反感甚至是轻视，这些反应连同我的努力和苦痛（如果我始终如一）应该被看成是标志和象征，虽然有着不同的价值，但它们都有一个共同的特征——它们现在都能证明我的努力没有白费，它们让我相信我的辛勤劳动的果实将会留存于世。

从以上有关诗歌作品的成功与命运的讨论中，我们能够得出的最有力的结论是——一位伟大的、有创造性的作家应该以创造一种能够让自己觉得享受的趣味为己任。曾经一直如此，将来也是如此。很久以前，一位智慧的朋友在讨论他的诗歌与我的诗歌之间的区别时，曾对我说过以上这番话。一位达到相当境界的具有独创性的先驱，应该为与他有着共同点的后继者们扫清道路，他与其继承者们应该有很多的共同之处，但他也应该有自己的独特性，并走出一条只属于他自己的道路，就如同阿尔卑斯山上的汉尼拔。

一个有创造力的诗人要制造一种能够让他被人欣赏的趣味，最难的地方是什么？是打破陈规旧俗的束缚，是克服对矫揉造作的偏爱，是消除对没经历过的事物的反感吗？或者如果一个诗人为了达到我所提出的目标而努力，是不是就意味着要剥夺那种诱使人们强调人与人之间的不同却把人的相同点排除在外的骄傲；是不是还意味着让他为自己的虚荣感到羞愧，这种虚荣使他对社会地位可能比他低的人所赋有的极高才华毫无知觉？最难的地方又或是在于支配读者的灵魂，让其谦卑和开化，从而得以进化和提升吗？

如果这些目标仅仅可以通过知识的交流便可以达到，那么我们也不会在这里提到它。我要提醒读者，“趣味”如同“想象”，是远远超出哲学为其限定的领域并不得不扩大其应用范围的一个词。它是一种隐喻，原是指身体的一种被动的感觉（味觉），但转化成某种从本质上来讲并不被动的东西，即转化成了智力的“活动”和“状态”。“想象”一词，从高尚的冲动到人类本身，已被用得过多，以满足我们天性中最高贵的才能的需要。而“趣味”这个词，整个过程正好相反，它从一种有害又可耻的特征的盛行开始，这种特征不是别的，就是冷漠的产物——自私，随着国民创造力的下降，它会促使人们把价值判断放在判断的精致上。语言的贫乏是我们利用“想象”这个词的主要原因；但近代欧洲人所理解的“趣味”一词的意义是在习惯性的自负影响下逐渐生成的，它促使事物顺序倒置，由此一个被动官能成为所有与纯艺术相关联的各种才能中最重要的才能。趣味能够调和一致的及必要的知识支撑，使得它成为可依赖的对象；在此交流的过程中，心灵是被动地、痛苦地或愉悦地被类似于本能的东西影响。但是深刻敏锐的感觉，崇高和普遍的思想和想象，或者换句话说，令人同情的东西和高尚的东西，这两者准确地说都不是这种能力的目标，这一能力可以不用沉浸在民族精神中，而直接由“趣味”这一隐喻来指定。为什么？如果没有读者思想的配合，就不会唤起足够的情感共鸣，也就不会有高尚或深刻的激情。

必须指出，激情源自一个意为“痛苦”的词，但它与努力、执行和行动有着密不可分的直接联系。用通俗的话说，激情即是愤怒，这一事实生动地体现出人性的特点。但是，

> 人们通过喋喋不休的语言或拳脚相向，
> 将愤怒倾斜在敌人身上。

为激情所动，是在激情的刺激下产生的外部或内部的作用；这种作用可以延续和加强激情或是抑制激情；相应整个过程可能是痛苦的，也可能是令人愉悦的。如果是后者，那么必须要灵魂的参与，否则它永远不会具有蓬勃的生气，反而会很快地衰败枯竭。所以，如果每一个为人熟知的伟大诗人，其天赋才能得以充分的发挥，在他为人们完全接受之前，不得不发挥和展现其力量，这一情形往往更容易发生在刚刚崭露头角的有创造性的新作家身上。天才的唯一证据是要做好那些值得做并从未有人做过的事；在纯艺术领域，天才可靠的标志是能扩展人类对欢乐、崇高、人类天性之善的感知的限度。天才能将新的元素引入人的精神世界；如果达不到这一点，天才即在从未施与创造力的对象上应用创造力，或者用创造力来

产生一种之前从未有过的作用。这如果不是诗人灵魂的一种提升或一种征服，那又会是什么呢？读者是否可以像一位坐在肩舆上伸着懒腰的印度王公，懒洋洋地被人抬着前进？显然是不能的。引导者们鼓舞和激励读者，是为了让他能够主动起来，因为他不能在静止的状态下前进，也不能像没有生命的重物一样被人负载着前行。所以创造一种趣味即是创造并给予别人一种力量，这种力量的作用是产生知识，这才是真正困难的地方。

当情感参与了动物性的感知，如果这种情感的触发是真挚的，那么所有对事实和环境有充分理解的人似乎会即刻受影响。并且毫无疑问，在任何真正的诗人的作品中都会找到那种产生了直接而普遍效果的优秀篇章。但有的情感简单直接，还有些情感复杂而激烈；有的情感让心灵温柔地折服；有的情感让心灵骄傲地斗争；在不同环境和性格的共同作用下会产生无限的变化。还要记住这种情感作用于心灵的媒介是语言；它可以产生无尽的起伏变化，并引发各种恣意的联想。有才华的诗人可以将这一切自然地和他的意图结合起来并融为一体，但对于无力在自己头脑中发挥这种力量的人，它们将保持其形态和特性。除此之外，还有一种沉思的、人性的悲悯，一种热情而又平凡的忧伤，一种沉于理性深处的哀伤，心灵无法到达这一深度，必须通过追寻思想的脚步才能触及。只要我们想一想我们昨日关注的事情，思考一下生活的实践离崇高源头有多么遥远，我们就不会奇怪，对于一个肩负拓展诗的王国、增加并传播其愉悦这一任务的诗人来说，现有的准备是多么的不充分。

现在，请不要再在新的诗歌作品身上毫无意义地重复“流行”一词，就像除此之外没有任何其他的手段来验证一部高尚艺术作品优秀与否，所有的人都像是出于某种爱好或者像着了魔一样跟在流行的尾巴后。那些迫不及待想要被公众接受的作品，无非是仗着有几分大胆和夸张，才让人在惊讶中被它吸引了去，要不就是浮于表面的肤浅之作，或是靠着一系列的事件来维系着人的好奇心，再有就是靠那些用不着思考就能让读者得到消遣的奇思怪想。但是一切能够直达她灵魂深处、告诫她的弱点、能够认识到她的力量的作品中，生活和自然由具有创造性和抽象性的想象力来描绘；在这里，源于本能的古老智慧与豪壮的激情结合构成诗歌的核心，加上后世的思考，共同构成了得到升华的人性的和谐统一，这统一曾经是一部遥远过往的历史，也是无限未来的预言；在一切这样的作品中，诗人必须短暂服从于极个别的听众。伟大的思想都是在孤独之中形成，这样最合适也最自然（莎士比亚必定经常为这一真理叹息），它不可能产生在喧嚣的喝彩声中，因为这会破坏它的圣洁。看看绘画艺术中那些宁静的作品人们就会明白，有些东西乍看之下光彩夺目，引得好多人欣赏赞叹，而它们跟那些具有永恒影响力的东西有着根本的不同。让我们不要畏于追随原则的脚步，只要它们能带着我们让我们看到——无论过去还是将来哪一个时期，这样或那样有缺陷的诗歌都会受到人们热情的追捧，被人广泛地阅读，但它们当中个别比较好的作品会一代代地流传下去，而那些败坏堕落的作品（虽然这类作品永远都存在）会很快消亡；一个崇拜赞美的对象消失，又会有其他的对象来补上，它们都来得轻而易举，虽然不一定更好，但至少有些许新意，并或多或少都迎合了大多数有闲暇读诗的人时刻变化着的口味。

难道我们最后的结论就是人民的判断不值得尊重吗？这样的想法十分有害。如果有人提出这样的指责，那么他一定会遭到愤怒地反驳。在上文中我们提到了好诗——无论是作为个体还是一个种类，都会得以留存，这就已经说明人民意见终究是合理的。如果不是通过人，那么它们如何得以留存？是什么让它们得以保存，如果不是人民的聪明才智，那还能是什么？

——过去和未来是一对翅膀，
它们和谐地结合在一起，
推动人类知识的伟大精神向前发展。

这一精神发出的声音就是被神启发的人民的呼声。只有愚蠢的人才会把一部分人的喝彩和短时间的喧嚷错当成这种声音，尽管“短时间”有可能意味着经年累月，“一部分人”有可能是一个民族。更可悲的错误是相信这一小群人的高声喧嚷中包含了某种神圣的绝对无误的东西，在人为的影响下，在不加思考的情况下，它篡夺了人民的名义，变成了多数人的观点。对于人民，笔者希望给予足够的尊重；但对于哲学意义上的人，对于他们的知识所包含的由过去和未来这一对翅膀支持和推动的精神，笔者的虔敬是足够的。笔者愿意将它献给读者，然后再与他们告别，同时保证，如果这些集子里的内容没有显示出某种“洞察力或非凡的特点”，如果它的语言和内容不能让人更加敏锐地感受到快乐、荣誉和人性的优点，即便笔者在创作过程中感受到很多愉悦，即便从作品中得到各种慰藉和享受，作者也会立即将它们销毁。

《克伦威尔》序

维克多·雨果[①]　〔法〕

本部戏剧没有什么值得大家关注的地方。官方审查机构没有对它加以否决，因此没有得到政治舆论的关注；它也没有荣幸地被一个完全不会犯错的评审团正式抛弃，所以也就没有从一开始就赢得鉴赏家们的认同。

大家面前的这部作品，它孤单寂寞、毫无掩饰，就像福音书上那位可怜人——孤苦伶仃、穷困潦倒、衣不蔽体。

本剧的作者在决定为它作序的时候，不是没有犹豫。读者一般对序言不会太感兴趣。相比作家的观点，他们更关心作家的才能；在决定一部作品好坏的时候，这部作品所依据的思想是什么，是什么样的精神孕育了它，对读者来说无关紧要。没有人在参观完厅堂之后，还会去看地窖；当人们享受一棵树的果实时，很少去想它的根。

从另外一方面讲，注释和序言是增加一本书分量的方便法门，至少看

① 维克多·雨果（1802—1885年），法国浪漫主义学派的领军人物，他的《克伦威尔》序言是浪漫主义运动的宣言。作为一位诗人、戏剧家和小说家，雨果在其漫长的一生中，一直都是法国文学界最卓越的人物。他在此序中确立的原则使当时的文学世界发生了根本的改变。

起来它们可以放大一部著作的重要性。这种策略是将军们熟知的，战场上他们把包括辎重在内的所有的东西都排成一排，这样可以让自己的阵营看起来更有气势。并且当批评家们猛烈抨击序言，学者们批评注释的时候，著作本身反而会幸免于难，在交叉火力之下，全身而退；就像一支军队在前哨后卫都受到攻击的情况下摆脱险境一样。

这些理由虽然足够充分，但是并不是作者做出决定的理由。这本书不需要再“扩充”了，因为它已经够厚实了。而且作者写过的序言，从来都是坦诚直率，但是不知道为什么这些序言非但没有保护他免受批评家的攻击，反倒使他受累；它们非但没有成为他坚定可信的盾牌，反倒给他惹来了麻烦，就像是战场上的士兵穿着的军服，如果异常的显眼，必然会使穿着它的士兵备受瞩目，从而把所有的打击吸引到他身上，完全无法招架。

作者是出于一种完全不同的考虑，才决定为此书作序。在他看来，人们很少为了好玩而去参观地窖，但有时为了检查一下地基而去看看，这也不是不可以。因此，他愿意冒着再次被编辑们愤怒攻击的危险，再作一篇序。要来的事就来吧。他并没有怎么操心过他作品的前途，也不大害怕被文学界的人说三道四。在这场激烈的讨论中，戏院和学校，公众和学者们针锋相对；此时，人们或许有兴趣倾听一个孤独的、自然和真理的“学徒”发出的声音。他出于对文字的热爱，及时地退出了文学界；而且他带来的不是雅趣而是真诚；不是才华而是信念；不是学问而是探讨。

但是，在这里他仅仅想对文学做一般性的讨论，没有丝毫想为自己的作品铺平道路的想法，也不是在为反对或支持什么人，写什么公述状或陈情书。对这本书是批评还是袒护，在他看来都不重要。他也不喜欢纠缠于个人之争。看到那些出于自尊而拔刀相向的场面，总是让人感到可悲。所以，他预先表示，反对任何人解释他的想法，引用他的语言。用一句西班牙预言家的话来说就是：

> 他要怎么样，
> 都是他自己的事。

默默无闻的作者，已经很荣幸地收到了来自“纯正文学原则”的几位领军人物的挑战，尽管他只是一个这场奇怪的纠纷中一个毫不起眼的、纯粹的旁观者。他不会冒冒失失地接受挑战。下文是他对这些人的回应，是作者反抗这些人的投石器和石弹；其他人，如果愿意，也可以把这些石弹投向古典主义的头上去。

说完这些，我们继续往后看。

让我们从一个事实出发：地球上的文明并不是一成不变的，更确切地说，社会不是一成不变的，这个表达更精确，包含的意义更丰富。整个人类如同个人一样经历了成长、发展和成熟几个阶段。他曾是个小孩，后来长大成人，我们现在看到的他，已经垂垂老矣。近代社会称之为“古代”的历史时期之前还有另外一个时代，古人们称它为“神话时代”，更准确的叫法应该是“原始时代”。看，这就是文明从其最初起源到今天，先后经历的三个重要阶段。既然诗歌总是基于社会，那么我们提议根据社会发展的形式来讨论诗歌在原始时代、古代和近代这三大重要阶段的特点。

在原始时代，当人从这个刚刚诞生的世界中苏醒过来的时候，诗歌也一同觉醒。当他面对让人目眩和迷醉的事物时，他的第一句话只是简单的赞美。那时，他离上帝还很近，因此所有的沉思都让人心醉神迷，所有的梦境都成为神的启示。他的内心激荡充盈，他歌唱有如呼吸，他的竖琴只有三根弦——上帝、灵魂和创造，但是这三重奥秘包罗万象；这三种思想无所不有。那时的世界几乎一片荒芜，虽然有了家庭，但是还没有形成国家，所以有家长，但是没有君主。每一个种族都按自己的意愿自由自在地生活着，没有财产，没有法律，没有争夺，也没有战争。一切东西属于每一个人，也属于所有的人。整个社会就是一个共同体。人没有任何束缚，过着游牧生活，这种生活有利于幽思和幻想，所有的文明都是从这样的生活中萌芽。人听从心灵的每一次暗示，自由来去；他的思想跟他的生活一样，像云彩一般，随风变幻，四处飘荡。这就是最初的人，也是最早的诗人。他年轻，愤世嫉俗。祈祷是他全部的宗教，抒情歌谣是他唯一的诗歌。

这种抒情歌谣，这种原始时代的诗，就是《创世纪》。

但是渐渐地，世界的青年时代过去了。世界的各个方面向前发展；家庭变成了部落，部落成长为民族。每个这样的群体又围着一个中心聚集起来，这样便有了王国。群居的本能取代了游牧的本能。城市取代了营地，帐篷换成了宫殿，庙宇代替了避难所。最初的国家首领仍旧是“牧羊人”，只不过他现在经营国家，原来的牧鞭也变成了权杖。似乎一切都静止了，并固定下来。宗教有了具体的形态，祈祷按照仪式进行，信仰有了固定的教义。牧师和国王共同享有对臣民的父权。由此，神权社会取代了父权社会。

与此同时，这个世界上有了越来越多的民族，开始有些拥挤。他们互相骚扰，彼此摩擦，于是有了国家间的冲突，产生了战争。他们互相侵占，于是有了民族的迁徙和远行。诗歌反映了这些重大的事件；它的题材从思想过渡到了事物。它歌唱时代、民族和国家。它变成了史诗性质的诗歌，这时有了荷马。

荷马在古代社会享有支配的地位。在那个社会，一切都很简单，一切都具有史诗的特点。诗歌就是宗教，宗教便是法律。原始时期的童贞由现在的贞洁所取代。无论是个人还是群体，都体现出一种庄严的厚重，它很明显，随处可见。各个民族虽然不再具有早期游牧生活的特点，但是他们却保留了对陌生人和旅行者的尊重。每个家庭都有一片故土；他们的一切与故土相连；他们有了对家的热爱和对祖先的崇敬。

我们还要再重复一次，只有史诗才能体现这样的文明。史诗可能会有不同形式，但永远不会失去它特有的性格。品达更像一位祭司，而不是家长；他更像是一位史诗作家，而不是抒情诗人。如果编年史家，这些世界的第二时期不可或缺的人，着手去搜集古代传说，开始用世纪来计算年代，那么他们一定是徒劳无功——编年史不能排斥诗歌；历史依然是史诗一首。希罗多德[①]就是一个荷马。

尤其是在古代悲剧中，史诗的气质随处可见。登上希腊的舞台后，它

---

① 希罗多德（公元前484—前406年），希腊历史学家，被誉为“历史之父”。

丝毫不减其恢宏的气势。它的人物依旧是英雄、半神和神；其主题仍然是幻想、神谕和天命；故事发生的场景是战场或葬礼，以及一干人等；只是过去是由职业诵诗人吟诵，而现在是由演员诵读，这便是唯一的区别。

除此之外，当史诗的情节和场面都在舞台上出现了，剩下的工作都是由合唱队来完成。他们为悲剧哀叹，为英雄喝彩；他们描绘人物和场景，交代时间；他们表现欢乐和哀痛；他们有时是舞台背景的一部分，有时负责解释主题的寓意，还要讨好听众。现在，如果说合唱队，这样一种介于观众和演员之间的模棱两可的角色，不是正在继续完善自己史诗作品的诗人，那他又是什么呢?

古代人的剧场跟他们的戏剧一样宏大、庄严、雄伟。可以容纳三万观众，表演都是在沐浴着阳光的露天场地进行，而且时间长达一整天。演员们改变原本的声音，戴上面具，穿上高靴，把自己装扮成巨人。舞台非常宽阔，可以同时呈现一座庙宇、宫殿、营地和城池里里外外整个场景。这样的舞台可以表现壮观浩大的场面。根据记忆，我们可以举出几个例子：普罗米修斯在他的山上；塔顶的安提歌尼在塔顶上寻找着她在敌军中的兄弟（见《斐尼希妇女》）；埃瓦德内从悬崖上跳到燃烧着卡帕纽斯的火焰中（见欧里庇底斯的《哀求的妇女》）；一只大船驶入港口，船上下来五十位公主和她们的仆从（见埃斯库勒斯的《哀求的妇女》）。在这里无论建筑还是诗歌，都具有宏伟的特点。古代没有什么比这更庄严雄伟的了。历史和宗教都结合在一起，出现在舞台上。那些最早的演员都是祭司；他们的舞台表演即是宗教仪式和国家庆典。

关于这个时代史诗特点，我们还观察到最后这一点：无论是在形式还是主题上，悲剧都是在模仿史诗。所有的古代悲剧作家的故事素材都来自荷马。同样了不起的壮举、同样悲惨的结局、同样的英雄人物。所有的一切都来自荷马这一源头。《伊利亚特》和《奥德赛》便是证明。就像阿喀琉斯把赫克托拖在战车轮子上一样，希腊悲剧总是围着特洛亚展开。

但是史诗的时代已经接近尾声。随着它所代表的那个社会即将结束，诗歌的这一形式也在自我循环和重复中耗尽所有。罗马是希腊的副本，维吉尔是荷马的翻版。似乎是为了体面地收场，史诗在最后的分娩中消亡。

时候已到，另外一个时代即将开始，这将是世界和诗歌的新纪元。

一种精神宗教取代了物质的、外在的异教，侵入了古代社会的心脏，将这个社会除灭，并在这衰微的文化的残体上，撒下了近代文明的种子。这种宗教是完整的，因为它真实。除了它的教条和仪式，道德也对它有着根深蒂固的影响。这种宗教首先告诉人们：人有两种生活，一种是短暂的，一种是永恒的；一种是在人世间的，一种是在天堂的；这都是真理。它还指出，人和命运都是二元的：人身上有动物的特点，也有思想的特点；有肉体，也有灵魂；简言之，人就是一个交汇点，是联系两种存在的纽带，这两种存在包括了所有的事物，一个是精神存在，一个是肉体存在；前者包括从石头到人的一切物质；后者包括了人和上帝。

古代某些睿智的人可能猜到过这些真理的一部分，但是在有了福音书之后，才有了对它们充分、清楚、明白的表述。异教徒的各个学派在黑夜里摸索前行，他们在未知的旅途上，把一切牢牢抓在手中，也不管抓到的是真理还是谬误。他们中的某些哲学家有时会投下些许微弱的光芒，但只能照亮事物的一面，而使另外一面的黑暗变得更加幽深，由此才有了古代哲学家们的种种错觉。只有神的智慧才能用普世的光明，代替人类摇曳不定的智慧之光。如果说毕达哥拉斯、伊壁鸠鲁、苏格拉底、柏拉图是火炬；那么耶稣基督就是灿烂的日光。

事实上，没有什么比古代的神话更具物质性了。它们非但没有像基督教那样，将灵魂和身体区分开，还赋予了一切形体和容貌，甚至包括看不见的精神和才智。神话里，一切都是可见的、可以触碰的、有血有肉的。为了不让人看见，神需要躲在云彩后面。他们也需要吃、喝、休息。他们受伤也会流血；他们如果被打断了腿，也只能永远一瘸一拐地走路。宗教里有神和半神。宗教的雷电是在铁砧上锤炼而成的，上面还有三道弯曲的雨线与雷电融为一体；它的天神朱庇特将世界悬挂在一条金色锁链上；它的太阳驾着一辆四匹马拉的车在天空游弋；它的地狱是一座深渊，其边缘在地球上都有所标示；它的天堂是一座巍峨的大山。

异教徒们便是这样，用同一种泥土塑造出了所有的创造物，他们缩小了神明，放大了人类。荷马的英雄跟他的诸神一般高大；埃阿斯敢于挑战朱庇特；阿喀琉斯可以和马尔斯比肩。我们已经看到，基督教与之相反，它将精神和物质远远地分开，在灵魂和肉体之间，神和人之间设下了万丈深渊。

我们大胆地讨论这一问题，为了避免疏漏，我们还要指出这样一个事实：正是因为基督教和它的方法，各个民族的头脑中产生了一种新的情感，这种情感是古代人没有的，它在近代人心灵中茁壮成长，它介于沉重与悲伤之间，这就是“忧郁”。

实际上，人的心灵长期因为纯粹崇拜等级和司祭制度的宗教而麻木不仁，而一种新的神圣宗教兴起，它让穷人的祈祷变成富人的财富。这是一种平等、自由和博爱的宗教，这样人性的宗教之风难道还不能让他觉醒，并感到某种意想不到的能力在体内生长吗？既然福音书已经指出，感官之后还有灵魂，生命之后还有永恒，聆听了这样的启示之后，难道还不能以一种崭新的眼光来看待一切。

那时的世界正经历着一场彻底的革命，人的精神世界不可能不发生同样深刻的变化。此前，国家的灾难很少会波及人们的心灵；倒台的是国王，颠覆的是王权，除此别无其他。雷电袭击的只是上层阶层，并且，正如我们前面所指出的，这些事物的更迭似乎都是带着史诗所具有的庄严性。在古代社会中，个人地位低微，只有家族遇到不幸，才能打击到他。所以个人不会为家族以外的不幸而感到悲伤。国家的大灾难竟会扰乱一个人的生活，这在当时可说是闻所未闻的。但是，当基督教社会稳固建立起来以后，古老的大陆陷入了混乱。一切被连根拔起，许许多多注定会摧毁古老的欧罗巴、建立起一个新的欧洲的事变，一个一个接踵而至，它们横冲直撞，使各个民族陷入混乱。在这一过程中，有的民族迎来光明，有的民族在黑暗中沉沦。

如此多的喧嚣骚乱带来的影响，必然会蔓延到人的心灵。这不仅仅是波及，而是同样力度的反作用力，在这样的兴衰变迁面前，人开始自省，开始对人类有了怜悯，开始体味生活的幻想破灭之后的苦涩。对不信上帝的加图来说，这种情感是绝望；而崇敬上帝的基督徒们则用这种情感塑造出了忧郁。

与此同时，考察和探究的精神诞生了。这些巨大的灾难也是波澜壮阔的奇观、令人难忘的巨变。北方向南方发动了猛烈的进攻；罗马人的版图发生巨大变化；这是整个宇宙在痛苦的死去之前最后的痉挛。看，这个世界一断气，成群的修辞学者、文法家、诡辩家便蜂拥至那庞大的尸体，成群结队地在那腐败的躯体上嗡嗡作响，乱作一团，争先恐后地进行仔细检查、评论和辩论。平躺着的巨大尸体上，每一个肢体、每一块肌肉和每一条纤维组织都被翻来覆去地折腾。当然，那些心灵的解剖者们定然十分满意，因为一开始他们就能够进行大规模地试验，并有一个死去的社会供他们肢解研究。

所以我们看见了忧郁与沉思，伴随着分析与争论一同出现，似乎还是手拉着手。在这新旧交替的阶段，出现两个极端，一头是朗吉弩斯，另一头是圣奥古斯丁。我们千万不能轻视这一时代，因为那时埋下的种子，后来都结出了丰硕的果实；在那个时代最不起眼的作家都为后来的丰收——请原谅我们用一个不雅的字眼儿——上了粪，浇了肥。东罗马帝国之后紧接着的是中世纪。

看，那是一个新的宗教、一个新的社会；在这二元基础之上，必然会萌生出一种新的诗歌。虽然读者上文中也能得出这个结论，但是请原谅我再重复一下：继古代多神教和哲学家之后，古代的纯粹史诗性的诗歌，也仅仅从一个方面研究自然，而把世界中那些可供艺术模仿，但与某种典型美无关的一切统统丢弃，没有丝毫吝惜。一种起初光彩夺目的类型，后来会变得虚假、浅薄和死板，这是所有次序化以后的东西经常都会遇到的情况。基督教引领诗歌走向真理。近代的艺术之神也会站得更高，以更广阔的视角审视事物。她会感到，创造物身上的美，不是全都能为人所理解；丑就在美的一旁，丑怪畸形傍优美匀称而生，奇形怪状就藏在崇高背面，善与恶，明与暗，相伴而生。她会问自己，艺术家狭隘而相对的理性是否应该胜过造物主无限的、绝对的理性；上帝是否需要人来纠正；残损的自然会不会因为它的残缺而变得更美；艺术是否有权力复制人、生活和创造物；如果失去筋骨和活力，事物是不是会动得更好；简言之，不完整是否就是和谐的最好方式。诗歌着眼于那些可笑又可怕的事，并且在基督徒的忧郁和哲学批判的影响下，它会迈出伟大的一步，决定性的一步。这一步就像地震一样会带来巨变，会改变整个精神世界的面貌。它开始像自然一样，在自己的作品里，同时掺入暗与明，丑怪与崇高，但是并不混淆它们。换句话说，就是将灵与肉，兽性与知性结合起来。因为宗教的起点一直都是诗歌的起点；两者紧密联系。

由此，我们看到，古人不曾知道的一条原则、一种新的类型被引入了诗歌；既然任何事物内部新增加的元素会改变该事物的整体，一种新的艺术形式便由此而得以发展。这种类型就是丑怪；它的新形式便是喜剧。

请允许我们对这一问题进行详细的论述，因为先前已经介绍了其重要特征，最基本的差别。这种差别，在我们看来，区分了古代和近代艺术，现存的艺术和已经消亡的艺术，或者用不那么准确但时下很流行的话说，“浪漫主义”文学和“古典主义”文学。

在一旁观察了良久，明白了我们意欲何为的人这下会说：“我们终于逮住你们了，正好抓了个现行。刚才你们说‘丑’是一种模仿的类型，你们把‘丑怪’看成一种艺术元素。那优雅呢，风度呢，它们又是什么？你们难道不知道艺术应该纠正自然，难道不知道我们必须使艺术高尚，我们必须有所选择？古人何曾在作品中反映过丑怪？他们何曾把戏剧和悲剧混在一块？先生们！请遵照古人的范式！亚里士多德这么说过，还有布瓦洛和拉·阿尔伯。请相信我吧！”

这些说法有道理，让人难以怀疑，最重要的是很新奇。但我们不用回答这些问题；我们不是要在这里建立一个体系——上帝保佑，我们不要什么体系！我们是在陈述一个事实。我们是历史家，而不是批评家。这个事实是否符合人们的喜好，这无关紧要；事实就是事实。言归正传，我们想要说明的是，滑稽丑怪和崇高优美这两种典型的结合富有成效，这种结合产生了近代性的特色，它复杂多变、形式丰富、创造出无数的作品；它和古代单调一色的特色形成鲜明对比。我们要指出，必须以这一点为起点，开始着手树立两种文学形式之间真正的、基本的区别。

如果说戏剧和滑稽丑怪是古代没有的东西，那也不尽然。实际上，古人不可能不知道它们。万事万物都有其根源，新时代总是从旧时代就开始萌芽。《伊利亚特》中的瑟赛蒂兹和伍尔坎就是两个具有戏剧特点的角色，他们一个是具有喜剧性的凡人，另一个是具有喜剧性的神。希腊悲剧中因为有太多的自然元素，并过于准求标新立异，偶尔也会产生一些喜剧的效果。我们举几个印象深刻的例子，比如斯巴达王梅内莱厄斯与宫殿的女门房之间对话的一场（《海伦》第一幕），菲尼基人的一场（《奥莱斯特》第五幕）。其中特赖登（人身鱼尾的海神），萨梯（半人半兽的森林之神）和泰坦神都是丑怪的形象；还有可怕的波吕斐摩斯（独眼巨人），傻气可笑的赛利纳斯。

但是这里描写滑稽丑怪的艺术还十分的稚嫩。这个时期，一切都带着史诗的标记，史诗完全压制了描写滑稽丑怪的艺术形式，抑制了它的发展。古代的丑怪胆小怯懦，总是想逃离人的视线，可以看出它对周遭的一切感到陌生，因为这不是它自然生长的环境，它对自己还一味加以掩饰。半人半兽的森林之神、人身鱼尾的海神，还有水妖都只稍稍有点畸形；命运女神和鹰身女妖内心丑恶，但容貌并不可怕；复仇女神们甚至还很美丽，人们称之为“欧美妮德”，意即“温柔”、“仁慈”。其他丑怪的形象也都戴着高贵和神圣的面纱。波吕斐摩斯是个巨人；迈达斯是位国王；赛利纳斯是神仙。

这样，喜剧便湮没在古代史诗的“大合唱”中，让人觉察不到它的存在。在奥林匹亚神的战车旁，泰斯庇斯的手推车算什么？在埃斯库勒斯，萨福克里斯和欧里庇得斯这些荷马式的巨匠面前，阿里斯托芬和普劳图斯又算得上什么？荷马带着他们，就像赫拉克勒斯把小矮人藏在他的狮皮里一样。

但在近代人的观念里，丑怪扮演着非常重要的角色。它随处可见。一方面，它创造了非常态与恐怖；另一方面，创造了幽默与滑稽。它把千种古怪的迷信附在宗教之上，把万般栩栩如生的想象附于诗歌之上。是这丑怪，在水、火、空气、泥土中撒下成千上万的媒介，我们看到这些媒介在中世纪的传统中活生生地存在；是这丑怪，驱使巫师在迷醉中做出鬼一般的古怪动作；是这丑怪，给了撒旦两只头角、山羊的偶蹄、蝙蝠的翅膀；还是这丑怪，现在在基督教的地狱里投入了可怕的面孔，但丁和弥尔顿的这样严峻的天才会对它们加以描绘；它有时会投下一些可笑的形象，加洛这个滑稽的米开朗琪罗会把这些形象拿来取乐自娱。从想象到现实，它呈现了无数人类的滑稽表演。它的奇想创造了斯卡拉穆恰、克里斯平和哈利昆小丑，这些都是咧嘴大笑的人类的剪影；这些类型是严肃的古代完全陌生的，其诞生于意大利古典主义。最后，还是这丑怪，把南北两方的想象的色彩轮流涂在同一戏剧上，它使斯加纳莱勒在唐璜的周围雀跃，让墨菲斯托菲里斯在浮士德左右周旋。

它的举止是多么自由、多么奔放！它多么大胆地将上一个时代怯懦地包在襁褓里的古怪形式解放了出来！古代的诗歌虽然不得不给瘸腿的伍尔坎安排一些同伴，但用魁梧的体型弥补了他们残疾的不足。近代的天才把那些非凡的铁匠的故事保存了下来，但却给了这个故事完全不同的特点，使得它更加的引人注目；它把巨人变成了侏儒，把独眼巨人变成了矮小的土地神。

正是以这样的独创性，它把并不怎么奇怪的七头蛇换成了民族传说中一些只有当地才有的龙，如鲁昂的加尔古叶、梅斯的格拉一乌易、特鲁瓦的夏尔一沙内、蒙德勃利的特赫、塔拉斯贡的塔拉斯克，这些怪物形态各异，而它们古怪的名字更增添了几分奇趣。这些创造物从自己的本性里就能得到一种富有活力又意味深长的表现力，在这表现力面前，古代人可能会望而却步。的确，希腊传说中的欧美妮德远不如它们可怕，所以相较麦克白里的魔女，也就没有那么真实；冥王也不是什么魔鬼。

在我们看来，就如何在艺术中运用丑怪这一主题，完全可以写一本新书。通过它，可以指出，近代从这一硕果累累的类型中得到了多少强大的效应，但今天狭隘的批评仍旧在继续对它发出猛烈的攻击。按照我们这一主题的发展，我们应该马上就要指出这一幅广阔的图卷的某些特点。但在这里，我们只想说，在我们看来，作为与崇高优美相对照的手段，滑稽丑怪是大自然可以为艺术提供的最丰富的源泉。毫无疑问，鲁宾斯是这样理解的，因为他高兴地在皇家的典礼、加冕礼和荣耀的仪式中的他的表演里，安插进几个怪诞的宫廷小丑的形象。古人们隆重地散布在一切事物之上的普遍的美，不免千篇一律；同样的印象一再重复，最后也难免使人生厌。除了崇高还是崇高，这很难产生对比；任何东西都要有所变化，这样人们才能得到片刻歇息，哪怕美也是如此。从另一方面来看，滑稽丑怪这种特点却似乎是一个供人休憩的小站，一个比较的参照，一个新的起点，从这里人们能够带着更新鲜敏锐的感觉，朝着美的方向进发。火蛇是水中小精灵取乐的手段；矮小的土地小神使天仙显得更美。

并且我们完全可以说，和这种非常态的形式接触，赋予了近代的崇高以一些比古代的美更纯净、更宏大、更崇高的东西；崇高本来就应该是这个样子。当艺术和自身保持一致的时候，就更有把握使一切达到其目的。如果荷马式的极乐世界与这种天国的情趣、弥尔顿天堂中天使般的愉悦大相径庭，那是因为伊甸园之下还有一个地狱，它比异教徒的冥府深渊还要可怕百倍。如果诗人没有把读者关进饥饿之塔、迫使读者分享于哥利诺的令人反胃的餐食，那这位诗人笔下的法朗达塞斯和贝亚特丽会有这样吸引人吗？但丁如果没有这样的力量，就不可能有这样的魅力。丰腴的河神、强壮的海神、放荡的风神，哪里有我们的水仙和精灵的晶莹剔透？难道不是因为近代人毫不惧怕地想象出那些在墓地游荡的吸血鬼、吃人怪、食尸鬼、玩蛇怪和妖魔，这种想象给了它的妖怪们非物质的形态和异教徒的仙女们没有的一种精纯？古代的维纳斯美得令人赞叹，这毫无疑问；那会是什么使让·古容的面孔上洋溢着那种奇妙、纤弱而空灵的风姿？如果不是因为接近中世纪那粗犷有力的雕塑，那又会是什么赋予了它们过去不为人知的生动和伟大？

这些似乎偏离出题的讨论实际上非常必要，完全可以再进一步展开；

如果这一讨论没有打断读者的思路，那他毫无疑问已经意识到了，滑稽丑怪这一被近代诗神所悉心培育之下的喜剧的种子，刚被植到比非基督教和史诗更为有利的土壤上，就在广度和重要性上有了多么强劲的发展。实际上，在新诗歌中，崇高代表的是经过基督教道德净化后的灵魂的真实状态，滑稽丑怪表现的则是人类的兽性。第一种类型，剔除了所有的杂质，拥有一切魅力、优雅和美丽；它必然会创造出朱丽叶、泰斯特梦娜和奥菲莉娅这样的人物。后一种类型呈现了所有的荒谬、所有的缺陷、所有的瑕疵。如果将人和人的创造分成两半，那么它属于激情、罪恶、堕落；它贪恋享受、阿谀奉承、贪婪、吝啬、虚伪、混乱、伪善；它是埃古、答尔丢夫、巴西尔、波洛尼厄斯、阿巴贡、巴尔特罗、福斯塔夫、史嘉本。美只有一种；而丑却千奇百怪。因为，根据人类有过的经历，美只是一种形式，一种表现在它最简单的关系中、在它最严格的对称中、在与我们的结构最为亲近的和谐中的一种形式。所以它带给我们的是一个完全的整体，但它和我们一样是有限的。相反，我们称之为“丑”的东西，是庞大整体的一个细节，我们无法理解这个整体，它与所有的创造物和谐，但不是与人和谐。那就是为什么它总是以新的，但是不完整的样子呈现在我们面前。研究滑稽丑怪在近代的诞生和发展，是一件很有意思的事。首先，它是一种入侵、涨溢、泛滥，就像破堤而出的激流。它从奄奄一息的拉丁文学冲刷而过，为帕尔斯、佩特罗尼乌斯和尤维纳利斯增添了些色彩，并留下了阿普列乌斯的《金驴记》。然后散布在重塑欧洲的新民族的想象里，大量出现在寓言家、编年史家和传奇作家的作品里。我们看见它从南方到北方，在日耳曼民族的梦想里嬉戏，同时将生机与活力赋予了那令人赞叹的西班牙《诗歌集》，这骑士时代名副其实的《伊利亚特》。例如，在《玫瑰传奇》中，有一段它对国王选举这一庄严的仪式的描写：

> 于是他们选了一位高个子平民，
> 这是他们之中最为瘦骨嶙峋的。

尤为特别的是，它的典型特点影响了中世纪的建筑，而那时建筑的极其出色，取代了一切艺术。它在大教堂的正面外观上留下了自己的标记，在门口尖尖的顶拱上勾勒了地狱和炼狱的画面，在窗玻璃上用丰富的色彩描绘它们，把它的怪物、野兽、小魔鬼刻在柱头周围、墙壁饰带和檐壁边缘。丑怪的形象招摇地出现在民房木质门面、城堡的石头正门、宫殿的大理石宫门，不计其数。它还从艺术领域来到了风俗领域；一方面它使戏剧中的滑稽赢得了人们的喝彩；另一方面它又给国王带去了滑稽的小丑。后来，在礼仪文明的时代里，它带给我们斯卡龙，我们甚至还看见他曾在路易十四的床边出现。与此同时，它又被装饰在徽章上，它还在骑士的盾牌上画上了象征封建主义的神符。不仅是风俗，它的影响还扩展到了法律领域；无数的习惯法证明了它曾进入中世纪的组织机构。正如它曾经让身上涂着酒糟的泰斯庇斯在她的坟前蹦跳，现在它和法院人员在那张著名的大理石桌子上跳舞，这张桌子有时候也充当民间闹剧的舞台和皇家宴席的台席。最后，继艺术、风俗、法律领域之后，它甚至进入了教堂。在每一个天主教城市，我们看到它主持着某种奇特的仪式和古怪队列，宗教与迷信相伴，崇高与各种形式的丑怪相随。如果要用一笔将它描绘出来，请看——它的精神、活力、创造力是如此的了不起，在近代诗歌刚刚开始出现的时候，它塑造了三个滑稽丑怪的“荷马”：意大利的阿里奥斯托，西班牙的塞万提斯和法国的拉拍雷。

进一步阐述滑稽丑怪对第三种文明的影响，那是画蛇添足。在所谓的“浪漫主义”时期，一切都证明了它与美的创造性的联系。即使是最简单的民间传奇，也时时处处以一种令人赞叹的本能放映了近代艺术的这种神秘。古代就不可能创造《美女与野兽》这样的作品。

确实，在刚才提到的那个时代里，我们非常清楚地看到滑稽丑怪在文学领域压倒优雅崇高。但是这是一种强烈的反作用力，一种对新奇事物的渴望，而它们只是暂时的；这最初的潮流会慢慢退去。美这种类型会很快恢复它的权力和地位；虽然它不会排斥另外一种原则，但会胜过它。现在已经到了这样一个时候，滑稽丑怪应该为在牟利罗的宫廷壁画上、维罗纳神圣的篇章里拥有自己的一个小角落而感到满足；为出现在艺术引以为豪的两幅《最后的审判》中感到高兴；为出现在米开朗琪罗用来装饰梵蒂冈的幻想和恐怖的场景中感到满意；为出现在鲁宾斯在安特卫普大教堂的穹顶上描绘的人类堕落的可怕图景中而感到心满意足。是时候应该建立起两种原则之间的平衡了。不久将会出现这样一个人，他是诗歌之王，就像但丁眼中的荷马，他马上会将一切调整归位。两个势均力敌的对手将会把它们的火焰汇合到一处，莎士比亚将从这火焰中诞生。

我们现在已经到达近代诗歌的巅峰。莎士比亚的戏剧用同一种精神将滑稽丑怪与高尚优美、恐怖与荒谬、悲剧与喜剧融为一体，戏剧成为诗歌第三个发展阶段的显著特点，也是当下文学的显著特点。

现在，我们就以上提到的事实做一个简要的总结。诗歌有三个发展阶段，每个阶段对应不同时代的文明：抒情歌谣、史诗和戏剧。原始时代是一首热情奔放的抒情歌谣，古代是一首波澜壮阔的史诗，近代是一出生动的戏剧。抒情歌谣歌唱永恒，史诗赋予了历史庄严，戏剧描绘出人生百态。第一种诗，它的特点是天真坦白；第二种是单纯；第三种是真实。诵诗人是从抒情诗人到史诗作家的过渡；传奇作家是史诗作家到剧作家的过渡。历史学家出现在第二个阶段，编年史作家和批评家出现在第三个阶段。抒情歌谣的主角是伟人——亚当、该隐、诺亚；史诗的主角是巨人——阿喀琉斯、阿特柔斯、俄瑞斯忒斯；戏剧的主角是人——哈姆雷特、麦克白、奥赛罗。抒情歌谣理想，史诗宏大，戏剧真实。最后，三个阶段的诗歌分别来自三个伟大的源泉——《圣经》、荷马和莎士比亚。

这些就是人类不同时代和不同文明下思想的面貌，我们在此讨论了其中一个结果。这就是这三张面孔的青年、中年和老年时代的模样。不管是研究具体某一类文学或者将文学作为整体来研究，都会有同样一个结论：抒情诗人先于史诗作家出现，史诗作家先于戏剧诗人。在法国，马莱伯先于夏伯兰，夏伯兰早于高乃依；在古希腊，俄耳甫斯先于荷马；而荷马先于埃斯库罗斯；所有的书籍中，《创世纪》先于《列王记》；《列王记》早于《约伯记》；或者根据各个阶段最具有代表性的作品来看，《圣经》

出现在《伊利亚特》之前，《伊利亚特》又早于莎士比亚的作品。

简而言之，文明开始于歌唱理想，继而转为叙述功绩，最后描述思想。顺带说一句，正是因为描述思想，戏剧才能综合了最为对立的特点，因而才能即深刻又轻松，即富有哲理又充满诗情画意。

按照这一逻辑，我们可以再补充一点：自然和生活中的一切都要经历抒情诗般的、史诗般的和戏剧般的三个阶段。因为一切都要经历出生、成长和死亡。如果将天马行空的想象和严格周密的推理结合起来并不荒谬的话，一个诗人也许可以这样说，日出是一首赞美诗，日上中天就像一篇光辉灿烂的史诗，夕阳是一出阴郁的戏剧，就像白日与黑夜，生存与死亡，它们不停地争夺着主宰权。这就是诗歌。荒唐？也许吧！但是这又能证明什么呢？

让我们牢牢记住以上阐述的这些事实，现在让我们再补充一个重要的事实。我们绝不是想要为每个时代划定一个绝对的界限，我们只是要阐明它们的显著特点。圣经，是一座抒情诗的神圣丰碑，它的《列王记》和《约伯记》滋养了史诗和戏剧的萌芽。在荷马式的诗歌里，我们能够感受到抒情诗歌的余韵和戏剧诗歌的气息。抒情歌谣和戏剧在史诗中相遇，任何事物都是“你中有我，我中有你”；但任何事物中都存在一个根本的元素，其他元素都得服从于他，它的特点主宰了事物的整体。

戏剧是完整的诗歌。抒情歌谣和史诗只是包含了诗的萌芽，而戏剧包含了高度发达的抒情歌谣和史诗，是它们的集中体现。当然，有人说，“法国人不具备史诗的头脑。”这句话很聪明，也道出了事实；如果说的是“现代人不具备史诗的头脑”，那这一评论不仅聪明，而且还深刻。但是毫无疑问，史诗的特征也出现在《阿达莉》中，它热情洋溢而又简单淳朴，具有王权时代无法理解的一种极致。同样毋庸置疑的是，莎士比亚的一系列历史剧也具有史诗宏大的气魄。但让戏剧得益最多的是抒情诗。它从来不会把戏剧拘束在一个框框里，反而会改变自身以适应戏剧所有的变化，因而呈现出各种各样的形态。有时它像精灵阿里尔一样崇高，有时像半人半兽的凯列班一样丑怪。戏剧性是我们这一时代的首要特征，正是基于这个原因，它也具有突出的抒情性。开始与结尾之间的联系不止一种；日出也有日落的某些特征；老人有时也会表现得像个小孩。但两个童年各不相同，一个快乐无忧，另一个则忧郁低落。抒情诗歌也是如此。文明之初，它光彩夺目，美丽如梦；但当它再次出现时已是暮年，忧郁而深沉。《圣经》以欢快的《创世纪》开头，以昭示着风雨欲来的《启示录》结束。现代的抒情歌谣依旧是有感而作，但它不再无知懵懂。它的思考多于观察；它的沉思充满了忧郁。我们看到，通过艰苦的努力，诗歌女神已经选中戏剧作为她的伴侣与之结合。

我们可以用一个比喻来阐述以上观点。早期的抒情诗歌是平静的湖泊，它映出云彩和星宿；史诗像源自湖泊的溪流，它向前流淌，倒映出堤畔的森林、田地和城市，直到汇入戏剧的海洋；这戏剧的海洋如同湖泊，可以倒映出天空，又如同溪流，映出它的堤岸；但是只有它才拥有暴风雨般的力量和不可测知的深度。

所以，近代诗歌中，戏剧是一切的目标。《失乐园》首先是一出戏剧，然后才是一首史诗。我们知道，它首先是以戏剧的形式出现在诗人的脑海中、读者的印象中，它也是一出戏剧，弥尔顿虽然使用了史诗的结构形式，却掩饰不了古老的戏剧框架。当但丁完成他那骇人的《地狱》，只等给作品取个名字，便可以关上“地狱”大门，就此收笔的时候，他所具有的准确无误的天才本能告诉他，这部形式多样的诗篇从本质上讲是一出戏剧，而不是史诗；所以他在这部不朽的纪念碑正面，用青铜的笔写下：

神曲

由此可见，近代唯一两位能与莎士比亚媲美的诗人，在作品的构思上与他也是一致的。他们和他一道，赋予了我们的诗歌以戏剧的气息；他们跟他一样，将滑稽丑怪和崇高优美混合在一起；他们没有袖手旁观，看着莎士比亚一人独立支撑整个文学的大厦，他们宛如建筑物的两根支座，而莎士比亚则是中央的支柱，他们是一个穹隆顶的两道扶壁，而莎士比亚则是那块拱心石。

请允许我们在这里再次重复一些观点，因为这十分必要。我们既已提出了这些论点，现在就应做进一步的阐述。

基督教对人类这样说：你是双重的，你由两种存在组成；一种是容易消亡的，一种是永恒的；一种是属于世俗的，一种是属于天国的；一种受制于渴望、欲求和情欲之中，一种则轻盈地浮于狂喜和幻想的羽翼之上；简言之，前者始终屈身弯腰面向大地——它的故土；后者则总是朝着天堂的方向飞翔，那是他的家乡。自从基督教说了这些话的那天起，就有了戏剧。在生活中、在从摇篮到坟墓的人生中，存在着两种敌对的原则之间无时无刻不有的对立和斗争，这实际上不就是戏剧吗？所以，诞生于基督教的诗歌，我们这一时代的诗歌，都是戏剧。这是崇高优美和滑稽丑怪这两种类型自然结合的真正产物，它们在戏剧中交汇，正如它们在生活和创造中所经历的一样。因为真正的诗歌，完整的诗歌，存在于相对的和谐统一之中。所以，我们现在可以大声宣布，存在于自然中的一切都存在于艺术中，就连所有的例外都是这一规则的证明。

如果以这个观点为基础，来判断我们平凡、微小的规则，来理清楚这学术的迷宫，来解决所有近两个世纪以来批评家们辛苦积累起来的有关艺术的琐碎问题，人们一定会惊讶于近代戏剧的问题会多么迅速地得以明朗化。戏剧只要再向前迈进一步，就能摆脱小人国的士兵们趁它睡觉时用来捆住它的一切蜘蛛网。

所以，让那些糊涂的学究（他们并不相互排斥）以为艺术永远不应该反映变形、丑陋、荒诞这些东西吧！我们可以这样回应他们，滑稽丑怪即是喜剧，而喜剧显然是一种艺术。答尔丢夫并不英俊，浦叟雅克也不高贵，而这两个人物身上则闪耀着令人赞叹的艺术的光芒。如果这些学究从这个沟堑中被赶到第二道防线，他们又开始反对把滑稽丑怪和崇高优美结合在一起，反对喜剧溶入悲剧。我们会向他们证明，在虔信基督的民族里，他们诗歌中的滑稽丑怪象征着人的兽性，而崇高优美则代表了人类的灵魂。它们就是艺术的两个分枝，如果我们不允许它们互相混合交叉，而坚持要把它们分开，那么将会产生严重的后果。一方面会导致抽象化的堕落和荒谬，另一方面会带来抽象化的犯罪、英雄主义和品德。这两个类型，如果被如此割裂开来，它们会各行其是，背道而驰，真实被它们放在中间，而它们一个在左，一个在右。这样一来，经过所有这些抽象化之后，没有什么能够用来表现人；虽然既有悲剧又有喜剧，却少了可以用来创作“戏剧”的东西。我们可以看到，在戏剧中，所有的东西都是相互联系着的，互为条件，这和真实的生活很相似。戏剧里，肉体和精神扮演着同等重要的角色，人物和事件在这个二元因素的推动下，时而滑稽可笑，时而惊心动魄，时而两者兼有。比如，我们可以听见法官说，“把他的头砍了，我们要去吃饭了！”比如，罗马元老院小心谨慎地讨论皇帝图密善的大比目鱼。比如，苏格拉底一边喝着毒药，一边谈论着不朽的灵魂和唯一的上帝，中间还不忘停下来叫人宰只鸡去祭医神艾斯库累普。比如，伊丽莎白女王连骂人和聊天都要使用拉丁文。比如，作为主教的黎塞留对托钵僧约瑟夫言听计从；路易十一完全服从于他的理发匠奥利维叶。比如，克伦威尔说，“我把议会装在提包里，国王放在衣服口袋里”；或者他用在查理一世死刑判决书上签字的手，把墨水抹在死刑的执行者的脸上，而这个人也微笑着回敬了他一下。例如，凯旋的恺撒，战战兢兢坐在战车上，唯恐车翻殒命。因为所有的天才，无论多么伟大，他们身上总是留有一些原始的属性，它偶尔会嘲弄他们的聪明才智。正因为如此，他们才显出与普通人的相似性；也正是因为如此，他们才具有戏剧性。当拿破仑意识到自己仅仅是个凡人时说，“崇高距离可笑，只有一步之遥”；这颗在烈火中爆发的灵魂立刻照亮了文学和历史；这痛苦的呐喊，正是戏剧和生活的写照。

所有这些反差也在作为人的诗人自己身上体现出来，这是不争的事实。他们对生存冥思苦想，着力于辛辣的讽刺，竭力挖苦嘲笑人们身上的弱点。通过这些方式，他们逗得我们哈哈大笑，而他们自己的内心则有着深深的忧郁。德谟克利特们也是赫拉克利特。博马舍阴沉，莫里哀悲伤，莎士比亚忧郁。

因此，滑稽丑怪是戏剧所具有的一种极致的美。它不仅只是一个适合于戏剧的成分，更是一种必需的要素。有时，它均匀地分布在各种完整的性格身上，如党丹、蒲吕西雅、梯梭旦、布里多瓦松、朱丽叶的保姆；有时，渗透了恐怖的色彩，如理查三世、贝日阿尔、答尔丢夫、墨菲斯托菲里斯；有时，它戴上了优雅精致的面纱，如费加罗、阿斯里克、墨库邱、唐璜。它无所不在，因为正如最普通的东西偶尔也会有崇高的时候，最崇高的东西总免不了有轻浮和可笑的时候。虽然你摸不到，也感觉不到它，但它却总是在舞台上，即便它什么也不说，也不在观众的视线里。有了它，就不会单调乏味。有时，它令人发笑；有时，它在悲剧中注入了恐怖。它使罗密欧遇上了卖药人，麦克白遇上了三女巫，哈姆雷特遇上了掘墓人。有时，它还能够把刺耳的声音与灵魂中最高尚、最悲哀、最梦幻的音乐和谐地混合在一起，如像李尔王和他的弄臣的那一幕。

所有的剧作家中，只有莎士比亚以自己独特的手法做到了这一点，别人无法模仿，莎士比亚这位戏剧之神，像三位一体一样，集合了高乃依、莫里哀、博马舍这三大戏剧家的天才。

我们可以看到，将诗歌任意地分成若干个门类，这一划分在理智和情趣面前迅速地土崩瓦解。同时要推翻“二一律”，也很容易。我们说的是“二一律”而不是“三一律”，是因为情节的或整体的统一是唯一正确而有充分依据的，很早以前人们对此就没有任何争议了。

当代一些，不论是，都已经在打击这条根本规则。并且，这战斗也没有花费多少时间，只摇撼了一下，它就摇摇欲坠了，可见这学院派破屋的梁木是多么腐朽不堪！

当代一些杰出人物，不论外国的还是法国的，都已经从理论和实践上对伪亚里士多德法典的根本法则发起了攻击。这一战役不会持续太久，因为在第一次打击之下，目标就出现了裂痕，这说明老学究们的小破屋已经破烂不堪了。

但是奇怪的是，那些执着于陈规的人还假装“二一律”是建立在“逼真”的基础上的，但他们的观点却被现实彻底否定掉。还有什么比下面这种情况更不可能发生、更荒谬呢，那就是我们的悲剧总是容易发生在阳台、走廊和前厅这类老套恶俗的场景中；也不知道是什么道理，密谋者出来高声朗诵一段控诉暴君的台词，接着暴君又出来回敬一段，如此你来我往，就好像牧歌里唱的：

让我们两人轮唱，诗歌女神喜欢轮唱的歌。

大家在什么地方看到过这样的阳台或走廊呢？有什么比这更不合情理呢？我们暂且不论这是否真实，因为这些学究们根本对真实不屑一顾。所以在这类悲剧中，凡是太特殊、太私密、太富有地方色彩而不方便发生在前厅或街头的一切，换言之就是整个戏剧，就只有搬到后台去进行。在舞台上，我们只看见剧情的“肘”，而看不到剧情的“手”。没有场景，我们只能听到叙述；没有画面，我们只听得见描写。一些一脸严肃的人物插在我们与戏剧之间，就像古代戏剧里的合唱团，向我们喋喋不休地讲述发生在寺庙、宫殿和广场的事，使得我们常常想冲他们喊：“你们讲得不错！不过把我们带到那去看看吧！那里肯定很有意思，大有看头！”对此，他们无疑会这么回答，“那样做可能确实有意思或使你们感到有兴趣，但问题不在这里；你们要知道我们是悲剧女神的守护者，我们必须要守护她的尊严。”这便是他们的回答。

“但是，”有人会说，“你们抛弃的原则是借鉴自希腊戏剧。”拜托你看一看，我们的剧场和戏剧与希腊的剧场和戏剧还有什么相同之处呢？并且，前文中我们已经指出过，古代的舞台特别的宽阔，可以将整个地点所有的情景包括进去，如果剧情需要，诗人可以任意从舞台的这一端换到那一端去，这实际上就相当于现在的舞台布景的更换。这真是古怪的矛盾！希腊的戏剧，虽然服从于民族和宗教的目的，但不同之处在于古代戏剧远比我们现在的戏剧自由，它的唯一目标就是娱乐观众，或是教育观众。造成这种区别的原因在于，希腊戏剧只服从于适合它的法则，而我们的戏剧却把完全不符合戏剧本质的东西强加到自己身上。前者是艺术的，后者是人为的。

如今人们已经渐渐明白，让在恰当的地点发生是真实性的第一要素。角色的表演和台词不是唯一可以让观众们感受到真实的手段。重要情节发生的各种地点，也是一个事件不可或缺的重要见证人；如果少了这样一个无声的人物，那戏剧中最伟大的历史场面也会有所残缺。诗人敢把里奇奥的被害安排在玛丽斯图尔特房间以外的什么地方吗？亨利四世如果不是在拥挤的菲何勒利街被谋害，那能在其他什么地方？诗人能够在老市场以外的某个地方安排圣女贞德被烧死吗？在布洛瓦城堡里，吉斯公爵的野心激起了民愤，除了这里，还有别的什么地方更适合杀死他？除了在那两个不祥的广场，查理一世和路易十六可以在其他什么地方被处决呢？从那两个地方分别可以看到白宫和菊勒里宫，广场上的断头台看起来就像是宫殿的一部分。

时间统一的原则跟地点统一的原则同样经不起驳斥。把剧情强行地限制在二十四小时之内，就好像把情节的发生限制在走廊上一样荒谬。每一个剧情都有其特定的时间长短和地点。想象一下对不同的事件规定同样长短的时间，用同一尺度来衡量所有事物，这将会有什么样的结果！如果一个鞋匠给不同的脚做一个尺码的鞋，大家肯定都会嘲笑他。但竟然有人把时间统一和地点统一编成了一个牢笼，并借亚里士多德的名号，迂腐地将所有事件、所有民族和所有形象一股脑儿地塞了进去。而上帝原本是把这些事件、民族和形象散布在广阔的现实之中。继续这样做下去就是摧残人事，就是歪曲历史。我们这么说吧，任何东西被这样一番折腾都会死亡；于是，这些摧残艺术的教条主义者，便得到了他们常得到的结果：历史上活生生的东西一到悲剧中就都死了。那就是为什么“统一”的牢笼中只有一具骨骸。

如果二十四小时能够缩短到两个小时，以此类推，四小时就可以包括四十八小时。那么莎士比亚的“统一律”就有别于高乃依的“统一律”。真是万幸！

但就是平庸、嫉妒和墨守成规，在过去两百年一直围绕着天才们纠缠不休。人们便是这样使得最伟大的诗人们难以展翅高飞。“统一律”的剪刀剪断了他们的翅膀。然而偷偷剪断了高乃依和拉辛翱翔的翅膀，又换来了什么呢？不过就是个比斯通。

设想有人说：“布景变换得过于频繁，会使观众感到混乱和疲惫，分散注意力；地点和时间的多次转换，不免需要向观众加以解释，而这会打断他们的思路；另外，变换布景的过程中，如果出现情节的漏洞，就会使戏剧的各个部分不连贯，甚至会让观众感到迷惑，因为他们不知道这些空白到底是在说什么。”但这正是艺术要克服的困难，这种或者那种题材都会碰到类似的障碍，根本不可能有任何百试不爽的不变法门。这需要天才们来解决，不是诗学或其他研究应该回避的问题。

最后，还有一个艺术本身的理由可以证明“二一律”的荒谬。那就是，在“三一律”中，“剧情的统一”是唯一取得普遍承认的原则，因为它建立在这样一个事实上，那就是人的眼睛或者人的思维在同一时间只能把握一个完整的东西。剧情的统一是必需的，而其他两个统一是无用的。正是情节的统一确定了戏剧的观点，这一点具有排他性，戏剧中不能有三个统一，正如一幅图画不能有三条地平线一样。此外，我们还要注意，不要把“剧情的统一”和“剧情的简单”混为一谈。前者绝不排斥主要情节所倚仗的次要情节，只是这些部分需要巧妙地从属于整个故事，不断向中心情节靠拢，并在不同的阶段或者在戏剧的不同层次上，围绕中心情节展开。“剧情统一”是舞台布景原则。

但是，把守思想关的官吏一定会叫道：“你们看不起这些原则，可它们都是伟大的天才们曾经坚持过的呀！”确实如此，真是太不幸了！可是这些天才们如果能够自由选择，他们会创造出怎样的作品呢？无论如何，他们不会任由你们戴上镣铐，而不做出任何反抗。你们应该看到皮尔·高乃依因为他非凡的《熙德》在艺术领域迈出第一步的时候，是如何与墨莱、克拉维和斯居戴利据理力争，是如何向后人揭示这些人是如何猛烈地抨击他。他说，这些人还“把亚里士多德拉出来为他们说话。”你应该读一读他们是怎样教训他的，这里引一段他们当时的言论：“年轻人，教训别人之前先好好自己学习学习吧！除非你是斯卡利哲或者韩西羽斯，否则那是不能容忍的！”高乃依立刻反唇相讥，诘问他们是否想把他贬低到连克洛埃海也不如的地步。对方的倨傲让斯居戴利愤愤不平，他提醒道：“这位伟大的《熙德》的作者说话请谦虚点，想一想塔索，这位当时最伟大的人物，即使在自己最优秀的作品受到最尖酸刻薄、最不公正的非难时，他也是以谦虚的言辞开始为自己辩解的。”他继续说道，“高乃依先生的回答已经说明，他不仅没有这位作家谦虚，连才能也差得远。”受到“这样公正和温和地责备”这年轻人居然还敢反抗，于是斯居戴利又开始教训人，这次他把“杰出的学士院”搬了出来，“我的裁判们，请宣布一道与你的崇高相称的判决，让整个欧洲都知道，《熙德》并不是一部法国伟人所著的杰作，它只是出自高乃依先生的一部最不审慎的作品。你们必须这么做，这不仅是为了你们个人的声望，也是为了与之相关的民族的荣誉，因为如果那些见识过很多塔索和迦利尼的异国人士，读到这部所谓‘珍贵的杰作’，便会以为我们民族最伟大的大师不过只有学徒的水平而已。”这短短几句话说明了很多问题，它暴露出那些出于嫉妒而反对年轻才俊的人的常用伎俩，这些伎俩被沿用至今，那些针对拜伦勋爵朝气蓬勃的文章进行的怪腔怪调的攻击，便是一例。斯居戴利向我们展示了这种惯技的精华。另外还有一种类似的伎俩，就是故意把说某个作家的早期的作品比新作更好，以此来证明这位作家正在走下坡路，把《麦利特》和《皇宫画廊》抬得比《熙德》高。又把死人的名字扔在生者头上：塔索与迦利尼被当成了攻击高乃依的石子，以后又用高乃依之名来攻击拉辛，用拉辛攻击伏尔泰。今天，高乃依、拉辛、伏尔泰被用来攻击每个刚刚显露才华的人。正如我们看到的，这些伎俩已经不新鲜了；但是既然能够沿用至今，可见还是管用的。可是，某位伟人内心的恶魔还在喘气。这里，我们不得不佩服斯居戴利这个既可笑又可悲的欺负人的家伙，佩服他侮辱和摧残高乃依的手段，且看他是如何冷酷地开动他古典主义的大炮，告诉《熙德》的作者“根据亚里士多德在《诗学》第十章和第十六章的内容，插叙该怎样写”，看他如何借亚里士多德的名誉把高乃依碾碎。他说“我们在亚里士多德的《诗歌艺术》的第一章，就能找到他对《熙德》似的作品的谴责”。他利用柏拉图的“《理想国》的第十卷”、马瑟兰作品中的“第二十七卷”、“尼厄比和杰菲特的悲剧”、“索福克勒斯的《阿雅克斯》”、“欧里庇底斯的榜样”、“韩西羽斯《悲剧结构》的第六章”和“小斯加里格的诗歌”，最后，还利用“圣典学者和法学家，以婚姻的名义”来打击高乃依。前几个理由是说给学士院听的，而最后一个是说给大主教听的。前面针刺，后面是棒打。需要一个法官来裁定这个问题。于是，夏伯兰作了裁决。高乃依看到自己在劫难逃，狮子的嘴被蒙上了，或者用当时的说法，鸟儿（高乃依）被拔去了羽毛。现在来看看这出滑稽表演令人心痛的一面：当他第一道智慧之光被扑灭了之后，这位在中世纪和西班牙的土壤里成长的、完全属于近代的天才高乃依，被迫背离自己，将全部的注意力都集中在了古代，为我们描绘了一个卡斯蒂利亚式的罗马。尽管很崇高，但是我们从中看不到真正的罗马，也看不到真实的高乃依。也许只有《尼高墨》是个例外，它因为其简单夸大的色彩，在十八世纪一直被人嘲笑。无论是才能还是性格，他完全没有高乃依的高傲和暴躁。他默默服从，任由他那动人的挽歌《以斯帖》和宏伟的史诗《阿达莉》被人奚落。所以我们只能相信，如果时代的偏见如果没有影响到拉辛，如果他没有碰到那么多古典主义的暗算，那他就会在戏里把罗居斯特放在纳西斯和尼罗之间，最重要的是，就不会把西奈加的学生在盛宴上毒死布里达尼库斯这一场好戏埋没在后台了。但是，我们能够要求小鸟在真空的环境下飞行吗？从斯居戴利到拉·阿尔卜这些“鉴赏家”们，让我们错过了多少美景！他们那灼热之风让多少原本可以成为伟大作品的萌芽枯萎。但是我们伟大的诗人们总是能够找到办法克服这些障碍，让他们的才华熠熠生辉。有人企图用教条束缚他们手脚，但都是白费力气，他们就像希伯来巨人一样，把牢门扛到山上。

至今还有人喋喋不休，无疑，在未来很长一段时间还会继续这样念叨下去，他们说：“请遵循这些规则！模仿这些典范！正是这些规则造就了这些典范。”且慢！如果这样，典范有两种，一种是根据规则产生的，一种是产生规则的典范，后一类先于前一类。那么，天才们应该追求哪一种类呢？虽然和学究们打交道总是很不愉快，但教训他们一顿，比被他们训一顿不是要好上千倍吗？再来说“模仿”！经过反射的光线和原来的光线一样吗？永远围着一条轨道转圈的卫星，能和居中的恒星相提并论吗？尽管有丰富的诗作，维吉尔最多是颗月亮，永远只能绕着荷马这颗太阳运转。

那么该模仿谁呢？古人吗？我们刚刚才阐述了他们的戏剧和我们的没有任何共同点。而且，伏尔泰极不愿意效法莎士比亚，也不愿意效法古希腊人。让他来告诉我们为什么，“希腊人冒失地呈现出的一些场面，甚为不堪。希波吕忒在狠狠摔了一跤之后，居然一面细数着身上的伤口，一面发出痛苦的叫声；菲罗克戴特突然痛苦不堪，从他的伤口流出一股黑血；俄狄浦斯挖出自己的眼睛，鲜血从眼窝中冒出来，流得满脸都是，他在那里怨天尤人；我们可以听见被自己儿子亲手杀死的克莱登妮丝特拉撕心裂肺的叫声；看见伊莱克特拉站在台上大叫道‘杀了她！不能饶了她，她原来何曾放过我们的父亲！’普罗米修斯的手臂和腹部被钉在岩石上；复仇女神对着克莱登妮丝特拉血淋淋的魂魄无言地吼叫。所以无论是在埃斯库勒斯时代的希腊，还是莎士比亚时代的伦敦，艺术都是处于发展的初期。”那么，我们模仿谁呢？近代的作品吗？什么！那不就成了模仿的作品！千万别！

但是有人会反驳说：“根据你们对艺术的理解，似乎你们一直寻觅的只是伟大的诗人，你们总是把希望寄托在天才的身上。”艺术当然不能指望庸庸碌碌之辈。它不会为这些庸才规定什么原则，它根本不知道它们为何物；实际上，对于艺术来说，庸碌之辈似乎根本不存在。艺术赋予的是飞翔的翅膀，而不是跛行的拐杖。唉！多比雅克遵守规则，刚比斯通也仿效典范。但这对艺术来说有什么意义呢？艺术不是为了蚂蚁才盖起自己的宫殿。它让蚂蚁去造它们的蚁窝，它才不会关心蚂蚁那滑稽仿造品是不是照着它的宫殿造出来的。

学院派的批评家们把他们的诗人置于一个特别尴尬的境地。他们一方面不停叫嚣着“要模仿典范”！另一方面，他们又反复声明“典范是无法仿效的！”如果他们的匠人们，经过一番努力，终于得以在这左右为难的夹缝中写出一部苍白的仿作，这帮家伙可不会领情，他们会打量这部翻新的作品，时而说“这简直就是四不像”，时而又说“这简直惟妙惟肖！”以这里的情况来说，这两种公式化的评价无论哪种都是一种批评。

让我们再说得大胆一些。这个时代，自由应该像光明一样遍布世上各个角落，如果自由的光明唯独没有照到思想的领域，那岂不怪哉，因为思想应该是生来最为自由的。我们要凿碎各种理论和诗学的体系；我们要推倒这遮蔽着艺术真面目的古旧泥墙。什么陈规旧俗，什么效仿典范，都不该存在。或者说，不该有别的规则，除了凌驾于整个艺术领域之上、自然的普遍法则，以及根据每个特定的主题产生出的特定法则。前者是本质的、永恒不变的；后者是外在的、易变的，只能使用一次。前者是支撑房屋的框架结构；后者是用来修建房屋的脚手架，每建一座新房就要重新搭一次。简言之，前者是戏剧的血肉之躯，后者是戏剧的外衣。但是这些规则没有被写进任何诗学的理论。语法家黎希莱也从不知道它们的存在。天才们的想象预知多于学习模仿，写每一部作品，他们会首先找到普遍规律，再根据具体的主题设计出合适的特殊的法则。他们不像化学家，化学家们要先点燃炉火，预热坩埚，然后分析，最后破坏。他们更像是蜜蜂，煽动金色的翅膀，轻盈地穿行在花丛中，停在花朵上吸取蜜汁，丝毫不损花朵的灿烂芬芳。

让我们再一次强调，诗人只能借鉴自然、真理和灵感，而灵感本身就是自然和真理的结合。洛卜德维加说：

我写一部喜剧时，要用六把锁，锁住一切清规戒律。

要锁住这些清规戒律，“六把锁”不算多。诗人们应该尤其警惕，不要抄袭任何人，不论是莎士比亚，还是莫里哀；不论是席勒，还是高乃依。如果一个真正的天才为了把自己变成另外一个人，放弃了自我，将自己本来的性格搁置一旁，他会因为成为别人的替身而失去一切。就像放着好好的天神不做，而甘做奴仆。我们必须从最根本的源头获得灵感。从这一源头流出的汁液，渗入了土壤，孕育了森林，结出了形态各异的树叶和果实。在这同一种自然的滋养之下，也产生了各种各样的天才。诗人就如同一棵随风而动、受露水滋润的树，他的作品就像一棵树结出的果实。为什么要依附于一个大师，或者嫁接一个典范？与其作傍大树而生的蘑菇或苔藓，还不如荆棘或蓟草，与雪松和棕榈吸收同样的土地滋养。荆棘充满蓬勃生机，苔藓生活单调乏味。而且，不论雪松和棕榈如何高大，它们身上的汁液不能让别的植物长得跟它们一样高大。依附于巨人的寄生虫最多不过是个侏儒。橡树虽然高大，但槲寄生是它唯一能养活的东西。

请不要误解了我们的意思：如果一些诗人因为模仿而取得成功，那是因为，虽然他们是在一个古老的典范基础上创作自己的作品，但仍旧倾听了自然和自身特点的声音，在某一个方面回归了自我。他们的枝叶与旁边的树木纠缠在一起，但根茎仍旧深植于艺术的土壤。他们是常春藤，不是槲寄生。如果既没有深植于土壤的根茎，也没有来自灵魂的才气，迫不得已只得模仿，这样的人便是末流的模仿者。正如查理诺底埃所说："光辉的雅典学派之后，便是衰微的亚历山大学派。"于是便有了一大帮庸庸碌碌之辈，产生了一大堆诗学理论。这些理论束缚了真正的天才，但对庸碌之辈倒是十分方便。他们说，一切皆以完成，不准上帝再创造更多的莫里哀和高乃依了。他们用记忆取代了想象，而想象则被不可违逆的规则缚住。他们还有些格言警句，拉·阿尔卜曾带着幼稚的自信说："想象实质上就是记忆，别无其他。"

但是自然呢？自然和真理呢？这里，为了证明新思想只是要在一个更坚实的基础上重新缔造自然，而不是要破坏艺术，我们要指出艺术的真实和自然的真实这两者之间有着不可逾越的界线。如果像一些不能与时俱进的浪漫主义者那样把两者混为一谈，那就太疏忽大意了。艺术的真实根本不能如有些人所说的那样，是绝对的现实。艺术不可能提供事物本身。让我们来设想一下，一个不经思考便主张绝对自然，不应该用艺术的眼光来看待自然的人，如果观看了一部浪漫主义戏剧，比如《熙德》，他肯定一开口就会问："这是什么？熙德里的人物怎么是用诗的语言来讲话的？这样不自然。""那他该怎么说呢？""用散文。"好吧，用散文。如果他是个坚持原则的人，过了一会儿他又会继续："怎么搞的，熙德居然在说法语。""不对吗？""剧中人物要讲他的本国语才自然，他只能讲西班牙语。"

可是这样一来我们就什么也听不懂了，不过，还是好吧。你肯定以为这就行了吧？差得远呢。用西班牙语讲了不到十句话，他又站起来问，这个说话的人真是熙德本人吗？这个叫皮埃尔或雅克的演员，他有什么权利顶着熙德的名字？这都是假的。他后面完全还有可能要求我们用真正的太阳把脚灯换下来，用真正的树木和房子来代替那些假的舞台背景。因为一旦开了头，照这个逻辑继续下去，就再也停不下来了。

因此，如果否认艺术和自然完全不同，那我们会陷入荒谬。自然和艺术是两码事，如若不然，它们当中的一者便不会存在。艺术除了理想的一面，还有世俗的、物质的一面。无论它做什么，总是局限在语法和韵律之间，局限在伏日拉和黎希莱之间。最灵活多变的创作有着各种各样形式、创作方法和完整的一套材料。这些对天才来说是精巧的手段，对庸才来说是笨重的工具。

似乎有人说过，戏剧是一面反映自然的镜子。但是如果这是一面普通的镜子，有着平滑的、擦得闪亮的镜面，它只能呆板地照映出物体的形象。虽然是如实反映，但色彩黯淡。因为大家都知道，在纯粹的反射会损失一定的亮度和色彩，所以戏剧必须是一面聚光镜，它不会削弱原来的颜色和光彩，还会把它们集中起来，凝聚起来，把微光变成光束，把光束变成火焰。只有这样的戏剧才能得到艺术的承认。

舞台就是一个聚焦点。这世上存在的一切，无论是历史、生活，还是人，都应该也能够在那里得到反映，但是必须要运用艺术的神奇魔力才行。艺术跨过时间长河，遍览自然风情，研究历史，努力再现事实（特别是在再现真实的风俗和特点方面，比真正的事物更确凿更有说服力），还原历史学家们砍掉的东西，和谐自然地组织搜集到的材料，修补遗漏，并用具有时代色彩的想象填补他们的空白，把零散的东西收集聚拢，把控制人类这只牵线木偶的神谕之线重新接好，并给它穿上自然的、诗一般的外衣，并赋予它真实的生机和能够制造幻觉的能力；赋予它现实的尊荣，让它去撩拨观众和诗人的热情，而首先能激起诗人自己的热情，因为诗人是真挚诚恳的。所以，艺术的目标几乎是神圣的。如果让它来描述历史，它可以起死回生；如果让它谱写诗歌，它可以创造。

在戏剧中，艺术应该给予自然强有力的支持，剧情应该坚定而大方地逐步迈向结局，既不啰唆，也不过于精简。简而言之，诗人应当充分地实现艺术的多重目的，也就是要向观众呈现两个意境，同时照亮人的内在和外在。通过语言和动作表现他的外部形貌，通过旁白和独白刻画人物的内心。总之，就是用一幅画面展现生活的戏剧和内心的戏剧。假如戏剧有了这样广阔的发展，那将会是一番何其壮观美丽的景象。

我们完全可以想象，要写这样的作品，如果诗人可以选择的话（的确也应该有所选择），他会选择个性，而不会选择美。这并不是说要像如今很多人以为的那样去“渲染局部色彩”，也就是说，不要在一部本来就十分虚伪和俗套的作品上再添添画画，加上些不和谐的笔触。局部色彩不该在戏剧的表面，而应该在作品的实质中、作品的核心中，从那里再自然均匀地散发开来，由内而外地遍布戏剧的每一个角落，就像树的汁液一直从根部输送到树冠的叶端一样。戏剧应该充满着时代气息，就像空气一样，人只要一踏入剧场就能感觉到它，再继续往前走，便仿佛置身于另外一个时空。要达到这种境界，需要一些钻研和努力，越是钻研、努力，也就越好。艺术之路上遍布荆棘，这并不是件坏事，因为这样，大家都望而却步，只有具有意志坚强的人才能走这条路。正是这种在热烈的灵感支撑下的钻研精神，会保护戏剧免于受到缺陷的致命打击，这缺陷就是一般化。一般化是目光短浅又气短的诗人们具有的共同缺点。从舞台的角度来讲，各种形态都应该尽可能地突出、尽可能具有鲜明的特点和恰如其分的特点。哪怕是粗俗和卑微的东西也都有着各自的特点。真正的诗人就如同上帝，他同时存在于他所有的作品之中。天才如同制币机，不仅能够在金币上，而且能够在铜钱上刻下国王的头像。

我们的坚定可以再一次告诉那些诚实正直的人，我们绝不是为了损害艺术。我们坚定地相信诗歌是最适合用来保护戏剧免受先前提到的灾祸的手段，它就像一座阻挡“一般化”的洪水最坚实的堤坝，这种一般化就像民主，总是在人的思想里泛滥。年轻的文学界人数众多，也有着丰富的作品，不过在这里请允许我指出一个错误，因为旧派那些惊人的谬误使得这个错误看上去似乎理所当然。好在在新世纪正处于蓬勃发展的时期，人们能够很容易地纠正自己的错误。最近出现了一个特殊的戏剧诗流派，它好像是古典主义的树干上倒数第二个分枝，或者说，它更像一种赘生物、息肉，注定要衰亡，它是腐败的标志而不是生命的象征。在我们看来，这个流派笃信的鼻祖和源泉是标志着十八世纪向十九世纪过渡的一位诗人，他以令人乏味的描写和拐弯抹角的说话方式见长。据说，这位名为戴利的诗人，在晚年常常用荷马式的列举的手法吹嘘说，他写过十二头骆驼、四条狗、三匹马（其中一匹还是约伯的）、六只老虎、两只猫、一盘棋、一场赌博、一张十五子棋的棋盘、一张象棋盘、一张球桌、几个冬季、许多夏天、不少春天、五十回落日，以及他自己也数不清的许多个黎明。

现在戴利进入的悲剧领域，成为一个新近发展起来、自称以文雅和品味见长的学派的始祖（上帝！居然是他，而不是拉辛）。这个流派的悲剧并不像莎士比亚的悲剧，它不认为悲剧应该是各种情感的源泉，而只是一个方便的框架，用来解决这个流派在写作中所提出的一大堆关于描述的小问题。这个流派的诗神不像真正的法国古典派那样完全摒弃生活中琐碎低俗的事物，它反而去积极地追求它们，并把它们收集起来。路易十四时代的悲剧虽然不把滑稽丑怪视为良伴，看到它不过是绕道而行，可这个流派却不会轻易放过它。“丑怪必须加以描写”，也就是说使它变得崇高。

卫兵室、民众起义、鱼市场、大帆船、小酒店、亨利四世的“炖鸡”，这些场面对这个流派来说可是宝贝，它抓住这个愚氓，将他洗洗干净，再给他恶劣的行径贴上闪亮的金箔锌花；披上了一件又一件紫色的锦袍。它的目的似乎是要把贵族的特权赋予戏剧的所有庶民；台词便是其高贵身份的证明。

人们可以想象这个流派的诗神是多么的矫揉造作。这位诗神经常在迂回曲折的词句中得到乐趣，偶尔出现的直截了当的说法倒会惊吓到它。把话讲得自然，这不符合它高贵的身份。它指责高乃依，因为他说话竟然这样不客气：

大群人因债务和罪恶而堕落，

……茜墨勒，谁会想到这个？罗德利克，谁会这样说？

……当他们的弗莱明尼斯与汉尼拔讨价还价的时候。

……啊！你不要把我与共和国混淆起来。

在这位诗神的心里自有一番“很美，先生！”我们那位令人赞叹的拉辛得称多少声“阁下”、多少声“夫人”，才能得到原谅啊，因为他用了单音节词“狗”，还无情地把那位克劳迪亚斯放在阿格丽品娜的床上！

只要一想到要触及历史，这位自称墨尔波墨的悲剧女神就害怕。她让负责演出服装的人去关心她写的这出戏是属于哪朝哪代，历史在她眼中意味着糟糕的形式和低俗的趣味。在她的心目中，国王和王后破口大骂是不行的，应该把皇族尊严上升到悲剧的尊严。正是通过这种提升，亨利四世被崇高化。这样，这位平民的国王被勒古维先生洗得干干净净，国王口中那不太文雅的“炖鸡”一词被整整两句格言给赶跑了；这位国王被描写得像故事诗里的少女一样，从他那高贵的国王嘴里吐出来的，必须是珍珠、红宝石和蓝宝石；其实，这种完美的典型都是虚假的。

事实上，没有什么比这种俗套的高贵和风雅更平庸低劣。这种文体没有一丝新意，没有一点想象，没有任何创造性；只有废话、浮夸、陈词滥调、初学者的华丽辞藻、拉丁文诗歌的仿作，这些东西随处可见。这个流派的诗人的举手投足像极了舞台上的王子公主，他们的行头总是像典型的舞台服装，经常身披斗篷和头戴劣质冠冕。这些东西只有一个不好的地方，就是人人都可以用。

人们将会看到，按照这个流派的做法，自然和真实会变成什么样子。在这虚假艺术、虚假风格和虚假的诗歌泛滥的灾祸中，如果能看到些许残留的自然或真实，那真是万幸。这种所谓的戏剧诗以它的僵硬、铺张和矫揉造作刺激了我们好些杰出的文学改革家，让他们误以为我们诗歌语言的要素和自然、真实是不相容的。因为厌倦了亚历山大诗体，他们不经过问审就对它做了判决，匆忙得出结论说，戏剧应该用散文来写。

他们错了。如果风格中的虚伪也像某些法国悲剧中情节的虚伪一样，应该为此负责的不应该是诗歌本身，而是写诗的人。应该受到谴责的不是被使用的形式，而是那些使用者；该受罚的是使用者，而不是工具。

为了说明我们的诗在本质上并不妨碍自由地表现一切真实，我们应该经常研究高乃依的作品，更应该研究莫里哀的作品，而不是拉辛的作品。拉辛这位神圣的诗人，他的作品具有挽歌、抒情诗和史诗的特点；莫里哀则是具有戏剧性。拙劣的鉴赏力给这令人赞叹的文学类型带来了诸多批评，现在是对这些批评施以坚决反击的时候了。我们要大声宣布，莫里哀稳居我们戏剧的巅峰，不仅作为诗人，而且也是作为作家，他配得上这两份光荣。

他的作品中，诗句紧紧围绕着思想内容，是思想的要素，同时对思想加以约束和发展，并赋予了思想更加精练、确切、完整的形式；并且将这种思想内容的精粹送给我们。诗句是思想的外衣，它能为人所见，因此，它特别适合舞台的特点。它根据某种方式创作而成，凸显了原本看起来微不足道和平凡琐碎的事物。诗句使文体的组织更加紧致、细密。它是连接线索的扭结，它是束住衣服、制造漂亮褶皱的腰带。那么用诗句来表达自然和真实会有什么损失呢？我们要问问散文家们，他们在莫里哀的诗句里都损失了些什么？再打一个简单的比方——装进了瓶子里的酒难道就不是酒了吗？

如果要我们来说戏剧诗歌的风格应该是怎样的，那么我们希望它是自由、坦诚、真实的，能勇敢地表达一切，不会假装正经，不会拘泥于词句；从喜剧到悲剧，从崇高优美到滑稽丑怪，一切自然而然；它时而实际市侩，时而富有诗意，它既有艺术加工也有天然灵感，既深邃悠长又具有冲击力，既宽广宏大又真实入微；它恰如其分地改变了停顿，掩盖了亚历山大体的单调；它喜欢延长句子的跨行句而不用意义混乱的倒装句；它忠于韵律这位被束缚的王后，诗歌的无上魅力所在，格律的创造者；这种诗句表现真实方式的无穷无尽，它那结构和美妙的奥秘深不可测。它应该像普罗特斯一样，在形式上千变万化而又不改其典型和特性；避免长篇大论，以对话为乐；要藏在剧中人物的背后；它首要关注的应该是如何才能做到自然，并当它该“美”的时候，好像只是偶然发生的事，不是刻意为之，它甚至丝毫没有察觉；根据不同的需要来决定应该是抒情的、史诗性的，还是戏剧性的；它能够纵横诗歌的各个音节，从高音到低音，从最高尚的思想到最平凡的思想，从最轻率放纵到最庄严隆重，从最肤浅到最深奥，从来不会超出道白场面的界限。总之，这种诗文的作者，似乎从仙女那里得到了高乃依的心灵和莫里哀的头脑。我们觉得这种诗文会“像散文一样美好”。

在这种诗和我们刚才做过解剖的那一种诗之间没有任何共同之处。有一位才智之士，本书作者应该向他致以个人谢意，如果他允许我们借用他精辟的解释，这两种诗之间的差别是很容易指出来的：那种诗是描写性的，这种诗是形象化的。

我们需要再三强调，舞台上的诗歌应该摒弃所有的自恋自爱、迫切不耐、轻浮卖弄。它只是一种形式，一种应该接纳一切事物的形式，它没有强加给戏剧任何法则，相反，它接受一切来自戏剧的东西，再将这些东西传达给观众。不论是法文还是拉丁文；不论是法律条文，还是王公贵族的辱骂；不论是民间俗语、喜剧、悲剧、欢笑、眼泪，还是散文和诗。如果诗人的诗句无法表达这些东西，那真是可悲！但是，这种形式是一种青铜铸就的形式，镶嵌在格律中的思想是这种形式的内核，具有这种形式的戏剧是牢不可破的。这种形式把戏铭刻在演员的心灵中，警告他不能随意删减和添加，禁止他改变自己的角色，禁止他用自己的意志代替作者的想法；它让每一个字变得庄严神圣，使诗人说过的话深深地印在观众的记忆里。浸透在诗歌中的思想，一时间具有了更敏锐、更闪亮的品质。

人们会感觉到，散文必然不会那么坚决，它不得不使戏剧抛弃抒情诗和史诗，从而沦为对白和平铺直叙，它很难具有诗歌的长处。散文的翅膀要小得多，因此，驾驭它更加容易；在散文里，庸才们能够更加自在安逸；根据最近出现的比较著名的作品来看，艺术领域很快会充斥一些畸形早产的作品。还有一部分改革派倾向于同时用诗歌和散文创作的戏剧，就像莎士比亚那样。这个方法有它的好处。但从一种形式过渡到另一种形式的过程中可能会出现一些不和谐；如果一件织物是用一种质料织成，质地均匀，那肯定会更密实耐用。不过，戏剧是否应该用散文来写，这只是一个次要问题。一部作品的地位并不取决于它的形式，而是它内在的价值。对于这样的问题，只有一个办法可以解决，那就是只有一个砝码可以左右艺术的天平——才华。

同时，无论是用散文还是用诗文创作，一个戏剧作家必须首要具备一种品质，就是准确性。这不是一种表面的准确，那是主张描写的流派的优点或缺点，他们把罗蒙和勒斯多当作他们的贝加斯身上的一对翅膀；我们指的是内在的、根深蒂固的、深思熟虑的准确，它表现出一种语言的特色，它总是探其根、究其源；它总是无拘无束，因为它对自己的立足点很有把握，并且总是确信自己和语言的逻辑保持一致。语法这位老师教会人提高语言的准确性，而人必须要知道怎样驾驭它。这种准确的语言大胆敢为，可以创造或发明自己的风格，同时也有这样做的权利。无论过去那些自己也不知所谓的人（包括本文的作者）都说过些什么，法国语言并没有僵化，也永远不会。语言都不会僵化。人类的思想始终在发展，或者你要说在运动也可以，而语言跟思想相伴相随。事物也是如此，当身材变了，衣服能不变吗？十九世纪的法语不同于十八世纪的法语，正如十八世纪的法语已不再是十七世纪那样，而十七世纪的法语与十六世纪的法语又有不同。蒙田的语言不同于拉拍雷，帕斯卡的语言和蒙田的也不一样，孟德斯鸠的语言又区别于帕斯卡。这四人的语言本身都令人赞赏，因为它们与众不同。每一个时代都有它特有的思想；那么必然会有表达这些思想的词汇。语言就像大海，永远不停地波动，它们从思想的这个海岸到思想的那个海岸，它的波涛留下的一切住家干枯消亡。一些思想正是以这样的方式消失，它们的词汇也随之而去。人的语言与万事万物相同，每个时代都会带来一些东西，也要带走一些东西。能怎么样呢？这是命运使然。所以要用某种固定的形式把不停变化的语言形貌固定下来，只不过是白费力气罢了。我们文学的约书亚大声疾呼要让语言停止脚步，那也是徒劳无功；无论是语言还是太阳都不会止步不前。只有等它们死了才会停下来。所以当代某个流派的法语使用的是死亡的语言。

以上便是作者目前对于戏剧的全部看法，只是还可以阐述得更加完整深入一些。不过，作者原本就没有打算把他的戏剧试作当作以上这些思想的体现呈现给读者，相反，这些想法也许只是通过创作得到的启发而已。当然，如果一部作品根据序言而作，彼此互相支持，那无疑是一个很便捷聪明的办法。但是，比起展示自己的聪慧，他更愿意表现自己的诚意。他愿意第一个来指出这篇序言和后面的戏剧之间联系薄弱。出于懒惰，他原本只打算把作品就这么样献给读者，如伊利雅尔德所说的：没有角的魔鬼。不过，在作品即将完成的时候，几个朋友的游说，扭不过的彼此的交情，作者才决定在序文里认真回顾一番，绘一幅他刚才所作的诗歌之旅的地图，讲一讲他从中所得到的或好或坏的收获，描绘他的思想中艺术领域所呈现出来的新面貌。肯定有人会利用作者的这个自白，来重复某个德国批评家过去对他的责难，说他创造了“一种专为自己诗作辩解的诗学”。这有什么关系呢？他原本就是想要破坏诗学，而不是想要创造它。更何况，根据诗歌来创造诗学，难道不是比根据诗学来写诗更好吗？不，我们还要再次强调，作者并没有创造一个体系的才华和志向。伏尔泰说得好：“体系好像一群老鼠，它们跑过二十个洞穴，最后发现有两三个是进不去的。”可见建立体系不过是无用之举，而且也不是他力所能及的事。相反，他反对的就是体系、法典和规则的专制，竭力维护的是艺术的自由。他无论如何也要听从灵感的驱使，并经常变换创造的材料和模型。在艺术中，他首先避免的是教条主义。不论是古典主义还是浪漫主义的作家，上帝就是不允许他成为那种根据自己的体系进行创作的作家，这些人的头脑中只有一种形式，总是想证明什么东西，总是遵循不符合自己气质性情的法则。无论他们是否有才华，他们矫揉造作的作品是不能在艺术的领域占有一席之地的。那只是一种理论，不是诗歌。

上文中，我已经阐述了我对戏剧的起源、特点及其风格的看法，现在应该从对普遍艺术的思考落实到具体的作品上来，和读者们聊一聊这部作品《克伦威尔》。关于这一话题，我不想说太多，只打算简略地谈一谈。

奥利弗·克伦威尔，是一位曾经名噪一时但却不为人了解的历史人物。他的传记作家们——其中不乏历史学家，都没有完整反映出他的高大形象。大概是因为他们不敢把这位政治革命和宗教改革中奇特而伟大的人物原型身上的一切特点都完全表达出来。他们只是在波斯维特的基础上，将他那简单凶恶的形象加以放大而已，而波斯维特也只是从天主教和君主的角度、从路易十四政权支持下的主教制度的角度，来勾勒这一人物形象。

本书的作者跟大家一样对他了解不多。奥利弗·克伦威尔这个名字给他留下的印象也只限于“狂热的弑君者和伟大的将领”。他兴趣盎然地遍寻编年史，翻看十七世纪英国回忆录，一个全新的克伦威尔的形象逐渐出现在他的视野中，这是个让他颇为诧异的形象。他不再仅仅是波斯维特笔下作为士兵和政治家的克伦威尔，而是一个复杂的、混合的、多面的存在；他集合了多重矛盾，是一个善和恶的混合体；兼有天才和渺小；他是欧洲的暴君，又是自己家人的玩具；这个老弑君者以羞辱各国使臣为乐，却被自己保皇派的小女儿折磨；他严厉而阴郁，但豢养了四个弄臣，常随其左右；他偶尔作几首蹩脚的诗歌；节制、简单、节俭，却在礼仪方面一丝不苟；他既是一个粗鲁的军人又是一个精明的政客；善于神学的论辩并且乐此不疲；他的演讲枯燥、啰唆、晦涩，可又擅长游说；既虚伪又狂热；一个受童年幻想影响的空想家；相信占星家，又常将他们放逐；极其多疑，总是让人惶恐不安；并非嗜血成性；他严格遵守清教徒的一切戒律，但每天总要一本正经地在滑稽取乐中打发几个小时；对亲近的人态度生硬傲慢，对他所畏惧的大臣则和蔼亲切；他用诡辩缓解自责，敷衍自己的良知，他总有使不完的妙策、暗算和手段；他以理智来驾驭他的想象；这个人物既滑稽丑怪又崇高优美；总之，他是拿破仑所谓的“方方正正的人物”中的一员，拿破仑以他数学般精确、诗歌般形象的语言道出了这群人的特点，而他自己便是他们的首领。

在这个特殊而令人难忘的人物面前，本书的作者感到波斯维特带着过多个人情感的塑造出来的形象不能让人满意。他开始来回审视这个高大的形象，突然间生出强烈的愿望，想要全面地刻画出这个巨人。创作的土壤是肥沃的。除了要描绘出他将领和政治家的形象，还需要表现出他作为神学家、学究、蹩脚诗人、幻想者、小丑、父亲、丈夫、普罗特斯（一个能任意改变自己外形的海神）式的人物的特点，总而言之，就是双重性格的克伦威尔。

特别是在他人生中的某一个阶段，他这种奇特的性格得到了集中反映。乍看之下人们可能以为是查理第一受审的那个的时期，因为那时他压抑着自己可怕的野心；其实不是，而是这位野心家摘取君主之死的果实的时期。那时的克伦威尔在别人看来幸运到了极点，他是英格兰的主人，无数的党派向他俯首称臣；他是苏格兰的主人，他把它变成了一块辖地；他也是爱尔兰的主人，他把它变成了一座监狱；他是欧洲的主人，他以外交手段和军事力量统治着这块土地；为了实现他童年时最初的梦想，完成他一生最终的抱负，他要成为国王。历史在这最深刻的悲剧下隐藏着一个最深刻的教训。这位摄政官先安排人来向他请愿，装出一副人民迫切要求他登上王位的样子：这出令人敬畏的喜剧一开始就是各村镇和城市中请愿的场面；接着议会通过了一项决议。克伦威尔，这场戏的匿名的导演，还装出生气的样子；人们看见他把一只手伸向权杖但又立刻缩了回来；他迂回地向那王位靠近，他曾经把一个合法的王朝从上面赶走。最后，他突然下定决心，命令在威斯敏斯特悬旗挂彩，架起高台，让金银匠打制王冠，加冕大典的日子也已确定。但结局却十分离奇！大典那一天，克伦威尔在威斯敏斯特宽阔的大厅里，面对着群众、军队和议会，站在他国王加冕的高台上，突然一个激灵，看到王冠的那一刻清醒过来，他问自己是否在做梦，这一场大典到底有什么意义，然后，他在三个钟头的演说中拒绝了国王的尊号。是不是他的密探警告过他，保王党和清教徒已经联手策划了一起阴谋，就等着他犯错误的这一天发动呢？是不是百姓讨厌看见这个弑君者登上王位而表现出来的沉默或低声议论，使他内心发生了变化呢？也许仅仅是一种天才的敏锐、一种野心家高瞻远瞩的本能，使他懂得了再向前一步将使自己的地位和态度发生多大的变化，因而便不敢把他那平民政权置于不得人心的风评之中？又或许这些都是原因？当时的文献不能给出一个令人满意的答案。不过这样更好，因为诗人更加自由了，戏剧会是历史留下的空间虽大的受益者。人们将会看到，在这里，戏剧会拥有广大、独特的空间；这正是克伦威尔一生中决定性的时刻，重大的转折点。这时，他的幻想消失了，现在扼杀了未来，用一个形象的说法，他的命运是一发哑炮。在这一出克伦威尔与英格兰之间的喜剧里，如今他的一切危如累卵。

作者出于一种孩童般的好奇来弹奏这架大洋琴。毫无疑问，技术更高明的人必定会弹出更感人、更悠远的旋律。不仅仅是悦耳，让人倍感亲切的同时，还会唤醒那个深埋在内心的自我，因为每一个琴键都与心灵的纤维相连。作者屈服于内心的渴望，要将那个时代所有的狂热和迷信等某些时代宗教的病态统统刻画出来，正如哈姆雷特所说“表现出形形色色的人”。并且以克伦威尔为中心和枢轴，宫廷、民众和整个微缩的世界都围绕他展开，一切都和他紧密相连、一切因他而动；在他的周围上下，写出了两个互相敌视的派别，他们为了扳倒妨碍了他们的克伦威尔，联手设计了重重阴谋，但虽然联合，并没有互相融合。清教徒一派，各有想法，他们狂热、阴郁、无欲，他们的领导是一个可鄙的人——自负又懦弱兰伯特；保皇派，轻率、欢乐、不择手段、草率莽撞、忠心耿耿，由严厉而正直的奥尔蒙领导，其实除了忠实于反克伦威尔的事业，实际上是最不适合代表这一派人的；还写出了一群使节，他们在幸运的克伦威尔这个兵痞面前卑微奉承；还刻画那个特别的宫廷，那里边混杂着暴发户和一个比一个更卑鄙的王公贵族；还有四个宫廷小丑，他们被正史轻蔑地遗忘，正好给我留下创作的空间；另外还描绘了他的家庭，每一个成员都是克伦威尔身上的一根刺；还有摄政官的忠实的朋友瑟尔洛；还有犹太教长伊斯雷尔·班·玛纳斯，他是一个卑劣的密探、高利贷者，也是一位身份高贵的占星家；还有那位罗彻斯特，独一无二的罗彻斯特，他荒唐而聪明，风雅却好酒，总是骂骂咧咧，总是谈情说爱，整天醉醺醺，正如他向伯奈特大主教吹嘘的那样“虽是蹩脚的诗人，但也是侠义的绅士”，爱犯错误但又天真坦白，为了他乐意的事，愿意牺牲性命，不计成败，简言之，在他身上一切皆有可能，他诡计多端又粗心大意，有时深思熟虑有时行事荒唐，可以不顾道德又能慷慨大义；还有个脾气很不好的卡尔，历史只提到了他的一个特点，但这唯一的特点也是非鲜明并且含义丰富。还有各色流品不同的狂热者：狂热的窃取者阿里松、狂热的商人巴尔波勒、亡命之徒山戴尔、爱流泪并且很虔诚的穆斯林狂热派加尔兰、英勇的卫队长、聪明但爱夸夸其谈的阿维尔东，严格坚毅、后来死在洛桑的卢德洛；最后，用年一本1675年的小册子《政治家克伦威尔》中的话来说，这部作品里还有“弥尔顿和一些有头脑的人”，这本小册子使我们想起意大利历史中所记载的“某一个但丁”。

我们省略了许多次要人物，但是这些人物在历史上确有其人，各有特色，并且他们也激发了作者对这波澜壮阔的历史场面的想象和兴趣。这部戏就是在这样的历史场面的基础上写成的。它是以诗歌的形式写就的，因为他想这样做。此外，人们读到这部作品，就会发现作者在写这篇序言的时候对这部作品是多么的漫不经心，例如，他攻击了“三一律”的教条，这需要多么公正无私才能做到呀。他的这出戏的地点就在伦敦，时间是从1657年6月25日凌晨三点钟到26日的中午。请注意，他几乎完全遵守了现今诗学教授所制定的古典主义的套路。他们不需要为此感谢他。作者这样写，并非通过亚里士多德的批准，而是根据历史的标准，因为，即使两者利弊相等，他对结构紧凑题材的爱多于散乱的题材。以现在的规模，这出戏明显是不可能在我们的剧院里上演的。它太长了，读者可能会看出来，每个部分都是为舞台演出而写。作者在研究这个题材时，就已经认识到了或自以为认识到了，这出戏不可能被忠实地搬上舞台，因为剧本所处的境地太过特殊，它前有学士院的旋涡，后有官厅的暗礁，左边是文学裁判，右边是政治审查。在这种左右为难、进退维谷情况下，他不得不做出选择：是要花言巧语、要尽花招、虚伪做作但能得到演出机会的悲剧呢，还是要非常真实但永远不会搬上舞台的戏剧？前者不值得写，所以作者更愿意尝试后者。既然没有希望在舞台上演出，他索性放纵一回，在行文结构上随兴之所至，全凭自己的高兴自由挥动地画笔，根据主题的要求尽情发挥。即使剧本脱离了舞台，但无论如何，从历史的角度来看还有一个好处，那就是剧本基本是完整的。但是接下来是第二个障碍——书籍委员会，不过它只是一个次级障碍。如果有一天，戏剧审查机构意识到，该剧对克伦威尔及其时代的描绘是无害、准确且充满良知的，并且与我们的时代毫不相干，从而允许剧本上演，那么，只有在这种情况下，作者会把这部戏精简一下，把它搬到舞台上试一试，尽管可能会被人喝倒彩。

在那一天到来之前，他将继续与舞台保持距离。如果那天来临，他将离开珍贵平静的退隐生活，拥抱新世界的新奇和刺激。愿上帝保佑他永远不后悔将他自己和自己曾经默默无闻的名字暴露在风口浪尖（失败一次又怎样呢），尤其是暴露在台下那些卑劣的争吵之中；使他永远不后悔走进这风云变幻、雾霭重重、狂风怒号的环境，在这里，人们奉无知为教条，阿谀奉承，卑躬屈膝，嫉妒肆虐；正直的人被误传曲解，高贵纯真的天才无处容身；庸碌之辈得意扬扬，因为比他们高明的人都被他们拉了下来，拉到和自己一个水平，让人分不出优劣；人们在那么多渺小人物中只看到一个伟人，在这么多无能之辈中只看到唯一的一个达尔玛[①]，在这么多凡人之中只看到一位阿喀琉斯！这样的描述看来很黑暗，一点不让人愉快，但它不正好说明了我们这个充满了阴谋和骚乱的舞台，与古代庄严宁静的剧场大不一样吗？

不管怎样，作者觉得应该告诉少数被这出戏吸引的人们，《克伦威尔》经过简化后搬上舞台，演出时间不会超过剧场通常的演出时间长度。要改变浪漫主义的剧场，是很困难的。现在的悲剧通常都是这样：为数不多的一两个人物都是纯粹形而上学思想抽象的典型，他们一本正经地在狭窄的舞台上来回踱着步，周围只有几个配角，他们只是单调乏味的陪衬，

① 达尔玛（1763—1826年），法国著名悲剧演员。——译者注

主要是用来填补简单、标准化和单薄情节中的空隙。如果这种东西让人厌倦，如果观众们想看点不同的东西，那么用一个晚上的时间全面地了解这个了不起的人物和一个风起云涌的历史时期，这应该不为过；这个人物有着独特的性格，有与其性格相匹配的才华，还有驾驭这两者的信念，有与他的信仰、性格和天才的格格不入的情欲，有为他的情欲增添色彩的趣味，有约束他的情欲和趣味的习惯，还有一大群形形色色的随从，在他各种性格因素的作用下，围着他团团转。关于那个时代，也有它特有的习俗、法律、风尚、趣味、成就、迷信、历史事件，还有像软蜡一样、被所有这些因素轮流揉捏的民众。可以想象，这样一幅画卷的规模应该是宏大的。他不会像老派抽象戏剧一样只满足于一个人物，它将会有二十、四十、五十个人物，到底有多少呢，我也说不清，总之会有很多人物，不过他们大小不一，作用不同。只给这样一出戏两个小时，而把其余时间都拿去演滑稽歌剧或闹剧，这是不是有点太吝啬了？这难道不是要莎士比亚去迁就波伯须？如果情节安排合理，你们无须担心一大群人物随情节而动会让人感到疲倦，或者会使戏变得混乱。莎士比亚作品也有很多小细节，但同时，也正因为这点，他那宏伟的整体就更令人印象深刻。这好比是一株高大的橡树，正是因为有了无数细小纤美的叶子，它才能投射出一大片的树荫。

我们希望在法国，人们很快就能习惯花整晚的时间来看一出戏。在英国和德国，有时一出戏要持续六个小时。这里，我们姑且像斯居戴利那样，引用一下古典主义者达西埃的《诗学》第七章的内容：希腊人，也就是我们经常听说的那些希腊人，有时一天竟能演十二或十六场戏。在这样一个喜欢表演的国家，观众的注意力之活跃超乎想象。《费加罗的婚礼》作为博马舍伟大三部曲的第二步，是连接前后两部戏的枢纽，要占去整整一个晚上。但它何曾使人感到厌烦和疲倦？博马舍完全可以尝试向近代艺术的目标迈出第一步。要实现这个目标，要在两个小时之内，展开广阔、逼真和形式多样的情节，引起一种深刻的、让人欲罢不能的兴趣，那是不可能的。但是有人说，一次演出只有一场戏，似乎冗长、单调。并非如此！那样做反倒会使演出不再显得冗长、单调。现在一般是怎样做的呢？他们把演出分为两个或三个完全不相干的部分。他们先让观众看两个钟头严肃的表演，得到严肃的享受，然后再用一个钟头让观众得到取闹的乐趣，最后连同幕间休息，一共四个小时。浪漫主义戏剧会怎么做呢？它要把这两种乐趣加以碾碎并巧妙地混合在一起。它要带着观众不断从严肃到欢笑，从欢乐到心碎，从庄严到轻松，从嬉笑到严肃。我们刚才已经说，戏剧应该是滑稽丑怪与崇高优美的结合，是灵与肉的结合；戏剧下面藏着悲剧。难道大家看不出，这种戏里，两种印象交替产生，因而不会使人疲倦，它用戏剧烘托悲剧，用恐怖衬托快乐，适时的时候借用歌剧的魅力？即便只有一出戏，难道不是比得上好几个吗？浪漫主义的舞台将古典主义舞台上那一分为二的药片，变成了一道开胃可口、味道丰富的菜肴。

本书的作者要对读者说的话快要完了。他不知道批评家会对这个剧本和这些想法作何反应，这里只是概括地介绍了这些思想，没有对其进行进一步的阐述，是仓促的旅途中信手为之。在“拉·阿尔卜的信徒”看来，它们无疑是放肆又奇怪的。但不论这些想法如何朴素、如何微不足道，但如果它幸而能推动那些受过良好教育、经常读书看报、看过不少具有创意的佳作和评论、在艺术鉴赏上成熟了的读者踏上真理之路，那么，希望他们能够随着这股动力向前。

不要在乎他是不是来自一个籍籍无名的人物，或者来自一个缺乏权威的声音、一部价值不高的作品，这是一口铜钟，召唤人们走向真正的神殿和真正的上帝。

今天，不仅存在着旧制度的统治，还存在着旧文学的统治。上一个世纪差不多在各方面压迫束缚着这个新的世纪。来自批评界的压迫尤其沉重。例如，你总会听到一些人，对你不断重复伏尔泰说过的关于趣味的定义：“趣味之于诗歌，犹如服饰之于妇女。”那么，趣味就是卖俏了。这的确是绝妙好辞，它传神地描绘出了十八世纪充满脂粉气的诗歌和充斥着撑裙、丝球和花边的女性化文学。这句话很好地反映了那个世纪的特点，那是一个即使是最不凡的天才与之有所接触也至少会在某个方面变得狭隘的时代；在这个时代，孟德斯鸠写出《葛尼德神庙》、伏尔泰写《大雅之堂》、卢梭写《乡村卜师》，是可能的而且也是自然的。

趣味是天才都具有的一种判断力。这是另外一个强大、敢言、博学的批评派别即将建立的理论。这个派别属于新时代，它是在旧流派枯枝下抽出的生机勃勃的新芽。这个年青的流派，相较于旧流派的轻佻，显得更加严肃；相对旧流派的无知，显得更加博学。它已经创办了一些刊物，人们能够倾听到它的声音，读者还会经常意外发现，这些刊物的最不起眼的角落里都会出现绝妙文章。这种批评结合了文学中所有勇敢和卓越的东西，把我们从两个枷锁里解放了出来：一个是老朽的古典主义；一个是厚颜无耻地敢在真正的浪漫主义脚下抬头的伪浪漫主义。近代的特点已经开始有了自己的影子、赝品、寄生物和“古典主义”，它们模仿它的形态，抹上它的颜色，套上它的衣服，拾起它的掉下的碎屑，好像“魔术师的徒弟”，凭着模糊的记忆，比画着大家都知道的魔术师特有的动作，不明所以地将几道口咒念了起来。就这样，他们干出好些傻事，要师傅费尽周折才能挽救过来。但是首先应该摧毁的是陈旧的假趣味。它是附在现代文学上面的一块锈斑，应该把它彻底清除干净。这种假趣味想要腐蚀现代文学，让现代文学失去光泽，简直是白费力气。它想引起年青、严肃、有活力的一代人的注意，但他们却并不理解它。十八世纪的尾巴拖到到十九世纪来了；但是，我们这一代曾经见识过拿破仑的青年，绝不会让这条尾巴再拖到影响十九世纪。

这样的时刻即将来临，我们马上就会看到扎根于广泛、坚实和深刻的基础的新批评取得优势。不久，人们就会普遍地知晓，判断一个作家，不应该根据规则和类别这些有悖于自然和艺术的标准，而应该依据艺术创作坚不可摧的原则和作家个人的特殊气质。所有的人的理性会对之前的那种批评感到不耻，它曾经碾碎皮埃尔·高乃依、堵上拉辛的嘴、仅仅依据勒波须关于史诗的法则，才恢复了弥尔顿的声誉，这是可笑之极。人们会乐于站在作者的角度，用自己的眼睛来审视主题，从而理智地判断一部作品。对人们将摒弃（借用夏多布里盎先生的话来说）“对丑的无意义的批评”，而从事“对美的伟大而丰富的评论”。现在是时候了，一切头脑敏锐的人应该抓住那一条总是把所谓“美”的东西和所谓“缺陷”的东西联结起来的纽带。我们称之为“缺陷”的东西，往往是品格的一个与生俱来的、必然的、必需的条件。

我的天神知道这点。

谁曾经见到过只有一面的奖章？哪一种才能带来的光明没有阴影，它燃起的火焰不会带来烟雾？缺点只可能是美所具有的不可分割的后果。这种粗糙的笔触，虽然近看并不悦目，但它使效果更完整，使整幅图画更突出。如果删掉两者之一，另外一者也不会存在。独创性都是由这两者组成。天才必定是不平衡的。有高山就会有深谷。如果用高山来填平山谷，只会得到草原和旷野，剩下沙布龙平原，却没有了阿尔卑斯山，只有燕雀，没有雄鹰了。

我们还必须考虑气候、环境和地方的影响。《圣经》和荷马的崇高有时也会刺伤我们。谁愿意删去它们一个字？因为羸弱，我们看到天才大胆地展翅高飞时往往感到畏惧，因为它没有足够的力量和相应的智慧来驾驭目标。并且，我们还要再次强调，有的瑕疵，只会在杰出的作品中产生；有些缺点只青睐某些天才。有人批评莎士比亚滥用玄学、才智、过分的场面和猥亵的东西，批评他使用了当时流行的古旧的神话，批评他夸张、隐晦、庸俗、浮夸、风格粗糙。我们刚才把莎士比亚比作橡树，两者在很多方面都很相似。橡树有奇特的形态、多节瘤的枝干、墨绿的树叶、坚硬粗糙的树皮；然而，这才是橡树。

正因为具备了这些品质，它才成为橡树。如果你要的是光滑的树干、笔直的枝条、光亮的树叶，你应该去找苍白的桦树、空心的接骨木和低垂的杨柳，但请你不要去打扰橡树。不要误把为你遮蔽的风雨树砍倒了。本书作者比任何人都清楚他的作品有不少缺点。他之所以没有去改正这些缺点，是因为讨厌重新回到早已完成的作品上去修修补补。他要犯多大的过错才值得这样劳心费力呢？与其把精神都花在弥补作品中的缺点上，还不如费些力气扫清自己思想中的谬误。用另一部作品来纠正这部作品，这才是他的办法。

总之，不论他的作品会得到怎样的待遇，他保证不会作任何辩护，不论是全面的，还是局部的。如果他的剧本不值一文，辩护又有什么用？如果它好，又何须辩护？好不好，时间自有定论。它此时成功与否只是书商的事情。如果这篇作品的发行引起批评家们的怒火，他会由着他们去吧。不然，他该对批评家们说些什么呢？他不是卡斯蒂利亚诗人所说的那种人，他们是通过“他们的伤口”来讲话的：

> 通过创伤的裂口。

最后还有几句话。大家可能已经注意到，作者在这篇稍显冗长的序言里，讨论了很多问题。但在这过程中，他一般会避免把他本人的意见完全建立在别人的文字、论据和权威上。这其实并不是因为他找不到支持自己的东西。“如果诗人根据自己的艺术法则创造了一些不可能的东西，他显然是犯了错误；但是，当他用这个方法达到预期的目的时，这就不再是错误了；因为他得到了他追求的东西。”“他们把自己微末的智力理解不了的一切都视为胡说八道，把诗人那种应该说是欲擒故纵的妙处视为荒谬。不拘泥于成规，这一原则是艺术的一种奥妙，要让完全没有鉴赏力的人懂得它是不容易的，还有一种人，他们奇怪的思想使得他们对一般能打动人心的东西也无动于衷，要让他们理解这种奥妙也是很困难的。”——第一段话是谁说的？亚里士多德。后面这段又是谁说的？是布瓦洛。从以上的例子大家就可以看出，本剧的作者其实也可以像别人那样，用一些鼎鼎有名的大人物作挡箭牌，躲藏在这些名人之后。但是他还是想把这种论证的方式留给那些相信这种方法无可辩驳、到处适用、无所不能的人。至于他自己，他爱理性多过爱权威；而过去则一直是爱武器甚于爱徽章。

1827年10月

《草叶集》序

沃尔特·惠特曼（1855）〔美〕

美国并不排斥过去，也不排斥在过去的各种形式下，或在其他政治制度中，或阶级观念里，或古老的宗教信仰中产生的东西，而是平静地接受教益。当提供其需求的生命已经变成新形势下的新生命时，而腐肉仍然黏附在思想、行为、文学上时，美国并不像人们想象的那样急躁不安。美国懂得尸体应该从饭厅和卧室里慢慢地挪走，懂得它还需要在室内多停留片刻，懂得它曾适合那个已经过去的时代，它的基业已经传递给了那位走到跟前的健壮而又匀称的继承者，而这个继承者将会最适合他的时代。

无论是古往今来的任何时候，美国人的诗歌意识在世上所有的民族中可能是最饱满的。实际上美利坚本身就是一首最伟大的诗。迄今为止的世界历史上，那些最宏伟、最生动的事物，比起美国的更宏伟、更生动的事物，似乎已经显得驯服而有规矩了。在这里，人类活动中终于出现了与日夜所传播的活动相符合的东西。美国不仅是一个民族，而且还是由多个民族组成的生机勃勃的整体。这里涌现出了一种从必然不注重特点和细节的束缚中解放出来了的事业，而这种事业现在正浩浩荡荡地在广大人群中进行。这里永远有一种象征英雄的慷慨精神。这里有人们发自灵魂所喜爱的粗犷之人和长着大胡子的人，还有着辽阔、险峻、淡漠的气质。它的群众和团体鄙视那些繁文缛节、琐碎小事，以大无畏的精神努力推动着自己的前程。干劲滔天，热情澎湃，到处都是一片欣欣向荣的景象。你看只要地里长出庄稼，果园能结出苹果，或海湾仍然有鱼虾，男人能让女人怀上孩子，它就一定会拥有那四季的财富，永远不会破产。

其他的国家用他们的代表来表现自己，但是美国的天才们并不是在其行政或立法方面表现得最为突出，也不是大使、作家、大学教授、教会人员、上流人士，更不是新闻工作者或发明家，而总是表现在美国的普通人民之中。他们的行为、言语、穿着、友谊，他们清新爽朗的外表、率真的性格，他们那独特生动的淡定举止，他们坚持不懈地追求自由，他们憎恨一切不得体的、软弱的、吝啬的事物，一个州的公民所得到其他州对其的实际认可、他们被激起的强烈憎恨，他们对新事物的好奇和欢迎，他们的自尊和强烈的同情心、他们对蔑视的敏感，他们面对上层人物所表现出的那种从容的心情，他们言语的流畅，他们在音乐中体会到的快乐，男子气概的柔情和灵魂的天然高雅的显然特征，他们那温和的性情和博大的情怀，他们的选举的非凡的意义，他们的总统脱帽向他们表示的致敬，而不是他们向总统表示的致敬——这些也都是不押韵的诗。它在等待与之相匹配的、恢宏大气的吟诵。

广袤的大自然和伟大国度，如果缺少与之相匹配的慷慨和博大的公民精神，就显得很畸形了。无论是大自然，还是富裕的国家、街道、汽船、兴旺的事业、农场、金钱、学问，也许都不能使人的理想得到满足，也不能使诗人满足，也没有什么回忆可以满足他们。一个充满生机的国家总会留下深刻的烙印，总能以最低的代价最高的权威，即从它自己的灵魂中去实现。这就是对个人或国家、当前事业和辉煌成就，以及诗人题材的有益使用的总和——似乎还有必要一代又一代地追溯东方的历史呢！似乎那可证明的事物之美丽与神圣必定不及那些神话的美丽与神圣呢！似乎人类不是任何时代都能留下自己的足迹呢！似乎西方大陆的发现带来的一切新开端和在南北美发生的事情，还不如古时的小剧院以及中世纪那漫无目的的梦游呢！美国的骄傲留下了城市的富庶和繁荣、商业和农业的所有收益、辽阔的地域或对外的胜利，欣然去培养那些完全成长了的不可征服又单纯的人物。

美国诗人需要囊括新旧事物，因为美利坚是一个多民族的国家。作为一个美国诗人须与美利坚民族相称。对于他来说，其他大陆都能为他所用。为了那些大陆和他自己，所以他接纳了那些大陆。他的精神是与他国家的精神相应和，他是这个国家的地理、生态以及江河与湖泊的化身。密苏里河、哥伦比亚河、俄亥俄河、瀑布密布的圣劳伦斯河、充满阳刚之气的哈德逊河、年年泛滥、水道曲折的密西西比河——它们注入大海，更流入了他的心田。那辽阔的蓝天，无论是弗吉尼亚州和马里兰州内海上的蓝天，还是马萨诸塞州和缅因附近海域上空的蓝天，还是曼哈顿湾、张伯伦湖、伊利湖上的蓝天，还是安大略省和休伦湖和密歇根州及苏必利尔湖上的蓝天，还是在德克萨斯和墨西哥、佛罗里达州以及古巴的海域上的蓝天，又或是加利福尼亚和俄勒冈州附近的海上的那片蓝天，都与它下面的湛蓝的海水相映称，而他也与这碧海蓝天相呼应。当大西洋海岸和太平洋海岸延伸时，他也顺势随着它们的方向向南或向北延伸。同时他也自东向西地横越于它们之间，并反映它们之间的一切。在他身上长出了一些坚实之物，而且这些坚实之物堪比松树、雪松、铁杉、橡树、蝗虫、栗树、柏树、山核桃树、菩提树、杨木、鹅掌楸、仙人掌、野葡萄树、罗望子树、柿子树等。它们交织在一起，仿佛藤丛或沼泽里的纠缠物，如同覆盖着透明的冰、披挂着噼啪作响的冰凌的森林，又像是山脉的侧面及顶峰，又如无树平原或山地或大草场那样充满着芳香而又无拘无束的牧场，到处都充满着飞翔、唱歌及尖叫的声音，与那些野鸽、啄木鸟、黄鹂、大鹞、浪鸭、红肩鹰、鱼鹰、白鹮、印度雌鸡、猫头鹰、水雉、牢狱鸟、杂色雄鸭、乌鸦、嘲鸫、秃鹰、夜鹭与鹰隼等应答着。对于他来说，面容是父母双方共同留给他的遗产，而进入他身心的是真实事物以及过去和当前事件的本质：有多种多样的气候、农业以及矿山，有土著人的红色部落，有在经历过饱经风霜的折磨后才进入新的港口或着落于充满岩石的海岸的船舶，有在北部或南部定居的第一批移民者，有灵活矫健的身材和肌肉，有1776年的傲慢对抗，有战争、和平和宪法，有总被蠢话连篇者包围但总是那么冷静而坚不可摧的联邦，有不断涌入的移民，码头林立的城市和优良的船队，未经勘探的内陆，有木头房子和林中空地、野生动物、狩猎者和设阱捕兽者，还有自由的贸易——渔业、捕鲸业和淘金业，不停孕育而生的新州，每年召开的国会，按时从各个地区和最远的地方到来的议员，年轻技师和所有自由美国工人的高尚品质，平凡的热情、友谊、事业心，男女之间的完全平等，强烈的爱欲，人口的自由流动，生产、贸易以及省力的机器设备，南北的互通有无，纽约的消防员和野外打靶，南方种植园的生活，东北地区、西北地区以及西南地区的特性，奴隶制和其胆小的维护者，和那些在奴隶制结束之前，或在舌头停止说话和嘴唇停止运动之前都会坚决反对蓄奴的势力。对于上述种种，美国诗人将会有超凡而新鲜的表达，他们的表达是非直接的、非描述式的、非史诗般的。它的性质不仅贯穿于这些之中，而且范围还要大得多。让别的国家歌唱他们的时代和战争吧！让它们详细描述它们的纪元和品质吧！让他们如此这般结束他们的诗歌吧！但共和国伟大的赞美诗却不是如此，这里，诗的主题是独具创新的，并且还展望未来。这里，在那些受人喜爱的石匠中出现了一个断然而科学地策划的人，他在今天没有坚固之物的地方看见了未来坚实而又美丽的丰碑。

美利坚合众国这样一个血脉最富有诗意气质的国家，最需要诗人，而且必将拥有最伟大的诗人，并最大限度地发挥他们的才能。这个国家的仲裁不是总统而是诗人。所有的人类中，伟大的诗人是最温和稳重之人。事物不是在他身上时，而是在离开他时才显得怪异、反常或者神智迷乱。凡事不当无一是好，凡事得当无一是坏。他恰到好处地赋予每一样物体和品质以适当的比例。他是多样性的仲裁人，他起着关键的作用。他是他的时代和国家的平衡者，他为那些需要的人供应其所需，制止那些需要被制止的。如果和平时期，他便显示出和平的精神，即拥有广大的土地、富裕的生活、节俭的好习惯以及建立巨大而人口密集的城市，鼓励农业、艺术、商业——照亮对人类、灵魂、永生的研究——联邦、州或市政府，婚姻、健康、自由贸易、水陆往来。没有什么太近，也没有什么太远，群星也离得不远。在战争时期，他是战斗中最强大的力量，谁征募了他，就等于征募了骑兵和步兵，他会拿来武器专家们见过的最优良的大炮。如果时代变得怠惰而又沉闷，他知道如何唤醒它，他可以用他说的每句话给时代带来活力。在旧俗、恭顺或陈规的泥沼中，无论什么都停滞，他也绝不会停滞。他不受制于恭顺，恭顺受控于他。他站在那高不可及之处，打开一盏聚光灯，用手指扭动枢轴。他可以很轻易地追上并包围那些最敏捷的奔跑者，把他们击败。虽然随着时光的推移，世界渐渐趋于背叛、阿谀与嘲弄，但他仍然靠着自己坚定不移的信念屹立于世界。他呈上自己的菜肴，他奉献出自己美味而营养的肉食来强健人们的体魄。他拥有最杰出的头脑。他不是辩手，他是裁判。他不像法官，而像一束温暖的阳光，照耀着无助者。由于他看得最远，他有最崇高的信念。他的思想是赞扬事物美德的颂歌。在谈及灵魂、永恒与上帝时，如果离开了他的平等立场，他就会一言不发。他不把永恒看成是一部既有序言又有结局的戏剧，他在人身上看到了永恒，他不把人看得如梦幻般那样虚无或微不足道。信念就是灵魂的防腐剂，它弥漫在人群中，保护着他们，他们从不放弃信念、期待与信任。一个无知者会蔑视并嘲笑高贵的极具表现力的天才，这就显示了那无知者的难以描述的幼稚与混乱。诗人可以清楚地看出，一个并非伟大艺术家的人也可以像最伟大的艺术家那样神圣与完美。他随意使用摧毁或改造的力量，但他从不使用攻击的力量。过去的终究过去了。如果他不显示自己优越的典范，不一步步地证明自己，那他就不会被需要了。最伟大诗人要战胜的，不是谈判、斗争或任何已准备好的意图。现在他已走过了那条路，从其身后看他吧！没有留下任何绝望、厌世、狡诈、专横、因种族或肤色的耻辱以及对地狱的幻灭或肯定的一点点痕迹。从那以后，不会有人因无知、软弱或罪恶而受耻辱。

最伟大的诗人眼力几乎没有细小琐碎之事。如果他给曾经被认为是微小的东西注入生命，那么它们就会壮大起来，拥有宇宙的壮美和活力。他未卜先知，他独一无二，他是完整的。其他人和他一样好，然而只有他知道这点，其他人则不知。他不是合唱队的一员，他不会因为任何规章制度而止步不前，他是掌管规章制度的人。他对其他一切的作用就如同视力对其他一切的作用一样。谁知道视力那令人好奇的奥秘呢？别的感官证实它们自己，但这个感官除了它自己以外就无其他证据了，而且它是精神世界的特点的先驱。他只要轻轻一瞥，就能嘲笑人的所有调查、世上所有的工具和书以及所有的推论。什么是惊人的呢？什么是未必如此的呢？又有什么是不可能的或无根据的或模糊的呢？只要你睁开桃核大小的眼帘，看看远处近处的一切，看看日落，将所有事物迅速地、温柔地又及时地纳入眼底，没有任何混乱、推撞和堵塞。

陆地、海洋、游鱼、飞鸟、天空、日月、森林、山川、河流，这些都不是微末的主题……但是人们却期望诗人展现的不仅仅是这些沉默的事物之美丽与高贵，人们期望诗人能够指出从现实通往他们灵魂的道路。男性和女性都能很好地感知美，也许还做得和诗人一样好。猎人、伐木工人、早起的人以及花园、果园、田地的种植者们的热烈和执着，身体健康的妇女对具有阳刚之美的航海员以及赶马者的爱慕，人们对阳光和户外的热爱，这些都是长期生活在户外的人们对于美的无穷感知以及他们身上充满着诗情画意的各种各样的体现。他们从来不靠诗人的帮助去感知（高雅优美），有的人也许想要这样，但却做不到。诗歌的本质不在于韵律的安排、形式的统一或对事物的抽象表达，也不在于感伤的抱怨或有益的箴言，而在于由所有这些及其他内容的生命，它们都存在于灵魂之中。押韵的好处在于它为更为甜美丰富的韵律播下种子，而形式统一的好处在于它将自己传达到土地里那视野所不能及的根里。完美诗歌形式应允许韵律自由成长，应准确而松散地结出如同那丛丛丁香和玫瑰般的花蕾，形状像栗子、橙子、柠檬和梨子一般紧凑，并散发出形式的难以名状的香味。最精美的诗歌、音乐、演说和朗诵的流畅性以及其修饰都不是独立的而是隶属于的他物的。美的血液以和美的头脑是一切美的源泉。如果能将这两种不凡之处在一个男人或女人身上同时体现出来，那便足够了。全宇宙都将认同这个事实。但是噱头和虚饰即使搞一百万年也不会被接受。过于费神纠缠于装饰和流畅的人是误入了歧途。你应该做的是：热爱万物，轻视金钱，对每个请求帮助的人施以援手，包容愚人和疯子，不为任何已知和未知的事、不为任何一个或一群人卑躬屈膝，以你的收入以及能力帮助他人，憎恶土豪劣绅，对上帝虔诚，对人们耐心宽容，对人对事谦虚，和有能力但没有接受教育的人、青年和家庭主妇友好相处。在你生命的每时每刻细细品读这些片段，重新审阅你在学校、教堂或书本里所学到的，摒弃那些侵犯你的灵魂的东西。那你自身就将成为优美的诗歌，不仅在语言里，而且在你的唇和脸静默的线条里，在你每次眨眼之间，在你的每个动作和关节间都拥有了最丰富的流畅性。诗人不应该在不必要的工作上浪费时间。他应该知道土地是松好了土上好了肥的，随时都可以耕种，别人或许不知道但他应该知道。他应该前往去创造。他的信念应该掌控他所接触的每一事物的信念以及一切情感。

已知的宇宙有着一个完美的情人，那就是最伟大的诗人。他消耗着永恒的热情，他不关心会出现什么样的机遇，会发生何种的幸运和不幸的意外，每天每时奉献他宝贵的付出。那些阻碍和打垮其他人的东西反倒成了激励他勇往直前的动力，并为他带来无上的快乐。别人接收到的快乐与他接收到的快乐相比简直微乎其微。欣赏破晓的风光、冬日树林的景色、孩童玩闹的场景、他环绕着她或他的颈项，这便是他期望从上苍和神灵那里得到的一切。他那高于一切感情的爱悠然而广阔，他为自己亦留有空间。他不是一个犹豫不决和猜疑心重的情人，他是可靠的，他蔑视若即若离。他那如阵雨般刺激的经历绝不是无关紧要的。没有什么能够震慑住他，痛苦和黑暗不能，死亡和恐惧也不能。对他来说，抱怨、羡慕和嫉妒是埋葬在地下早已腐烂的尸体，他看着它们被埋葬。他确信他的爱与一切完美和美好必将取得成果，就如同大海相信海岸，海岸相信海洋一样。

美的成果不可能偶然碰上或错过，它如生命般必然发生，它如地心引力般确切且绝对。一道道目光、一次次倾听、一个个声音永远惊诧于人与万物的和谐相处。与之相应的不只是人的代表们身上的具有的至善至美，同时也有被代表的人们身上的至善至美。他们明白至善至美的法则存在于广大群众中，明白它的实现是每一事物的完结，同时也是新的开始，明白它是充沛丰富且不偏不倚的，明白它存在于白天和黑夜的每一分钟、存在于陆地和海洋的每一处——存在于天空的每个角落、社会的每个行业、世事的每一次变迁中。这就是关于美的恰当解释中含有精确和平衡两词的原因，没有一方需要凌驾于另一方之上。最棒的歌手并不是声音最温柔或最高亢的；诗歌的快乐也不在于最优美的韵律、比喻或者音调。

不用费心费力、不用刻意展现，最伟大的诗人就能在你倾听和阅读的时候，利用一切事件、激情、景色以及人物，给你的个性带来或多或少的影响。要将这做好，就要与紧跟时代脚步的法则竞争。一定要明白这样做的目的和窍门是什么。最模糊的暗示是最好的暗示，继而会成为最清晰的暗示。过去、现在和将来不是分离的而是相互连接的。最伟大的诗人将已经发生的和现在发生的与将要发生的一切组织起来。他将死者从棺材里拽出来并让他们自己站起来，他同逝去的人说：站起来，走近我，让我认识你。他吸取经验，他所置身之地是未来转化为现在之处。最伟大的诗人不仅将他的光芒闪耀于性格、场景与热情之上，他将最终提升并完结一切。他把没有人能够说出其作用的及没有人可以超越的顶峰展现出来，他在极端的边缘闪耀片刻。他最后展露出的似笑非笑、轻轻皱眉的样子是最精彩的。看到他这临别一瞬间的表情的人必将在之后的许多年里都感到受鼓舞或感到惶恐。最伟大的诗人不需要说教或者道德教益，他了解人们的灵魂。灵魂拥有无限的骄傲，只接受自己的教训，永不承认别人的教训。但它也拥有与骄傲一样无限的同情心，它们共同延伸，彼此平衡，无论哪一方都不会延伸太远。艺术最深的奥秘便和这两者相伴而眠。最伟大的诗人便位于这两者之间，紧贴着它们，它们对他的风格和思想而言极为重要。

艺术的艺术，表达的光华和文字的绚丽全在于简单朴素。没有什么能好过简单朴素。过于清晰明确或缺乏清晰明确，都是不能弥补的。继续脉搏的起伏、突破智力的深度、将所有问题分析得清清楚楚，这些能力虽非普通但也不是非比寻常。但是文学语言如果能有动物活动般的准确和漫不经心，能有树林中树木和路边野草无可挑剔的情趣，那才是艺术完美的成就。如果你见过有人做到这些，那么你看到的便是世界史上的艺术大师之一。你凝视着他，就如凝视飞过海湾的灰色海鸥、动作勇猛的汗血宝马、高高地倾斜着花梗的向日葵、环游天空的太阳或紧随其后的月亮般充满无限满足。最伟大的诗人其伟大之处不在于其鲜明的风格，而在于不增减毫厘而贯通思想和事物的通道，这同时也是他本人的自由渠道。他对自己的艺术起誓，我绝不会多管闲事，我不会让任何所谓优雅、新奇或着眼于效果的东西如幕帘般将我和其他人阻挡开来。我不会让任何东西横中间，即使是最华丽的窗帘。我要精确地说明我想说的话。让别人去称颂、去惊讶、去着迷、去安慰，我的目的如健康、炎热、冰雪的目的一般，我不在乎任何言论。我的经历和我要描绘的东西将从我的笔端自然流溢出来，不带一丝雕琢的痕迹。你将立于我身旁同我一起看向镜中。

伟大的诗人的血性和完美的风度将由他们的无拘无束来证实。一个英勇无畏的人可以从容地面对并摒弃不适合他的风俗、前例和权威。作家、学者、音乐家、发明家和艺术家的共同特征里，没有什么比来自新的自由形式的无声挑战来得更好了。在需要诗歌、哲学、政治、技术、科学、德行、工艺、适当的本国大歌剧、船舶及其他工艺的时候，他永永远远是最能提出最新颖、最实际榜样的。最干净利落的表达是当找不到与他自己相称的领域时便创造出一个新的领域。最伟大的诗人们给男男女女们传达的信息是：平等地来到我们身边吧，只有这样你们才能了解我们，我们和你们一样，我们所拥有的你们也能拥有，我们所享受的你们也可享受。你是否认为只有一个上帝？我们确定有无数个上帝，一个不能抵消另一个，就如同一道目光不能抵消另一道目光。只有当人们意识到自身内在的至高无上时才是优秀或高贵的。暴风雨、肢解、生死相搏、灾难、自然力量的愤怒、大海的力量、大自然的动作以及人类的痛苦、欲望、尊严、憎恨以及情爱，你认为这一切因何而伟大？它们的伟大就在于一些灵魂中的东西在说着：愤怒前进吧，盘旋上升吧，我在各处如主人般行走，天空痉挛和海洋粉碎的主人，自然、激情和死亡的主人，一切恐惧和痛苦的主人。

美国抒情诗人以宽容、慈爱和竞争者间的互相鼓励而闻名。他们有着海纳百川的气魄，没有独占和掩藏，乐于向任何人传授任何东西，日夜渴望着与其旗鼓相当之人。他们不在乎财富和特权，他们就是财富和特权，他们会知道到底谁才是最富有的人。最富有的人是能从自己强大的财富之中拿出等价的东西来面对他所看到的所有虚华的人。美国抒情诗人不会专门着眼于描述某一个阶级的人或一两个既得利益阶层，不会只描述情爱、真理、灵魂或身体，也不会描述东部各州多于西部各州，或描述北方各州多于南方各州。

精确的科学以及其实践活动对于诗人而言，不是束缚而是激励和支持。那里是始发点和令人产生回忆的地方，那里有最早将他高高举起和并给予他完全支持的臂膀，那里是他不管经历多少风雨后始终要回归的地方。航海员、旅行者、解剖学家、化学家、天文学家、地理学家、骨相学家、牧师、数学家、历史学家以及词典编纂者，他们虽然都不是诗人，但是他们都是诗人的立法者，并且他们的建树是完美诗歌结构的基础。无论这些诗里出现了什么，表达了什么，都是他们播下了概念的种子。灵魂存在的证据总是与他们相伴。所有强健的诗人其诞生都是因为有了他们。如果说父子之间存在爱和满足，儿子的伟大是父亲的伟大的衍生，那么诗人和真正的科学家之间必然也存在爱。对科学的极度拥护和最终的喝彩也是诗歌美妙之处。

相信丰富知识的重要性并深入探究事物的特性是至关重要的。诗人的灵魂在这过程中迸裂环绕而且充盈起来，但是他们始终是自身的主宰。正如那海底因为深不可测，所以也是平静的。纯真赤裸的状态会再度恢复，它们既不谦逊也不傲慢。有关非常理和超自然的所有理论连同与之相关的和由它衍生出来的一切都将像梦境一般消失。曾经发生过的，正在发生的，将来可能或是必然会发生的，这一切都受到那些重要的基本法则的约束。这些法则充分适用于任何情况以及一切情况，这些法则既不会太匆忙也不会太迟缓。任何人与物的奇迹在那个既清楚又庞大的计划中都是无法得到认可的，而在那里，每株草、每个动作、男人和女人的形态和精神以及与之相关的一切，都是无法言语的奇迹，这些奇迹既彼此相关但又各不相同，有着各自不同的位置。而且如果要承认在已知世界中存在比男人和女人更神圣的事物，这一做法也是和灵魂的实际情况相悖的。

男人、女人、尘世以及尘世中的一切，我们只需按照它们的实际情况予以接纳。此外，对于它们的过去、现在和未来的探索研究应该是永无止境的和公正坦率的。哲学便是在此基础上进行思索，它始终面向着诗人，始终认为寻求快乐的永恒的趋势永远不会与感官和灵魂所清楚地察觉到的东西相左。因为健全的哲学都是以这种寻找快乐的永恒的趋势为佐证。凡是不能充分理解这一点的，凡是不能起到像光传播和天体运动规律一样作用的理论，凡是不能与小偷、骗子、贪吃鬼和醉汉此生或来世所遵循的法则起到同等作用的理论，凡是比不上时间的延伸、地层密度的缓慢形成或地层渐渐拱起的规律的，都是毫无价值可言的。凡是将上帝放入诗歌或哲学体系中借此来对抗某个存在或某种影响的，也是不值得重视的。大师们的特征是其明智和其整体性，但是只要在其中一条规则中被破坏了，就全都被破坏了。大师们往往和奇迹不相关，他们因为成为大众的一员而变得健康，他在卓越中看到不足。完美的形成源自于寻常的基础。所以，遵循普遍的规律是伟大的，因为这便是与之相适应。大师知道他是无法形容的伟大，万事万物都是极其的伟大。例如，知道没有什么能比生育小孩和将他们成功抚养成人更加伟大，知道存在与感知以及判断一样重要。

政治自由的思想是一位伟大诗人必须具备的品质。无论是什么地方，只要是有男人女人存在，自由都是英雄们所坚持的理念。但是诗人对于自由的坚持和欢迎超过其他所有人，因为诗人能表达自由之声，是自由的讲解人。他们多年以来是最能与这伟大信念相匹配的人。这种伟大信念被交付给了诗人，他们必须使它继续存在下去。没有什么能比这个信念更重要，也没有什么能曲解和贬低它。伟大诗人的态度是鼓舞奴隶，恫吓暴君。他们的回头，他们的脚步声，他们手腕的动作都是对后者的震慑，是对前者的希望。靠近他们一会儿，即使他们什么也既不说也不建议，你也会很快学到关于真正的美国的一课。那些有目标但是在一次失败、两次挫折或几次打击后就一蹶不振的人，或是不能容忍人民偶尔的漠然和健忘的人，再或者摄于权势的威胁恐吓的人，或者经不起刑罚和暴力考验的人，都不会忠于自由。自由只靠自己，不会跪求任何人，不会承诺任何物，而是存在于宁静和光明之中，它积极而从容，从不气馁。战斗激烈地进行着，伴随着阵阵的报警声，时而会传来进攻或败退的消息，最后敌人胜利了，监狱、手铐、枷锁、脚镣、绞刑台、绞刑和铅弹等就发挥作用了。正义的事儿还未苏醒，正义的喉咙被它们自己的鲜血哽塞了。年轻的人们相遇时，他们不敢抬起头。难道自由真的就此消失了吗？不，它们从未离开。即便自由真的要离开，它既不会是第一个离开，也不会是第二个，也会不是第三个，它总是会等到其他所有离开之后，它才会离去。当人们对于烈士的记忆完全消失时，当爱国者的响亮名号在公共场合被演说家们无肆地嘲笑时，当孩子们不再以爱国者的名字而是以暴君和卖国贼的名字命名时，当自由的法律不是被人们心甘情愿地接受或是维护告密者和血腥钱的法律深得人们青睐时，当我和你们在各国行走，看着无数用平等友谊报答我们和不愿叫任何人主人的兄妹同胞而深感同情怜悯时，以及当我们因看见奴隶而倍觉兴奋喜悦时，当灵魂隐于黑夜并审视着它的经验，对把天真无助的人驱赶至压迫者的钳制之中或令其陷入卑微境况的言行感到欣喜时，当这些州各处那些原本可以体现出但却没有体现真正美国精神的人，当大批的奉承者、笨蛋、容忍南方黑奴制的北方人、政客中的寄生虫，为了弄到在市政、立法机构、司法、国会或白宫的肥缺而要伎俩的阴谋家，不管是否谋到职位都得到了大众的爱戴和敬重时，当人们宁肯成为坐在办公室里备受约束但能拿到高薪的傻瓜或无赖，而不愿做贫穷但自由的机修工或是有着坚定眼神、坦率而慷慨的心肠而且不用卑躬屈膝的农民时，当市、州或联邦政府以或大或小的规模奴役人们，而事后不会受到任何恰当的或是难以逃脱的惩罚时，或者更加准确地说，只有当所有生命以及男人和女人的灵魂完全地从世界的各个角落清除时，自由的本能才会从地球上消失。

因为宇宙诗人的品质集中在身体和灵魂上或是对于事物的喜悦中，它们比一切传奇和虚构出来的小说更真实。当这些品质自然流露时，事实便在闪闪发光让人看得更加清楚，白天更加明亮，而且日落和日出之间的黑暗变得倍加幽深。每个确定的物体、条件、结合体或是过程都能展现出一种美。乘法表有乘法表的美，老年人有老年人的美，木匠活的有木匠活的美，大歌剧有大歌剧的美。有着巨大身形和清晰形状的在海上扬帆远航的“纽约号”快速帆船闪耀着举世无双的美，美国各界与政府的团结和巨大和睦也闪烁着它们自己的美，平凡但确定的目标和行动也有它们的美。宇宙诗人排除了各种干扰、遮掩、纷乱和阴谋为寻找第一原则而前进。他们的行动行之有效，他们从需要中消除贫困，从自满中消除富裕。他们说，你们这些大财主认识和感觉到的东西不会比别人更多。图书馆的真正拥有者，不是那些付了钱买了它依法拥有它的人。任何人或是每个人都是图书馆的主人，因为他们同样都可以在这里读到不同语言、学科和风格的内容，而且这些内容可以很流入他们的心田，在那里自由生根发芽努力繁衍，最后结出柔韧而强健的丰硕成果。

这些强大的、健康的和完整的美国各州不会从破坏自然原型中寻得乐子，当然他们也绝不允许别人这么做。在图画、在造型或雕刻中，在书报的插图中，在任何喜剧或悲剧作品中，在织物上或任何被用作装饰房间、家具或服饰的图案中，在檐板、纪念碑、船头或船尾上，或是在室内室外任何人眼可以看见的地方，那些扭曲了真实形态或虚构出来的存在、地点或事件的都是令人心生厌恶的。尤其是人的形体，它是如此伟大，绝不允许被拿来弄得可笑。对于作品的装饰，任何越出常轨的东西都是不被允许的，但那些完全符合大自然特点的，从作品天性中不可遏制地流溢出来东西，它们是一部作品完整性所必需的装饰，这些东西则是被容许的。大多数没有修饰的作品都是最美的。夸张是违和的，会在。干净和健壮的孩子只能在那些让自然形态的原型天天出现在公众视野之下的社会中孕育成长。这些州的天才和人们永远不能自甘堕落到满足于传奇故事的地步。一旦历史被真实地讲述，那么传奇故事也没有存在的必要了。

伟大诗人心中没有算计，他们坦率而公正。这些都是为人所知晓的，所以人们才会怀着一种发自内心深处的新的喜悦，发出一声崇高的赞赏：为人坦诚是多么美啊！任何人的任何过错都可能因为他们彻底的坦诚而得到原谅。自此以后，大家都不要再撒谎了，因为我们都已经看到，坦率能为我们赢得内心和外在的世界，从未有任何例外；我们都已经看到自我们的地球开始形成以来，欺骗、诡计和搪塞从来没有吸引过它的一点点物质或一丝丝色泽；我们还曾看到随着一个州或整个联邦的兴盛和繁荣，任何偷偷摸摸的人或狡诈的人将会暴露并且遭到蔑视；我们看到灵魂不曾被愚弄也永远不可能被愚弄。没有得到灵魂的赞许的兴旺繁荣只是一股恶臭而已。从来就不曾有过一个生来就仇视真理的存在，它不会存在于地球上的任何一块大陆上，不会在任何一个行星、卫星、恒星上抑或是流星上，不会在太空的任何一个角落，不会在任何具有密度之物中，不会在流动的潮湿的海底，不会在任何可以孕育幼儿的环境中，不会在生命演变的任何时候，不会在我们的所谓死亡之后，不会在生命力的任何一个暂停或活动的时期，不会在无论何地的任何形成和改变过程当中。

极端的谨慎小心，最健康的身体，寄予妇女和儿童的极大希望和对他们的品评及喜爱，强大的滋养性、破坏性和因果性，都带着一种完美的自然同一性和应用于人类活动的同一精神的适当性。它们都是从世界智慧中召唤而来的，是最伟大的诗人从诞生于他母亲的子宫时就具备的特征，也是他的母亲从诞生伊始就具备的特征。小心谨慎很少有过甚之时。人们认为谨慎的公民就是那些一心扑在挣取实在收益、为家庭和为自己都挣得不菲收益、没有欠债并奉公守法的公民。最伟大的诗人看得见的并承认的这些行为的经济实惠，就正如他所看见的食物和睡眠上的实惠，但是他们的对于谨慎的看法更有高度，不会仅仅认为只要对门锁的稍加留意便是谨慎了。生活的谨慎其前提不是它的殷勤或者它的成熟和收获。除开为自己的身后事准备的小笔存款，除开属于自己的一片美国土地上立在四周的几块护墙板和屋顶上的木瓦，还有能让自己吃饱穿暖的余钱，人类这种伟大的存在应该抛弃的一种悲哀的审慎是，经年累月地只顾赚钱，不顾白天的炎热和夜晚的寒冷，不惜令人窒息的欺骗和卑微的逃避，或者不在乎业务室的琐碎小事，或者当其他人挨饿时无耻的狼吞虎咽，不惜牺牲地球的精华，牺牲大地、鲜花、空气和海洋的气息，不惜牺牲你在青年或者中年时遇到过的女性和男性其真正的情趣，于是便产生了一个缺乏高尚和天真品质的生命在行将就木时出现的疾病和绝望的反抗，以及缺乏宁静和庄严的死亡的可怕喋喋不休——这些都是对现代文明和思虑的极大侮辱和欺骗，破坏着文明勾勒的图景，并在灵魂赐予的亲吻面前用眼泪湿润了迅速舒展开来的巨大容颜。

对审慎的正确解读还没有结束。在那些大人物和小人物一想起还有一种谨慎是适用于不朽时都同样默默走开的情况下，作为一种最高贵的生命仅仅在财富和尊严上的谨慎，就显得过于暗淡而不引人注意了。比较这两种智慧：一种是在短暂的一年或者七八十年里积累而来的智慧，一种经历了数个时代的积累并在某个时刻带着强大的力量、丰厚的礼品以及婚礼来宾般的喜气洋洋，从你所能看见的每个方位向你欢快地跑来。前一种智慧在后者面前算得了什么呢？只有灵魂是独立的，其他所有的都是处于前后联系中的一环。一个人所想的或所做的都会产生相应的影响。一个男人或一个女人的行为不仅在一天里或一个月里或生命的任何时段或死亡的时刻影响到其本人，而且在随之而来的间接的生命存在中同样会影响着他或她。间接总是和直接一样伟大和真实。精神从身体上得到的东西与精神赋予身体的东西是完全等量。任何一种言语或行为的名字从来不曾也不可能被印在节目单上，如：性病或污点，手淫者的隐私，暴食者或暴饮者的腐败血管，贪污、诡诈、背叛、谋杀，勾引妇女的如蛇毒般的毒液，女性的愚蠢的屈服，卖淫，年轻人的任何堕落行为，通过不道德的行为获得的成就，肮脏的品位，长官对人民、法官对囚犯、父亲对儿子或儿子对父亲、丈夫对妻子、老板对属下的严厉行为，贪婪的面容或恶毒的愿望，人们对自己所施的计谋等，它们只是被付诸实施就像准时上演的节目一样，并产生出相应的影响，而这些影响又产生进一步的影响。无论是否会引起争议，博爱或个人力量的动力永远只能是纯粹的理智。不必详细说明，增加、减少或分割都是徒劳的。不论高矮胖瘦，有无知识，无论白人或黑人，无论合不合法，无论健康与否，从吸入的第一口空气到呼出的最后一口，每一个男性或女性有力的、仁慈的、干净的行为，在宇宙不可动摇的次序中及宇宙的整个范围内对其人自身而言永远都是有益的。如果野蛮人或重罪犯是聪明的，那么很好；如果最伟大的诗人或学者是聪明的，那么也很好；如果总统或首席法官是聪明的，那同样也很好；如果年轻的机械工或农民是聪明的，那么是一样的；如果妓女是聪明的，那么也没什么区别。所有这些的好处最终会来的，一切都将会到来。战争与和平中所有最好举动：所有给予亲戚、陌生人、穷人、老人、不幸者、小孩、寡妇、病人以及所有的被遗弃者的帮助，所有对避难者和奴隶逃跑的资助，所有在失事船只上远远地坚定地站在旁边，看着别人坐上救生艇的把活的机会让给他人的人，所有贡献给崇高的事业、朋友、信念的物质和生命，所有受到邻居冷嘲热讽的热心人的痛苦，母亲们的所有的深深甜蜜的爱和珍贵的磨难，所有在记录在案或未经记载的斗争中战斗过的正直的人，还有那少数几个我们继承了其部分史料的古代国家的所有光辉事迹，还有那数以百计不知名的但更强大、更古老国家的所有光辉，所有曾被勇敢开创的事业，不管它们成功与否，所有神圣的人类心灵的思考过的、说出口的或用其伟大双手造就的，所有那些今天在地球表面的任何地方被很好地构想出来或被很好地完成了的东西，或者那些在其他游星或固定星球上那些和我们一样的人所做所想的东西，或者你们或任何人在未来的一切所做所想——所有这一切，作为个体或整体，在当时或今天或今后，都适用于它们所从中产生或将要产生的那些特性。你是否曾以为它们仅存活于它们活过的那一生吗？世界不会以这样的方式存在。世界的任何一个有形的或无形的组成部分都不会如此存在。没有哪一个结果不是从先前的结果中得来的，而先前结果又来自更早的结果，如此追溯下去就很难说哪个点比其他的点更接近开端。能满足灵魂的任何东西都是真理。最伟大的诗人其谨慎能最终满足灵魂的渴求和欲望，如果与它的方法一致，那么这种谨慎是不会蔑视那些较低层次的谨慎行为的；这种谨慎不会阻止任何事，不允许它自己或在其他的任何情况下有丝毫的停顿，没有固定的安息日或审判日，不区分生死或公正与否，它满足于现状，从自身角度配合每一种思想或行动，不承认任何可能的宽恕或赎罪；这种谨慎知道，一个从容地拿生命冒险最后丧生的青年，为他自己做了极好的事情，然而一个在富裕和舒适中苟且活到晚年的人，可能一事无成；它知道只有一种人不用再学习什么是谨慎，这种人会选择那些真正长命的东西，而且他同样爱护身体和灵魂，他相信间接的东西会随着直接的东西而来，他所做的坏事或好事齐头并进并等着再次与他会面，在任何紧急情况下这样的人在精神上既不会急躁也不回避死亡。

一个想要成为最伟大诗人的人，直接的考验就在今天。如果他不把自己浸泡在当下时代的潮水当中，接受时代巨浪的冲刷，如果他不能牢牢吸引住自己国家的躯体和灵魂并用无与伦比的爱缠绕着它的脖子，把繁衍子孙的器官刺入于它的优点和缺点，如果他自己不是理想化的时代，如果永恒没有向他敞开大门，而这种永恒赋予了所有时代、地点、进程、有生命的和无生命的以相似的形态，它是将时间连接起来的链条，它以今天的形态从时间的不可思议的模糊性和无限性中浮现出来，同时被坚韧的生命之锚抓住，使现在成为联系过去和将来的通道，并让它自己致力于代表一个小时的波浪和它六十个漂流的孩子之一——如果是这样，那就让他沉没于一般的航程之中去等待他的发迹吧……

诗歌或其他任何体裁的作品仍然还有最后的测试。一个有远见的诗人会为自己提前做好未来几百年的规划并判断时代变迁之后的执行者及其状况。他的诗歌能经受住时代变迁的考验吗？到那时他还会在不知疲倦地坚持吗？那时同样的风格和相似的奇思妙想会让人满意吗？没有反映科学上的新发现或更高层次的新思想、判断和行为，他的作品就会被人轻视了吗？有没有因为他的缘故，千百年的时间进程甘于犹豫不决左右摇摆呢？在他死后是否会长久的受人爱戴呢？年轻的男士是否会常常地想起他呢？年轻的女士是否会常常地想起他呢？中年人和老年人又是否会想起他？

一首伟大的诗是很多很多个时代所共有的，是所有阶层、所有民族、所有部门和所有派别所共有的，是女人和男人所共有。对于男人或女人来说，一首伟大的诗不是终结而是一种开始。是否有人曾幻想，有一天自己带着应得的权威坐下来，对一些解释感到心满意足，并就此觉得愉快而充实？这不会成为最伟大的诗人的终点，他既不会休息，也不会安于舒适和享乐。他的灵巧表现在行动中。他把他俘获的那个人紧紧抓住，把这个人带到一个未曾涉足过的生机勃勃的领域中去，从此不眠不休，他们看见新的空间和难以言喻的光辉，与这种空间和光辉相比，过去的地点和光线简直就是死寂的真空。诗人的同伴注视星辰的诞生和成长，并领悟到其中的意义。有时会于混乱与混沌凝聚起来一个新的人。年长的那位鼓励年青的并告诉他该怎么做，他们两人将勇敢地一起踏上征程，直到新世界为自己固定一条运行的轨道，然后镇定地看着那些星星的较小轨道，并且快速掠过那些绵延不绝的圈子，永远不再安静。

不久以后就不会再有更多的牧师了。他们的工作完成了。他们可以再停留片刻，也许是一代或两代，最终渐渐退出。更优秀的人将取代他们的位置，取代他们的将是宇宙的精华和先知们。一种新的秩序将会建立起来，那时他们将会成为整个人类的牧师，而且每个人都将会成为自己的牧师。在他们庇护下修建起来的教堂将是男人们和女人们的教堂。通过他们身上所具有的神性，那些宇宙的精华和新一代诗人将成为男人和女人以及一切事件和事物的解释者。他们将会在当下的现实中、在过去和未来的迹象中找到灵感。他们不会屈尊捍卫不朽或上帝，或事物与自由的完美，或灵魂的真实与极致之美。他们会在美国出现，并得到世界各地的响应。

英语是乐于表现一个伟大的合众国的。这种语言足够强壮、柔韧和丰富。它生长在这个历经各种环境变化但从不缺乏政治自由思想（它是一切自由的主导）的种族的粗壮树干上，它吸收了来自更加精致、更加鲜活、更加微妙、更加优美的语言中的词汇。它是一种有抵抗力的强大语言，它是一种大白话。它是那些骄傲的、属于忧郁种族的、积极进取的人的语言。它是一种适合用来表达成长、信念、尊严、自由、正义、公平、友好、充足、谨慎、果敢和勇气的语言。它是一种颇能助人传情达意的媒介工具。

任何伟大的文学，任何相似风格的行为、言论、社交、家务安排、公众机构、雇主对雇员的待遇，任何行政细则、陆海军队细则，或任何立法、司法、公安、教育、建筑学、歌曲、娱乐，或青年人的服饰，都无法长期逃避美国标准忧心忡忡而富有激情的天性。不管这种迹象是否出自人们的口中，它总是在自由男女的心中激起一个疑问：它与我们的国家是一致的吗？它是否适合这些一直都在发展壮大、由兄弟姐妹和爱人组成的巨大公社？这些公社团结一致，比旧的类型更生气蓬勃，比其他所有的类型都更丰富。它刚从地里长出来或刚从海里捞起来就是为了供我此时此地使用的吗？只要是适合我这样一个美国人的东西，必定会适合某些个体和国家，只要这些个体或国家适合成为构成我的要素。这是否合适？又或者它与普遍的需要没有任何关系？或者它只是适合那些特殊的、欠发达的社会的需要？又或者只是适合被现代科学或社会形态覆盖的愉悦的古老需求？它是否大声而坚定地主张自由，是否豁出性命要废止奴隶制？它是否有助于生养一个强健的男人，并生一个女人来做他完美又独立的伴侣？它是否有利于社会风气的进步？它是否有利于抚育共和国的年轻一辈？它是否可以很快同那多子的母亲的乳头上鲜甜的奶汁相融合？它也有那愈老弥坚的公正与克制吗？它是否给予刚刚出生的和就快长大成人的，给予误入歧途的人，以及藐视除了自己以外的所有攻击力量的人以同等的爱吗？

那些从别人的诗作中精炼提取出来的诗篇也许会消失。胆小懦弱的人也会消失。只有朝气蓬勃的伟大行为才能满足朝气蓬勃的伟大希望。那些微弱的反对声，那些简单的反映工具，以及那些婉转客气的作品，将匆匆流逝，消失在人的记忆中。美国以沉着冷静的态度，亲切善意地准备迎接给他们捎来话的拜访者。给他们以保证和欢迎不是才智。那些有才智的人、艺术家、发明家、编辑、政治家、饱学之士，他们不是不受赏识，他们各得其所，各司其职。国家的灵魂同样有它的职责。它不放过任何伪装，也没有任何伪装能够逃过它的眼睛。它什么也不拒绝，它容许所有一切。但它只能迎合那些与它一样好的以及与它相似的东西。当一个人具有了一流国家的品质，那么他和这个国家一样是优秀的。一个最广阔、最富足、最骄傲的国家，它的灵魂完全有理由去迎合它的诗人们的灵魂。这样的迹象是充分的、一定会应验的。不要害怕犯错。如果一者是真实的，那么另一者也会是真实。一个诗人的凭证在于他的国家亲切地吸纳了他，正如他自己吸纳了这个国家一样。

《英国文学史》序（1863）

希波利特·阿道夫·泰纳[①]　〔法〕

一

文学研究影响了德国百年以来和法国六十年以来的历史。人们发现，一部文学作品并不只是想象力的游戏，不是兴奋的大脑谱就的孤立的随想曲；而是一个时代风俗习惯的写照，是象征知识分子状态的一种符号。由此可以断定，通过研究那些不朽的作品，我们可以了解几个世纪以前人们的思想和感受。已经有人尝试过这种方式，并取得了成功。

就这些感受和思想，我们反复地思索，并把它们认定为极其重要的事实。我们发现，它们与当时的重大事件息息相关，互为注脚；至此，有必要给予它们在历史上应有的地位，一种最高的地位。这个地位已经赋予

① 希波利特·阿道夫·泰纳（1828—1893年）是十九世纪法国最杰出的批评家之一，曾在巴黎国立美术学院教授美学。他的作品丰富，涵盖了历史、游记和文学评论等。他的《英国文学史》是非英语国家作者就这一主题所著的最杰出的一部著作。在这篇序言里，他阐述了文学批评的方法，并根据这一方法诠释了英国作家们的特点。如今这一方法和他的名字已经紧紧联系在一起。

了它们，从此，历史的一切都改变了——目的、方法、手段、规则和原因的概念等。这里要讲的就是这些变化。它们正在发生，也将永远继续。翻开一部对开本宽大硬直的书页，或一份手稿泛黄的页面，读到了可能是一首诗、一部法律或是一条信仰的宣告。你对它的第一评价会是什么？你会想，面前的这部作品不是凭空就有的，它就像一块留有贝壳印记的化石，上面虽有贝壳形态压印，但那只是被镶嵌在石头里某个动物留下的痕迹，它曾经活过，后来消失了。这样一块化石下面隐藏着某种动物，而一部作品后面，是一个人。研究化石不就是为了了解那种动物吗？同样，研究一部作品，也就是想理解背后的那个人。化石和著作都是没有生命的片段，其价值在于，它们都是完整生物的象征。你的目的就是要了解这一生命的存在，并力图重现这一存在。把作品当成是一个孤立的存在来研究，这是错误的。用这种学究式的研究方式，无异于把自己当成了一个书呆子。实际上，神话和语言都不是存在的实体；只有人才是。人运用语言和想象，使其顺应自己的感官，并以思维为模具，将语言和想象倒进去，从而浇铸成型。一个信条本身什么都不是，关键是谁提出了这一信条。看看各种关于十六世纪的描述，我们看到的是大主教或英国殉教者坚定有力的形象。一切都通过个体而存在；认识个体本身是非常必要的。弄清信条的起源，或者对诗歌进行分类，或者让宪法得到完善，或者让成语发生变化，我们已经为这一切扫清了道路。只有当历史学家们拨开时间的迷雾，看清那个活生生的、充满激情的人，看清他特有的习惯、声音、长相、动作和穿着，直到他的形象如同偶遇的路人般清楚完整时，真正的历史才开始。那么让我们竭尽全力，排除时间的阻隔，用我们的眼睛，心灵之眼，去观察看清这个人。从一首现代诗的时代背景中，我们又能够得到些什么启示？一个现代诗人，一个像缪塞、雨果、拉马丁或海涅一样的人，从学校毕业四处游历，喜欢穿晚礼服戴手套，讨女士们喜欢，一个晚上鞠躬五十次，妙语连珠，天天看报纸，喜欢住在三楼；他不是一个特别快乐的人，部分是因为性格，特别是因为在这样令人窒息的、难以理解的民主中，对官僚的不信任，使其通过提高自己的重要性而放大了他的矫饰；再加上细腻的个人情感，最后导致了他将自己看成一个神。这就是我们从现代诗歌的思考中发现的东西。

某位十七世纪的一部悲剧作品背后的诗人，比如说拉辛:他优雅、谦逊，谈吐不凡；头戴庄严的假发，脚穿带有缎带的鞋子；他拥护君主制度者，也是个热心的基督徒，“因为对国王或者福音的热爱，上帝赐予了他特殊的本事，他在任何社交场合都不会脸红害羞”；他善于引起君主的注意，把《阿米奥特的高卢人》翻译成真正的法语；顺从权贵，总是知道该怎么样保持自己在权贵中的地位；无论在哪里都跟在凡尔赛宫一样殷勤恭敬；刻板的装饰风景画和礼貌的鞠躬之间充满了梳着小辫子的显贵们的优雅风度、阴谋算计和精致体面，这些人每日早起，只为了重获职位；还有那些迷人的女士们，她们掰着指头盘算着，根据自己的家谱自己是不是该坐在脚凳上。关于这个时代，我们也可以看看圣西门的作品或是佩雷勒的雕刻；也可以借鉴巴尔扎克的著作或是尤金拉米的水彩画。

与此类似，看一部希腊悲剧，首先要在心目中描绘出希腊人的样子：湛蓝的天空下，如画的风景中，一群半裸着身体，生活在竞技场或者广场的人；他们终日忙着使自己的身体更加强健灵活，忙着与人交谈、辩论、表决和打着爱国的旗号四处劫掠；他们懒惰但有节制，三个土陶罐就是房子里全部的家具，两个坛子里装的是泡在油里的凤尾鱼；他们有奴隶伺候，所以才会有时间培养头脑、锻炼身体；他们只关心怎样才能拥有最美丽的城市、最美丽的游行、最美丽的思想和最美丽的人。在这一方面，帕台农神庙里“梅利埃格”或“特修斯”雕像，像丝袍一般、波光粼粼的蓝色地中海，海水环绕着的像大理石一样的岛屿，连同从柏拉图和阿里斯托芬作品中挑选出来的语言，这一切教会我们许多东西，再多的论文和评论也难以与之相比。

同样，要理解一部印度史诗，首先必须想象出，作为一家之长的一位父亲的形象，“看到一个孩子在自己的儿子膝上玩耍”，于是遵照训诫，带着斧头和大水罐，独自一人来到菩提树下，不说话，也不吃东西；四堆火把他围在中间，炙烤着他赤裸的身体；天上的太阳就像那第五堆火，不断地吞噬所有生命，但同时生命在太阳的火焰中不断地得以重生；一连几周，这位父亲一直沉浸在冥想之中，依次想象着梵天的脚、膝盖，然后是腿、肚脐等；深度冥想的状态下，幻象出现了，旋转的脑海中各种存在的形式互相结合转换，前后摇摆；此时他一动不动，呼吸停止，眼神固定在一个地方；幻象不断出现，直到他看到宇宙像蒸汽一样消失在无限空虚中，他希望自己也被这空虚吸进去。最好的办法是到印度走一走，但是如果没有办法做到最好，也可以听听去过的人的描述，读一读各种地理、植物和人类学的著作。无论如何，肯定会有这方面的研究。语言、法律或信条其实都是某种抽象；一个能吃、能走、能劳动、能被看见的肉体形态，一个活生生的人身上也能找到这样的东西。暂且不用管宪法的理论和效果，以及宗教和体制，尝试把一个人放在他工作或劳作的场景中观察，把他们的天空、土壤、家、衣着、职业、膳食都包括进去；就如同你亲自到过英格兰或意大利，亲眼见到他们的音容笑貌、一举一动，那里马路和客栈，散步的路人和喝酒的工匠。虽然不可能真正去那些地方，但让我们尽最大努力，尽可能真实、明智地还原这些地方本来的面目；让我们把过去拉回到现在，只有针对眼前的对象，我们才能做出评价；没有对象，就没有相应的体验。虽然这种重构必然不是完美的，在此基础上，也只能做出不完美的评价。但是让我们为此竭尽全力，因为不完整的知识比没有知识或是错误的知识更好。要想对过去的时代有大概的了解，只有通过观察那时的人，除此没有别的办法。

这是历史的第一步。在莱辛和沃尔特·斯科特，以及稍晚一些的夏多勃里昂、梯叶里、米什莱等人的影响下，人们对想象有了新的认识，由此迈出了第一步。

二

当你用自己的眼睛去观察一个看得见的人时，你想在他身上发现些什么呢？你是在寻找那个看不见的人。你听到的语言，看到的动作、头部的转动、穿着及各种有意识的行为，对你来说，都只是表象；是灵魂的表象。一个人的内心藏着另外一个人，外在的人是内在的人的表现。你观察过他住的房子、家具、服饰，目的是为了发现他有什么习惯和喜好，发现他有多么高雅或土气，有多么奢侈或节俭，有多么愚蠢或聪明。你听过他说话，注意到了他声音的起伏和态度的变化，目的是为了可以判断他的精神，颓废还是快乐，活力四射还是老实刻板。你研究他的文字、艺术作品、经营计划和政治谋略，为的是衡量他的智力、创造力和自制力，看清他思想的程序、特点和能力，以及他如何思考和解决问题。所有的外在的表现都殊途同归，你沿着这些外表指明的路径就会到达这个中心；那才是真正的人，也就是才能和情感的集合，其余的一切都是这个集合的产物。我们看到的是一个新世界，一个无限的世界，因为每一个可见的行为，其中都包含了思考、感情和新旧感觉等，它们构成一个无限的系列。它们共同作用，使这个新世界得以显现；它们就像曾经深埋在地下的岩石，在这新世界中找到了它们的目的和应有的地位。这个藏于地下的世界，构成了历史学家的特殊课题——第二个目标。如果他的批判思考能力训练有素，那他就能从建筑的每个细小的装饰，绘画作品的每个笔触，文学作品的每个词语中，判断出它们各自包含的情感，而情感正是这些装饰、笔触和词语的源泉。艺术家和作家的心目中有一出自发产生的戏剧，历史学家是戏剧的观众。辞藻的选择、语篇的长短、比喻的种类、诗行的节奏和论述的展开——所有这一切对他都是象征。当他的眼睛看着这些文字，他会全心全意地跟随着情感和概念的发展而变化，而这些文字便是由这些情感和概念产生；他要找出其中心灵活动的规律。如果你想知道这是怎么做的，看看这个时代先进文化的促进者和典范——歌德。他在写《伊芙琴尼亚》之前，花了很多时间，根据最完美的雕像，描画她的形象；到最后，他的眼里充满了各种高贵的古代形式，古代生命和谐融洽的美渗透了他的心灵。因此他终于得以在内心精确地重现希腊人的风俗和向往，为我们创造出与萨福克里斯的“安提歌尼”和菲迪亚斯的女神雕像几乎一模一样的形象。今天，这种对过去思想感情精确清晰的猜想，赋予了历史新的生命。上个世纪，人们还对此一无所知。那时人们对每一个种族和时代的人的描绘大同小异，希腊人、野蛮人、印度人、文艺复兴时期的人和十八世纪的人，都是从一个模子里倒出来，都是根据某一种抽象概念塑造出来，这种概念适用于整个人类。当时的人们有对某个人的认识，但是没有对一个群体的认识。那时没有人能穿透灵魂本身。在灵魂无限的多样性和复杂性中，人们什么也没看到；人们还不知道，一个民族的精神结构，与一个时代的精神结构、一个植物科属、一类动物的物理结构一样特殊和与众不同。今天的历史学，像动物学一样，有了其剖析方法；无论被研究的是哪一个分支，文献、语言或是神话，只要沿着这条途径努力，就会结出新的果实。继赫德、奥特弗里·德墨勒和歌德之后，还有很多作家不断遵循和修正这种方法。我们来看看其中的两位历史学家和他们的两部著。一部是卡莱尔和他所著的《克伦威尔书信和言论集》，一部是圣伯夫和他的《皇家港口》。通过他们的行为和作品，我们可以对他们的灵魂有多么准确、清晰和深刻的认识。透过一位年老的将军，我们看到的不是一个野心勃勃的伪君子，而是一个被阴郁的想象力产生的混乱幻觉折磨的人，但是这个人有着务实的性格和能力以及一个地道的英国人的典型特征，对没有研究过英国气候和种族的人来说会觉得他奇怪而且难以理解。通过近百封零散的信件和残缺不全的演讲稿，我们跟随他，看着他如何从农夫变为士兵，从士兵成长为将军，最后成为护国公。从他的转变和成长，从他良心的挣扎、从他作为政治家的决心，我们看到他思考和行动的过程。他生命中不断出现的一个又一个悲剧，伤害了他的那忧郁的灵魂，就像莎士比亚的悲剧一样，融入观众的灵魂里。透过女修道院的争端和修女们的倔强，我们发现了人类心理学一个重要的领域。过去这五十多个人物角色，在符合宗教规范的语言中，整齐划一，等同隐形，但现在，每个人都带着突出的个性，栩栩如生，让人看得清楚明白。有关神的论述和枯燥的说教之下，我们洞悉了心灵的悸动、宗教生活的激动与压抑、难以预知的反应、自然感受的激荡、周遭环境的影响等，如此多的细微差别，被展现得淋漓尽致，评论家们即使用最详尽的描述和最灵活的方式也难以将它们一一说清。别的地方也是一样，比如在德国，他们的天才们，有着很强的适应能力和包容性，勇于革新，善于表达人思想中最细微的、最不为人知的状态；英国，那里的人最切合实际，适合解决道德问题，他们擅长用图表、重量、尺寸，通过数据、列表、文字和常识，将问题说清楚；最后是法国，法国人具有典型的巴黎文化特征和客厅文化的传统，喜欢不停地分析人物和作品，挑剔，爱讽刺，有着高超的区分思想的细微差别的技巧。所有人都耕耘过同一片土地，现在我们开始明白，无论是在历史的哪一块土地上，只要我们在垄沟之间种植了足够的庄稼，就一定能够触及深层的地下土。

这便是第二步，当代批评的目标，现在我们继续沿着这一思路往下走。在这项工作上，圣伯夫最为审慎和全面，无人能及。这一方面，我们都是他的学生。他的方法改变了今天书籍和报纸上的文学、哲学和宗教批评。从他开始，演变就在不知不觉中发生。我时常想要揭示这到底是什么样的一种演变；在我看来，它是一条开启历史之门的新途径；现在我要对它加以详细地描述。

三

当你在人的身上观察，并记录下一个、两个、三个，继而是一大堆感觉之后，是不是这些就足够了，你对他们就有了全面的了解呢？研究人的心理就是写一部备忘录吗？当然不是，在这里或是别处，收集事实之后还要找到原因。无论是什么样的事实，有关身体的也好，有关精神的也罢，它们总有其原因；野心、勇气和诚实都有其原因，就如同消化、肌肉运动和体温也有各自的原因。优点和缺点，就像硫酸盐和糖，都是某些原因的产物；每一个复杂事实，产生于一些简单的事实，并依存于它们。所以我们必须找出产生各种精神特点的简单事实，就像找出产生各种生理特点的简单事实一样。我们举一个现成的例子，新教的教堂音乐所具有的宗教特点。某种内在原因使信徒们更倾向于这些低沉单调的旋律，这一原因比它的结果更为重要；对上帝的信仰崇拜具有某些外在形式，刚才提到的原因就是人们对这些形式的普遍认识；这种普遍认识决定了教堂的建筑形态，决定了教堂不能放置雕像，也不再使用画像，并抹去了教堂的装饰，缩短了仪式，规定了集会上信徒只能坐在高高的长椅上，并规定了教堂的装饰、信徒的姿势等所有的外在形式。这种认识本身源于更高一级的原因，这是一种观念，是作为一个虔诚的信徒，对他们必须保持的一般、内在或外在的操行、祷告、行动、性情的认识；这种认识成就了他们的教理，淡化了教士的重要性，改变了圣礼的形式，约束了律令的作用，将信仰规则转变成为信仰道德。这种认识又取决于更高一级的第三种认识：这种精神上的完美只有在上帝身上才有，他是没有任何瑕疵的法官，是严格的监督者；他认为所有的灵魂都是有罪的，都是没有德行得不到救赎的，都是应该被惩罚的，除非上帝唤醒其良知，赋予其新生。这是一种最高的认识，它包含了一种责任，它对人的生命享有绝对的主宰；这种认识使所有的理想臣服于道德理想。这里我们触及了人最深层的东西；因为要解释这种认识，我们必须考虑他的种族，比如，他是德国人，还是日耳曼人，考虑他的思维结构和特点，他的思考和感受的方式，他的迟缓和冷淡感官（正因为这一点，他才不会轻易落入肉欲享受的世界），他的迟钝的味觉，他的缺乏规律，以及那些认识的爆发，正是因为这种突然的认识，才能使他具备精确和谐的形式和方法；同时还要考虑他对外表的蔑视，对真理的渴望，以及对抽象坦白的思想的偏爱，这种偏爱使得在他身上道德高于一切。我们的探寻到这里已经接触到了某种最原始的特性，这种特性属于各种感官体验，属于对时代和种族的每一种认识，这些特性与人心目中每一个观念和感受密不可分。这些都是非常重要的原因，因为它们是普遍永恒的原因，存在于每一种情况，每一个时刻和每一个地方，而且是永远有效、不可颠覆、最终决定性的原因；无论出现何种意外，都是个别和有限的，最终都会屈服于其力量的不断循环。所以事物的普遍结构和事件的主要特征都是这些原因导致的结果，所有的宗教和哲学，所有诗意的或实业的系统，所有的家庭和社会的形态都打上了它们的烙印。

四

人的观念和情感之中也存在着某种规律，这个规律的主要动力都来自普遍的特征，来自各个种族、时代和国家的人其思想和感受的某些特点。正如矿物学中的晶体，无论其种类多么繁多，都是由几种简单的物理形式构成；历史上的各种文明也是如此，无论它们之间如何不同，它们都是源于少数几种精神形式。前者依据的是一种基本的几何原理；后者依据的是一种基本的心理原理。为了了解所有的矿石种类，我们必须首先研究一个规则的立方体，熟悉它的总体特点以及它的面和角，因为这种规则的形式可以衍生出无数的变化，而我们研究它是为了这种透过这一片段来观察其他无数的变化形式。同理，如果我们要了解历史的多样性，就必须先考虑人类灵魂的一般性以及它的几个基本要素，通过缩略的片段来观察它的主要形式。这种理想的图景，无论是几何的还是心理的，其实并不复杂，从中我们很快就会发现强有力地制约着文明或晶体的基本条件。在（人与对象）分开的那一刻，人身上会发生些什么呢？对象的映像或表征，即漂浮在人心里表层的东西，会持续一段时间，继而淡去，但当人看见了某个可感知的物体之后（比如某棵树或某只动物），这些映像和表征又会重新回来。这一过程构成了其他东西的物质基础，这种物质基础会朝着两个方向发展——确定或不确定的，正如这些表征最终要么消散，要么成为一种一般性认识。人就是如此这般经过了高度的概括。人的多样性只能在这样一定范围之内发展。无论个体是多么微不足道，但被放到整体中之后就会极其重要的，因子最细微的变化都会导致极其不同的结果。表征是清晰得如同压花机压出的印子，还是混乱模糊；它反映的事物特点是多还是少；它是激烈冲动的，还是沉静镇定的，这一切会决定人这台机器的所有的运作和传动装置的整体变化。同理，根据表征发展的不同，人的整个发展也会有所不同。如果（作为表征终点的）一般性认识仅仅是一个古板干瘪的符号，那么语言就会成为代数一样的学科，宗教和诗歌会变得无足轻重，哲学会沦为一种道德和实践的常识，科学沦为一堆秘方、分类法和功利的记忆术。相反，如果作为表征终点的一般性认识是一种充满诗意而逼真的创造、一种鲜活的象征，那么（正如发生在北欧人身上的情况）语言会成为一种色彩斑斓的史诗，每个词都掷地有声；诗歌艺术和宗教将会得到极大地丰富；哲学将会得到具有精度和广度的发展；尽管在这一过程中还是会有偏差和不可避免的弱点，但整个知识界会沉浸在崇高和美丽之中，从而形成一种理想的类型，其高贵和谐将汇集人性所有的感情和热情。从另外一个方面来看，作为表征终点的一般认识如果富有诗意，但却不连贯，是突如其来的直觉的产物，而不是在循序渐进中产生的，如果最初的作用过程不是一个有规律的渐进的过程，而只是一种猛烈的爆发，那么（就会像闪族人一样）缺乏形而上学的力量；宗教观念变得孤立而排他；科学难以发展；知识分子会变得呆板僵硬，刚愎自用，无法发掘微妙的自然秩序；诗歌只能是一个又一个强烈的浮夸感叹，而语言则无法再进行推理和雄辩；人剩下的仅仅是抒情的热情，难以控制的狂热和狭隘盲信的行动。从表征到一般性认识的这段距离中，逐渐产生了人类之间最大的差异。很多种族，随着一代一代传承，其思想观念逐渐得到有规律的分类，变得越来越具有一般性；而其他一些种族，比如日耳曼人，则是在经过长期不稳定的摸索之后，以跳跃性的方式整齐一致地跨越了这一距离；还有一些种族，比如罗马人和英国人，至今还停留在最低级的阶段；还有一些像印度人和德国人一样的种族则到达了顶峰。

在思考了从表征到观念的发展过程之后，现在如果再来看看从表征到分解的过程，我们会发现这里也有一些基本区别，这些区别具有同样重要性和顺序，它们取决于其印象是如同南方的气候一样明朗，还是像北方气候一样阴暗模糊；是像野蛮人一样在瞬间终结，还是像文明的国度一样缓慢地结束；取决于是不是能够发展，会不会不平等，能不能坚持，能不能联合。人类所有激情的动力、所有和平和安全的威胁，所有努力和行动，都是来源于此。其他的基本区别也是这样，它们的结果会影响整个文明。或许可以把这些结果比作代数公式，在一定的条件限制下，这些公式预先描述了反映规律的曲线。这一规律不会一直保持同样的效果，有时也会出现一些波动；但是即使出现这种情况，也不是因为这个规律本身有缺陷，而是因为起作用的不只是这一条规律。新旧元素结合起来；强大的外部力量介入，开始与原始的力量对抗。部族开始迁移，比如雅利安人；气候的变化带来了整个知性体系和社会结构的改变。有的民族被征服，比如撒克逊人；新的政治结构会强制改变了原有的风俗、生产力和目标。这个国家在被蹂躏和受胁迫的臣民中永久地建立起来，就像古代斯巴达人一样；同时生活的需要使整个道德和社会结构向着唯一的一个方向发展。无论如何，人类历史的机制也是如此。我们总能发现原始动力，它们是由灵魂和智力的某种普遍趋势构成，它们要么是一个种族与生俱来的，要么是因为某些环境的影响而后天习得的。这些原动力逐渐产生效应，也就是说，几个世纪过去之后，这些力量给这个国家带来新的宗教、文学、社会和经济状况；这种新情况与新的尝试相结合，又会产生其他的新情况；有时候是好的，有时候是不好的；时而快速，时而缓慢。因此每一种独特的文明，其整体发展或许可以看成是一种永恒力量的结果，这种力量每时每刻都在改变着它发生作用的环境。

五

三个不同的根源都有助于产生这基本的道德状态——“种族”、“环境”和“时代”。我们所谓的种族，是指与生俱来的、遗传的特点，人一来到这个世界就具有这些特点，而且它们还通常伴有气质和身体结构上的显著差异。这些特点因民族的不同而不同。

这个世界上有各种各样的人，有些人勇敢聪慧，有些人胆小平庸；有些人具有高一级的认识力和创造力，有些人只能有初步的观念和设计；有些人特别适合做某些工作，有些人天生就在某些方面具有长于他人的本能，就像我们遇见的某些品种的狗优于另一些品种——这些擅长奔跑，那些擅长格斗，这些适合打猎，那些适合看家或牧羊。这里我们有一种特别的力量——它是如此特别，尽管其他两种动力让人产生了巨大的偏向，我们仍能把这一力量辨别出来；一个种族，如古老的北欧人，他们散布于恒河到赫布里底群岛之间的地带，在具有各种气候的地区定居，经历了各个阶段的文明，三十个世纪以来的变革使它不断地发生变化，然而它在语言、宗教、文学、哲学中，仍显示出血统和智力的一致性，这种一致性到今天仍然能够把这个种族的各个支流统一起来；这些支流虽然不同，但他们都知道自己的血统起源；野蛮、文化和嫁接、不同的天空和土壤，不同的命运，都不曾改变什么；原始形式的总体特点仍然存在，透过时间在他们身上留下的痕迹，我们仍旧能够找到两三种原始痕迹的显著特征。这样的不屈不挠并不稀奇，虽然因为时间上的距离，让我们只能对种族的起源有一些模糊的了解，历史的结果使我们看清楚了之前发生的事，解释了基本特征，这些特征的可靠性几乎不可动摇。当面对一千五百年、两千年或三千年之前的北欧人、埃及人或中国人，他们所具有的基本特征代表了更长时间以来作用的结果，有可能是几十万年以来作用的结果。因为当动物刚刚降生，它必须马上适应周围的环境，改变自己的呼吸方式，用新的方式补充营养；环境、食物、温度的改变也会对它产生不同的刺激。不同的气候条件和地理条件产生了不同的生活需求，由此产生不同的活动、风俗习惯、才能及天赋。人必须与周围环境条件保持平衡，在此影响下，形成了相应的气质和性格；气质和性格是非常稳定的东西，因为频繁的重复使他对外在事物的印象根深蒂固，并且这种印象遗传给了后代。所以无论什么时候，一个民族的性格都可以看成对先辈的所有行为和感觉的总结概括；也就是说一个有确定的量、可以衡量的物质，它并不是无限的，因为自然界所有的事物都是有限的，但与其他的事物不成比例；因为过去的时间几乎是无限的，过去的每一分钟都使一个民族的性格更为沉重，几乎无法举起，要对其进行衡量，还需要积累更多的行为和感觉。这就是最重要的天赋其首要的、最丰富的来源，这些天赋决定了历史性的结果；我们可以立刻看到，如果它是强大的，它的强大不是因为它仅仅是一个源泉，它像一个湖泊，像一个深深的大水库，不断地接纳来自其他源头的流水，时间长达几个世纪。

在弄明白了一个种族的内部结构之后，我们必须考虑种族的生活环境。因为一个人在这世界上不能孤立存在；自然包围着他，其他人包围着他；偶然性和第二性的倾向遮盖了最原始永恒的东西，并且物质环境或社会环境打乱或者完善了自然本质，并使其服从于环境。有时，气候曾产生影响。虽然我们只能模糊追溯北欧人是如何从他们最先共同居住的地区到达他们最后分别定居的地方，但是我们还是可以确定，日耳曼民族与希腊和拉丁民族，两者之间有着非常显著和深刻的差异，这种差异很大程度上是因为他们各自国家所处的地域的不同：北欧人住在寒冷潮湿的地区，深入阴郁的森林和沼泽或是濒临狂暴的海域，容易产生忧郁和粗犷的感受，爱喝酒并贪食，好斗，喜欢弱肉强食的生活；而后者恰好相反，他们住在风光明媚的地方，濒临波光粼粼的大海，良好的海域条件促进了航海和商业的发展，不用为温饱挣扎；一开始就倾向于服从社会习俗，建立政治机构，其所具备的情感和天赋适合辩论、鉴赏、科学发明、艺术和文学。除了气候，国家政策也曾产生过影响，比如意大利的两种文明便是这样产生的：第一种完全倾向于行动、征服、政府和立法，它作为一座提供庇护的城池和一个边境商业中心，凭借武装的贵族政治，弄来了许多外国人和被征服的人，由此产生了两大敌对的势力，因为无法解决内部的矛盾，也因为贪婪的本能无处宣泄，时常发生战争；另一种，由于各个城邦政权稳固，教皇广泛的影响力，以及邻国的军事干涉，因而没有统一的政治局面和任何大的政治野心，这种文明受到高尚和谐精神的全面指导，彻底臣服于对快乐和美的崇拜。最后，在另外一些情况下，社会条件也会留下它的印记，比如一千八百年以前的基督教，两千五百年前的佛教，当时从地中海地区到印度斯坦，北欧人的征服和统治产生了一系列极端的后果——让人难以忍受的压迫、个人的崩溃、极度的绝望，让人觉得整个世界受到了诅咒；在这样的境况下，形而上学和神话得以发展，而厌弃了这个世界的人们，感到他们的心变得更加温和，便产生了厌世、慈悲、温柔、驯良、谦卑和博爱等思想，这时的人们认为一切皆空，人们崇敬天父的威严。看一看周围的每个种族，他们都具有自我调节的本能和天赋。简而言之，每个种族的气质倾向决定了它今天的思考和行动。我们常常会发现，气质倾向之所以发生作用，其原因是长期的境况，是周围的环境，还有一个群体长期承受的巨大压力；这个群体从个别到一般，一代又一代，不停地被这种压力改变和塑造。在西班牙，针对穆斯林的十字军远征长达八个世纪，赶走了摩尔人，大肆掠夺了犹太人，建立了审判异教徒的宗教裁判所，发动了数次罗马天主教的战争，但整个国家也精疲力竭；在英国，政治秩序的建立已有八个世纪，它使一个人正直可敬、独立而服从、习惯在法律的权威下进行联合斗争。在法国，古罗马式的政府结构，最初用来统治听话的野蛮人，后来被摧毁，并在民族本能的潜在作用下得以重新建立，在世袭君主制之下得到发展，最后成为平衡、集权和行政的共和国。这种本能和才能也是重塑原始人最有效的，也是最显而易见的原因；它们之于一个民族，就像教育、追求、条件和住所之于个人；而且他们几乎包罗一切，因为它们包括了一切外力，这些外力改变人类的事物，并使外部作用于内部。

还有第三层原因，因为内力和外力共同作用产生的结果，这个结果会和内力外力一道，又产生新的结果。除了永恒的动力和特定的环境，还有一个后天的动力。当民族性格和周围环境发生作用的时候，它们并不是作用于一块白板，那块板子上原先就有痕迹，什么样的痕迹取决于这块板子用了几次，仅此一个原因就会带来完全不同的效果。比如，我们可以考察一下文学和艺术的几个时代，比较一下高乃依时代和伏尔泰时代的法国悲剧，埃斯库罗斯时代和欧里庇得斯时代的希腊戏剧，卢克莱修时代和克劳狄时代的拉丁诗歌；达·芬奇时代和伽多时代的意大利绘画。可以肯定，在这两个如此不同的事物，其一般认识并没有变；它们再现和描绘的都是同样的、关于人的主题，所使用的手段，如动作、诗歌的形式、戏剧结构和物理形式等，都保持不变。但差异在于，其中一个艺术家是先驱，另外一个是继承者；第一个人没有可参照的模式，而第二个人有；第一个人与事物面对面，另外一个人通过第一个人来观察事物。所以艺术的各个门类变得越来越完善，原来简洁和宏大的印象逐渐消失，增加了精致悦目的形式——简言之，第一个人的作品对第二个人的作品有决定性的影响。在这个方面，一个民族就像一株植物，同样温度和同样土壤下的树，在后续的各个阶段里，产生出不同的形态、嫩芽、花朵、果实、种子，前者成为后者出现的条件，后者在前者的死亡中诞生。现在如果我们不考虑以上提到的短暂的历史瞬间，而来看看那些延续了一个或几个世纪的重要发展阶段，像中世纪或上一个古典时期，也会得出同样的结论。在某个阶段，某种观念一直处于支配地位；人在这两百年、五百年中，为自己描绘了某种理想的模范：在中世纪是骑士和僧侣；在古典时期是侍臣和讲话漂亮的人。这种既有创造性又有普遍性的观念，独占了整个思想和行为的领域，在把它不经意间产生的系统性的作品传播到了世界各地之后，它枯萎死去，而接着会出现一个新的观念，它注定要占同样的支配地位，创造同样多的事物。这里需要记住，后者部分依靠于前者，前者会结合民族思想和环境因素，作用于新生事物，用其特点和方向影响之后的新生事物。正是在这一规律的作用下，产生了伟大的历史性潮流，这些潮流是指一种思想形式或一种主导观念，长期处于支配性的地位，如自发创造极其丰富的文艺复兴时代，高谈阔论的古典时期，神秘玄妙的亚历山大和基督教时代，源于德国、印度和希腊的神话创作的全盛时期。和别处一样，这里我们也只是在讨论一个力量的问题：作用的最后结果是一个混合体，产生这个混合体的各种力量，其强度和方向对它起着决定性的作用。精神问题和物质问题的唯一区别在于，对前者，我们不能像对后者那样，用数字来精确估量或描述它。如果一种需要或一种能力，如同压力和重量，是可以衡量的一个量，我们也不能用衡量压力或重量的方法来衡量它们。我们没有一个精确或粗略的公式来确定这个量，我们能得到的或者贡献的只是一种用语言表达的印象；没有其他的办法，只能借助突出的事实，来描述它，通过这种方式，或多或少可以说明它的大概范围。虽然这种在伦理学中使用的注释的方法有别于自然科学中的方法，但这两个领域中的事物都是一样的，都是由各种力量、方向和量值构成；而且我们可以证明，在这两领域中，最后的作用都是根据同样的规律产生。作用的大小取决于基本力量的大小以及动作的准确性；同时，也取决于种族、环境和时代各自不同的作用结合起来之后，是相互加强还是相互牵制。这就解释了为什么会有长时间的疲软或辉煌的成功，这些现象的出现没有规律，在人的生活中也没有明显的原因可以解释。它们的原因在于内在的一致和对立。法国人天生爱社交和善于交谈，十七世纪，这种秉性与客厅文化相结合，成为修辞分析重要的发展阶段，这就是内在不同力量取得一致的一个例子。与此相似，十九世纪，德国人善变通和思想深刻的特点恰好遇到了哲学综合和广泛批评的时代，这是“一致”的另外一个例子。对立的例子，如，十七世纪，生硬孤独的英国人试图重新装出一副彬彬有礼的样子；又如，十六世纪，理性、乏味的法国人竭力构思一种活的诗歌。而正是出于具有创造性的力量其内在的一致性，在路易十四和波斯维特的影响下，产生了文雅高尚的文学形式；在黑格尔和歌德的影响下，产生了崇高的形而上学和对评判的广泛认同。而也正是因为具有创造性的力量其内在的对立，产生了德莱顿和威彻利文学作品的不完全性，他们不符合道德规范的剧本和早夭的戏剧作品，产生了龙萨和普勒阿得斯对希腊人蹩脚的模仿、盲目的探索和美感的缺失。我们确信，即将到来的新时代将会产生的未知的创造，都是源自这些基本的力量，并被这些力量主宰；如果这些力量可以衡量和计算，我们就可以由此精确地推论出未来文明的特点；虽然我们的注释十分粗略，衡量方式也欠精准，但如果我们今天要对未来我们的一般命运提出某种看法，我们的推测必须建立在对这些力量的研究之上。因为，我们在列举它们时，已经涉及了所有起作用的力量；种族、环境和时代即是内在的主要源泉、外在的压力和后天的动力，当我们把这三个因素都考虑进去的时候，我们不仅穷尽了所有真正的原因，而且连同可能的原因也一并考虑进去了。

六

这里我们还需要弄清楚，这些作用于一个民族或一个时代的原因，是如何分配其效力的。

如同位于高点的一个水源，水从那里从高到低，一级一级地流下来，直至流到平地上；同样，一个民族灵魂或思想的发展，是依据种族、时代或环境，通过有规律地传承，将构成文明的各种事实按比例进行分配。在绘制一个地区地图的时候，要先从它的分水岭开始，我们可以看见从一个共同的顶点之下延伸出的几条山脊，将这个地区分成了五六个主要的流域，由这几条山脊分别又延伸出其他的分水岭，所有的分水岭构成了一个网络，将这个地区分成了大大小小不同的区域。与此类似，如果要绘制某个人类文明的事件和情感的心理地图，首先要从五六个主要的领域开始——宗教、艺术、哲学、国家、家庭和生产；接着是每个领域之中的各个自然门类；然后是每个自然门类下更具体的领域；到最后，是我们在自己身上和周围能够观察得到的无数生活的细节。如果我们再仔细研究和比较各类事实，我们马上会发现，它们又是由不同的部分组成，而且彼此都有重叠的部分。让我们先来看看人类智力的三大成果——宗教、艺术和哲学。哲学如果不是以抽象和公式的形式，对自然及其基本原因的一种认识，那又是什么呢？宗教和艺术如果不是以比较明确的符号和比较突出的角色的形式，对自然及其基本原因的一种认识，那又是什么呢？我们相信哲学的表现形式是存在的，而艺术和宗教的形式是虚构的。如果读者们想一想印度、北欧、波斯、罗马、希腊这些国家曾有的一些伟大的作品，你们会发现，无论在什么地方，艺术都是一种感性的哲学；宗教是一种真实的诗歌；哲学是一种完全抽象化的艺术和宗教。所有群体的核心，都拥有一个相同的元素，那就是对世界及其起源的认识；如果这些群体各不相同，那是因为其共有的元素结合了其他不同的元素，可能是抽象的力量，也可能是伴随信仰的拟人化能力，又或者是不带信仰的拟人化能力。现在让我们看看人类社会最重要的两个产物——家庭和国家。构成国家的如果不是把许多人聚集到一个首领权威下的“服从”，那又是什么呢？“服从”使妻子和孩子按照丈夫和父亲的命令行事，那么构成家庭的如果不是服从，那又会是什么呢？家庭是自然产生的、原始的、微缩的国家；国家是人造的、非自然的、扩大了的家庭。虽然在数量、由来、成员情况上，两者有所区别，但在这区别之下，无论群落大小，我们都能够看到两者都有着一种相似的、基本的心智特点，这种特点将两者联系并统一起来。设想这个共同元素与环境、时代和种族等方面的各种因素相结合，那么所有具有这种共同元素的群体都会发生相应的改变，这一点应该是很清楚的。如果服从只是出于恐惧[①]，那么你会看见野蛮的专政、酷刑的滥用、对国民的盘剥、卑躬屈节的社会风气，对个人财产缺乏安全感，生产的落后，奴役妇女，妻妾成群，大多数东方国家都是这种情况。如果服从是源自自律、合群和尊严的本能，那么你会看到，正如你在法国看到的，完善的军事机构、完美的行政体系；虽然人们并不怎么热心公共事务，但却有蓬勃的爱国之心；有坚定服从的国民，同时也有急躁的革命者；有谄媚的朝臣，也有矜持稳重绅士；有文雅的谈话，也有家长里短的口角；夫妻平等，一夫一妻受法律保护。最后，如果服从是根植于下级从属于上级的本能和义务的观念，那你会看到，人们对私人财产有着安全感和满足感；家庭生活有着坚实基础；文字方面发展迟缓并且有缺陷；人们对地位高的人有着天生的敬意；迷信过去；社会不平等现象持续发生；人们自然地、习惯性地遵从于法律；这些正是日耳曼国家的情况。在一个种族内，如果对一般观点的倾向有区别，它的宗教、艺术和哲学也会不一样。如果一个人天生适合更广泛的普遍认识，同时习惯于它们的错乱，那么透过一个紧张、易怒、过于亢奋的组织结构，我们可以看到，正如我们在印度看到的情况，有关宗教的创作丰富得令人惊讶；明晰透彻的史诗蓬勃繁盛；各种微妙的、富于想象的哲学体系结合起来形成一个奇特的整体；所有这些东西紧密联系，互相渗透，从它们的丰富性、色彩和无序中，我们立刻就能认出，它们正是这种风气和精神的产物。相反，如果天生头脑明智的人，为了使他们的认识获得更加精确的形式，满足于将他的认识限制在一个比较狭小的范围内，那么我们会看到，就像在希腊看到的，一种艺术家和叙述者的神学；特殊的神明，他们能够很快脱离物体，并立刻变成实在的人物；会看到在模糊的命运观中，普遍统一的思想几乎全部被抹去，只留下

① 孟德斯鸠《论法的精神》。

些许残余；还会看到一种哲学，虽然不微妙简洁，但宏大而有系统，虽然在形而上学方面是狭隘的，但在逻辑、诡辩和道德上，无可匹敌；我们还可以看到一种诗歌和艺术，它们的清晰、自然、协调、真实和美丽，是别的诗歌和艺术无法与之比拟的。如果人的认识狭隘到了没有任何微妙的猜测，只沉浸于对实际的兴趣，心灵也因此变得麻木，那么我们可以看到，如同我们在罗马看到的一样，神灵还是起初的那个样子，只是空有其名，在农业、繁衍和家庭生活的小细节上有一些指导作用，是婚姻和农事的真正的标签；因此，神话、哲学和诗歌都是借鉴于他处，没有取得任何成就。互相依赖的规律在这里仍然起作用。文明是一个有生命的整体，是由各个部分组成的有机体。动物的本能、牙齿、四肢、骨骼和内脏紧密联系，其中任何一者的改变都会对其他部分产生相应的影响，一个自然主义者只要稍加想象，立刻就可以在脑海中重构出几乎完整的动物身体。同样的道理，一个文明中，宗教、哲学、家庭结构、文学和艺术，组成一个系统，每一个部分的变化会带来整体的变化；所以，一个有经验的历史学家，如果只研究其中一个部分，就可以推测其他部分的特点，不过这只是片面的推测。这种依赖性没有任何模糊不清的地方。一个生命体中，调节这种依赖性的因素，首先是能够显示某种原始类型的趋势，其次是拥有这些器官的必要性；这些器官可以满足生命体的需要，并且为了生存，它需要与自身保持和谐。对一种文明的调节因素在于一种基本的制造者，它不仅存在于每一个伟大的人类创造，也存在于其他周围的创造，其实也就是某种天赋和才能，某种有效的、突出的倾向，它综合了这样那样的因素，和这些因素一起共同作用，它的改变会带来它所参与的共同作用的改变。

七

到这里，我们已经对人类变化的主要特点有了些许了解，现在可以开始探寻普遍规律。普遍规律控制的不仅是现象，还有现象的分类；不仅是这种宗教或那种文学，而是整个宗教或文学。比如，如果承认宗教是一首有关信仰的形而上学的诗歌，如果承认在某些种族和某些环境下，信仰、诗歌的才能和形而上学的才能起到的作用和过于旺盛的精力一样，如果我们认为基督教和佛教一样，都是在大动荡和苦难中得到发展，因为这样的环境催生了人们对宗教山一般巨大的狂热；如果我们同时也承认，最原始的宗教出现在人的理智之光刚刚亮起的时候，出现在人的想象力极大丰富的时候，出现在最纯真无邪和最易轻信的时候；如果我们相信伊斯兰教的诞生是伴随着诗歌体散文的出现以及对物质统一性的认识，并认为这种宗教是在人的才智突然取得发展的时候，出现在那些不懂科学的人中间，那么我们可以得出这样的结论：宗教的兴衰、革新和转变，取决于环境如何带着或多或少的准确性和力度，巩固和集合它的三种再生性本能；我们也可以理解为什么宗教在印度特别受地位高贵的、富有想象力的和喜爱哲学的知识分子的青睐；为什么它在中世纪压抑的社会环境下，伴随新的语言和文学形式的出现，如繁花般绽放；为什么在十六世纪，在新的特点和英雄主义热情出现之际，在普遍复兴和日耳曼民族觉醒之际，又取得了进一步的发展；为什么在美国健全的民主和俄国的官僚专制之下，同样涌现出如此之多奇异的分支；为什么今天它的影响遍及整个欧洲，但在不同的文明和种族中间，它又具有不同的特点。不仅是宗教，任何一种人类的创造成果，包括文字、音乐、艺术设计、哲学、自然科学、工业等，都是如此。每一事物都有某种精神趋向作为它的直接原因，或者这种事物的出现总是伴随着某种精神倾向。有原因的时候，它会出现；原因不见了，它也消失了。原因的强弱决定了它自身的强弱。原因之于它，就像条件之于物理现象，周遭温度的降低之于露水的产生，热量之于膨胀。这种配对组合不仅出现在物质世界，在精神世界也有，两者紧密联系。无论是什么导致了前者的产生、改变或被抑制，它必然会导致后者的产生、改变和被抑制；无论是什么使得周围的气温下降，都会有露水出现；无论是什么带来了轻信和对宇宙富有诗意的认识，都会形成宗教。事物就是如此产生，以后也将继续以这样的方式产生。当我们认识到其中一个现象的必要条件和充分条件，我们的头脑就已经把握住了过去和将来。我们可以非常自信地说出在什么样的情况下它会再次出现，可以正确地预测它在未来主要会有什么样的发展，也可以大概描述其未来发展的特点。

八

如今，历史已经或者即将到达这种探寻的新起点。现在的问题是：假设给定一种文学、一种哲学、一个社会、一门艺术、一类技艺，（怎样才能知道）产生这些东西的事物其精神处于何种状况？什么样的种族、时代和环境条件，最容易产生这种精神状态？要形成其中任何一类产物和这种产物之下的任何一个分支，都必须具备特定的精神条件。要形成一般性的艺术，或任何具体的艺术门类，需要这种条件；建筑、绘画、雕塑、音乐和诗歌，它们在人类心理的广大田野上都撒下了自己的种子；它们有着各自不同的规律，正是因为这一规律，我们可以看见它们一个个突然发展壮大，看起来似乎是出于偶然，但周围也不乏失败的例子。比如，十七世纪佛兰德斯和荷兰的绘画，十六世纪英格兰的诗歌，十八世纪德国的音乐。此时，在这些国家，某一门艺术而不是其他艺术的条件得以满足，所以在普遍贫乏的情况下，它一枝独秀。历史现在要探寻的便是这些人类创作的规律，必须要找到每一种具体产物的具体心理特征；要勾画出所有具体条件的完整结构。没有什么事情比这更棘手、更困难。孟德斯鸠曾经尝试过，但是在他那个年代，人们对历史才刚刚产生兴趣，所以他很难成功。过去，没有人知道该走一条什么样的道路；即便是今天，我们也才刚刚开始有些许头绪。正如天文学实际上是一个机械问题，生理学实际上是个化学问题，所以历史实际上是个心理问题。有一种特殊的内在印象和操作系统，它塑造了艺术家、信徒、音乐家、画家、流浪者和爱社交的人；每一种人，他们观念和情感的来源、强弱和依赖性都不一样；每一种人都有属于自己的精神历史、特殊的组织形式，同时也有某种居于主导地位的倾向和特点。要逐一解释，进行深入的内部分析，这大概需要整整一章的篇幅；而且现在这项工作甚至还没有一个雏形。但是有一个人，司汤达，他具备某种特殊的气质倾向，接受过特殊的教育，他曾经做出过尝试，但是直到今天，他的大多数读者依然觉得其作品荒谬和晦涩。他的才能和观念成熟得太早。当时没有人能够理解他那令人赞叹的领悟、他不经意间说出的深刻的言论和具有高度准确性的发现和逻辑。人们没有意识到，他解释了内在机制最为复杂的问题，他将科学的过程运用到心灵史，人物运用、解析和推理的艺术，触及了最主要的原因；他是第一个指出民族、气候和气质等基本原因的人；简而言之，他用正确的方式对待情感，也就是说，像一个自然学家或物理学家那样，用分类和计算的方法来对待它们。而正因如此，人们认为他冷漠古怪，他只能过着与世隔绝的生活，写写小说、游记，做一些注释，靠这些他还赢得了一些读者。他的著作扫清了我竭力想要描述的这条途径，这是我们今天能够找到的最令人满意的答案。没有人能像他那样清楚地告诉我们，该怎样用自己的眼睛去观察。首先，该怎样真实看待我们周围的人和生活；其次，对于古老而真实的文献，除了白纸黑字，我们还该读到些什么，怎么才能从字里行间发现真正的情感和思想的发展，以及作者写下这些文字时的精神状态。在他的著作，或是在圣伯夫和那些德国评论家的作品里，读者会发现，如果一个文学作品本身有着丰富的内容，而且我们知道该如何去分析解释它，那么我们就会从中得到很多收获，我们可以透过某一个人的心理，理解一个时代的心理，有时会是一个种族的心理。在这一方面，一首伟大的诗歌、一部优秀的小说、一个伟人的忏悔比一堆历史学家和历史，更有启发意义。我宁愿放弃五十卷的宪章和上百真实的文献，以换取切利尼的自传、圣保罗的书信、路德的《席上谈》或者阿里斯托芬的喜剧。它们都体现了文学作品的价值。文学作品可以给人启发，因为它们是美丽的；它们越是完美，则越有用；它们之所以成为供人研究的文献，是因为它们本身就是不朽的作品。一部书越是表达感情，它越具有文学性，因为文学的真正使命就是表现感情。感情在一部书中越具重要性，这部书的文学价值越高；因为通过反映一个民族或一个时代的生活，作家集中了人们对一个民族或时代的认同。所以，在一些能让我们读到前代情感的文字中，文学作品，尤其是伟大的文学作品，是无可比拟的。物理学家利用一些工具，来探测和衡量发生在人身体上的最深奥和微妙的变化，而文学作品就像那些令人惊叹的工具一样，具有非凡的灵敏度。宪法或信仰中没有任何东西能够做到这一点；法规和教义问答手册起到的作用不过是粗略、笨拙地反映人的思想；如果有任何表现政治和信仰生活及精神的文字，它们只可能是教士们动人的布道词和领袖们的具有说服力的演讲、自传和忏悔，而这些都是文学，所以文学包含了文学之外所有美好的东西。我们主要通过文学研究，才能够谱写精神历史，最终才能获得有关心理规律的知识，而这一规律决定了结果。

我已经开始着手写一部文学史，来研究一个民族的心理。之所以有这样的选择，不是没有原因。这必须是一个被公认为拥有大量完整文学作品的民族；很少有民族在整个存在过程中都表现出良好的思维和写作能力。在古代，拉丁文学一开始并不受人重视，后来才被人广泛借鉴和模仿；现代，德国文学在两个世纪的时间里几乎是一片空白①；意大利和西班牙文学到十七世纪中期就中断了。只有古代希腊、现代法国和英格兰才拥有完整的一系列富有表现力的、不朽的作品。我选择了英国是因为它依旧存在，可供直接观察；这比研究那些已经灭绝、只有一些碎片残存于世的文明要好；另外一个原因是，以一个法国人的眼光来看，英国的特点会更明显突出，因为它不同于法国；此外，除了英国文明本身具有的特点，和自然产生的发展，它还表现出外来的强制性的改变，因为最近一次针对英国的征服对其产生了深刻的影响。因此，三个特定的条件——种族、气候和诺曼征服——在它的文学作品中清晰可见；所以通过它的历史，我们要研究人类转变的两个最有效的动力，即自然和约束；我们通过一系列可信的、完整的典型作品，来研究这两种动力，没有任何中断或偏差。我已经定义了这些原始动力，目的是为了反映它们渐变的效果，并解释它们难以让人察觉的动作如何使宗教和文学成果被人理解，解释内在机制是如何发展。正是因为有了它的发展，野蛮的撒克逊人才能变成今天的英国人。

---

① 从1550—1750年。